摇摆的青春

YAO BAI DE QING CHUN

“5·12”爱情故事

党 鹏 ◯ 著

花山文艺出版社

Contents 目 录

题记 Inscription

这是一段刻骨铭心的记忆，有关“5·12”汶川大地震，更是有关一段青春的记忆。三十而立，那时的我们在一次大地震的洗礼中，或迷失自我，或大彻大悟，或摇摆不定，或勇于担当……谨以此书，纪念那些逝去的生命，纪念那段我们一起走过的青春。

第一章　苏醒的时间

时间已经是5月。一场春雨一场暖，成都的春天总是来去匆忙。每每晚上下过雨之后，第二天的成都就难得的晴空万里，远处的龙泉山黝黑的线条便浮现在卧室飘窗勾勒出的画框里。运气好的话，从客厅的阳台处则可以看到壮美的西岭雪山。但天气毕竟热了起来，一热起来，人的心就容易发慌，尤其是在5月。

日子只有堆积起来，于秋子才感觉到时间过得真是快，才不容易发慌。而这九年半的时间，3000多个日子，却是她一天一天“扛”过来的。生活就是这样，一开始觉得累，扛着扛着也就习惯了，习惯了，日子也就好过了。

于秋子正站在厨房里择菜，有儿子爱吃的蒜薹、豌豆，也有婆婆喜欢吃的洋葱、黄瓜。婆婆是西安人，一到夏天就离不开黄瓜、洋葱、西红柿这些蔬菜，而且基本都是凉拌。她们一起生活了这么多年，于秋子还是不能适应婆婆的口味，但细心的她还是每天换着花样给婆婆做各种各样的凉拌菜，用婆婆的话说凉拌菜的辣椒油一定要旺，拌菜的醋一定要酸。

婆婆这会儿去接秦醒了，秦醒已经快九岁了，正在上小学四年级。半大的小伙子能吃能喝，又爱运动，现在已经长到跟于秋子的肩膀一般齐了。婆婆总是逢人就夸孙子长得好：“‘家里有苗不愁长’，看我们北方人的基因多么强大。”本来在西安某局做局长的婆婆为了儿子秦奋和孙子秦醒，早早地就办了内退，这几年和于秋子一起生活倒也是相当融洽，婆媳俩几乎没有红过脸，这让院子里很多关系紧张的婆媳很是羡慕。

“砰”的一声门开了，接着就是“啪啪啪”的声音，不用猜就知道是儿子回来了，还一边拍着篮球。

“妈，我热死了，热死了。”秦醒把书包一丢，就跑进厨房打开冰箱，从冷冻室里拿出一根老冰棍儿吃了起来。

“这孩子！”作为秦醒的奶奶，她一边帮孙子捡起足有十来斤重的书包，一边心疼地喊，“别吃冰棍儿啊，先喝点儿凉白开，要不然肚子会疼。”

秦醒才不管这些，一蹦三跳地跑进妈妈的卧室，打开了桌子上的迷你音箱，汪峰的《一起摇摆》便随着高亢的电吉他音回荡在整个屋子里：

给我你的手和你的腰肢
让我们融化在这节奏里
不要在意昨日的忧伤片段
不要理会那些未曾兑现的承诺
让我们一起摇摆一起摇摆
忘记所有伤痛来一起摇摆
明天会发生什么谁能知道
所以此刻让我们尽情地一起摇摆
……

“声音太大了，不要吵着爸爸！”于秋子将手在围裙上擦了擦，走进卧室把声音关小，给儿子说，“你给爸爸朗诵一首诗歌吧。”

此时的秦奋仍然是一如既往的安静，安静得仿佛不存在。这样的安静、这样的睡姿，他已经保持了九年半的时间，那时候秦醒还在于秋子的肚子里。这么多年，秦奋曾醒来过几次，但都是迷糊的状态，几分钟后他便又回到了安静之中。

于秋子就是伴着这样的安静，和秦奋安静地生活了九年半。一开始她无法相信这是真实的生活，不知道这个被医学判定为“植物人”的男人需要多久才能醒来。于秋子不敢回忆那天当余震发生后，滚石落下来，秦奋将她推开的那一瞬间，也就是在那一瞬间于秋子得救了，而秦奋却倒下来直到现在也未能苏醒。他们相识在十年前的“5·12”汶川大地震中，相爱于抗震救灾时，出事故也是两人为灾区学生献爱心的路上。但是当过去的一切又历历在目时，于秋子很多时候会陷入一种绝望中，甚至没有了活下去的勇气。后来每一次孩子活跃的胎动，又将于秋子的母性激发了出来，虽然秦奋躺着，但另外一个生命却是如此真实和鲜活。而这个新生命，是他们两个人爱的结晶。虽然至今秦奋都还不是她法律意义上的丈夫，但他却是秦醒生物学上的父亲。

看着秦醒在婆婆和自己的照顾下，一路成长起来，虽然岁月已经在于秋子曾经圆润的脸庞上刻上了鱼尾纹和印记，但她的心里却有着莫大的满足感。秦奋也被她和婆婆照顾得很好，肌肉没有出现一点儿萎缩，仿佛站起来就可以像当初那样出去踢足球；胡子、头发都被于秋子打理得很是整齐，脸色红润，连皱纹都没有。也难怪秦奋的同学马忠政、张力一来，就揪着秦奋的脸说：“这哪里是当初的黑皮（秦奋的外号）啊，都已经成红皮了！”然后拿秦奋当道具玩各种自拍，拍完了却又黯然删除，不留任何底片。

“从今天开始 / 我们就是两个人 / 两个人才像生活 / 相亲，相爱 / 分享每一份喜悦 / 分担每一份痛苦 / 因为我们是两个人 / 两个人，才能把日子过成日子。”

房间里响起儿子读诗的声音，虽然稚嫩，但却充满了感情。不知道哪天儿子将秦奋的一个日记本翻了出来，里面就有这首秦奋写给自己的诗。于秋子想了想，应该是秦奋向她求婚那天写的。这么多年，她已经快要忘记当初的浪漫了，那时候秦奋把自己打扮成灰太狼，扯着旗子向她求婚。而现在，儿子早已将动画片《喜羊羊与灰太狼》《熊出没》看腻了，整天和同学们聊的都是穿越剧之类的。

“妈妈，奶奶，快看，爸爸醒了！”儿子突然在屋子里兴奋地大喊起来。

正在洗碗的于秋子心里一震，手里的碗滑下去，“啪”的一声就摔碎了。

她顾不得这些，跌跌撞撞跑进卧室去看躺在床上的秦奋。

微微睁开眼睛的秦奋被傍晚并不强烈的光线照射着，完全睁开眼依旧有些困难，但秦奋的手指却在微微地动弹，不知道要指向哪里，嘴里小声地嘟囔着："秋子，秋子，快……快跑……跑！"

"秦奋！"于秋子半跪下来，将秦奋的手贴在自己的脸庞上，激动的泪水止不住地流下来，"我是秋子，我是秋子！秦奋，你醒醒！"

于秋子一声声呼喊着秦奋，怕他又像以前那样安静地睡过去。

"奶奶，快来看！爸爸醒了！"秦醒见奶奶没有过来，就跑进奶奶的房间拽着奶奶踉踉跄跄地跑了过来。

"儿子，儿子，妈在呢，妈在呢！"老人颤抖着双手，捧着秦奋的脸庞流出眼泪来。

眼前的一切，对秦奋来说是多么陌生啊。这个曾经担任《蓉城都市报》首席记者的小伙子，一躺就是九年半，从三十而立的年纪转眼进入了四十岁的不惑之年。他在微弱的光里，辨识着眼前的这三个人：秋子，好像是秋子，那天他眼看一块石头就要滚落下来砸到秋子，是他一把将秋子推开，后来他就什么都不知道了。这老人是谁？还有这个兴奋的小伙子又是谁？秦奋感觉脑子像要炸了一样，越想越是头疼，他又微微闭上了眼睛。

"秦奋，你醒醒，你醒醒啊！"于秋子已经是哀求的哭腔，秦奋这一闭眼，又不知道多久才能再醒过来。

迷糊了一会儿，秦奋终于努力地睁开了眼睛，他用手指轻轻地推动着于秋子，脸上露出了和年轻时候一样的笑容。

"秦奋，你终于醒过来了。"于秋子抚摩着秦奋的脸庞，又是哭又是笑地，指着婆婆说，"这是妈妈。"又拉过秦醒，把秦醒的小手放在他的手里说，"这是儿子，咱们儿子，秦醒，咱们的儿子。"

"儿子，儿子……"秦奋嘴里重复着这个复杂的词语，一时不知道怎么理解儿子的定义。

"爸爸，你是我的爸爸。"秦醒看着醒来的爸爸，有些腼腆起来。自从他出生到现在，从未见过爸爸醒来，爸爸也从来没有说过话，更没有笑过。有时候他觉得爸爸还不如他的那些玩具，至少玩具可以陪他一起玩。每当听同学说起自己的爸爸妈妈的时候，秦醒都会黯然神伤，一开始忧伤自己的爸爸不知道多久才能醒过来，后来懂事了就忧伤自己的妈妈，妈妈怎么那么辛苦、那么艰难。

“好了，好了，我儿子醒了就好了，一切咱们重新开始！”秦奋妈擦了眼泪，说孙子也饿了，让于秋子赶快去做饭，自己也去给还在老家的老伴儿报个喜，让老伴儿尽快赶过来看看儿子。

“让我们一起摇摆一起摇摆，忘记所有伤痛来一起摇摆。”桌子上的迷你音箱里依旧重复播放着歌曲——《一起摇摆》，摇滚的节奏飘进秦奋的耳朵里，他似乎被唤醒了记忆，眼睛放着亮光，手指也有节奏地轻轻敲打着床铺。

等一家人吃完晚饭，迷糊了一阵的秦奋闻到饭香味，不住地咂着嘴，一家人都笑了起来，说秦奋也太馋了。但是刚刚苏醒的秦奋还不能完全咀嚼，于秋子只能把食物像往常一样榨成汁喂给他，他居然还喝了一些稀饭。

晚上，于秋子给马忠政和张力打了电话，说黑皮今天终于醒过来了，但是还无法认识身边的人和物，他们方便的话可以过来看看。两人在电话里听到后都兴奋地嗷嗷叫，如果不是晚上不方便，他们肯定立马就赶过来了。

第二天刚好是周末，两人一大早就买了鲜花、水果，赶去了于秋子的家里。马忠政带着自己已经十岁的儿子马浩天，这家伙继承了内蒙古人的优良基因，居然比秦醒还要高三四厘米，已经长到一米六左右了。两人一见面就钻进房间里叽里咕噜，拿着 iPad 看这个看那个。张力则带着爱人杜鹃和三岁的女儿丫丫。他的生意近几年越做越大，但是人也越来越低调。

“黑皮，是我们！我是马忠政，这是张力，这是鹃子！”马忠政摇着黑皮的手，眼里是兴奋的泪水。

“马……马忠政、张力、鹃……子？”秦奋在脑子里努力地搜索着，但脸上还是露出了很迷茫的神情。

马忠政对于秋子说，黑皮看样子已经恢复得不错了，这个慢慢来，咱们不能着急，只要醒了，一切就能从头开始。

于秋子感动地说，也就是你们这几个他的同学这么多年来一直给这个家里忙前忙后地帮衬着，要不然我们娘儿仨真的撑不到今天。末了，于秋子问马忠政这么多年了怎么还单身，家里也没有个女人照顾；又拉着杜鹃的手说妹子保养得真好，你们两口子多久要个老二啊，现在国家政策都放开了。张力忙摆手说，一个丫丫就足够了，今年下半年丫丫就要上幼儿园了，我们俩也能轻松一下了。

马忠政虽然还是学校里的团委书记，但是已经从副处级提成了正处级，这在学校里已经是碰到“天花板”了，再往上走几乎没有什么空间和机会了。只是离婚后的马忠政至今单身，虽然同学啊、同事啊前几年不停地给他张罗，但是马忠政的心里对婚姻一直有着一种畏惧，畏惧无休止的争吵，畏惧鸡毛蒜皮的矛盾，畏惧婆媳之间的争斗。于是，在马忠政不断地婉拒之后，这些“张罗”在这两年也终于日渐消停，他也一个人过日子过惯了。

儿子马浩天起初跟着他妈妈李敏生活，后来李敏再婚又生了一个孩子，马忠政担心儿子在别人家受委屈，就和李敏商量还是让儿子和自己生活。于是，马忠政父子俩还是住在当年他们离婚前买的房子里。马忠政让老妈过来照顾儿子，一家人倒也其乐融融。马浩天这家伙在奶奶的照顾下，越吃越胖，和铁塔一样壮实，现在不得不开始控制食量了。

张力的生意越做越大，生活也随着女儿丫丫的降生越来越顺畅。在他当初创业时度过的最艰难的那段日子里，杜鹃一度从他的生活里突然消失。为此，张力苦苦寻找杜鹃，也差点儿迷失自己，毁掉事业。好在张力的诚心终于打动了杜鹃和杜鹃的父母，两人终于走在了一起。但在相当长的时间里，杜鹃一直无法怀孕，两人就认了秦奋的儿子秦醒做干儿子，甚至打算领养一个孩子的时候，丫丫如天使般降临给夫妻俩，由此生活才开始一帆风顺起来。

张力创办的湖北卤味香香鸭的连锁虽然还在做，但是他已经把公司

80% 的股权转让给了一家上市公司，自己的股权则稀释得不到 10%。在套现之后，张力将资金又拿出来一部分投资了新的餐饮业态——承包食堂。前几年经济形势不好，很多餐饮实体店都难以为继，为此张力剑走偏锋，选择进入企事业单位的食堂——虽然利润不高，但是风险小好管理。目前，他已经在成都乃至全川承包了五六十个大型食堂，每个食堂的就餐人数少则百人，多则上千。在“互联网 +”时代，管理起来也很方便，坐在家里就可以通过手机看到食堂的现场直播，哪个食堂的土豆少了，哪个食堂需要采购加拿大的冰冻牛肉，动动手指就可以完成。由此，张力成了“跷脚老板”，一心照顾女儿，用张力的话来说，“一个男人最幸福的时光，就是陪着女儿慢慢长大”。他的爱人杜鹃则在成都的宽窄巷子附近开了一间咖啡馆，引入文化创意，成为年轻人聚集的“创意社区”。

对于他们而言，生活就是一页页翻过去的日历。谈起当年的“5·12”汶川大地震，谈起于秋子和黑皮的恋爱经过，以及黑皮奋不顾身救于秋子的那一瞬间，几个人都不胜感慨。

《时间都去哪儿了》，前几年流行的歌曲如今早已经没有人传唱。转眼间，便到了 2018 年 5 月，距离那场大地震也即将满十年。地震那年他们刚刚三十而立，如今都已经进入了四十的年纪。四十不惑，或许一切真的才刚刚开始。

第二章　买房还是买车

“桃花才骨朵，人心已乱开。”[1]

2008 年的 3 月，成都的气温好像要高于往年，阳光终于毫不吝惜地

[1] 该句诗作者为成都诗人张新泉先生。

赐予了这个阴沉了一个冬天的城市，一切开始鲜亮起来。从乡郊野外到城市的街头巷尾，从粉的、白的、黄的……花朵到街道上那些鲜亮的脸庞、鲜亮的女人。

女人，这里特指那些年轻的女孩子。女人在成都不能称之为女人，她们有着特定的称呼：粉子。粉子不是贬义词，而是对生活在成都的女性的尊称，对漂亮女人的赞美依次可以为：粉子、很粉、巨粉。所以，“桃花才骨朵，人心已乱开”，一方面说的是到了春天，女人们就开始花枝招展，用亮丽的色彩点缀着这个城市的角角落落；另一方面说的是到了春天，人心就不安分起来，开始发情，忙于谈恋爱耍朋友，这个城市的春天也就多了一份暧昧的味道。

因此，在20世纪80年代末，成都就流行一句“名言”：“三步一个林青霞，五步一个张曼玉。”后来，等林青霞、张曼玉都老了，她们就被李宇春、张靓颖这些新秀所代替，再到今天，满街道的粉子们都像是从网络视频上走下来的网红，引领着不同的时尚潮流。

顶着大太阳的马忠政早已没有了看粉子的心情，他现在正被自己带的粉子——老妞儿（老婆）折腾得狼狈不堪。

从城西一家汽车经销商的4S店里出来，马忠政已经走得两个小腿肚发紧、发疼，脚后跟摩擦在地上也是“刺啦刺啦”地响，两腿就像灌了铅一样，早已没有了来时的那份轻快。

最初每到一家4S店，马忠政最感兴趣的不是那些闪耀着尊贵气质和金属光泽的汽车，而是穿着干练而性感的女销售员们。

“先生，您喝点儿什么？有茶、咖啡、可乐，冰的还是热的？旁边还有小糕点和水果，需要的话我可以给您端过来。”在亲切的问候语中，坐在贵宾休息区的马忠政感觉自己是在享受着飞机上头等舱的待遇。但走了两三家4S店后，疲倦的马忠政已经没有耐心再看那些粉子了，还没等人家走近就赶忙摆手说：“我们看车，看车。”

亏得李敏还穿着一双高跟鞋，还一直是兴致盎然的样子，走了这家串那家，然后一辆汽车一辆汽车地试驾。但李敏不是抱怨这个两厢车的后备厢太小，放不下孩子的婴儿车；就是嫌弃那个三厢的太窄、太矮，一家人出去坐着太挤，更放不下人高马大的老公。终于有一辆中意的了，但一问价格，李敏两口子只有吐舌头的份儿——远远超出他们的预算。

“你看嘛，坐在空调车里多安逸，要不然在外面晒得‘雀黑’。”抓着方向盘的李敏是恨不得立马开回去一辆，两眼放光地嘟囔着。

踌躇许久，马忠政还是不敢贸然下单：同样一辆车的价格差异实在太大了，普通版、豪华版、奢享版，动不动价格就差好几万。他想着还是先回去查查资料再咨询一下朋友，看看能不能找懂行的人指点一下，再找个熟人多谈一点儿折扣。马忠政拉着李敏说，咱俩先回去再商量一下。刚才还很热情的女导购员一听他这话，立马态度一百八十度大转弯，变得冷淡起来，两口子喊半天倒水也不见她有动静，似乎在讥笑这两口子是来“吃欺头”（占小便宜）的。

回城时，马忠政和李敏夹在一片花花绿绿的裙裾当中，好不容易才挤上了公交车。虽然是空调车，但按照公交公司的规定还没有到开空调的时间，因此车里是热浪滚滚，居然比外面还要热。两人一上车，就被淹没在汽车的轰鸣声和人声鼎沸之中了。

抓着扶杆，马忠政理了理被挤得歪歪扭扭的领带，抚平了西服上的皱褶，才喘了口气。

李敏虽然心里也不高兴，但仍然是抑制不住地兴奋，她用婉转的成都话说：“看嘛，多挤嘛，早就该买个车了，你说买雪佛兰的好哪，还是标致车好哪，还是中华车好哪？”说着话，额头上的汗水就流了下来，让她脸上的粉底都出现了几个弯弯的小道，眼影也凌乱了起来。

“是该买车了。”马忠政小声嘀咕着，以后带着小孩出行也方便点儿，但房子还没有解决啊，住在丈母娘家里总不是个事儿，用大记者黑皮的话说：“一个大男人寄居在丈母娘家里，算是个啥事。”

“你说买哪款车子呢？”李敏使劲儿戳着马忠政的腰问，“国产的我不买哈，再‘撇’（差劲儿）也得整个中外合资的车。”她边说话，边悄悄脱下高跟鞋，把脚垫在老公的脚背上——跑了一天，她脚后跟都磨出了水疱，这会儿停下来才感觉到疼。

马忠政一低头，倒是被李敏的脸给逗笑了，赶紧让她拿出镜子瞅瞅自己的形象："我们家怎么多了个熊猫啊？"

看到自己惨不忍睹的脸，李敏"呀"了一声，靠着老公宽厚的身子，她从提包里取出粉底开始补妆。拍啊、描啊，又重新涂了口红，虽一直在照镜子，但李敏还是不放心地一再让马忠政认真地看她补的妆，还一直问，要的不，要的不？马忠政大概瞅了一眼就说，好好好，漂亮得很，和杨玉环一样。李敏这才收了化妆盒，却嗔怪地对老公说："你的意思就是嫌弃我胖了哇，嫌弃我了？有想法你就说嘛，我给你把位子腾出来哈。"

女人就是这样，成都的女人更是如此，你都搞不明白为什么她那么会借题发挥，或者是莫名其妙地生气。比如吃个饭，你问她吃啥子，她说随便；你说吃火锅吗？她说太燥热了，脸上要长米米（疙瘩）；你说吃中餐，她就说味道好淡嘛，有啥子吃头；你说那就回去随便下碗面吃，她就说你真的随便打发我啊，你肯定不爱我了。这脾气怪得让人捉摸不透，尤其最后动不动就要上升到"你不爱我了"的高度。但是男人们还是喜欢惯着他们的"粉子"，下班后干的第一件事情就是跑菜市场，打电话问自己的婆娘想吃啥子，一边打电话一边是满脸的得意之色。

李敏虽然初为人母，但是一向爱美的她担心自己生孩子后身材会走样，才喂了孩子一个多月奶就不想喂了，她妈好说歹说才继续喂着，却约定时间说不超过五个月。但微胖的李敏比起少女时代更多了一份女人的风韵，这一点让马忠政的心里很是得意。

面对李敏这样的诘问，马忠政只能说："我没有啊，我没有啊！"不过这似乎已经成为成都男人标配的口头禅了。

马忠政心想看了那么多辆车，也有中意的。不管是合资的，还是国产的，基本上办下来也就在 10 万元左右，这是他可以承受的范围。但一想到房子，一想到丈母娘那颇有抱怨的言语，马忠政就不得不打小九九了。

虽然大学毕业已经快七年了，而且两口子都有着不错的收入，但买房的计划一直搁置着。前两年他们结婚的时候，从成都东郊一家老国企提前退休的丈母娘说，我也单身，就一个女儿，以后还要靠你们养老，干脆我把现在住的老房子卖了，再添上我的养老金，在地段好的地方买套大一点儿的新房子，然后让马忠政出装修和买家具的钱，这样你们两口子以后有小孩儿我也好帮着照看。马忠政一想，也成啊，反正结婚后就是一家人了，他就把自己积攒的10万元拿了出来，用这钱装修了房子和购买了全套家具、家电，还筹办了婚礼。

但实际上，他丈母娘那套不到50平方米的房子也根本卖不了多少钱，就算把养老金加起来，还是不够要付的房钱。从2003年年底开始，成都的房价就开始一个劲儿地往上蹿，以二环边上的房子为例，那时一平方米不到2000元，三年时间就已经翻了一番还多。因为老人不愿意贷款，李敏和马忠政商量后，两口子又拿出了5万元给老人来了个一次性付款，买下了现在这套不到100平方米套三的房子。虽然说最后选择的仍然是二手房，但是面积大了，刚好满足现在家里的居住要求。

马忠政后来把这事讲给大学同学黑皮听，做记者的黑皮第一反应就是很敏感地问：那房子产权证上写的是谁的名字？你的，还是你老婆的？

马忠政说写的丈母娘啊。

黑皮立马吐出一个口头禅：卵事！意思是这事情处理得很窝囊。

黑皮给马忠政分析说：你看嘛，即使你给房子里面贴上金子，但产权不是你的，也不是你老婆的。换句话说，如果……我只是说如果你和李敏以后分手了，你连分割房产的权利都没有，那你投资的15万元是不是就打水漂儿了？

听到这番话，马忠政当时不觉得有什么，一家人嘛，又何必计较那么多呢？但早年离异的丈母娘把自己在家里的房主身份摆得很正，似乎女儿、女婿都是寄居在她家里的，动不动就发脾气。有一次马忠政的一个大学同学从外地到成都来旅游，临时在他们家里借宿了一晚，结果丈母娘就不高兴了，把脸拉得驴长，说这是她的房子，怎么都成宾馆了。

这让马忠政大为头疼，从此就不再带任何朋友来家里做客。

对于马忠政这个从农村出来的“凤凰男”来说，知道家里基本支援不上他，他也只能忍气吞声，只能看着成都的房价在这两年“噌噌”地往上蹿。就说原来丈母娘买的房子吧，在城南也算是好地段了，两年前买的时候一平方米才4000元钱，现在已经涨到7000多元了。这让马忠政看在眼里急在心里，想着买房子的钱老在缩水，以前可以买个客厅，现在连个厕所都买不到了。尤其在去年冬天有了孩子后，马忠政手就捏得更紧了，一分钱都不敢乱花，要不然一不小心连孩子的奶粉钱都没有了。

“买房子还是买车？”马忠政想着还是应该请教一下黑皮。

没等李敏的妆补完，马忠政口袋里的手机就振动了起来，拿起来一看竟然是黑皮打来的，这家伙还真是自己肚子里的蛔虫，刚想起曹操，曹操就到了。

“马书记，出来喝茶噻，太阳难得这么巴适（舒服）。”黑皮操着并不流利的成都话懒散地说着。没等马忠政吭声，就又说会在老南门河边的茶馆里等他，有事情要商量。另外还喊了张力和杜鹃过来，顺便搓一把（麻将）。

黑皮是马忠政的室友，上大学的时候整天忙于“耍朋友”和写文字，这两样东西在黑皮看来是相辅相成的：只有“耍朋友”才能耍来灵感，也只有写文字才可以广撒网多认识那些“成都粉子”。在这样的“精神”指导下，黑皮倒真在周边几个高校里甚至包括旁边的一所卫生职业学校里同时“耍”了几个女朋友，活动的平台就是黑皮组织的所谓“蓉城高校文学社团联盟”，挂在一本在本地已经没落的文学杂志底下，黑皮任秘书长，到处打着联盟和杂志社的旗号进行串联，骗吃骗喝，结识众多的文学女青年。

那会儿网络才刚开始普及，马云还在忙着他的中国黄页，由千万个女人支撑的淘宝网连个雏形都没有出现；腾讯的QQ在线推广还没有多久，马化腾日子过得艰难，甚至一度想把QQ卖掉。那时候网速极慢，打开个网页都得等半天；BP机在高校大学生群体里仍然是奢侈品，买个摩托罗拉一定要高调地挂在皮带上，逢人就留个传呼号，说“有事呼我啊”！

尤其对大学生们而言，能够在学校外面花5元钱上一个小时的网还是一件奢侈的事情，而且大多数人都是上网学习聊QQ，然后热衷于见网友。还好那会儿基本上都是以大学生为主体，社会青年参与不多，也没有现在见个女网友就会被骗到酒吧里狠宰几大千元那么复杂。QQ当初的魅力甚至神秘感就在于此，给大学生们迅速扩大了交际圈子，加上动不动聊散文诗歌还有一定的市场，所以才给了黑皮这样的人更多的机会，让他们可以在校园里“玩”得风生水起。

由此，一方面因为黑皮长得黑，另一方面也因为黑皮的脸皮确实“黑”，所以被寝室里的人忘了原名秦奋，而冠以“黑皮”为号。现在，黑皮已经是《蓉城都市报》的首席记者，相当于一个部门主任了。按照体制内的划分，应该算副处级。于是一帮同学常拿这事笑黑皮，说你早都不是处了，还副处个×啊，你完全是装处啊！

马忠政却是另外一路人。家在内蒙古包头市郊县农村的他，好不容易才考上个大学，来成都上学的时候，父母都不知道成都在哪里。在村子里挨家挨户筹借了2000元钱，父亲对马忠政说：“娃呀，只有这么多了，以后就靠你自己了，大大（爸爸）没有能耐啊！”于是马忠政扛着父亲亲手做的一个大木箱子来到成都，把学杂费交完就所剩无几了，剩下的日子也只能靠他自己了。

上大一的时候，一天晚上他发现很多同学下晚自习后，在课桌上或抽屉里都留着当天的报纸——不仅多而且报纸普遍很厚——这是学生为了在上课或者自习的时候解闷用的。马忠政就动了心眼儿，等晚上教室里的学生基本走完的时候，他就夹着一个编织袋，在各个楼层里跑着收集废报纸，再悄悄积攒起来卖钱，一个月下来收获也不小，一两百元钱省吃俭用竟然够生活费了。

如此过了一年，有天晚上马忠政到一个教室里捡报纸，打开灯却发现里面有一对男女正在接吻，他忙关了灯。他想着那男的看着怎么有点儿面熟，于是又打开灯一看竟然是黑皮。

“你们继续，就当我没有来过。”马忠政说完，再次关了灯打算离开。

这在马忠政看来已经习以为常。平时黑皮身边的女孩子都是走马灯似的换来换去，这比黑皮换衣服的频率可高多了——黑皮的衣服一般买可以两面穿的，一面脏了就翻过来穿另外一面。喜欢踢足球的黑皮穿袜子更是浪费，所以他一买就是一打，一双双换着穿，但他从来不洗，等前头穿过的袜子塞在床底下有个把星期了，再拉出来轮换着穿一次，如此能延续一个学期。最神奇的事情是，有一年暑假结束回来，黑皮发现丢弃在床底下的袜子上面居然长出了一个小蘑菇，或许是因为成都太过潮湿。这一发现让黑皮名声大噪，架不住大家起哄，他开始自己洗起了袜子。但没过多久，黑皮就经常用塑料袋装了脏袜子送到外校的某个女朋友处，被洗得干干净净后，再拿回来在寝室里炫耀。

黑皮因看到马忠政怀里揣着大捆的废报纸而错愕不已，他过去拉开灯盯着马忠政不说话。这让马忠政窘迫起来，半天才支吾着说：“捡……捡了卖点儿零花钱。”

这时候黑皮才明白为什么马忠政老是等熄灯了才回来，而且有时候全身还臭烘烘的，窸窸窣窣整理半天才会上床。

后来黑皮和马忠政私下深聊过一次，但黑皮没有遵守为马忠政保密的要求，而是写了一篇稿子——“捡废纸上大学的有为青年——记管理学院市场营销专业学生马忠政”。他用极朴实而洋溢着热情的语言，记录了马忠政的事迹，并在校报上投稿发表。这篇报道引起学院和学校领导的重视，加上马忠政本身就热衷于参加学校和学院组织的各种活动，干起活儿来舍得跑路，舍得下力气，很快他就被确定为学校“自强不息的大学生标兵”，每个月给予一定的贫困补贴。这让马忠政很是尴尬，但也让他在学生干部的道路上一路绿灯。等到了大三上学期的时候，他已经成了校学生会主席，这也为马忠政后来留校工作并进入校团委打下了基础。因此，黑皮在马忠政面前极有威信：是我发现了一颗政治明星。

马忠政此刻正想着让黑皮帮自己参谋一下，虽然黑皮平时随便嘻哈惯了，但关键时候闪亮的点子还是挺多的。于是马忠政应承下来，说自己马上就赶过去，然后他就让李敏先回家看孩子。

“就许你出去耍，让我回去看孩子？”李敏极不情愿地嘟囔着。

“我要有奶我就回去看娃娃了嘛！”马忠政的声音有点儿高，旁边坐着的一个年轻女孩儿听见了，就捂着嘴笑了起来。马忠政一低头，便看到了那一对颤抖不已、半掩着的乳房，一条乳沟被深深地勾勒出来，尤其是左侧乳房上面还绘了一朵玫瑰，丰满的乳房将花朵衬托得娇艳欲滴，随着公交车的抖动一颤一颤地涌动着，让人看得浮想联翩。

“哪个能给孕妇让个座位吗？”售票员在前面喊着。

所有的人都无动于衷，坐在黄色凳子上的丰乳妹妹更是将头扭向窗外，假装没有听到的样子。马忠政顿时有了一种厌恶感，想喊她起来让座。

没等马忠政开口，售票员又喊：“哪个美女、帅哥能给这位孕妇让个座位吗？”一时车厢里响起好几个声音：“哎，到这儿来坐嘛！”

马忠政往前面一看，竟然有个头发花白的老太太也站了起来，硬要让孕妇坐她的座位。这让马忠政心里一阵窃笑：怎么回事啊？一喊美女、帅哥都答应。最后还是一个年轻小伙子给孕妇让了座，孕妇忙说，谢谢帅哥，谢谢帅哥。

末了，马忠政戳着李敏的腰，笑着说：“美女，下车了！美女，回去看娃娃了！”

第三章　成都是个泡菜坛子

马忠政倒了两趟车，才赶到老南门大桥府南河边的露天茶馆，黑皮已经快把一杯茶喝淡了。

在成都，除了“三步一个林青霞，五步一个张曼玉”，几乎在每一条街道都能看到两三家茶馆，甚至有专业人士做过统计，成都光茶馆就有三万多家，这还不包括那些在社区里或者公园里摆上三五个桌子的摊子，每天有超过十万人在茶楼里喝茶、摆悬龙门阵、谈工作。茶馆是成都人生活中不可或缺的一部分，成都的慢生活正是体现于此。在成都说喝茶，与广东人说喝茶完全不是一回事。广东人喝茶那是吃早餐，成都人喝茶就是喝茶。春天的时候只要出太阳，成都人坐在家里或者办公室里就会心里发慌，吆喝上三五个人，找个公园，或者就在府南河河边上，或者是寺院的空坝子上，要一杯花毛峰或者素茶，拿份报纸，喝茶、摆悬龙门阵、斗地主、打麻将，可以这样待一整天的时间，而生活就这样慢了下来。成都人谈事也不屑于在办公室里谈，随便找个茶楼，边喝茶边谈事，在享受悠闲的同时就把事情解决了。这几年各地时兴“创业咖啡”，但在成都就不一样，成都叫“创业茶馆”，将慢生活和创新、创业完美地结合在了一起。

马忠政和黑皮都是北方人，虽然都不喜欢成都阴沉、潮湿的天气，但都喜欢这个城市闲散舒适的生活。有句话说“少不入川，老不离蜀”，就是对成都这座城市的魅力最简洁的概括。后来，张艺谋将此演绎为一句“成都，一座来了就不想离开的城市”。张艺谋拍摄的一部成都形象宣传片在后来的很长时间内在各大电视台轮番播出。再后来，就有人加了一句：成都，一座离开了还想回来的城市。当然，这都是后话，人们舍不得离开或者离开了想再回来的原因，就是留恋这里的美女、美食、美景和闲适的生活。

马忠政有时候也在想，毕业的时候父母一再让自己回老家工作，好对家里有个照应，为什么自己却近乎残忍地拒绝了父母的恳求，而沉迷于成都这种毫无“斗志”的生活呢？是因为老婆孩子热炕头，还是这份看似体面的大学工作？好像都概括得不到位。有一天，马忠政在看黑皮的博客时，发现这小子写的一篇稿子非常有意思，心头的疑团也才算解开。

成都是个泡菜坛子

我一直以为，北京人和上海人才是最自恋的。

北京人生活在皇城根儿底下，自恋的资本比城墙还厚。可惜现在长安大街、国贸周边那些穿西服打领带、夹公文包、行色匆匆的路人，大多不过都是外地来的打工仔。面对拥堵的交通、一路狂飙的房价、能把人挤成照片的地铁，除了在激烈的竞争中寻找生存和残喘的机会，这个城市还有什么值得他们自恋的呢？

倒是上海，小资的精神让人敬佩。一个原来在成都工作的小师妹，以前到我家耍，给我提的是她家过剩的白酒；后来调到上海，再回成都时，送给我的竟然是一大捧向日葵花。问之，回答，阿拉上海人都这样啊。才几天就“阿拉上海人”了。但这种自以为是的“上海人”的感觉，还是被当地土著排斥在外。

对于上海，印象最深的还是那句民间说法：在上海人眼里，只有阿拉上海人是城里人，外地人都是乡下人。这让我感觉到，如果在上海吃饭，握勺时不将小拇指弯成月牙儿状，那肯定是要被这些上海城里人耻笑的，这就和见不得别人家的米汤起皮是一样的感觉。

大城市的“大”在于可能性大，小城市的“小”在于可能性小。小城市十分钟见到的人和可以办的事，可能只有十分钟的价值。但大城市的“大”虽然给人提供了更多的机会，但是让人感觉到没边没沿，可能性往往转化为不确定性，能够确定和肯定的就是你绝对是一个“忙人”，或者在这个大城市里彻底地迷失了自己。

还是成都好耍。我是外地人，竟然在成都混得人模狗样。只要出差几天，那帮“兄弟伙”就能把电话打爆，不是喊吃火锅就是喊斗地主，要么就是去茶馆喝茶，整个一副腐败相，让你觉得这个世界还真他 × 的离不开你。但在北京和上海，往往是朋友们一年半载聚一次会，一聚会不是抱怨老板恶毒，就是抱怨交通太堵、房租老涨价，完全没有了生活的情调。所以，我到这两个地方出差时，几乎不再打扰当地朋友，人家来回坐车动辄三四个小时，就为陪你吃个饭，咱折腾不起人家。

打一个形象的比方，在我老家西安，咸菜缸里最多腌个萝卜、白菜帮子，而且腌出来绝对一个味道：咸。但成都的泡菜坛子就不一样了，什么东西都可以往里面塞，黄瓜、萝卜、大白菜、鸡爪子，甚至猪皮、猪蹄等，管你是荤的、素的，统统都可以塞进那个泡菜坛子里，内容丰富而且味道绝对巴适。而我就是那个在成都这坛老泡菜水里腌出来的泡菜，样子虽然不敢恭维，但味道绝对是地道的成都味。

所以说，在成都，不管你是什么料儿，都能被成都这个泡菜坛子里的老泡菜水腌成味道地道的成都泡菜。但在其他地方却不行，要么是你不适合那里的水质，泡不出味道；要么就是那里的坛子不欢迎你这根葱，除了被剥掉一层层的皮，最后什么都剩不下。

因此，一个城市自恋的气质不仅仅是群众的个体行为，也是一个城市精神内涵的群体反映。这就包含了一个城市宽容、自尊、自爱乃至自负。这就是构成这坛泡菜水的基本调料，而且愈陈愈香，并能包容一切萝卜缨子、菜根子，这才是一个城市自恋和让民众为这个城市自恋的资本。

对于一个城市来说，电子信息、生物医药、汽车制造等，是推动这个城市快速发展的蒸汽机，但自恋的民众却无异于“蒸汽机”下面的轨道，轨道延伸的方向才是蒸汽机前进的方向。这种无言的承载，才能让一座城市焕发出青春的活力。

在成都郊区的一个古镇喝茶，遇到一个从未出过四川省的老者，谈及北京、上海等大城市，老者说，那些地方太遥远、太偏僻了。突然明白，其实在哪里活着、怎么活着，都在于自己的内心，与远处的热闹和繁华无关。

所以，在成都这个城市，来了不想走，还是走了想再回来都不需要你勉为其难。“少不入川，老不离蜀”，当你被腌制成一块色香味美的泡菜的时候，你就会发现，原来泡菜坛子竟然如此安逸，你，还舍得离开吗?

在马忠政看来，他和黑皮现在都成了成都这个泡菜坛子里的泡菜，虽然茶是越喝越淡，但这坛泡菜水却是味道越来越浓，且越浓越香。也怪不得成都人搬家，啥都可以不要，却一定要带走家里的泡菜坛子，而且强调这泡菜水是祖辈留下来的，似是继承了家族的血脉一般。

黑皮在成都已经换了好几家单位，换了好几打女朋友，却死活不愿意离开这个城市。现在，他们大学同班同学里留在成都的也不过五六个人，其中有一个在位于郊区的政府部门里当公务员，倒是很难得跑成都来聚会。四川人很有娱乐精神，一般在郊区县或者其他地市州生活的人来成都，就说“到成都省”“耍洋盘”，把自己自娱为“乡坝头的人”。所以，经常在一起耍的也就是马忠政、黑皮、杜鹃和张力，他们也成为老班级在成都的接待处，从外地来了同学都是他们四个人张罗和接待，忙得不亦乐乎。

杜鹃是班里的班花，典型的重庆妹儿，性格火辣耿直，和成都粉子相比完全是两种性格。因为她爷爷辈是“三线建设”时期从东北到的重庆，所以她这一代融合了南北最优质的基因，加上习惯了在山城爬坡上坎儿，杜鹃的身材就有着长期锻炼和健美的曲线，不仅高挑，而且脸蛋儿也是精致漂亮。在刚刚进行军训的时候，马忠政就看清楚了在那宽大而且很“土”的迷彩服下面，裹藏着一个美丽且动人的女孩子。虽然有一种暗恋的成分，但在马忠政的内心更多的是一种自卑感。后来等到活跃的杜鹃也进入校学生会当纪检部部长，马忠政觉得机会来了，却没想到别人已经捷足先登，杜鹃早已被她的一个老乡兼师兄给泡走了。所以在大学里讲究要“防火防盗防师兄”，关于师兄的各种段子至今在大学校园里层出不穷，让人津津乐道。但不甘寂寞的师兄们却在“防火防盗防师兄”的句子前面，加了一个上联：爱国爱家爱师妹！

后来，杜鹃的那位师兄毕业后就奔赴澳洲留学，这段感情也就此宣告终结，杜鹃很长时间都没有走出来。直到他们大学毕业四年后，已经在一家日本著名的大型超市里做课长的杜鹃突然宣布自己结婚了，老公是一个做 IT 的工程师，叫彭涛，成都当地人，属于比较呆板的那种“技术男”，和活跃的杜鹃相比起来，简直不知道这两个人怎么走到一起的。

张力已经成为同学眼里的“传说”，这主要来自他一番艰苦卓绝的创业历程。应该说他是大学里创业比较早的一批人了，因为此前的大学生毕业后都是包分配，没有后顾之忧。张力是湖北人，农村出身的他很是具有创业意识。在上大二的时候，他擅自将家里给他的学费和生活费动用了，同时还借了许多同学的钱，筹借了不到1万5千元。他用这些钱将位于学校后门的一个小铺面租了下来，又买了五台二手电脑，开了一家游戏厅。结果一个学期就实现了盈利，而且还归还了欠同学们的钱，或许这就是现在才流行起来的众筹模式。

随着互联网浪潮的兴起，网吧开始兴盛起来。敏锐的张力很快将游戏厅升级为网吧，从此一发而不可收，到大学毕业的时候，张力已经在学校门口旁边开了一家300多平方米的大型网吧，每个月有三四万元的纯收入。看到商机的张力，又通过抵押和贷款的方式，一口气在其他学校周边开了三家连锁网吧。这样的魄力让同学们惊讶不已，当大家毕业后还在迷茫找什么工作时，谁都没有想到其貌不扬的张力竟会如此成功。

即使如此，张力还是经常感叹，马云、丁磊、张朝阳他们是站在互联网浪潮的浪尖上，而他只能在海底了。其实张力那时候对互联网还是很有感觉的，也曾想建立一个门户网站，甚至想做一个搜索引擎，专门为成都人搜索吃喝玩乐。为此，后来张力还找计算机系的同学组建了一个团队，但是几个月下来写的代码完全不可运行。对于张力的感叹，黑皮说遗憾什么，还好没有站在浪尖上，要不然你早就被拍死了。是啊，互联网浪潮里成功的不外乎就那么几个人，有多少追浪者被拍死在沙滩上，估计如今早已化作沙砾了。

收入颇丰的张力仍然不安分守己，又把网吧全部转让，并抵押了自己的一套房子，通过民间融资100万元，用来投资鸭脖——张力改良了湖北老家的小吃——鸭脖子，做成小吃品牌“香香鸭”。就是将一只鸭子分割成N块，用小竹扦穿起来，鸭脖子、鸭肝、鸭心、鸭肠如此等，一小串就一元钱。张力在春熙路开了一家店面，没想到生意出奇红火，于是很快就在成都发展起连锁来了。尤其是在2002年，张力借助那年举行的世界杯，与黑皮在媒体上搞了一次事件营销，使得吃“香香鸭”、喝夜啤酒、看世界杯几乎成为球迷们全部的生活。由此，在一年的时间里，“香香鸭”竟然在成都市区和周边城市做到了七八十家，最近已经有风险投资找张力谈合作的事情了。

用张力的话说，他的成功秘诀在于：“卖吃不饱的东西才赚钱。”尤其基于成都这样一个极其喜欢美食的城市而言，任何外来的小吃只要开起来，成都人就会追捧，何况以辣味见长的“香香鸭”更适合成都人的味蕾。马忠政想想也是，馒头虽然吃得饱，可一元钱四个，吃都吃不完，还赚什么钱啊？在这一点上，张力不愧是市场营销专业出身，真正地学以致用，不像自己现在就记得个“CI战略”了。

“我跟你说，最近有个老板来找张力了，一开口就要给张力投资500万元。”黑皮否定了马忠政要的茉莉花茶，而是点了杯竹叶青，然后压低声音说，“那小子算发了，企业越做越大。”

张力的“香香鸭”之所以会成功也有着黑皮的功劳。在“香香鸭”开始进行加盟连锁的时候，黑皮把他作为青年创业的典型，在报纸上连续发了三四篇报道。也因此，张力的创业故事进入了团委的眼里，团委组织全市的媒体进行了系列报道，并引发了一场大学生应该创业还是找工作的大讨论。现在看来，这样的讨论于事无补，大学生们的人生选择应该更加多元化，机会也才会更多。

这样，不仅“香香鸭”有了知名度，而且很多人都纷纷前来要求加盟，光是加盟费每个单店就要3万元。现在加盟的门店至少有30多家，其他的就是张力自己发展的直营店了。“香香鸭”的门店非常好管理，每天就那么多菜品、那么多串，一个店一个销售员足够，卖完就关门，搞得是饥饿营销。同时销售员也不敢贪污偷吃，因为少一串鸭脖子都得他们自己垫付。

为了让企业能持续稳定发展，张力在郊县投资修建了一个鸭子养殖基地，完全生态放养，以保证肉品的安全和有机。同时，他在三环路边儿上建了一个中央厨房，在那里加工好的各种卤鸭产品由安排的冷藏车定点送货。加上张力有开网吧的经验，在中央厨房和养殖基地都搞了监控系统，所以管理起来非常轻松，张力就做起了“跷脚老板”。

“还是做生意好，尤其是卖吃的东西，成都人只要碰到‘吃’，没有不买账的。”马忠政也总结着说。也就是那两年，大街小巷突然冒出了一种“中国式比萨”的饼子，卖得那叫个火，每天店门口一排队就是老长。所以，成都人在吃方面是从不吝啬的，另外稀罕尝个新鲜，以至民间出现了“好吃嘴”协会，活动办得风生水起，如今已经成为成都美食文化的另外一种民间“权威”。

在等杜鹃和张力来之前，马忠政先说了自己今天去看车的事情，问黑皮是先买车好还是先买房好。黑皮立刻摆出了专业人士的架势，说:“考虑你们现在有孩子了,还是应该先买车,但是……”他又拉长了音调说,“车这玩意儿是消耗品，和孩子一样是要养的，只不过一个喝汽油，一个吃奶粉而已，每个月都有着固定的支出。但房子就不一样了，投资和居住是住宅的双重特性，现在房价虽然比较高了，但是随着城市化进程的加快，以及土地价格和钢材价格、人工费这些主要成本的不断上涨，未来房价还是有上涨的空间的。”黑皮接着强调说，“尤其是成都，西部重镇，意味着什么？意味着未来巨大的发展潜力和发展空间，房价上涨是必然趋势！”

“尤其是你，三十岁的人了，早该自己买房了，咱北方男人哪里有吃软饭的。”喝了一口茶润了润嗓子，黑皮继续给马忠政上课，“这是个正事！”

早在 2003 年，黑皮就在家里的支援下买了一环路边儿上一套面积 150 平方米的房子，当时价格才 2000 多元一平方米，现在已经变成 8000 多元一平方米了。

马忠政想了想，确实是这样，这几年成都大规模地拆迁，创造了大量的市场需求，其结果是房子越来越贵。而学校的集资房到他这一批时已经暂停建设了，因为买不起日益昂贵的土地。即使有土地指标和分房指标，凭着马忠政的资历，要排上号也得等到猴年马月去了。

黑皮说，在经济学里有个概念叫“羊群效应”，大家都跟着买，价格就会持续走高，尤其是国家每调控一次，房价就反弹一次，结果是越调控房价越涨，“按下葫芦浮起瓢”，中国老百姓是只追涨不买跌。更何况成都的房子超过一半是外地人买的，非常有升值潜力。但马忠政实在想不起来自己还曾学过这么个经济学概念，只觉得自己还是应该做一只跟着跑的小羊才对。

马忠政问黑皮有什么事情，黑皮说他有个朋友在德阳绵竹做了一个房地产项目，过段时间就要开盘了，因此想找一些专业演出团队到时候去捧一下场子。他今天特意来找马忠政，就是想让他把学校的艺术团拉过去表演，到时候对方会给报酬，当然也少不了马忠政的。“这个可是‘吃’票子的事情啊！”黑皮用成都话强调说。

成都人热衷于美食，什么都离不开一个“吃”字——吃饭、吃酒、吃烟，甚至连赚钱的事也被成都人称之为“吃票子”的事情，感觉面对的就是一道美食一般。赚钱在全国有很多不同的说法，北方人喜欢说“挣钱”，“挣”字左边是“手”，右边是“争”，意即为是要靠双手争取的；云南、广西人则将赚钱说成是“苦钱”，可见这个钱确实赚得不容易，是苦出来的；也有地方说“黏钱”，感觉钱很好赚，走到哪里一黏就装到兜里了。只有成都人最乐观、最好耍，把赚钱看作一种享受，这也体现出成都作为天府之国的幸福指数很高。

“我×，你真把我当成拉皮条的了？”马忠政骂着黑皮。

这种事已经不是一次两次了，当然马忠政也从中得到了一点儿好处，才有零花钱和朋友打个小麻将，偷偷给老家一点儿补贴。但每次黑皮一提艺术团，就让马忠政头疼：众所周知，艺术团主要是由美女组成的，经常参加学校组织的一些大型文艺演出，或者上级主管部门、团委和其他兄弟院校的邀请演出，原则上是不能出去商演的。但这两年团委经费紧张，不像别的院系可以对外搞各种培训，比如英语啊、会计啊，所以个别院系富得流油，老师补贴多，干活儿积极性也高。但团委一年的经费就那么一点儿，想干点儿事情就已捉襟见肘，有时办公室里的同事加班，想补贴一点儿或者聚个会都没有钱来开支。为此，马忠政私下也接过一些商演，但也给学生们发一些补贴，另外再给团委小金库留一点儿作“腐败”基金。这样倒也相安无事，艺术团的小日子过得比较滋润，团委的老师也是睁一只眼闭一只眼，这就是所谓“吃人嘴软，拿人手短”。

可问题就出在那些美女身上。一出去参加商演，女孩子们接触的世面大了，免不了就要想入非非，当然诱惑也多。有些女孩子就在外面和某个老板耍了朋友，甚至被包养。当然，这也是人家自己的私事，马忠政只能强调大家要自珍、自爱，但也不能干涉人家的自由。

没有想到的是，黑皮却给马忠政惹出了乱子。一次，黑皮带着艺术团去郊县参加桃花节的商演，结果他和艺术团的团花“耍”成了朋友。但是没过多久，黑皮觉得那个女孩子太黏人，人小不懂事，就不想耍了，提出来要分手。女孩子不干，还哭哭啼啼地跑到团委向马忠政告状。马忠政也是头大，耍不耍是他们两个人的事情，自己怎么劝啊，就让团委的学生会专职秘书长黄雅涵去劝说。小黄还真行，做思想工作有一套，没几天女孩子就好像忘了这回事一般。但马忠政留了心眼儿，警告黑皮以后绝对不许沾染艺术团的女孩子，要不然兄弟都没得做了。黑皮也就收了心，从此循规蹈矩了很长一段时间，一心忙“吃票子的事”。

“你知道我们艺术团也经常接一些任务，现在答应了，到时候突然有变故就不好说了。”按着马忠政的意思，这是委婉地拒绝了黑皮的要求。

“这我知道，兄弟我不为难你，对方时间也没有定，到时候再说，但他们的诚意要先送到！”说着黑皮甩过来一个信封，说，“这是一千元钱，你先用着，剩下的等结束了再给。”

马忠政推托了一下，最后还是把信封塞入了自己的口袋里，这毕竟是“现花”啊，到时候再说到时候的话。刚塞好，马忠政就感觉眼前一黑——眼睛被一双温柔的小手蒙了起来。

第四章　牛粪和鲜花的辩证

“这个手可真香啊，还滑溜溜的！”马忠政自己先幽默了一把，然后假装扯下来要去亲。杜鹃喷了香奈儿的香水，纤纤玉指上也散发着淡然的香味。据说某个型号的香水具有调情的功效，能让人心旌摇曳。

“哎哟，老马别吃着碗里的看着锅里的！”杜鹃打了一下马忠政的肩膀，挨着他坐了下来。这边黑皮不干了，非得让杜鹃和他来个拥抱，说老马都亲手了，自己划不来。杜鹃气得使劲儿推开黑皮的身子，喊着：“滚滚滚，你一天还缺妹子抱啊，还稀罕我们这些半老徐娘？”

今天的杜鹃上身穿一件浅红色的满是白色桃心的衬衫，下身是一条深红色的短皮裙，包裹着白皙的身子显得很是性感，尤其是一双大长腿将健美的曲线显现得淋漓尽致。新染的棕红色头发舒展地披在肩上，一副层林尽染的样子。脚上那一双深红色精致的高跟鞋让她前凸后翘，很有成熟女人的韵味，不愧是在外资企业的高管。

“怎么张力还没有到啊，老娘都想死他了。”杜鹃嘟囔着，其实这帮人想张力是假，主要是想张力的鸭脖子了。

“来来来，吃吃吃！”还没等黑皮和马忠政抬头，一包东西已经甩到桌子上了。不用问，就知道是张力张老板到了。

张力每次出来耍都要做两件事情：一件是带“香香鸭”给大家吃；另一件是最后抢着埋单。一开始这让马忠政很不自在，争抢了几回，但每次都被黑皮拉着，说人家张老板给面子，我们抢什么单子嘛，你一个大学老师能挣多少钱，攒着给孩子买奶粉吧。慢慢地，马忠政也就习惯了，只要张力来，他就只跟着享口福。

马忠政问风险投资的事情，张力只是“嘿嘿”干笑，说：“还八字还没有一撇呢，做风险投资的又不是傻子，划拉一下就把款打给你啊？你听黑皮在那儿胡说。”然后张力在桌子底下踢了黑皮一脚，黑皮却脱了皮鞋，喊旁边擦鞋的人过来，说他请客给大家擦皮鞋了。三双鞋，甩给擦鞋的10元钱，然后说不用找了。乐得擦鞋的人使劲儿给上面打鞋油，擦得锃亮。

就说这擦鞋的，其实算是成都餐饮业发展起来的下游产业链条，就像重庆城里有很多“棒棒军”一样，都是方便人民群众生活而衍生的行当。在成都大街小巷有不少这样的人，背着一个破烂的包包，里面装着擦鞋的一套工具，胳肢窝里夹着一个小板凳，手上提着一双拖鞋，开口就是：“老板、美女，擦孩子（鞋子）不吗？”然后就有人边吃着饭，边脱了鞋丢给擦鞋的人让他们去外面擦。外地人看了不免倒胃口，成都人却习以为常。实际上，这擦鞋的行当也养活了不少人，投资少、技术低、收入还不错。甚至还有人对擦鞋进行了创新，可以跳舞擦，可以唱歌擦，只不过那价钱就变成三五元钱一双了。而这类拥有“特色特长”的擦鞋人则属于流动擦鞋大军里的VIP或者是大腕级别的人物，乃至成为当地媒体记者追逐报道的对象。除了这擦鞋的下游产业链条，还有掏耳朵啊、卖青果、卖冰粉啊等，不一而足，都成为这座城市的民俗景象，让人随时可以体验到成都独特的生活底蕴。

看到鸭脖子，杜鹃就迫不及待地打开了袋子，然后便不顾形象地加入了吃鸭脖子的战斗，一会儿就啃得满嘴满手都是油。黑皮说：“美女怎么能这么个吃相，还是要顾一下形象的嘛。”张力调侃说：“鹃子大小姐慢慢啃，不着急哈，如果鹃子你能嫁给我，我可以保证你一辈子都能吃到鸭脖子。”

成都粉子们爱吃，是这座城市的一大特色。在春熙路，随时可以看到穿着时髦的女孩子们拿着一串烧烤或是冷串串或是鸭脖子边走边吃，丝毫不顾形象，而让外地人更想不明白的是：怎么这么胡吃海喝，居然都吃不胖，成都粉子一个个还是那么娇小玲珑。尤其是啃兔脑壳，才是这个城市的一绝，犹如上海人吃螃蟹时，一定要把螃蟹里的每一丝蟹肉都挑出来吃干净一样，成都女孩子独爱啃兔脑壳。对于外地人来说，剥了皮的兔脑壳看起来都让人毛骨悚然，但成都女孩子会把一个兔脑壳啃得别有滋味，虽然满手满嘴流油，但绝对啃得干干净净。以至成都男孩子泡妞，有想法的话就请女孩子去啃兔脑壳，因为“啃兔脑壳”已经被诠释为“亲嘴”的意思，如果女孩子同意去就意味着要朋友有戏。

鹃子拿出湿巾擦了擦手上的油，撇着嘴说：“宁可相信这世界上有鬼，也不能相信你们男人这张破嘴。到时候没人要我了，我主动送上门，恐怕你们躲都躲不及。”

这让马忠政想起在学校时的一件事。有天马忠政回寝室，在楼梯上碰到杜鹃，她竟然提着一口锅——那时候，女生可以随便去男生寝室，男生却不能去女生寝室。杜鹃看到马忠政，有些尴尬地举着锅说：“在别的寝室借的，回去整火锅。”马忠政“嘿嘿”地笑，说：“整得好哟。”就在双方错身而过的时候，杜鹃突然问了一句：“你看我像不像个落魄的资产阶级小姐？”就这句话被马忠政记了下来，当时说给大家听，连杜鹃都说竟然有这样的事情？现在她肯定是落魄了，落魄到快没有人要了。

张力和黑皮竟然异口同声地说：“我们还排着队呢！”杜鹃的眼角却红了起来，开始数落起自己的老公来了，人虽然老实本分，她当初也是瞅着他这一点才结婚的，但婚后没有一点儿乐趣，整天一回家就只知道趴在电脑上打游戏，真以为自己是蜘蛛要结网了。尤其是有一次杜鹃在厨房里做饭，油燃烧了起来，她吓得手足无措不知道该怎么办，只能大声喊彭涛，结果半天没有人搭理。等杜鹃想起用锅盖盖住油锅，火早就灭了，厨房被熏得乌黑，她的头发也被烧没了一大撮。为此，杜鹃恨死了她老公打游戏，但是不管怎么说都不管用，彭涛依然故我。

更让杜鹃接受不了的是，婆婆竟然和她争老公。杜鹃和彭涛在结婚前就搬进了新居，但婆婆三天两头还是喊儿子回去陪她住，老公也是什么都听他妈妈的，让穿厚点儿就穿厚点儿，让搭配个什么领带就搭配个什么领带，甚至老公的内裤都是婆婆一手包办，说她买的合身绵软。杜鹃感觉自己跟没有老公一样，老公属于网络和婆婆，这个家里只是老公的临时宿舍。

为此，杜鹃闹了很多次，但彭涛的脾气就是拗不过来，说我不听我妈的听谁的？尤其是那段时间杜鹃怀孕了，她想让老公陪着自己，结果还是被婆婆经常地喊过去，如果老公拗着不去，婆婆就在电话里“哎哟哎哟”的，不是这儿不舒服就是那里不舒服。晚上独自在家的杜鹃越想越想不通，一气之下就私自打了孩子。这事被婆婆和老公知道后，闹得不可开交。“我们现在分居着呢。”杜鹃擦了眼泪笑着说，“我给你们这些男人机会了哈。”

但这次却没有人接话头了，气氛顿时尴尬起来。黑皮说打麻将吧，又问大家打多大的。张力说打小点儿，二四八一六吧，意思就是打 20 元起价 160 元封顶的。马忠政立刻就反对说太大了，打五一二四吧，就是 5 元起价 40 元封顶。末了，马忠政解释最近考虑买车的问题，手头紧哈。大家说，好嘛，都是有车一族了，等买了车先拉我们在三环路上飙一圈。张力说那就五一二四吧，但可以“下雨”（杠的意思）。马忠政只好说要得嘛。

“血战到底”开始了。成都人打麻将讲究“血战”，这不同于外地人打牌的规矩。所谓“血战”就是两口子可以对扣，三个人也可以打，四个人也可以打，甚至六个人也可以打。采取的是个人负责制，谁放炮谁给钱，先和牌的人就在旁边观战，剩下的人继续打，直到最后一个人被别人和了牌或者彻底黄牌。这多少有点儿车轮战的意思，为的是节约时间多打几圈。因此，在成都有句名言：“七区十二县，麻将声一片。”央视某主持人曾笑言，在飞机上路过成都，听到地面上一片“哗啦哗啦”的声音，仔细一看原来都是在打麻将。

成都人对麻将的热衷不止于此，到任何景点参观游玩，成都人只要一歇下来，能立马找个地方开战，至于看了什么景、听了什么典故，那都不是他们操心的范围。尤其是到了每年的三月份，成都周边的桃花盛开，无论在山地还是平坝，到处都可以看到打麻将的场面。这其中最值得一提的也许就是龙泉山，龙泉山上那漫山遍野的桃花或许并不稀奇，但每天有几十万人在桃花树下打麻将，那又是何等的壮观啊！因此，才有了诗人张新泉先生的那句诗，“桃花才骨朵，人心已乱开”，这乱开的还有成都人打麻将的冲动之心。也因此，得益于成都发展乡村旅游，才出现了“桃花比桃子贵”的经济现象：半个月桃花节赚的收入比卖桃子还多。

马忠政一开始手气就不是很好，先是给杜鹃放了一个直杠，再就是给张力放了一个炮，而且张力还是清一色。接下来黑皮又是“自扣带根”，最后杜鹃和马忠政把牌打黄了都没有和，而马忠政还没有来得及下叫，一查牌还得给杜鹃赔钱。这样一算账，第一场“血战”下来，马忠政就输了近 100 元。

接下来马忠政手气一直都好不起来，偶尔赢一下也是个素分——5元。马忠政就一直叹息说：“运气怎么这么‘撇’（差的意思）？”张力说：“这就叫生活上得意，赌场上失意。你看你，现在老婆孩子热炕头，什么没有？学校里又把你作为后备干部，都提拔成团委书记了！毕业才七年，别人都是到处发痒的时候，你刚刚三十岁就是副处级，搁我老家就是副县长，哪个有你爽啊？”

马忠政纠正说：“我这是‘被提拔’——被你提拔啊。当书记一年多了，还不是只混了个正科级的待遇？”

黑皮疑惑着问：“不会吧？我们学校属于部委所属院校，团委书记应该是副处级啊，怎么你没有享受同等待遇啊？”

马忠政摇着头回答：“这你就不知道了，定岗不一定级别也能‘齐步走’啊。我是本科毕业的，虽然正在学校读研，但毕竟学历低，加上没有背景，能混到正科级都不错了。”

“现在学校正在考虑给我提副处级的事情，只是还没有公示呢。”马忠政最后还是忍不住给大家透露了一些，扔出一张二筒说，“估计快了！”

杜鹃一边碰牌，一边咋呼起来，嚷嚷着说：“提上去了就要请客哈！”

“把谁忘了都不会忘记请我们的班花啊！”马忠政说，“我们这些男人都是牛粪，鹃子插在哪堆牛粪上都香。”

说着大家提到张力，说这么肥沃的牛粪怎么到现在都还没有鲜花插上去啊？

张力无奈地说：“我也想结婚啊，我妈都急死了，一天到晚地催，说三十岁的人啦，怎么还不结婚啊，还要晃几年啊？所以为了我妈，我只要遇到合适的就立马结婚。”

黑皮一边碰着杜鹃打给他的一张四条，一边指着马忠政说：“你找书记嘛，书记那里美女资源多的是，你随便开发。”

马忠政立马摇头说：“要不得，现在这些女娃子哪里像我们鹃子当年那么纯情啊？她们想法多得很，也都现实得很，还不是只瞅着你口袋里有没有银子啊，有没有房子啊、车啊，像张力这样的钻石王老五，那真是抢手货，但属于真心实意还是虚情假意就不知道了。我们得对咱寝室最后一个处男负责啊！”马忠政故意加了点儿官腔说道，自己先哈哈大笑起来。

杜鹃立刻提了嗓子说：“哟，处男，拿出来给我看看！”

杜鹃一句话让张力窘得红了脸，说自己也不敢乱耍朋友。之前他耍了一个，还是一个音乐教师。刚开始张力还觉得人不错，但没过几天，这女教师就摆出一副老板娘的架势，在公司里指使这个骂那个，说这里不对那里不对，就连女厕所的拖把没有挂起来也要批评保洁阿姨，要扣30元钱，好像在训斥幼儿园里的小朋友一样，弄得员工怨声载道，吓得张力赶紧跟她分手了，要不然公司都没法儿做了。

大家都附和说，也是这个道理，要不然一结婚你娃还不得拱手让权，这事业还干不干啊，然后纷纷承诺要给张力留意着。眼见太阳快落山了，河边开始泛起了阵阵凉意，下午天热大家都穿得少，但毕竟春天还没有完全到来。张力说他请大家去玉林小区吃火锅，去晚了可就没有位子了。于是众人纷纷起身上厕所“放水”，又坐了张力的帕萨特往玉林小区赶去。

路上马忠政给李敏打电话说他不回去了，晚上要和老同学一起吃饭，问李敏过来不。李敏在电话里很不高兴地说：“你知道我吃不得火锅的，还邀请我，真是假打。你想让你儿子吃奶吃得上火啊？”

“假打”这个词来自成都本土艺人李伯清之口。李伯清人称李老师，后来网络发达起来，李老师更是声名远播。宣布退休后的李伯清更被网友起了很多外号，比如李贝贝，甚至还给他取了一个亮瞎眼的英文名：贝尼马列斯·李·贝金。这些李伯清都一笑纳之，甚至整了个皇家贝里斯足球俱乐部，当然这都是后话。话说李老师当初在成都拉着架子车以在府南河边拉沙子为生，后来李老师酷爱散打评书，用的是地道的成都方言，说的是家长里短、市井文化，也因此而出名，成为成都民俗文化的代言人。说起李老师，那名声真是非常之大，就连守厕所的看到李老师，都要说一声："李老师，随便屙，不要钱。"

"假打"是讽刺一个人装腔作势、弄虚作假、虚伪、为人不诚实等。"假打"反映的是社会上人与人之间交流的现象，其实这种现象应该理解为是四川人的一大文化特色，一种幽默喜剧的调侃语境，是一种语言艺术。在普通话中，形容某人总是不切实际的说话是"吹牛"，那么"假打"则是在吹牛的基础上更渲染了一种"悬"，悬得让人知道这是假的，甚至哈哈大笑。四川人在处理一件不是很理想的事，事后在未卜的情况下，则要道出一句："悬啦，硬是悬吊吊的，悬得来硬是悬死背时！"一个"悬"便把事情的不好事态变得那么幽默。所以，四川人说聊天儿，是摆龙门阵，而且摆的是"悬龙门阵"。

马忠政笑着说："啥子假打哟，我代表黑皮他们真心实意地请你。你不来就算了，你吃什么，我儿子就吃什么，那你们在家安排厅，我早上炖的番茄排骨汤还有，你多吃点儿。"

等吃完火锅，张力又喊大家一起去洗脚。马忠政说："算了，明天星期一还要上班呢。"他就先回去了，张力则拉了杜鹃和黑皮去迪厅耍。

马忠政回去先看了儿子，小家伙正在吃奶。儿子已经出生三个多月了，长得正欢，李敏的奶水有点儿不够吃，现在开始加婴儿奶粉了。

李敏把乳头往孩子嘴巴里塞，小家伙可能嫌吸不出了，愣是不肯吃，只是"哇哇"地哭。马忠政说，你不吃爸爸吃呀，说着，作势就要上前。李敏忙将马忠政推开，拍着儿子说："看，爸爸不要脸，快看爸爸不要脸了，竟然跟我儿子抢吃的，儿子都还没有吃饱呢。"

第五章　房地产市场八级地震

“成都房地产市场八级地震！”

这一天，马忠政坐在校车里，透过车窗突然看到一个正在建造的楼盘外面挂着一幅巨幅广告，上面的广告语让人感觉惊悚，回过神儿来，他就不禁笑了起来。

“八级地震，这谁啊？这么个乌鸦嘴。”马忠政嘟囔着，等转头再一细看，发现“八级地震”那硕大的黑体字下面有着一行注释：本楼盘4998元起，成都房市降价风暴由此开始。

4998元，不就是5000元起吗？马忠政不禁感慨：都在三环路边儿上了，这价格还便宜啊？其实马忠政不知道的是，开发商最喜欢用这个“起”字，一般是在数字的右上角标注一个小字“起”，结果等你去咨询的时候，会跟你说一平方米5000元的房子只有两套，早卖完了，现在的均价是一平方米5480元，或者是更高的。等你理论的时候，售楼小姐又会告诉你，那广告上还有一句话你没有看清楚啊：该广告的最终解释权归本公司所有。这行字比那个“起”字还要小，小得只能让你忽略不计。

坐在马忠政旁边的学生会专职秘书长黄雅涵看见他出神地看着外面，就问：“马书记，你看什么呢？”

马忠政这才回过神儿来，笑着指了指外面说：“你看见没有，刚才外面有个广告说成都要发生八级地震了。”

“啊，八级地震？”黄雅涵吃惊地睁大眼睛，长长的睫毛一闪一闪，让人感觉有些“萌萌哒”。

马忠政忙解释说：“你别紧张，是卖房的，说他们要降价了，价格是一平方米 4998 元起。这是震房价呢，还是震我们这些购房者呢？”

黄雅涵长舒一口气：“就说呢，这么大级别的地震还可以预告？”但对于这 5000 元一平方米的房价，她还是咂咂嘴，说，“我们这些毕业才两三年的，生活在‘月光’之下，不知道多久才能买得起一套房子啊！”

“我大学毕业都快七年了，还不是一样没有房子？”马忠政立即感觉气短了起来，又笑着说，“你住在学校单身宿舍，多安逸啊。我快三十岁的人了，当不上房奴才自卑呢。”

黄雅涵笑着说：“书记都当不上房奴，我们这些岂不是小鬼了？”然后咧开嘴就“咯咯”地笑起来，随意地用手敲打着马忠政的胳膊。前面几个老师听到笑声都回过头来看他俩，马忠政心里不自然起来，怕引起别人误会。这黄雅涵开朗大方惯了，就是有时候不知道讲场合。马忠政竖起食指忙“嘘嘘嘘”，黄雅涵却故意说：“怎么了啊，你尿急？”弄得马忠政更为尴尬。

回到家，马忠政吃饭的时候想着要跟老婆李敏说一下那个“八级地震”，虽然距离远是远了点儿，但从学校返回，校车可以停留，而且价格还算稍微便宜点儿。还没等马忠政开口，李敏就发着嗲，拉长了声音却是用一种毫无商量余地的语气说：“老——公，我决定了，我们还是买车吧。”末了，她又补充说，“我拿到驾照都四年了哈，照片都老了，车还没有看到。”

这是李敏惯有的语气，可以把一句话嗲到你心里发软。李敏算是成都土著，东郊国企子弟出身，条件也就相对优越得多，当时追李敏的男孩子也是排起了长队，但她和马忠政的结合完全是巧合。那时候李敏在另外一所大学读书，也是学生会干部，但属于跑腿的那种。一次，马忠政带着他的学生会主席团到李敏的学校去做交流，在双方“会谈”期间，李敏给马忠政倒水，结果一不小心把杯子碰倒了，水洒了一桌子，也洒在了马忠政的衣服上，场面相当尴尬。乖巧的李敏更是手足无措，一个劲儿说对不起，对不起。人高马大的马忠政挥挥手，用四川话说了声“没得啥子”，会议继续。会后，李敏又专程找到马忠政向他道了歉。马忠政被长得乖巧可爱的李敏打动了，轻描淡写地说小事一桩，两人还互留了 QQ 号码和 BP 机号码。

那时候，QQ 聊天儿刚刚风靡起来，两人也是瞌睡遇到枕头，干柴遇到烈火，一下子就黏住了。李敏看中的是马忠政为人处世灵活，人又稳重实在。当然，马忠政一米八的个头儿也是李敏倾心的因素之一。至于李敏的条件也是不错，属于中上等的女孩子，典型的成都人，皮肤好、小脸、乖巧，会发嗲，做起事情也是干练的辣妹子。

两人谈恋爱的时候，常常是坐了公交车到对方的学校一起吃晚饭或者散步，然后又在晚班车最后一趟时赶回来，很是辛苦，却倍感幸福。更多的时候因为马忠政工作忙，只能打电话或者在网络上聊天儿互诉衷肠。因此，每每马忠政晚上去找李敏散步的时候，都会趁着夜色去亲她，就像一头黑熊去拥抱白雪公主一样，李敏会一边说“好烦哟”，一边把嘴巴迎上去，两人在学校小树林里或是哪个教学楼背后的暗影里亲得难舍难分。

马忠政就奇怪了，怎么成都女孩子骂人啊、表示亲昵啊，都会说你“好烦哟”，却能让人心里有痒痒的、舒服的感觉呢？这完全不像他内蒙古老家的那些女孩子，一旦开口骂人，绝对骂得你狗血淋头；这也不像山城重庆里的女孩子，那里的女孩子脾气大，有个性，一开口骂人就能够把场面镇住。

李敏和马忠政相恋了一年后便大学毕业了，两个人也就住在了一起。住在学校安排的单间筒子楼里，条件很差，锅碗瓢盆的日子当然也没有当学生时那么浪漫，难免磕磕碰碰。这主要是马忠政工作忙，琐碎，应酬多，经常喝得醉醺醺的半夜才回家，也因此常惹得李敏发火。

李敏在一个事业单位做行政，工作起来也是比较清闲，不外乎帮领导跑跑腿、整理整理材料，生活可谓不温不火。她对自己的定义就是做个幸福的小女人，出门有胳膊可以挽扶着，在家有男人和孩子可以陪着，在商场买东西有卡可以刷着。但成都女孩子又特别敏感，马忠政稍微回来晚了，她就要拷问半天，去哪里了？做什么了？和什么人在一起？但这一条似乎放之四海皆准，所有女人都是如此。

有一个段子说，有个男人回来晚了，就开始敲门。重庆女人会在门里火冒三丈地大骂：啷个这么晚回来嘛，你还晓得有个家呀，你出去耍噻，耍够了再回来嘛！骂归骂，但是用不了多久，重庆女人依旧会让男人进门。但成都女人不一样，她会在门里轻声细语地说：去耍嘛，不着急回来，我一个人还不是一样地过；去耍嘛，你耍够噻，你那些兄弟伙比我重要得多啊……如此这般，可以说一个晚上，天亮了男人还不得进门。

有一次李敏问马忠政："你们出去耍的时候叫小姐不？"马忠政一愣，这话怎么说？马忠政心里不得不承认有时候和领导出去陪客户，为了应酬需要还是会叫小姐的。马忠政在外面绝对会把面子工程做好，但到了关键时候就会借口离开，或者塞给小姐 100 元钱，说他的那句名言："我们谈谈人生吧。"

于是马忠政笑着说："怎么说呢？说没有，你不相信；说有，你会崩溃。"李敏听了说："你们男人就是鬼，就知道忽悠我们这些家庭妇女。"但这个问题就这样被马忠政巧妙地回避了。

马忠政要往上走，也只能这样安慰李敏和自己，酒可以随便喝，歌可以随便唱，但关键的是要守住自己的原则、自己的那根红线。再说和领导出去陪客人也没有办法，领导能让你去，那是给你面子，许多人还排队得红眼病呢。

现在在大学里工作早已经不如以前那么简单了，面对社会有许多业务需要沟通协调，比如批个土地啊、向银行贷款啊，或者申请专项基金啊，甚至和当地派出所、街道办、工商局、卫生局都要搞好关系。尤其是那些年高校扩建，有时候书记、校长为了贷一笔款，还不是请银行的人吃喝玩乐一条龙？有些地方明知道去不得，还不是一样要上刀山，下火海？不去又不行。书记说了，你是从内蒙古来的，酒桌上就靠你把客户摆平了。那只有喝吧，不仅喝自己的，还得替领导喝、替客户喝。有时候马忠政喝得很是恼火，就想实在喝不动了的话，就直接喝死在桌子底下算了。

但没有办法，喝多了就跑到厕所里吐，吐完了擦擦嘴巴回来再“光彩照人”地继续喝。喝完白酒喝红酒，再转战场到歌厅喝啤酒、洋酒，一场下来至少要开个“五中全会”。用酒场上的话总结就是：“宁可胃穿个洞洞，感情不能出个缝缝。”但谁和谁谈感情了，还不是为了各自的利益？

也正因为如此，马忠政才能在没有任何背景的情况下，一方面靠自己工作上的努力，另一方面靠自己在领导面前圆滑地处事，只用五年时间就完成了从学院里的教学专职秘书升职到校团委，做学生会专职秘书长，当团委副书记，又在去年初转正为团委书记这一连串的跳跃。正是因为他上升得太快了，领导考虑到他资历尚浅，所以就暂时没有解决他的副处级待遇。以马忠政现在的年龄，也算是学校最年轻的名义上的副处级和正科级了。

马忠政在事业上虽然比较顺利，但在生活中却因为李敏无休止或者莫名的抱怨而烦恼不已。终于有一天晚上，马忠政从学校加班回来，李敏在洗衣服的时候发现他夹克上竟然有一根黄色的长头发，而李敏是从来不染头发的。为此，李敏火冒三丈，找马忠政质问道：“你老实交代，你是去学校加班了还是找小姐去了？”

其实马忠政心里清楚，这是黄雅涵的头发。前天晚上加班时，团委的学生会专职秘书长黄雅涵觉得身上冷，就借了他的衣服临时披了一会儿，后来又还给了他，但他哪里会留心去检查上面的黄头发啊？但这个能给李敏解释吗？恐怕他越解释越解释不清，只能按照黑皮的“五不原则”：不主动、不拒绝、不负责、不承诺、不解释——他不解释了。

但马忠政越是不解释，李敏就越是闹。两人闹得不可开交的时候，马忠政不小心以一个巴掌结束了这场闹剧，李敏当晚就搬到闺密家去了。这冷战一打就是一个月，大家都以为他俩这次是真分手了，还有老乡张罗着给马忠政介绍女朋友，马忠政也以为两个人完了，就跑去见面却没有任何感觉，他才明白自己原来还想着李敏。最后，马忠政因为放不下李敏，不得不低头认错，找了朋友们撮合，甚至连李敏学校原来的学生会主席都搬动了，才把李敏请回了家。事后李敏的脾气也改了不少，两个人更加互相珍惜起来。慢慢地，小火炖猪蹄，火候到了也就渐渐相安无事，直至两个人结婚生子。虽然还有锅碰勺的时候，但生活毕竟逐渐安稳了下来。

在买房还是买车的问题上，两个人的意见分歧还是比较大的。按照李敏的意思，现在完全可以跟着她老妈住，还能有个照应，而且孩子大了开支也大了，她老妈还不是拿了自己的退休金来补贴。但马忠政始终觉得自己一个大男人连房子都买不起，也不是回事，说出去脸上都挂不住。

有一天，马忠政等丈母娘出去和别人打麻将时，就悄悄和帮他看孩子的老妈商量说买房子的事情，老妈一口就咬定说买，砸锅卖铁都要买。

“儿啊，妈知道你作难得很，不容易啊，但亲家一天挂着的那张脸和拉下来的卷帘门一样，妈也承受不起，咱气短也被人下看哩。”他老妈操着浓重的包头口音，说着就又抹眼泪，末了说，“家里奶牛现在效益还可以，到时候能给你支持一点儿，实在不行就喊你大大卖几头奶牛。”

马忠政忙说不用了，现在妹妹还在上大学花费大，自己这个当哥的没有本事供妹妹读书，老人还辛苦着呢，奶牛贵贱不能卖。

想着老妈当时的样子，马忠政就感觉有些心酸，但心里还是决定先买房子。正想着时，有学生进来悄悄地问马忠政：“马书记，能不能借我 100 元钱吃饭啊？”

马忠政听了两遍都没有听清楚他在说什么，那学生终于憋红了脸，大声说：“马书记，我没有钱吃饭了，能不能借我 100 元钱？”

马忠政也不认识这学生，可能是学生会新招来的干事。这样的事情很多，学校招的生源很多都是从贫困地区来的，入校后虽然有一定的助学贷款和生活补贴，但生活还是常常难以为继。马忠政想起自己当年上学的艰苦，也理解学生的难处，便从钱包里取了 50 元钱，说：“我自己带的也不多，先给你 50 元钱吧，也不用你还了。”

学生感激地接过钱，对马忠政说了声谢谢，又说：“马书记以后有什么活儿要干把我喊着啊，我叫王兴刚。”

马忠政支吾着说："好好。"还是低头想着如何对付李敏的事情。

想到房子，马忠政给黑皮打了电话，说他决定还是先买房子，问黑皮有没有合适的房源可以推荐。黑皮说，这样才像男人嘛，早该动手了，但现在价格都比较高，自己先帮他留意着，有合适的一定及时给通报一声，说不定还有优惠。

其实，马忠政有天还是抽空去看了那个"八级地震"，广告上的起价是一平方米 4998 元，一问售楼小姐才知道最便宜的价格已经是一平方米 5500 元了，而自己中意的那套价格更是到了每平方米 5800 元。问起广告牌上的事情，售楼小姐不屑地笑着说，要买这个价位的就只能去郊区农村找了。气得马忠政扭头就走，售楼小姐还在后面说，爱买不买，我们又不是卖不出去。

第六章　跨入房奴的行列

"我不同意买房子，我就是要买车。"李敏一句话就把马忠政的提议给否决了，然后转个身把自己埋进了被窝里。

虽然已经过了午夜，但马忠政依旧没有丝毫的睡意。和李敏的沟通可不像给学生做思想工作，耐心一点儿或者采取威逼利诱就可以了；也不能像学市场营销时老师讲的那样用 SWOT 分析法，给老婆讲"Strengths（优势）""Weaknesses（劣势）""Opportunities（机会）""Threats（威胁）"。对付女人很多时候都难以做到晓之以理，动之以情，更何况这是一个成都女人。只有一个办法：哄！

但"哄"这个字终于在今晚他和李敏的沟通中失灵了。李敏的意思是一方面孩子大了，出行确实需要一辆车，每次去三圣乡耍农家乐，抱着孩子坐公交车连站的地方都没有，何况还要放一个童车；另一方面她也顾虑到自己的老妈，怕老妈说两口子一成家就搬出去不管她了，白养了个女儿。“再说了，现在我们单位哪个女同事没有车开啊，再差都是个QQ。我就骑个电动自行车，夏天能把人热死，冬天能把人冷死，到时还不得买好点儿的化妆品保养啊，要不然就和黄脸婆一样，让你马书记带出去多没有面子啊！”她的意思是不买车的话，以后为保养自己在化妆品上花的钱会比买车都要多。

马忠政从投资的角度引述了黑皮的原话，还说自己作为北方人，总感觉住在丈母娘家不“美气”。而汽车纯粹是消耗品，每月养车就至少要花六七百元，从长远考虑还是买房子要稳妥一点儿。再说等孩子稍微大些，再攒钱买车也不着急啊。

马忠政站在客厅的阳台上，看着外面还零星地亮着灯光，又环顾这个不到100平方米的三居室。虽然不大，但在他的精心布置下还是很温馨的。客厅的家电、家具在丈母娘和老妈的打理下光洁如新，一些精致的旅游纪念品随意地摆放着。孩子满月时照的一张照片被马忠政放大，然后挂在墙上，取代了他们两口子的结婚照，那是尚在梦中的孩子露出的灿烂笑容，让马忠政回家一看到，内心就有一种说不出的幸福感。

在马忠政看来，他一直觉得自己还是个孩子，可突然有一天就当爸爸了，上天神奇般地赐予了他们这么一个漂亮、健康的儿子，难道这就叫爱情的结晶？只有在当了父母之后，马忠政才真正地体会到当一个父亲的责任与艰辛。有这么一个生命需要你去养育，看着他一天一天长大，然后自己日渐老去，完成生命的轮回。

一有了儿子，马忠政的想法就多了起来。以他现在和李敏的工资，两个人加起来不到7000元钱，除去家里和平日的开支，一个月大概还能存三四千元钱。因此，马忠政觉得买套房子除去首付可能把家底掏空外，每个月月供还是可以承受的，何况他们两个人每年的公积金就可以提出一万多元，完全可以拿出来还银行本金。但如果不买房子，这公积金也就提不出来了，放在那儿也没有用，工资里却还是照扣。

算清楚了账，回头马忠政就给黑皮打了电话，说了自己的苦恼。黑皮说："你一个团委书记，做思想工作是长项，怎么还摆不平个老婆，啥事！"

按照黑皮的理论，他的"五不原则"是对付女人最好的策略了。马忠政没好气地说："你倒是'五不原则'了，屁股上拉的屎却让我去擦。"

这似乎就抓住了黑皮的短处，他在电话里只是"嘿嘿"地干笑，笑完了转移话题说，有个金通集团在城南三环边儿上开发了一个大楼盘，正在搞青年置业计划，就是首次置业者可以首付两成买房，而且价格很便宜，4500 元一平方米。"关键是那里距离正在建设的地铁线很近，走几步就到了，而且距离你学校也近啊。"黑皮鼓动马忠政快点儿下手，他有个朋友在那儿做销售总监，找他还可以少一两个点的。

这让马忠政立马心动了，这个价位在那个位置确实是相当不错了，而且在新校区和城内老校区的中间位置，也是校车的必经之路，这样以后两边跑起来会很方便。再说那里距离李敏所在的区科技局也很近，坐公交车就二十来分钟的样子。特别是首付两成，可以减少很多资金压力，他原来计划的是首付三成，但家底也就彻底掏空了，现在好了，还能腾出来两三万放手里备用。于是马忠政就约好黑皮，打算星期六先带李敏去看一看，说不定李敏也就动心了呢？

到了周五晚上，马忠政装作不经意的样子跟李敏说了金通集团的青年置业计划，并说黑皮有门路可以少几个点子。"首付两成，一下子就少几万块，咱们再攒一年钱就可以买辆车了。"马忠政不得已抛出了这样一个"诱饵"。

"你想想嘛，以后在地铁边儿上，坐地铁到天府广场也就 10 分钟，逛商场好方便的嘛。"马忠政提醒说，他们结婚的时候去北京度蜜月，第一次坐地铁时才知道地铁是多么方便。现在对于大多数成都人来说，还无法体会这地铁交通到底有多么快捷、方便。"只要地铁一开通，那里的房子肯定会涨价，我们即使不住也可以作为投资赚上一笔啊，到时候就能买辆好点儿的车了，把雪佛兰乐风升级成科鲁兹，把标致 206 升级成 307。"马忠政终于发挥出他学市场营销的专长，让人听着就感觉充满诱惑。

好说歹说，李敏终于答应先去看看，但提醒马忠政说别以为这样就不买车了。

看到李敏终于答应了，马忠政就兴奋了起来，翻身趴在老婆的身上开始吮吸起来。李敏开始还反抗了两下，用拳头打着马忠政厚实的肩膀，一个劲儿地说："给儿子留点儿，给儿子留点儿。"过了一会儿，李敏的身子就酥软起来，任凭老公在自己身上随意游戏起来。

自从李敏生完孩子，两人的夫妻生活就很难协调，一是孩子就在他们旁边睡觉，等你刚来了兴致，儿子却"哇哇"哭醒了；二是许久没有过夫妻生活，两人都找不着感觉了。马忠政今天难得兴致很高，孩子也似乎很懂事，两人居然找到了以前高潮的感觉，折腾半宿才满足地躺下。

第二天一大早，两口子就高兴地爬起来，跟两位老人说出去办点儿事情，让老人带孩子去旁边的公园里转转。

一般情况下，两口子周末都会在家里看孩子，让两位老人出去散散心，去商场转一下。但基本上马忠政的老妈是不出门的：一是老人家没有多少文化，走远了怕迷路；二是老人家也不喜欢出去，外面的人她谁都不认识，也听不明白别人讲的成都话，当然别人也听不懂她说的是什么。跟马忠政的老妈经常来往的也就是院子里的一个内蒙古老乡，和马忠政家一样，也是给儿子看孩子，两人经常在院子里带孩子散步，倒也能说说话解解闷。

但马忠政的丈母娘就不一样了，不管家里谁在谁不在，反正是经常要出去打麻将的，要不就是和她的那些朋友、老同事到近郊的农家乐去耍，看孩子的事情也就只是搭把手而已，用她的话说："我是外婆，以后还不晓得外孙子认我不，不能养成白眼儿狼了。"

到了项目处，黑皮带着马忠政两口子到处转了转，虽然还是在建的工地，但是花园、绿地、运动会所等，都设计得一应俱全。再看看沙盘，着装整齐的售楼小姐用一支荧光笔，给他们两口子指点楼盘所处的位置，说周边的配套："这里是100亩的商业地产，我们将来会引进一家诸如家乐福或者欧尚那样的大型超市；这里是市政公园，地铁口在这里；小区内部有地上和地下停车场，有健身中心，还将引进蓝天幼儿园，这可是品牌幼儿园啊。"

如此等等，看得李敏两眼直放光。想想自己现在住的小区，还是20世纪90年代末修建的，绿化谈不上，院子里只有一棵大榕树，最恼火的是没有停车位，每天晚上私家车都基本停在外面的马路边儿上，上个月还被偷了一辆，还有一次十多辆车被人在晚上扎破了轮胎，但没有人值守只能自认倒霉。即便如此，路边的位置还是很紧张，稍微回来晚了就没有位置停放，只能放在一公里外的一家肿瘤医院里，费用高不说，关键是想想心里都不舒服。

马忠政观察到了李敏变化的细节，提醒说："主要是考虑孩子以后的教育问题，蓝天幼儿园多好啊，可以双语教育，不像我们小区旁边的幼儿园，教学条件那么差。小区环境就更差了，连棵小草都看不见，一棵树也是半死不活的。"加上黑皮在旁边怂恿，说："嫂子，你哺乳完孩子就该减肥了，住在这里多方便啊，出门就是运动中心。"

李敏踌躇半天，终于松口愿意放弃她的买车计划，决定先买房子。"但是先要做通我妈的工作啊。"李敏给马忠政补充说。

于是两口子在黑皮的参谋下，相中了一套对着中庭、在12楼的房子，建筑面积80多个平方米，两房两厅，公摊17%，但赠送一个可变空间，有个7平方米可以做书房，但要到明年年底才能够交房。

黑皮找到他熟识的营销总监张斌，对方爽快地把价格压到了4300元，这样算下来总价为36万多元，首付两成7万多元，贷款19万15年期，月供不到1700元。核算好了之后，黑皮说："干脆你们今天就把订金交了，免得到时候没有房源了，来这里看房的小年轻可多着呢。再说，你们过几天实在不想要了，在办手续交首付之前我都可以帮你们把订金给退了。"黑皮挤了最后一点儿"眼药"给马忠政两口子。

张斌也在旁边鼓动说："马书记，你看嘛，我们第一批次也就200

多套房源，开盘一个星期就卖出去一半。给你透个底，等第二批次开盘的时候价格肯定要往上调至少十个点，到时候兄弟都没有办法帮忙了。”

听了黑皮和张斌的话，马忠政征求了一下李敏的意见，见李敏仍然有些犹豫，马忠政干脆拿出自己的信用卡说：“刷卡吧，订金两万，改天来签合同。”等李敏醒悟过来生气地说：“什么都是你们两个筹划好了的，我就是来走个过场啊？”

马忠政和黑皮立马说，哪里敢啊，好东西不容错过，有房子心里才踏实点儿。然后，马忠政无比畅快地长舒一口气说：“我从此就跨入房奴的行列了！”

在李敏和马忠政回去的路上，两人都不知道该怎么跟李敏妈开口。马忠政的意思是让李敏私下跟她妈说，毕竟人家是母女俩，有什么可以当面锣对面鼓，闹了别扭也不会记恨。李敏说，我就知道你是这心思，把为难得罪人的事情都推给我。

谁承想一回家，李敏妈正坐在客厅里怄气，原来是打麻将输了两百，心疼钱。马忠政借口下楼去找他妈妈和孩子，临出门给李敏努嘴又挤眼睛的，意思是赶快提房子的事情。

李敏劝她妈别心疼那点儿钱，气坏了身子不好。说着，就从包里拿出 400 元钱给她妈，笑着说：“这是女儿的私房钱，就算资助你的麻将钱。”李敏妈倒是不客气地接了过去，说女儿没有白养，脸上已经有了笑容。李敏就赶快跟老妈说了今天看房子的事情，说已经交了订金，又说那里环境好、空气新鲜、交通方便，以后把老妈接过去一起住。又道：“尤其是幼儿园好，你总不能让你外孙读楼底下那么‘撇’的学校吧？”

没想到李敏妈倒是豁达得很，说他们确实也该买房子了，只是一个劲儿地强调她没有钱哈，不得给他们赞助。李敏一听，一颗悬着的心才放下来，说我们怎么会用你养老的钱？然后就躲进房间给马忠政打电话说一切办妥，喜得马忠政在楼下抱着孩子狂亲。

晚上等孩子在马忠政他妈那边睡着了，两口子在床上开始商量起以后要把房子装修成什么风格，买什么样的家居。说着两人又激动起来，马忠政翻身到李敏身上，两下就扒拉光两人的睡衣。李敏“哧哧”地笑着说，你是野兽啊？昨天要了今天又要。马忠政不管这些，用尽了各种在某些影片上学来的花样，格外地卖力。李敏也是极其欢乐地配合着，在他身下愉悦地“哼呀哼呀”地叫起来，让马忠政紧张地用嘴把她的哼哼声给堵住了。

第七章　别人有背景，自己只有背影

解决了房子的问题，马忠政的心情格外清爽，在团委上班时竟然忘乎所以地哼起了歌。专职秘书长黄雅涵坐在马忠政的对面，睁着一双大眼睛，睫毛忽闪忽闪地眨着，然后眯了眼睛笑着问：“怎么马书记近来有喜事啊，不仅写在脸上，还歌唱起来了？”

马忠政忙收了脸上的喜色，要不也显得太不沉稳了。

自从当了学校的团委书记，马忠政就尽量把自己装扮得成熟、职业化了一些，除了平时和黑皮他们随意打骂，在办公室里他总是挺平了脸面，不温不火。但毕竟团委里的人都比较年轻，他也不是那么特别刻板，偶尔还是和自己的两个副手以及工作人员开个玩笑，但他一直在心里提醒自己要有分寸，毕竟除了他，进团委的人都是各自有各自的背景，谁也说不清楚别人会在背后怎么评价你。

就像现在的专职秘书长黄雅涵，当初是马忠政和学校人事处领导一起从外校招聘来的女研究生。当时招聘的时候马忠政就眼里一亮，和人事处处长商量着把黄雅涵留下来。但是后来他才知道，黄雅涵的一个远房亲戚是地方上的一个领导，早就跟学校主管领导打了招呼。这让马忠政多少有点儿窝气，就像歌曲里唱的“连分手也是让我最后得到消息”。

别人都有背景，而自己只有背影。但马忠政也庆幸自己的眼光和领导的一样，要不然这中间的环节还不一定要闹出什么矛盾来，自己以后也不好在领导跟前说话。

好在黄雅涵没有把自己的那点儿背景端出来。她性格活泼、大方，平时的打扮也很青春靓丽。头上随意扎个马尾，一条牛仔裤穿起来衬得那双长腿挺拔而浑圆，几近不变的运动鞋让她行动起来轻便利索，走到哪里都有她的笑声。有时候当团委办公室里没有学生的时候，她也会和马忠政嬉闹一阵，讲点儿荤段子、开点儿小玩笑。

有一次，黄雅涵拿着桌子上的一个玩具鼠标垫，将垫子里的液体全部挤在一起，然后问马忠政像什么？马忠政研究半天，都看不明白这一团液体像什么。末了还是黄雅涵告诉他：像个屁股吧？而且有股沟啊！然后又把鼠标垫竖起来，让鼓起的一面对着马忠政说，这样就像丰满的乳房。她把这“乳房”放在胸前和自己的对比了一下，自言自语说，我的有这么大就好了，多性感。这让马忠政差点儿喷饭，这女孩子讲话怎么没边没沿。

倒是团委副书记陆明，虽然比马忠政年长两岁，但至今仍然单身，所以和黄雅涵能够打闹到一起。马忠政看着他们总有些别扭，就好像我们带孩子出去吃东西，他们选择的是麦当劳、肯德基，而我们只热衷于牛肉面。同时马忠政也看出来了，陆明喜欢黄雅涵，只是还没有挑明，自己也就装聋作哑了，这毕竟是人家的事情。

面对陆明，马忠政内心还是有些芥蒂的。在他刚进团委当学生会专职秘书长的时候，陆明就已经从其他学院的办公室主任一职调到团委当副书记了。这其中的隐秘其实已经很明了了：当时团委的正书记已经在任快六年了，即将调到其他学院当院长，那么团委书记的位子就空出来了。于是陆明加紧活动，好及时接任，一副志在必得的样子。当然，陆明能够有把握提升的原因也是因为他和学校的副书记关系密切，而且据说毕业于另外一所高校的副书记是陆明父亲当年带过的博士。后来的结果却是马忠政被越级提拔为正书记，陆明原位不动，这就让陆明心里对马忠政有了嫉恨。也因此，对于马忠政的各项指示，陆明虽然会执行，但往往故意执行不到位，或者有时候故意拖延。马忠政为了班子团结也不好明着和陆明干架，只能小心翼翼地应付他。

对于黄雅涵，每天面对这么一张青春洋溢的脸庞，起初马忠政心里也是痒痒的，但很快他就告诫自己不要和黄雅涵靠得太近，要注意影响，“兔子不吃窝边草，不管草长得有多好”。尤其是在今年评副处级的关键时期，更要把持住自己。

马忠政买房子的事情还是被黑皮捅给了其他朋友，张力和杜鹏就打来电话说让马忠政请客。马忠政说，怎么买个房子也算请客的理由啊？那我以后收房、搬家都要请客啊？黑皮说，那是应该的，现在虽然还没有搬家，但是也可以先在地皮上庆祝一下，去喝一次酒。恰好在第二天是张力的三十岁生日，于是几个人说好一起庆祝，相约去玉双路吃冷锅鱼。吃完饭马忠政去结账，结果张力早在上厕所的时候就悄悄结过了。马忠政把钱往张力手上塞，说，兄弟们这样要不得。张力最终还是推托了，说，下次，下次。马忠政拗不过，就喊大家去KTV唱歌，这次他先去大厅里买酒水，自己付了单心里觉得才稳妥了一点儿。

曾经多少次跌倒在路上
曾经多少次折断过翅膀
如今我已不再感到彷徨
我想超越这平凡的奢望
我想要怒放的生命
就像飞翔在辽阔天空
就像穿行在无边的旷野
拥有挣脱一切的力量
……

等酒水提到包间里，黑皮已经开始摇摆着唱起汪峰的歌曲《怒放的生命》。杜鹃脱了鞋，站在沙发上散乱着头发，在节奏里疯狂地摇摆着。四个人难得疯一次，端起酒杯不约而同地说：“为三十岁干杯！”

每年的4月份，马忠政都要以团委的名义组织一次学校的社团文化节，在开学之后已经初步确定了方案。这个文化节，其实是黑皮和马忠政在学校的时候，他们两人一手策划出来的，到今年已经是第十届了，这也是马忠政在学校团学工作上的最大政绩。

那个时候，马忠政刚当上学校学生会主席，想着怎么“烧三把火”。黑皮当时已经是学校里一本由学生自办的刊物的负责人了，正想着如何把自己刊物的影响力做大。两个人一拍即合，商量着要弄出点儿动静来，于是发起举办了学校的首届社团文化节。

那个时候，学校的社团非常繁杂，学生的参与热情也很高。两个人写好策划方案，就到团委去要钱，结果团委书记说经费不足，只能支持一点儿，剩下的还得靠他们自己。于是两个人又到处拉赞助，校外的眼镜店、串串香、录像厅等，竟然都被说服了，这个三百，那个五百，多少都给了点儿赞助。黑皮对他们的回报就是在他的刊物上发豆腐块大的广告，学生持刊物到店里消费可以打九折。那时候黑皮的刊物总计才印刷500份，但黑皮手指头一伸：“5000份！你想想，花三五百元至少给你带来三五千人的学生消费团体，该是多么高的回报啊！”

于是，在后来的文化节上，比如举办的诗歌朗诵会，教室后面的广告条幅上会挂着“某某串串香店预祝首届社团文化节圆满成功”的字样，末了还在门口发传单或是他的小刊物——在文化节期间，凡是去串串香店吃饭的同学凭传单可以打九折。于是，那个时候的诗歌朗诵会、高雅音乐会，甚至是装置艺术展、书法展的现场，总是飘满了串串香的味道，实在是不堪回首。每每提及，马忠政和黑皮两人就感慨不已，不知道那时候的热情和干劲儿怎么就那么大。

串串香与火锅同源，但是串串香更为成都人所接受，吃起来方便快捷、花样多，还便宜。其实，那个时候成都的串串香最贵也不过一毛钱一串，四川大学那边最便宜的是八分钱一串，后来很长时间维持在一毛二一串。最近几年串串香的价格不断上涨，从两毛涨到了现在的五毛，荤菜有的一块一串，但串上的蔬菜量却不及以前的一半，有的还要收锅底费。即使如此，串串香也应该算是物价上涨幅度最低的消费项目了。串串香也是成都人的最爱，不管是开宝马、奔驰的，还是公司白领、普通打工仔，都喜欢吆五喝六，喝酒、吃串串、摆悬龙门阵。

现在，串串香也有各种了口味，有走街串巷的手提串串，也有冷锅串串，甚至还有的叫厕所串串，这让外地人一听就倒胃口，但成都人依然大快朵颐。尤其一些串串香做出了名气后，还在成都乃至全川搞加盟连锁。更有甚者，有一传说中的串串香店，每天顾客盈门排队来吃，而且别无分店，仅此一家。每逢寒暑假则关门休息，带员工去巴厘岛度假。这两年居然还把门店开到了北京的国贸一带，给那些在北京工作的成都人解馋的机会。

回到原来话题。虽然那时候的社团文化节举办得不伦不类，但是一些诸如高雅音乐会、装置艺术展等在高校中尚属于新生事物，得到成都各大高校里的学生和专业人士的空前关注。尤其是黑皮还找来了几家报社和电视台的记者，在文化节期间进行了多次报道，宣传得红红火火。

这让团委领导看在眼里，决定正式收编过来。这样的模式，在中国经济发展大潮中比比皆是。比如有的地方政府主办一个洽谈会、博览会，或者文化节、艺术节什么的，正是所谓的“文化搭台，经济唱戏”，是被作为招商引资的重头戏。刚开始搞的时候会很艰难，但慢慢搞起来后，上一级的政府或者国家部委就会收编过来，把档次往高处再提一下。看起来是对地方的支持，但实际上这都是锦上添花的活路，谁都会干，干起来也轻松。当然，这话题又扯得太远了。

于是，从第二届社团文化节开始，由学校团委牵头来做，然后在各个部门和院系去分别要点儿钱作为支持单位，具体还是由学生会来操办。也因此，文化节举办的规模越来越大，活动也越来越多、越来越丰富，层次也越来越高。最新加入的内容就有创业大赛、软件开发大赛，甚至去年还有个少数民族学生单独召开了一场个人演唱会，后来被学校推荐到电视台，又被唱片公司签约了。

但今年让马忠政忧心的是，因为学校前几年大力贷款修建新校区，光是贷款就达到十多个亿，这样每年的利息就近一个亿。为了节约开支，学校开始在经费预算上进行调整，团委的活动经费今年就被压缩了近三分之一，其他部门和院系也是如此。作为当家人，马忠政不得不精打细算地过日子，要不然都扛不到学期的期末了。

其实，谈起这些经费问题，马忠政心里还是有数的，每年团委和学生会常规的费用支出基本变数不大，加上办公经费也能够应付过来。控制不了的就是接待经费、各个院系兄弟单位要求的赞助费等。单说接待这一块，学校团委系统的婆婆要远比其他院系多，接待活动一上档次就让马忠政吃不消：现在请客吃饭，点菜花不了多少钱，尤其是有时还吃个火锅什么的，点多少菜基本心里有数。但这酒喝起来却是没完没了，有时候比菜品甚至还要贵好几倍。可是他也没有办法，还不照样得掏钱？蛋糕只有这么大，这头多了就得从那头压缩。

但团委又不像其他院系，可以搞个培训班啊，在外面弄个兼职啊，可以有点儿创收，团委就是纯粹的清水衙门。为此，马忠政也想了不少办法，除了悄悄将艺术团拉出去商演，还打着团学工作的旗子，私下搞了一些诸如礼仪、交谊舞甚至新闻类的培训，还真是多少有点儿进账，留在小金库里用来解决一些燃眉之急。

另外，马忠政心里还有个小九九，就是想给自己的部门配辆车，但申请了几次都批不下来。而其他处室如学生处、教务处啊，尤其是财经学院、外语学院面对社会培训赚的钱多，都早些时候就给自己的部门配了车，因此马忠政只能自己想办法了。至少目前团委这么几个人干什么都不方便，又不是教学单位，老师每天可以按时间点坐校车从新、老校区打来回，但团委干部经常要衔接校外其他职能部门，与兄弟院校交流也比较多。打出租车多了，费用累计下来也不少，所以每次马忠政出门都要蹭车，有时候同事、朋友故意开个玩笑说："马书记，怎么连个奥拓都配不起？"

马忠政脸上虽然挂不住了，但也很是无奈。所以他不得不另想办法，既要节流，也要开源。

于是，马忠政想起了十年前的招数——拉赞助。但不能像原来那样没有档次了，捡到篮子里都是菜，什么人都能做赞助商，现在赞助有了门槛，一万元起价。碍于自己的交际圈实在有限，平时又很少和企业打交道，眼看都到4月份了，资金还没有完全落实。马忠政之前虽然也跟黄雅涵和陆明提过，说他们拉来的赞助可以提留百分之二十做辛苦费，但至今也没有个回音。无奈，马忠政只好放下脸面，找到张力，说能不能赞助一下社团文化节。张力倒是一口应承下来，说，母校的事情应该赞助的，何况还有兄弟们的感情在。之后，张力就给了他两万元，也没有提什么要求回报的事。

马忠政想着还是应该给人家表示一下，就做了几个条幅挂在学校的主干道上，写着:“成都香香鸭餐饮集团预祝第十届社团文化节圆满成功。”然后又设了一个专场，主题是“当代大学生如何创业”，邀请张力过来，给学生们讲述他的创业经历。没想到人气很旺，这让张力感觉非常受用，演讲得声情并茂，学生们听得也是激情高涨，最后都围着张力要签名，情形不亚于哪个明星的演唱会。当天，学校周边的香香鸭店都卖脱销了，张力安排人补了三次货，到晚上还是销售一空。

当然，社会团文化节也少不了黑皮的身影。他代表自己所在的《蓉城都市报》前来采访，连续发了五六篇报道，另外还邀请了其他的四五家报社和电视台的朋友前来助阵。

晚上，马忠政在电视里看到自己沉稳地给记者介绍学校社团文化节情况的画面时，也感觉非常满意，觉得自己虽然没有深厚的背景，但业绩还是靠自己干出来了。等文化节快结束的时候，马忠政让黑皮将参与报道的记者都邀请了过来，在学校旁边的一个高档山珍馆吃了一顿饭，同时给每个记者发了500元钱的红包，又单独给黑皮包了个1000元钱的红包。黑皮倒也没有客气，直接揣进包里，吃完饭后就和记者们打麻将去了。

文化节丰富的活动内容，以及大规模的报道，让学校党委书记柯志明也非常认可马忠政的工作，觉得他能在有限的经费支出的情况下，还能将文化节办得如此成功，就已经很不容易了，尤其是这样的操作模式压住了其他院系和部门因为经费压缩引发的抱怨。所以，柯书记在随后的学校干部会议上对马忠政和团委进行了口头表彰，并亲自出席了闭幕晚会。晚会结束后，柯书记与演员们合影时，马忠政将艺术团的美女们都拉到了他周围。簇拥在美女中间的柯书记，脸上难得笑开了花。

第八章　记者就是新闻搬运工

在文化节的闭幕仪式上，黑皮作为嘉宾坐在了最前排，倒是把艺术团的美女都看清楚了，他发现演员们确实是一届比一届漂亮。尤其是那个跳傣族独舞的女孩儿，披着长发，被华美的裙子包裹的腰身线条流畅，一舞动起来，让整个舞台都属于她了，所有人的眼睛都落在那轻盈的舞姿上，似乎她一停下来，裙裾上就能抖落几簸箕眼睛下来。音乐结束时，女孩儿做出一个向后仰身的动作，长发垂下来就像黑色的瀑布，而胸前的双乳高耸在灯光下，从正面看过去格外性感，看得黑皮脑子里跟过电一样。

趁休息的时候，黑皮找到马忠政，悄悄地说："等晚会结束了，你把艺术团团长和那个跳傣族舞的女孩儿一起喊上，我请你们吃海鲜烧烤去。"

马忠政拍着黑皮的肩膀，哈哈笑着说："你娃有啥想法，我不能把羊送到狼口里去。"

黑皮似是被人戳穿了心思，反倒不好意思起来，解释说："我上次跟你说的那个商演的事情，对方确定在 5 月上旬了，我总得先和你们艺术团的团长沟通一下吧？"马忠政这才勉强说好。

等晚会结束了，马忠政拉过黄雅涵，给了她500元钱，让她带着艺术团的人出去吃烧烤，一群女孩儿立马“哇哇”地喊，叽叽喳喳地向马书记道谢。马忠政让艺术团的团长和那个跳傣族舞蹈的女孩儿留了下来，说有其他事情要商量一下。

上了黑皮的雪佛兰乐风车，马忠政一米八的大个子窝在前面感到实在有些恼火，说：“你大记者好歹换个车子嘛，这空间也太狭窄了。”

黑皮抱怨说：“我哪里有钱呀，这个能凑合着开就得了，不就是个代步工具吗？难道你晚上还打算把这里当床睡呀？”

坐在后面的两个女孩儿都捂嘴偷笑起来。马忠政连忙介绍说：“这是《蓉城都市报》的首席记者黑……秦奋秦老师。”叫惯了黑皮，马忠政倒是差点儿把黑皮的大名给忘记了。

那个跳傣族舞蹈的女孩儿立刻“哇”了一声，激动地说：“你就是秦老师啊？我以前看过你写的那个打入小偷集团内部的新闻，简直太刺激了，没想到你竟然敢署真名啊，我以为是假的呢！”

秦奋立马谦虚起来，摆着手说：“没有啥子，那是小菜一碟。”

话说黑皮前两年极有新闻激情，尤其是对暗访、调查类的新闻情有独钟，做了许多在新闻界颇具影响力的选题。有一次他通过一个“道上”朋友得知有个小偷集团将“路过”成都，一方面为了行窃，一方面也为了锻炼扩充队伍。于是，黑皮就以一个小混混儿的身份搭上了线，加入了这个小偷集团。一路上，黑皮经历了魔鬼般的训练，诸如在水里捞肥皂块、在肮脏的下水道里行走、在垃圾堆里观察每家每户的消费水平、如何踩点等。经过层层考验，黑皮终于取得对方的信任，并在之后他们流窜作案的时候，黑皮通过充分掌握的证据，与警方合作一举打掉了这个近20人的小偷集团。秦奋的大名也因此在圈内开始鹊起，甚至有小偷同行放出话来，10万元买黑皮的人头，但至今也没见谁敢动手，黑皮也就愈发得意。

马忠政指着两个女孩儿中稍微胖一点儿的那个说：“这是我们学校艺术团的团长王娜，擅长民族舞蹈，艺术系，大三了；这个，你的粉丝，刚才跳傣族舞蹈的女孩儿，她叫高静秋，湖南人，学新闻专业，也是大三了。”

黑皮立马惊诧地说：“我还以为小高是云南傣族人，舞蹈跳得那么好。”

高静秋顿时羞涩了起来，说自己从小就是学舞蹈的，只是后来父母觉得这是吃青春饭的，让她填报志愿的时候改成了现在的新闻专业，说这是无冕之王，受人尊敬的职业。

黑皮长长叹口气说：“什么无冕之王啊，那是哄小孩子的。小记者一个，人家尊敬你了，把你当爷供奉着，出门都有警车开道；人家不理你了，喊你滚，你就得滚，甚至还会找黑社会的收拾你，一点儿安全感都没有。你没有听说过啊？防火防盗防记者，实际上我们当记者的就是个新闻农民工。”

听了黑皮的话，高静秋顿时灰头土脸的，对自己的未来也没有了信心，一个劲儿地问：“那我毕业了可怎么办啊？”马忠政忙打断了黑皮的感叹，说：“你快点儿开，美女肚子都饿了。”

到了市中心的青石桥海鲜市场，那里早已人声鼎沸。黑皮把马忠政和两个美女送到一家他经常吃饭的地方，让他们先进去坐，然后自己去找个位子把车停好。

说起青石桥，在成都生活的人都知道这里是卖海鲜的市场。但不知道从哪天起，有人在晚上摆起摊来加工海鲜烧烤，从此一发而不可收，整个街道到了晚上就从海鲜市场变成烧烤市场了。沿海人吃海鲜都吃清蒸或者水煮的，主要是为了保持原汁原味，图个新鲜。但成都人嫌弃那没有味道或者海鲜腥味太重，因此海鲜烧烤也大多整成麻辣的，使得这里成为小吃一条街，人气非常旺。殊不知，不少用来烧烤的海鲜都是白天卖剩下的鱼虾。但成都人不管这些，照样吃得热火朝天。

等黑皮停好车过来，就点了生蚝啊、大虾啊、螃蟹啊、田螺啊七八种海鲜，对老板说：“我请朋友吃饭，你要整活的、新鲜的海鲜哈。”老板操着广东版的四川话，连忙说：“秦首席交代的，咋个可能让你吃那些烂东西嘛。”

看得出来，两个美女还是第一次到这地方来，正好奇地东瞅西瞅。团长是甘肃人，更是难得吃个海鲜，端上来的吃食都不知道该怎么下手。黑皮拿起一个扇贝，把里面的肉抠出来，说，就吃这点儿，记得把粉丝和辣椒混合一下才入味。倒是高静秋娴熟地拿着一根牙签，满手红油地拿着一个炒田螺，吸得哧溜哧溜响，嘴巴猩红猩红的，让黑皮又是一番胡思乱想。

吃饭的当头，黑皮对高静秋是异常殷勤，夹了这个夹那个，还喊了路边卖龙头藕粉羹和冰粉的过来，气得马忠政在桌子底下直踢他的脚，但黑皮最多也就收敛两分钟。好在那个女团长比较矜持，也是个深沉的人，看在眼里却没有露出丝毫的厌恶或者其他表情，只是低了头专心对付自己手里的一个硕大的螃蟹腿。

黑皮先是对两个女孩儿吹嘘自己是如何打入各种黑社会集团内部的，比如小偷集团、传销集团、赌博窝点等，又吹嘘自己是如何在危机时刻化险为夷，并配合公安机关一举打掉这些违法犯罪组织。听得两个女孩儿直觉神乎其神，连马忠政都听得目瞪口呆了。

末了，黑皮说今年刚好是他进入新闻圈的第十年，自己都已经感觉疲倦了。这个马忠政知道，大二的时候黑皮就开始在外面的报社和杂志社里混了，不就是那个高校文学社团联盟和一本已经关了门的文学杂志吗？但这十年一晃就过去了，什么职业干久了也就没了新鲜感和激情。

高静秋却无比羡慕黑皮的从业经历，也越发地崇拜黑皮，两人趁着热火互留了寝室的电话号码和QQ号。

高静秋小心地问：“秦老师，我能不能暑假到你那儿去实习啊？”

黑皮一口答应说没有问题，还说：“我到时候亲自带你。”

马忠政着急了，提醒高静秋说：“你小心秦老师把你带到‘沟’里去。”高静秋不大明白地问：“带到沟里？是不是还要去暗访啊？要得啊，好刺激啊。”马忠政摇头，心里说简直一个胸大无脑。

快吃完的时候，黑皮才提到艺术团要去绵竹参加商演的事情，说对方已经安排好了，5 月上旬的周末，到时候确定了时间会安排汽车来接。王娜倒是懂事地扭头看了看马忠政，意思是征求书记的意思。马忠政说，这件事秦老师跟我说了，你放心去吧，到时候带好队伍就可以了。高静秋一听要出去演出，高兴得不得了，这下既可以出去耍又可以赚外快了。

看到时间已不早了，马忠政提醒说学生宿舍该熄灯了，黑皮才喊了老板算账。到了取车的地方，马忠政见路边一排汽车都贴了罚款单子，就笑着说，你娃今天也遭了，被抄牌了噻，这下吃烧烤的成本就高了。

黑皮走到自己的车跟前，笑嘻嘻地把贴在玻璃上的罚款单取下来塞进了包里，说“不存在哟”。马忠政疑惑地问怎么回事。黑皮解释说，这是自己贴上去的，晚上警察看不清楚，以为自己已经抄过牌了，实际上为的是停车方便。三个人一听他这么说，都哈哈笑了起来，说记者就是鬼点子多。

夜已经深了，黑皮在依然闪烁的霓虹灯下，开着车载着马忠政三人往学校方向驶去。

第九章　签订了“卖身契”

这天，金通房产的售楼小姐打来电话，让马忠政尽快去正式签约，同时把剩余的首付款给交了，并提醒必须是两个人带了结婚证、身份证等各类证件去。售楼小姐的声音婉转而富有磁性，让电话这头的马忠政听得心旌荡漾：电话那头该是怎样的一个美女啊！

晚上回来后，马忠政就跟李敏说了签合同的事情，让她把存折拿出来，同时跟单位请个假好一起去。李敏取了存折却舍不得递给马忠政，贴在脸上带着哭腔说：“我的车子啊，我的车子啊。”第二天马忠政取了 6 万元去交房款，看到存折里还剩下 5 万多元钱，想着至少孩子的奶粉钱还是有保障的。

两口子到了售楼部，找到联系他的售楼小姐。女孩儿果然不仅声音甜美，而且身材也很好，穿了职业裙装和黑色丝袜，显得干净干练，简直就是一个白领诱惑。

“马书记来了呀？”等嗲完之后，女孩儿端了个盘子上来，上面有茶、可乐、咖啡和果汁，让马忠政两口子挑选。马忠政笑着说你们的服务还真周到，便端了杯茶喝。李敏则端了一杯果汁，等女孩儿要转身离开，又喊过来取了一杯可乐，她伸着舌头对马忠政悄悄地说：“反正是免费的，不喝白不喝。”

接下来放在马忠政眼前的就是一大堆文件需要签署。有政府部门的制式文件，有开发商的补充协议，还有物业合同、贷款协议等。来之前马忠政还专门给黑皮打了电话，问应该注意什么。黑皮说，你注意签署的房子是否和你定的一样，房屋结构、朝向、楼层、面积要符合。另外关键要看补充协议是否有问题，到时候打官司可全凭这个。现在很多人买件衣服要搞半天价，花几十上百万买套房子却不看合同就签字了。到了打官司的时候，一看合同才傻了眼，不知道竟然有那么多条款。

马忠政皆一一仔细看过，制式合同倒没有什么问题，就是那补充协议多少有点儿看不明白。他询问了关于以后的物管费、是否能按约交房、违约怎么处理等问题，售楼小姐伸出白皙而细长的手指，指着补充协议说这里都有明确的约定呢，金通房产是全国性大型开发商，绝对有资金实力不会烂尾的。马忠政闻到从售楼小姐身上散发出来的扑面而来的香气有些情不自禁，本来想开两句荤话玩笑，但又注意到李敏就在身边而不敢造次。

看完了所有合同，马忠政问在哪些地方签字。等两口子签了十几个名字，又接着一一盖手印。马忠政开玩笑说：“这是签卖身契啊，跟杨白劳似的。”他这话逗得售楼小姐“咯咯”直笑，说：“马书记真会开玩笑，你们是业主，我们才是终身为你们服务的啊。”李敏听了，脸上没有一丝表情，却狠狠地剜了马忠政一眼。

等签完合同，两口子去厕所洗手上红印。马忠政洗着洗着却发现镜子里多了个人，竟然是杜鹃，她穿的和售楼小姐一样，将发髻绾了上去，露出白皙的脖颈。直到马忠政喊了声杜鹃，李敏才回过神儿，亲热地拉着杜鹃的手说："美女好久不见了，也不到我家去耍。"

等坐下来，马忠政才问杜鹃她怎么来了这里，不是一直在那家日本超市里干活儿的吗？杜鹃解释说在日本超市那儿干活工资给得太低了，管理还非常严格。她一个小课长，一个月下来不到 4000 元钱，一天工作至少要在 10 个小时以上，这几年人都老了许多，所以干脆辞职不干了。后来她让黑皮帮着找工作，黑皮就把她介绍给了这里的销售总监张斌，她才刚来一个星期。

马忠政说："怪不得我上次来买房子没有看到你，早晓得，就把这个单子给你了。"

杜鹃说："客气了，我不是混了你一顿冷锅鱼吗？"

喝着茶，马忠政小心地问："你那口子怎么样了？"杜鹃说："还能怎么样，还不是分居着，感觉越来越没有意思了。"

"找了个老公还不照样守空房，哪里像你们这么幸福，我都快三十岁的人了，都不敢要个孩子。"杜鹃又对着李敏说，眼睛开始泛红了。

"分居了啊，我咋个不知道？"李敏一惊一乍地说，"你要注意哦，男人分居后有没有在外面胡搞女人，不然到时候更要把你扫地出门了。"

马忠政在桌子底下踢了李敏一脚，说："就你话多，人家两口子的事情还要跟你汇报啊？人家不知道咋处理啊？"顿时说得李敏不吭声了。

杜鹃连忙打圆场说没得啥子的，离婚也是迟早的事情，她反正已经过得有盐无味了。马忠政感叹着说："也是，离了可以找个更好的，要不然有孩子了再离婚更麻烦，带个拖挂。"李敏立马说："你娃是不是有想法了？想把我们娘儿俩这个拖挂丢了啊？有想法早点儿说哈！"

马忠政无奈地笑了笑，对杜鹃说："我以后有同事要买房子的话就让他们找你了，给你多介绍点儿生意。"杜鹃点着头说："要得要得，到时候亏不了马书记。"

正说着话时，张斌过来问杜鹃有空没有，还有个客户要接待。张斌看到马忠政两口子，知道马忠政是黑皮的同学，就握着他的手亲热地说："马书记有什么问题及时跟我说啊，尽快给你解决，你是我们业主了嘛。"

马忠政说声谢谢，就和张斌、杜鹃告别，说下午还要去上班呢，就不逗留了。他带着李敏去赶公交车上班。路上李敏问杜鹃是怎么回事，马忠政就把她和婆婆的矛盾说了。李敏说："这怎么回事啊，怎么和婆婆争风吃醋了？"马忠政叹口气说："家家都有本难念的经啊，但女人三十如秋花，没人采蜜不结瓜，再离了婚的话，怕是更不好找下家了。"

李敏嘟囔着说："你惋惜什么啊，实在心疼，你就去采蜜嘛，给你结一堆瓜。"

马忠政生气地说："你看嘛，你这又吃的哪门子醋吗？我又不是工蜂，想在哪里采蜜就在哪里采蜜啊！"

第十章　没车惹来横祸

转眼间五一劳动节就到了，假期只有三天，远行肯定是没戏了。马忠政的意思是约上黑皮、张力、杜鹃几个人一起到三圣花乡的农家乐去耍耍。结果打了一通电话，黑皮神秘地说他早安排好了，要出去旅游顺便采访；张力说他要到外地考察市场，过段时间才能回成都；杜鹃说她要参加房地产春交会，忙不过来，等节后她请大家吃饭。马忠政最后就带了一家人去三圣花乡。

三圣花乡实际上由五个村子组成，分别是红砂村、幸福梅林、荷塘月色、江家菜地和东篱菊园，号称"五朵金花"。这里一年四季都有着不同的风景，春天看花，夏天观荷，秋天赏菊，冬天品梅。当地农民就依托这些资源放下了锄头，开发乡村旅游。城里人便在周末蜂拥而至，吃喝玩乐一天下来，一个人不过三五十元。实际上，中国的农家乐发源地正是成都，具体地点不过是在郫县的友爱乡，那还是在20世纪80年代末，足见成都人在城乡统筹、乡村发展方面先进的理念和变革。

三圣花乡不仅集合了各具特色的农家乐，还有众多的画家、艺术家圈子在这里搞了许多创作基地，因此非常具有代表性。经过政府近几年的打造，这里已经逐渐发展为一个以农家乐乡村旅游为主题的4A级景区，更是成都市城乡统筹改革的试验基地。

黑皮也曾就这里的发展模式做过连续的采访报道，剖析得入木三分，即城乡统筹打破了二元化的城乡结构，让农民不再禁锢于土地之上，依托土地资源，通过集约化流转和经营，并对原有的传统种植业提档升级，形成以花卉种植、观光为主的高端农业，从而这里的农民既转型为农业产业工人，又享受着城市居民的社会保障体系。为此，黑皮在这里蹲点采访多日，深入了解这里原住民的生活方式、工作方式、社交方式的改变。比如这里的农户，根据村里的统筹安排，把自己的水稻田流转给村里统一种植莲藕，形成近千亩的荷塘，供游客观赏，荷塘周围则形成了农家乐集群以及一个艺术家创作社区。有的农户直接把家里的宅院出租给经营户开农家乐，而自己则去城里工作或者在花乡当农业产业工人，没事就到艺术村的画家那里学画画。现在，这些村里的姑娘才叫俏，一般都不会嫁出去，而是选上门女婿；男人更是挑选女孩儿，城里的姑娘也争相往这里嫁呢。

在马忠政第一次带他老妈过来参观的时候，没有怎么见过世面的老人是无比羡慕这里的农民安居乐业的生活状态，想想自己在内蒙古的农村生活，那确实是无法比拟。

其实马忠政对于成都农家乐的发展多有了解。就在他当上学生会主席的那个暑假，共青团省委选调他到成都郊区的郫县政府挂职锻炼。郫县是中国最有味道的城市之一，因为它是郫县豆瓣酱的生产地，郫县豆瓣酱是川菜中常用的调味佳品，有“川菜之魂”之称。而郫县友爱乡的农家乐正是马忠政在暑假期间调研的重点。为此，在挂职锻炼期间，马忠政利用一个暑假的时间对当地农家乐的发展进行了深入调研，发现农家乐让农村传统农耕文化发生了巨大变革，但当时还处于初级自发阶段，规模效应不足，农家乐整体发展水平参差不齐。按照现在的说法，那时的农家乐就是1.0版，“五朵金花”则是2.0版或者2.5版。

于是，在马忠政结束挂职时所撰写的实习报告中，他提出了自己的一个观点：就是对农家乐的发展必须提档升级，进行规模化发展和标准化管理，如引入酒店的评星级模式。后来这份报告受到团省委和郫县政府部门的肯定，但农家乐的星级评定真正开始实施已经是四五年之后的事情了，可见马忠政还是很有远见的。现在，农家乐已经不止局限于郫县一地，而且在四川乃至全国遍地开花，沿海叫渔家乐，藏区叫藏家乐，而且已经升级到3.0版甚至4.0版，即在“互联网+农业”的背景下，加入了创意文化、农业创业、田园咖啡等多重概念，当然这已经是后话。

马忠政抱着孩子，李敏推着婴儿车，两位老人跟在后面，大家一起站在路边等出租车。这一等就是半个多小时，路过的出租都是载客而过，根本打不到，何况左右两边的路口还有其他人也在等车。成都人就是这样，只要是假期天气好，绝对是在家里待不住的。有车的就跑到其他城市或者藏区里去耍，没有车的也要到周边的农家乐去转转，一家人其乐融融，也带动了当地经济的发展。

马忠政抱怨说：“打出租车怎么这么难啊？”就看这个问题年年上市人大会议讨论，但年年都解决不了，这六百多万人口的主城区出租车还不到一万辆。马忠政曾经对黑皮说，你在报纸上多呼吁一下啊。黑皮说，呼吁有个屁用，还不是像挤牙膏一样增加。再说了，政府也不能随便就增加四五千辆出租车放在大街上啊，那时候就不是车子够不够的问题，而是会不会造成城市拥堵、出租车是否会有大量空转等，这有个边际效益的问题。当然后来就有了滴滴和优步，共享经济让城市有了不同的体验。

李敏说：“你抱怨什么，当初要是买了车子就不用抱怨了。”说得马忠政不再吭气。又等了10分钟，马忠政说：“干脆我们就挤公交车得了。”于是抱了孩子，一家人往公交站走去。又等了一会儿，去三圣乡的公交车才喘着气缓缓而来，发现里面早已是煮饺子了。让了一辆车，后面来的公交车也不怎么宽松，马忠政就说：“算了，不等了，还是先上吧，用不了多久也就到了。”

抱着孩子上了车，却没有人愿意让座，加上一个儿童车，让本就狭窄的地方一下子更加拥挤了。所以，乘客里有装作看不见的，看得见的也没法儿让座——根本挤不过去，人家也无法站起来。

“咣当”一声，公交车关上了门，就听李敏在后面喊：“干啥子嘛，娃娃的车大没有地方搁，你让我搁到哪里去吗？”李敏是得理不饶人的主，这会儿有人抱怨她提的婴儿车砸到了自己的脚。马忠政连忙说，有什么可吵的嘛，又给人家道了个不是，让李敏住嘴。

马忠政一手抱着孩子一手拉着吊环，确实比较难受，又站不稳，没一会儿就满头大汗。老妈说：“跟我换着抱吧。”马忠政说：“你抓好扶手就得了，把自己管好就行。”走了一阵，马忠政放开吊环想换个手，结果汽车一刹车让他差点儿摔倒。老妈就说：“这样吧，我坐在地上，你把孩子给我。”没等马忠政制止，母亲已经蹲了下去，结果又是一个急刹车，老妈的手撑在地板上被闪了一下，大叫了一声：“哎哟！”听到老妈疼痛的喊声，马忠政立即大喊：“司机，停车，停车！出事了！”

没顾上追究是谁的责任，马忠政一家就下了公交车，还算运气好，没几分钟就拦到了一辆出租车，让司机往最近的医院跑——好在这个时候，大多出租车都是从三圣乡返空回来，也就很顺利地到了骨科医院。拍片子、打绷带包扎，等处理完老妈的事情，马忠政坐在医院的大堂里已经是全身酸疼。好在老人伤得不是很严重，只是有些骨裂，主要是以前干农活出力太大留下的旧伤，而这次一闪就加大了裂缝，疼痛感也就加大了。医生让老人回去多休息，不要干重活，每个星期来换一次药，换上五六次就可以了。马忠政这才放了心，一家人悻悻而归——这个假期也显然是过不成了。

节后上班的第一天，马忠政下班回来，却发现老妈脖了上挂着绷带，怀里正抱着孩子在喂奶。问李敏她妈呢，老妈说下楼去打麻将了。马忠政看着老妈的样子眼泪都在打转，心疼却无可奈何，这丈母娘又说不得。

等李敏回来，马忠政悄悄说了今天的事情，李敏也觉得过意不去，就在临睡前到她妈房间里直截了当地说："你还是少打点儿麻将，有空多看一下娃娃嘛，我婆婆打着绷带，你忍心看她那个样子了还一个人在家里看娃娃？这个说不过去哈。"

李敏妈立马不乐意起来，嚷嚷着说："我看孩子又不发工资，还不让我打麻将了，我在家伺候了小的还要伺候老的，你们这些没良心的东西。"

说得李敏也没有了言语，回到屋里躺着生闷气去了，摔打着枕头抱怨马忠政不买车子，要不然也不会出现这样的事情。马忠政也不再吭声，只是在被窝里悄悄地抹了把眼泪，心里说妈是受罪了。

第十一章　采访开始了

黑皮在这个五一劳动节确实是去旅游顺带采访了，去的是由四川一个二级城市新打造出来的古镇，在五一劳动节举办开街仪式。但黑皮去那里采访的时候，还带了一个人，就是艺术团的美女高静秋。

自从那晚一起吃了海鲜烧烤后，黑皮就和高静秋聊得热火朝天。不到半个月就见了五次面，当然都是避着马忠政约会的，两人不是一起吃饭，就是到九眼桥酒吧一条街去喝酒。说起九眼桥那绝对是成都的"风景名胜区"，类似北京的后海，因为沿着府南河的那一片房屋都是川西民居的老式房子，那几年那里逐渐发展成酒吧一条街，每到晚上霓虹灯映照在府南河上，便有些乌镇的感觉。因为对面是香格里拉酒店以及一座廊桥的映衬，使得九眼桥成为成都一个高端商务活动的去处。尤其是这里近两年出了很多故事，在网络上被誉为"爱情圣地"，这些在网络上都可查，但也皆为后话。

高静秋是一个好耍的主，倒是一刻都静不下来。尤其在九眼桥喝酒时，高静秋和黑皮的那些哥们儿玩小蜜蜂啊、十五二十啊、猜骰子点数啊等，这种种游戏上是战无不胜，攻无不克，用一瓶绿茶就可以把那些虎视眈眈的男人喝得人仰马翻。这让带着美女出行的黑皮感觉倍儿有面子，当然他给兄弟们介绍高静秋的身份时，说她是他的学生。但对抬头不见低头见的成都媒体圈而言，哪个不知道黑皮的心思？

却说成都这媒体圈子不大也不小，混几年就能混个脸熟，今天谁带了女学生，或者是哪个报社来了新人，大家都一清二楚。尤其是这带女学生的事情，往往容易在圈子里出八卦新闻。有人带学生带成了自己的女朋友乃至升级为老婆；有人带女学生不小心带出了大肚子，回去没法儿和老婆交代，女孩儿又来单位闹。于是，有一家报社领导为此不得不开除这样的记者，并召开大会教育男同志们："我们要风流不要下流。"这一度成为圈内的流行语。

就是这样一个美女，黑皮几次想跟她近距离接触一下，但高静秋精灵古怪的，一次次逃脱了黑皮的"魔爪"。但高静秋越是躲避，越是让黑皮心里发痒。

直到五一劳动节的前夕，有一天晚上从九眼桥酒吧一条街里出来，黑皮送高静秋回学校的路上问她有什么安排没有，她说没有。黑皮说，那假期你跟我出去采访吧，是一个新打造的古镇，想在成都的媒体上宣传，免费邀请我过去耍，顺便采访一下。高静秋说，就我们两个啊？黑皮说，你放心，过去的记者多，都是镇上统一安排的。高静秋这才放心，说，要得，那你明天来接我吧。

第二天黑皮带着高静秋坐上了古镇派来的专车，车上一帮男女记者，热闹了一路。到了古镇，黑皮带着高静秋到接待处签字，对方发了两个资料袋，黑皮顺手递给她一个。高静秋被安排和其他报社的一个女记者合住，而黑皮因为是首席记者则待遇高了点儿——被安排住单间。高静秋到了房间里就翻看资料袋，发现里面有个信封，打开一看竟然是一个500元的红包，她心里一阵狂喜，看来自己这次出来对了，既有红包又可以免费耍，她心里对记者这份职业更充满了向往。

在古镇里参加完热闹的开街仪式，然后大家就随意闲逛着。古镇打造得颇有江南味道，一条人工河从古镇主干道蜿蜒而过，随处可见各种小品景观，做得极为古朴精致。吊脚楼上飘荡着“张记”“陈记”或是“王记”的店铺字号，具有地方特色的各种小吃名字响亮在抑扬顿挫的吆喝声中。踩在光滑的石板上，那些石头的纹路已经被人们的脚步打磨光亮，愈发显得小镇文化和历史的厚重，各种民俗的小店似乎让人回到了那遥远的时代。

高静秋每到一处，都要黑皮给她照相，还摆了各种各样的造型，甚至租了演出的服装，在街道上舞蹈起来，这让过往的游客无不侧目，同行的男女记者们更是敲打黑皮，说你娃老牛吃嫩草。

晚上古镇宴请记者，镇长拉着黑皮坐在他旁边，说，秦首席来了，当然要招待好。高静秋就坐在黑皮的旁边，对这种场面显得极不适应。镇长端了杯五粮液，说了感谢的话，便一饮而尽，直到三杯过后才让记者们随意。黑皮知道，这就是车轮战开始了。果然镇长再次端起杯子先敬黑皮，说，好事成双，咱们兄弟干两杯。在这种场合里，黑皮可谓是久经沙场的老手，什么级别的领导没有碰过杯子，什么样的宴会没有参加过啊，尤其是到了基层，更是要把豪爽的劲儿拿出来，于是两杯酒一起一饮而尽，博得了镇长的喝彩，说秦首席就是爽快。

轮到高静秋，镇长说这个女记者怎么没有见过，黑皮忙说这是自己的学生小高。镇长就伸过肉乎乎的手握住了高静秋的手，说这女孩儿一看都是搞艺术的，气质就是不一样。黑皮介绍说小高以前是跳舞出身，现在才跟着他学习新闻。镇长说，好，跟着你秦老师，那肯定没有错，还是干两杯吧。

见高静秋端的是果汁，镇长立马喊服务员换个小酒杯过来，亲自给斟了酒。高静秋连忙摇手说自己喝不了白酒，肯定会醉的。镇长说，秦老师的学生应该不差的，何况是到了我们镇上，不喝两杯就是看不起我。

黑皮本来要代替高静秋喝，却被镇长阻止了，非要高静秋喝不行，周围的人也开始起哄，说美女都自带三分酒量呢，怕什么。高静秋就端了杯子，闭着眼睛往嘴巴里灌，一下子辣得舌头都伸长了，娇媚之中却不怯场，继续干了第二杯。

在一阵叫好声中，高静秋开始接二连三地和过来敬酒的人干杯，眼看着脸色越来越惨白，身子一个劲儿地往桌子下面出溜，拉都拉不住。很显然，她根本没有应付如此“杀场”的经验。黑皮大概估算了一下，高静秋这一晚上至少喝了半斤五粮液。于是，黑皮跟镇长告辞说，已经喝到位了，实在不行了，小高恐怕也顶不住了，我就先给小高找个地方休息一下。他刚把高静秋搀扶出餐厅，高静秋就一阵狂吐，两人的衣服上、鞋子上到处都溅上了呕吐物。没有办法，黑皮只能先把高静秋背回自己的房间，再清理两人身上的秽物。

黑皮给高静秋脱去外套，他看着熟睡中的高静秋便怦然心动。强压下内心已经燃烧起来的火苗，黑皮还是有条不紊地给高静秋脱掉鞋袜，用热毛巾给她擦了脸，然后自己又去洗衣服、洗澡，方才收拾完毕。

他坐在了床边，高静秋蜷缩着身体，像只猫，让人怜爱。黑皮伸手抚摩着高静秋精致的脸庞和那小巧的耳坠，终于忍不住低下头来吻了下高静秋的额头。高静秋翻个身，嘟囔着一个名字，黑皮没有听清楚，但他终于抑制不住自己喝了酒后的冲动，关了灯，脱掉衣服钻进了高静秋的被窝。

在黑暗中，黑皮极尽温柔地挑逗着高静秋的敏感部位，开始高静秋还比较木讷，几分钟后终于对黑皮打开了自己的身体，伸出胳膊环抱住黑皮的后背。很快，黑皮就被激情淹没。

熟睡中的黑皮是被一阵“咯咯”的笑声吵醒的。原来高静秋已经醒来，光着身子趴在他身边看着他那张黝黑的脸庞，而丰满的乳房贴着他的胸膛。黑皮睁开眼感觉过意不去，一把将高静秋搂得更紧，说：“对不起，我不该乘人之危，我会对你负责的。”

无疑，面对怀里的这个尤物，黑皮彻底放弃了他的“不主动、不拒绝、不承诺、不负责、不解释”的“五不原则”。

高静秋却说：“我 ×，我哪里喊要你负责了！”

黑皮翻身起来倒水喝，却留心了一下床上铺的那块白色的床单，除了折腾出来的褶皱和一小片似曾蔓延开来的水迹，没有一丝红色。那么，这女孩儿不是第一次了。黑皮不禁在心里嘀咕，现在的女孩儿真是前卫太多了，想找个不那么前卫的女孩儿也不是一件容易事了。

刚躺回床上，高静秋立马骑了上来，咬着黑皮的耳朵说，昨天晚上你光顾自己爽了，不行，我还要爽一次。黑皮说，你还要什么？在高静秋的主动下，黑皮又渐渐沉沦了……

第十二章　幸福来得太突然

节后上班的第二天，一大早，马忠政去学校办公室送一个文件，进门发现只有杨克一个人在。杨克是马忠政的师弟，留校后一直在校办当普通文秘，这两年也开始深沉起来，眼镜片后面是一种捉摸不透的感觉。他以前很是活泼的，喜欢牵头组织踢个球、唱个歌、吃个串串香什么的，脑子灵活话也多，摆起悬龙门阵来没完没了。可如今杨克嘴里的话愈发珍惜起来，也不再爱抛头露面，可见在这机关里待着确实能磨人的性子。好在杨克是马忠政一手带起来的，而且杨克曾一度是马忠政在学生会当主席时的副手，两人平时还是比较随意的，马忠政也因此能从杨克那里听到一些关于学校高层领导的消息。马忠政私下跟杨克喝酒说，杨克兄弟啊，你就是我在学校领导身边的卧底。

见马忠政进来，杨克先关了门，边倒水边轻描淡写地对马忠政说：“马处长，怎么送个文件还需要你亲自来？”

马忠政听到杨克对自己的称呼，心里暗自一惊：熟悉行政的杨克不会不知道他的级别啊。不过马忠政很快就平静下来，笑了笑，试探着问：“兄弟啊，你洗我脑壳啊，你怎么也乱叫啊，我的级别也就是个科级而已！”

杨克这才压低了声音说：“昨天晚上校领导召开常委会，研究人事问题，其中之一就是解决你的副处级待遇。领导对你当团委书记一年来的工作表现还是很认可的。”他接着说，“如果没有意外的话，很快就正式公示了。你也知道，公示大多只是走一个过场而已。本来我想给你打电话先祝贺你一下，手头工作还没有忙完你就来了。”

马忠政拍着杨克的肩膀说：“兄弟的情，哥记到心里了，但这学校里人多嘴杂，很多事情也都很复杂，到公示期还需要兄弟你多留意一下啊，老哥请你吃大餐！”杨克说：“这点你放心，有什么动态我会及时跟马处长你汇报，只不过群众工作还得老哥你自己做啊！”

一整天，马忠政都处于兴奋之中，平时沉稳的步子也变得轻快起来，这才是人生最大的一个台阶啊。和政府部门相比，学校的级别提升显然要快得多，马忠政才三十岁就到了副处级，这在他老家可就是副县长啊！

但马忠政很明白自己应该摆的位置，也更加注意自己的“官德”，何况团委又是清水衙门，有时连经费都需要自己想办法。而艺术团的商演一般很少，何况马忠政把底下也打点得很到位，没有谁去张扬这个是非。

但马忠政一直在为自己的级别问题而苦恼。其他高校的团委书记都是只要一提到正位，级别也就跟着齐步走，但偏偏到了马忠政这里不行。在学校里，只有柯书记对马忠政另眼相待。为此马忠政很是感激柯书记，自己在学校没有任何背景，一路高升都是柯书记力排众议提起来的。实际上，马忠政不明就里，当初提团委书记的时候，几个学校常委都在各自提议提拔自己的人选，其中担任团委副书记的陆明就最具竞争力，得到三个常委的支持。但从部委下派下来担任学校党委书记半年的柯志明，也在逐渐站稳脚跟后，开始在人事安排上出手布局自己的人。他看中的就是没有任何背景的马忠政，因而才“力排众议”，提出不拘一格培养和破格提拔人才。其他常委虽然心里有意见，但是为了显示班子团结并给柯志明一个面子，就认可了马忠政一步到位，提拔到团委书记的提议。

晚上回家，见还是老妈一个人在逗孩子，马忠政虽然心里苦闷但也无语。他边逗孩子边对老妈说：“我的副处级问题快解决了。”

老妈抬头疑惑地问：“副处级？什么是副处级？”

马忠政这才想起老妈没有读过书，又怎么知道什么是副处级，就解释道：“我现在是正科级，往上一级就是副处级。”看老妈依然疑惑不解，他干脆地说，“副县长，咱们那儿的副县长就是副处级。”老妈这才“哎呀”一声，说：“我儿有出息了，要当县长了，赶快给你大大打个电话报喜。”

马忠政哭笑不得，说：“不是当县长了，只是相当于副县长的级别。”

但老妈不管这些，只认为儿子当副县长了，那在古代都是坐轿的，现在都应该坐“卧车”（轿车）了。

等李敏回来，马忠政跟她提起自己副处级的问题解决了的事情，李敏第一个反应就是：“那工资能加好多吗？”马忠政说：“你就知道钱钱钱，我现在是副处级，才算是名正言顺地当这个团委书记了。”

马忠政和李敏商量，是否应该在公示之前去书记和校长那里拜望一下，以汇报工作的名义探探口风。但李敏否决了这个提议，说：“提副处级是常委会通过的，你这会儿单独去找校长或者书记探口风，会留下不好的印象，还会说你怎么这么沉不住气。另外，让别人知道了，还以为你是行贿拍马屁得来的。”

听了李敏的分析，马忠政觉得她说得还在理，就打定主意先看看再说。

晚上躺在床上，马忠政关了灯，说心情很好，要和李敏“耍一下”。李敏说，我又不是小姐，你高兴了想耍就耍啊。说得马忠政没有了兴趣，翻身睡觉去了。李敏觉得话说过了，就主动转过身凑了过去，屋里冰冷的气氛开始热乎起来……

第二天，黑皮给马忠政打电话说，他绵竹的那个朋友快开盘了，安排在 5 月 10 日至 11 日举办，那两天刚好是周末。对方在 5 月 11 日星期天晚上有个答谢晚会演出，因此艺术团要第二天才能返回学校，需要团员们请假。

“艺术团有没有安排啊？没有安排就说定了，到时候你也一起去耍嘛！”黑皮诚挚地邀请他。马忠政说：“算了，最近事情多。你和王娜团长带好队伍，千万要注意安全，但有一条要记住：不能带她们出去陪酒。”黑皮说：“知道了，每次你都是这么交代的。”

之后，两个人就商定艺术团去六个人，具体节目王娜再和黑皮商量。两天6000元钱，到时候给女孩儿们一人300元，团长给500元。黑皮说，知道了，回头剩下的我给你带过来。

其实马忠政不敢出门的原因是在5月9日下午师弟杨克打电话过来说：“马书记，校办通知下周一下午两点半召开全校科级以上干部会议，到时候请你准时参加。”末了，压低声音说，“祝贺你！”

马忠政说了声谢谢，心跳却加快起来，肯定是要宣布干部调整的事情了，这周末还怎么敢出去啊。马忠政在家坐也不是站也不是，带着孩子在楼下转悠，把孩子举到头顶，逗得孩子“咯咯”地大笑着。

第十三章　只要你对我好

自从五一劳动节出去采访，黑皮和高静秋在一起之后，他反倒一直忐忑不安。虽然，他说是说过“我会对你负责”，但心里还是怕被高静秋缠住，毕竟一个十九岁正在上大学的小女娃子跟自己的差距还是有些大。但另一方面黑皮感觉自己其实还挺喜欢高静秋的，不管是她的性格还是她在床上的表现，都能让黑皮时不时地回味一番。好在他们回来后，高静秋就像没有那回事一样。黑皮给她打电话喊她一起到九眼桥的酒吧去耍，她也是打扮得漂漂亮亮的，而且在黑皮的朋友面前没有过分之举。

这次演出，黑皮自然挑选了高静秋去。临去的前一天黑皮又请了王娜和高静秋两个人在学校外面吃火锅，说了周末演出的事情。黑皮说，5月11日晚宴表演结束的时间太晚来不及赶回来，只能第二天才能送她们回学校。黑皮又说：“你们恐怕得请假，可这样，你们不得耽误课程吗？”王娜说：“那不会，这个我们自己会处理，再说老师也难得点名，到时候让别人帮着答‘到’就可以了。”高静秋则兴奋地说：“反正要请假，还不如12号那天请一天，秦哥就带我们在绵竹那边耍半天，晚上赶回来都可以。”三人一合计觉得可行，连着表演两天大家也确实辛苦，干脆耍一天，反正不用自己花费。

第二天一大早，王娜带着五个艺术团的团员跟黑皮坐上了一辆商务别克。上了车后王娜很知趣地给马忠政打电话说：“马书记，我们要出发了，您看还有什么需要提醒大家的？”马忠政说：“没有其他的，注意安全就是了。另外，晚上组织大家就在寝室里耍别乱跑，更不要出去陪酒什么的。”王娜说：“嗯，谢谢马书记关心。”说完，就挂了电话。

车开了一个多小时就到了绵竹，入住在剑南春大酒店。黑皮见王娜做人稳重，嘴巴又严实，就安排王娜和高静秋住一个房间，自己则开了个单间。收拾停当，一行人就往楼盘现场赶去，原来那是当地的一个高档楼盘，环境做得相当不错，当天排号看房的人络绎不绝。王娜立刻就安排了团员陆续上台表演。

由于她们经常参加大型演出，经验丰富，倒是也不怯场，民族的、现代的、群体舞蹈、个人舞蹈，表演得都非常精彩。底下的观众看出这些都是专业的舞蹈演员，不像草台班子，也使劲儿鼓掌叫好。乐得开发商的营销经理握着黑皮的手说，还是你哥们儿够兄弟。

晚上姑娘们吃了饭就到市中心去逛商场了，开发商老板找黑皮说让他带着几个女孩儿去唱歌。黑皮自然知道KTV里都有哪些过场，便婉言谢绝，说，出门时学校领导一再交代了的，我要承担责任呢，这不是社会上的舞蹈团组织啊。开发商老板见勉强不得，只好说那就算了。他们去唱歌的时候，开发商老板给黑皮找了个小姐陪着，那小姐打扮得恶俗，又黏糊地往黑皮身上蹭，不是摸黑皮这儿就是摸黑皮那儿，让黑皮心里发毛。黑皮心里又惦记着高静秋，勉强唱了一会儿就借口说酒喝多了头晕，便回酒店了。

到了酒店，黑皮给王娜打电话，她说她们都已经回来了，她们玩了一会儿扑克，这会儿都在各自房间洗漱或者看电视呢。于是黑皮给高静秋发了条短信：我在202房间等你。高静秋回消息说：那你等着吧，等到花儿都谢了吧。黑皮拿着手机甩来甩去有些失望，但又不方便直接去找高静秋，就回消息说：我想要怒放的生命。等了10分钟，高静秋还是没有给他回短信，黑皮无奈，只好洗脸、洗澡躺下来看电视。

正看着电视，听到有人敲门，黑皮问："哪个？"

外面有女人细声细气地问："先生，需要服务吗？"

黑皮怕是别人设的套，站在门口从猫眼处往外看。这种事情他见得多了。由于他经常出差暗访做些反面报道，就有人打听到他住的酒店，晚上便安排小姐来敲门。好在黑皮在这方面比较警觉，虽然身边的女人经常换，但每次都严格要求自己把持住原则，警告自己千万不可蹚这个浑水。

有一次在某地采访时，他刚到酒店半个小时就有人敲门，一开始对方说是服务员，黑皮打开门后发现是一个穿着暴露的小姐，立马要关门，没想到小姐直往里面冲。黑皮一个箭步走到走廊里大声喊，你再不出来，我就报警了啊！黑皮知道一般酒店的走廊里都有监控器，所以在这里才能说得清楚。那个小姐看黑皮不上钩，只能无奈地出门走了。就在小姐刚从走廊的一端转身下楼时，警察就从另外一边上来了，说有人举报这里卖淫嫖娼。黑皮一看就知道是给自己下的套，沉稳地说，你们可以调录像看，我已经说了我要报警的，没想到你们来得这么快。对方一看黑皮不吃这套，就悻悻地撤退了。黑皮立马收拾东西转移了阵地，在朋友家混了一夜。

所以听到外面的声音，黑皮很纳闷儿，他这次来这里没有做负面新闻报道的打算啊。于是他顺着猫眼往外看，怎么是黑乎乎的一团？他大声问谁呀，外面却没有了声音。黑皮再往外看时，发现高静秋正站在门口一脸的坏笑着。黑皮开了门一把将高静秋拉了进来，抱在怀里就把嘴巴按了上去。高静秋说，你慌什么啊，还没有谈服务费呢。黑皮说，先做了再说。高静秋却从黑皮的怀里挣脱出来，拿了一盒牛奶、一块面包，说，你吃点儿吧，估计你晚上喝酒喝多了。

黑皮顿时有些感动，他问高静秋怎么才来。高静秋说，我刚才在洗澡，才换王娜进去。等她进了浴室，我才方便隔着门跟她说话。我只说我要出去一下，别的你就不要管了，王姐先休息吧。王娜倒是很爽快地在浴室里说，知道了。

黑皮说王娜这女孩儿确实有心计。收拾完毕，高静秋像猫一样窝在黑皮的怀里，说，秦老师，你把我当妹子吧。黑皮说，怎么啦？有心事就跟哥说。高静秋说，没事的，我不需要哥对妹子做什么，只要哥对妹子好就可以了，让我们一起怒放吧！说完就用嘴巴堵上了黑皮的嘴，把一双弹跳有力的乳房压在黑皮健壮的胸肌上……

却说马忠政周末在家实在是难熬，就主动跟李敏说，走嘛，咱们逛春熙路去嘛。李敏说，今天太阳从西边出来了，怎么主动请我逛街了？平时八抬大轿都抬不动的。

两口子坐着公交车到了春熙路，马忠政大方地给李敏买了一套兰蔻的化妆品，又给自己买了条裤子。再到九龙商场分别给两位老妈买了一件夏装，说天热了，也孝顺一下老人家。中午两人难得不回去，就去了中山广场边儿上的一家烤肉店吃烤肉。李敏说，咱们登记结婚那天，你不就是请我在这里吃的西餐吗？这也是我们第二次一起吃西餐。说得马忠政惭愧起来，但他嘴巴上却说，你又吃不惯西餐，刀叉都不知道怎么用，整天就喜欢在街边吃那些蛋烘糕啊、红糖糍粑啊，一把年纪了还浪漫什么啊。

在等服务生送来烤肉的时候，马忠政一抬头发现斜对面坐着的人竟然是杜鹃。杜鹃和一个男人很是亲密，有说有笑的，男人还用叉子插了一个小番茄往杜鹃嘴里送。看着那男人轮廓，马忠政觉得那不是杜鹃的老公。等男人站起来去柜台取沙拉的时候，马忠政发现那个男人是金通房产的销售总监张斌。

马忠政催促李敏吃快点儿。李敏说，好不容易吃顿自助餐，我还想多吃点儿呢。马忠政悄悄向李敏努嘴说，你看那边。李敏正要跟杜鹃打招呼，马忠政连忙摇手制止了她，说，你要让人家难堪啊？李敏也就不再吭声，两人吃完饭结账后直接下楼走了。路上李敏对马忠政感叹说，杜鹃过得还是挺滋润的嘛，身边帅哥一大把。马忠政说，你羡慕的话，我不介意你也去找一个的。

第十四章　婚姻是枷锁还是牢笼

杜鹃本来对婚姻还抱有希望。

彭涛虽然为人有些木讷，加上有些恋母情结，但是人家本来就是母子俩，一个当媳妇的，总不能不让婆婆喊儿子回家吃饭、睡觉吧？另外彭涛也毕竟不是那种在外面拈花惹草的人，属于典型的成都男人，只要回家就先奔菜市场买菜，再系了围裙做饭，彭涛也就是靠这点儿手艺才征服了杜鹃的胃。当初杜鹃会跟彭涛交往还因为看上彭涛是做技术的，生活比较简单，人际交往圈子小。但这样的日子过久了也就变得索然无味，甚至两人在床上做爱都是一成不变的，永远是男上女下的姿势，久了就变成例行公事，一点儿激情都没有了。

在上大学的时候，杜鹃是轻易就被那个师兄泡走了，所以才有了黑皮和马忠政的感叹。那个师兄头脑灵活，对杜鹃也好，在学校食堂常见两人端着饭盆互相喂饭；那个师兄也常提了一大堆热水瓶，站在女生楼底下等杜鹃和她们寝室的女孩儿们来取。但大学一毕业，那个师兄就去澳大利亚自奔前程了，临走时干的最后一件事情就是陪杜鹃到医院打胎。后来杜鹃等了一年，等到的却是师兄循循善诱地劝导：“你看嘛，我离开你就给了你充分的自由，你或许就能发现更好的蓝筹股，只待你买入升值了。”后来得知师兄在澳大利亚恋上了一个女留学生，杜鹃也就死了心，不再奢望毕业以后能去澳大利亚跟曾经的心上人聚首。

到金通房产做销售，杜鹃是想给自己的生活带来一点儿改变，调剂一下那种长时间的劳作状态。她跟彭涛说了，彭涛却漠不关心，说：“知道了，你想干什么就干什么吧。”然后“涛声依旧”，不是窝在家里打游戏，就是偶尔给杜鹃发短消息说：我回妈那里吃饭了，你过来不？其实彭涛明知道杜鹃是不会去的。有时候杜鹃也搞突然袭击，说不去了，下了班就匆忙赶到婆婆家，结果彭涛真在那儿，这让杜鹃反而怪自己小心眼儿了。

终于有一天彭涛回家，说晚上在家住。杜鹃心里一阵起伏，早早收拾停当，穿了性感的蕾丝内衣，曲线毕露，躺在床上等待彭涛。“嘀嘀”，彭涛的手机来了短信的声音，杜鹃本来想喊彭涛的，但想着彭涛在洗澡，她就打开看了一下，是一个叫“晶晶”的人发来的：涛哥，我心情不好，我在老地方等你。杜鹃一下子火气上升，拉开了浴室门，却又迅速压下怒火，轻声地对彭涛说：“等会儿我们去你经常去的老地方坐坐嘛，晶晶在那里等到我们的哈！”

满身泡沫的彭涛立刻明白发生了什么事情，脸上暴起青筋，嘴巴抽动半天，挤出一句话：“你侵犯我的隐私，你侵犯我的隐私！”这或许是理工男的短处，越着急越难以表达清楚。杜鹃说：“你这隐私隐得真好啊，整天拿你妈当幌子，自己在外面风流，我还以为你为人本分，原来藏着掖着的是激情澎湃啊！”

彭涛火气也来了，说：“你一天到晚就知道工作，回来就躺那儿，我想说说话都没有人听！做爱和奸尸一样，你连哼哼都不哼哼一声，你要我怎样啊？”

杜鹃“哇”的一声哭了，委屈如河水泛滥。原来自己那么起早贪黑，一个月拿不到4000来元钱，却被彭涛认为自己不顾家；原来以为彭涛是做技术的，所以话少，却没有想到他有那么多心思；原来保持一个做爱姿势，兴奋了都不敢叫两声，是怕彭涛说自己不知羞耻，现在却也成了他不满的因素，杜鹃内心顿时感到无比凄凉。

“那你说，今天是你走还是老子走？”杜鹃恢复重庆妹子泼辣的形象问道。彭涛一声不吭地收拾了东西，打开门出去了。

自此，杜鹃和彭涛进入了长期的冷战，两人谁也不提离婚的事情，反正就那么耗着，各过各的，杜鹃也终于觉得释放了，落得个逍遥自在。下班了想逛街就逛街，想找闺密、朋友们打麻将就打麻将，也不用再和彭涛他妈怄气，多好！

后来杜鹃在金通房产做销售，发现自己才真正发挥了长项，这或许得益于在日企做课长学习的服务理念，第一个月销售业绩就位列金牌榜，总监张斌在员工大会上对杜鹃进行了现金和荣誉的表彰。但有时候杜鹃一个人回到家里，到处都是安安静静的，手脚都不知道放在哪里好，从客厅躺到卧室，从卧室躺到客厅，怎么睡都不舒服，只觉得内心无比凄苦和孤单，这是荣誉、购物、逛街所不能代替的。

五一劳动节期间是房地产春季交易会，杜鹃忙得像没头苍蝇一样，到了最后一天一盘算，竟然卖出去二十多套房子，喜得杜鹃特有成就感。晚上公司请大家吃饭，然后到钱柜去K歌，杜鹃没有唱歌，只在一个角落里沉默地喝着酒。大伙儿一唱就唱到了深夜两点，杜鹃自斟自饮也起不来了。张斌看没剩下几个人了，就让两个男士分别送其他顺路的女孩儿回去，自己送杜鹃回去。他上了车问杜鹃住哪儿，杜鹃却哼哼着说：“不想回家，你随便把我拉到哪儿吧。”张斌只好载着她去了一家商务宾馆，开了房间，就将她扛了上去。接下来张斌借着酒兴，有些乘人之危，但在他进入杜鹃的身体后，杜鹃却爆发式地大呼小叫起来，而且要求张斌不断变换花样，一晚上折腾了好几次，最后就连张斌都感觉自己有些力不从心了，似乎被杜鹃强奸了一样。

杜鹃终于感觉到，她释放了自己压抑已久的青春。

事后，杜鹃其实也后悔自己怎么如此放纵，她一直想过的就是一种平淡而幸福的生活，但这期望在彭涛那里是彻底地落空了。等张斌后来如偷吃了鱼腥的猫一样，一而再，再而三地找上杜鹃的时候，杜鹃还是把控不住自己。杜鹃一方面很是享受张斌带给自己的那种从未有过的体验；另一方面她也清楚，自己这枝红杏算是出墙了，再也收不回去了。墙外接着自己的，不管是张斌还是李斌，爱不爱自己都无所谓了。

于是，后来就有了马忠政在吃自助餐时看到的那一幕。

但女人的问题就在这儿，她觉得自己想开了，但那个疙瘩却依然解不开。杜鹃不再幻想彭涛了，又开始幻想张斌。有一天激情过后，杜鹃鼓起勇气问躺在旁边的这个男人："你是不是真的爱上我了？"男人张口就说"爱呀爱呀"，然而杜鹃一看就知道他是在应付自己。应付就应付吧，杜鹃在和张斌的欢愉中，终于享受到怎么做一个"性福"的女人了。

第十五章　八级地震真的来了

2008年5月12日，星期一，天气晴朗。

这是一个多么清新的早晨啊，一早起来的马忠政从家里出门后看到楼下院子里的那些花花草草，在街道上看到那些平时倍感吵闹的车水马龙，都感到是那么亲切。

记得在学校刚任命他担任团委书记的时候，马忠政也着实激动了一回，但名不副实的书记也成为马忠政的一个心病。今天终于算是有了结果，职务和级别将实现真正地"齐步走"。想着今天要开这么重要的会议，昨晚马忠政就特意让李敏熨烫了自己的西装，还系上了他结婚时买的那条浅灰色的高档领带，看起来年轻而又不失庄重。到了学校，马忠政见到同事就满脸笑容地远远地打着招呼，走起路来都风风火火。

下午两点刚过，马忠政就从团委办公室里出来，慢慢踱步，往200米外的学校行政大楼走去，好按时参加两点半举办的科级以上干部大会。上了楼，看看时间离开会还有些早，马忠政就先去杨克的办公室摆了一会儿悬龙门阵，看着其他领导也陆续到了，马忠政就在会议室门口热情地打着招呼，给每个人散烟——这是马忠政早上特意去买的中华烟，他自从李敏怀孕后就戒烟了。有知道消息的，就在和马忠政握手时握得重了点儿，一副心照不宣的样子。

马忠政虽然岗位和其他处室领导相同，但毕竟他还年轻，资历浅，另外级别上也低于其他处级领导，所以他就在圆桌会议室靠近门边的地方找了个位置坐下来，以免显得自己过于张扬，同时按照级别他也不能坐在圆桌的前排。书记和校长们一前一后地进来，干部们纷纷起身致意。等领导们分别坐好，书记才看到马忠政坐在门边，就招呼说，小马坐上来，不要坐那么远嘛。马忠政这才欠身往前面挪了两个位置，有其他领导给马忠政让位子，马忠政忙把对方按下去说，谢谢了，不敢，不敢。

主持会议的是新来的常务副校长王黎明。王副校长是从外校调来的，属于业务型干部，发表了多部专著，从不摆架子，人又极讲原则，很受教职工欢迎。等学校干部们都到齐了，王副校长看看时间还有三分钟就到两点半了，便端起眼前的茶杯喝了一口润润嗓子，然后抬手往下压了压，会场顿时安静下来。王副校长敲敲话筒说：“同志们，我们就正式开会了。今天会议的主题是宣布我校的干部调整事宜……”

话音未落，话筒忽然开始摇晃起来，王副校长伸手握紧，可还没等他开口，剧烈地摇晃就开始了，大型的圆桌也随之被一种无形的力量推动起来。房顶的灯大幅度地摆动着，墙角的饮水机“哗啦”一声倒了，有女干部惊叫起来，连书记和校长们在一瞬间也惊慌失措，惊讶地互相看着，不知道是怎么回事。

下午两点二十八分，“5·12”汶川大地震爆发了，大地储蓄已久的能量在那一刻得到了释放。

“地震了！”马忠政感觉脚下的地面就像老家人在抖筛子，而人就像筛子里的豆子一样摇晃着，站都站不稳。但当马忠政意识到是发生了地震的那一刻，还是摇晃着冲到门口拉开大门，大声喊：“大家赶快跑，都躲到对面厕所去！”有人开始往外面跑，有的想乘电梯，有的想走楼道，慌乱成一团。马忠政连忙大声喊：“不要乘电梯，不要走楼道，都到厕所里去，或者躲在墙角！”

有了马忠政的喊声，似是让慌乱的羊群有了头羊，大家才定过神来，而后不分男女都往会议室对面的厕所里跑。马忠政见柯书记身宽体胖，半天都挪不动，就赶快跑过去拉着他往厕所里钻。

但是厕所毕竟不太大，待不了几个人，更多的人是摇摇晃晃顺着楼梯往下面跑，不时有人被绊倒或者摔倒，女同志的哭声开始在楼道里响起来，行政大楼里到处都是“砰砰砰”的东西摔倒的声音，大楼好像随时都会垮塌一般。等地震稍微平息了一会儿，马忠政走楼梯下去的时候，发现到处都是眼镜、鞋子、手机等物品。在余震的摇晃中，他第一次感觉到从六楼走楼梯下来是那么遥远和漫长，仿佛永远转不到头一样，甚至想到“完了，完了，这次是彻底完了”。

在马忠政的记忆里，他曾经有过这样深刻的感受。那是在 1996 年，也是在 5 月份，包头固阳县发生 6.4 级地震。那时马忠政上高二，学校和家里的房子都在这场并不大的地震中倒塌了，好在同学和家人并没有出现伤亡。这场地震在以后的很长时间内都困扰着马忠政，让他常常在梦中惊醒，觉得地动山摇。后来学校辅导避震知识，告诉同学们地震的时候不要慌乱，不要走楼梯，不要乘电梯，可以选择较为狭小的地方诸如厨房、厕所躲避。那时候马忠政还不知道乘电梯是什么概念，却在心里记住了这些避震知识，这一记就是十二年。当然，最让人难忘的，就是地震时人的那种无助的感觉，在大自然的灾难面前，人类是多么的软弱和无力。

在大地震那短暂而漫长的几十秒钟过去之后，柯志明书记带领着学校的各级领导来到行政大楼的广场上，此时的柯书记立即显示出了他领导的魄力和运筹帷幄的指挥能力。他立即安排员工从办公楼里搬出了十多套桌椅，成立抗震救灾临时指挥部。加上所有院系和处室的领导都在现场，就免除了因通信中断而无法联络的问题。

按照书记的安排，首先，各院系领导立即召集教职工，组织学生统一撤离，到操场待命，同时在一个小时之内上报所有院系目前联络不到的学生名单；后勤集团组织食品和饮用水到操场，以院系为单位集中分发；一名副校长带队安排教职工家属楼的家属们撤离到两个小操场，饮用水和食品同步跟进；团委和宣传部负责安抚学生情绪，及时了解学生的动态，利用校园广播做好各项救灾工作的信息传递；其他部门分别组成两个救灾小组，由校长带队安排新校区的抗震救灾工作，书记带队在主校区协调和等待上级机关的安排。

由于通信中断，马忠政和宣传部部长冒着余震，先到广播室查看广播系统是否可以使用，结果让他们大喜过望，播音系统完整无损。马忠政立即操着鼻音厚重的普通话通知了书记的最新决定，要求学生和各院系教职工到大操场有序地集中，并以院系为单位清点人数，及时上报抗震救灾临时指挥部。同时团委干事和学生会干事集中到操场的主席台一侧，等待团委和学生会的统一指挥。

重复播音五次后，马忠政对宣传部部长说他先下去找几个学生，看能否把广播系统搬迁到指挥部那里，否则在大楼里播音很不安全。等马忠政回到书记跟前汇报工作的时候，柯书记用赞许的目光看着他说：“不错，你赶快把团委和学生会的工作做起来。”

等马忠政到了操场，看到学生们已经开始逐步集中了。各院系的领导也正在分成片区地将学生分别安置下来。学生会干部队伍已经在专职秘书长黄雅涵的组织下，正有条不紊地集中待命。马忠政看到这么快就集中了，非常感动，平时开个学生会会议，都是稀稀拉拉半天人才到齐。

马忠政立即安排学生会以主席为主，各个部门负责人带队分别联系一个院系的学生会主席和团支部书记，要及时安抚学生情绪，让大家不要慌乱，不要出入有建筑物的危险区域，不要随意脱离集体；及时反映情况给学生会专职秘书长，尤其是动态情况；组织报名志愿者队伍，随时等待命令支援受灾区域；配合后勤集团组织、发放饮用水和食品；晚上可能要在这里过夜，注意维护秩序；安排团委副书记陆明到新校区履行同样的团委职责，如此等等。学生干部们听完马书记的讲话，就立马分工往学生堆里开展工作去了。

这时候马忠政才想起李敏和老妈、孩子的安全，心里顿时紧张起来，但这里又离不开，手机又打不通。这时一个学生跑过来问：“马书记，有没有需要我做的事情啊？”马忠政看了看他却不认识，也不知道他是不是学生会的干部。这个学生介绍自己说：“我叫王兴刚，借过您50元钱。”马忠政这才想起来，说：“我们正在招募志愿者，你可以去找学生会报名。”王兴刚正要走，马忠政忙说等一下，他写了自己家里的地址和老人的电话号码，说：“麻烦你到我家去看看，我妈妈和岳母带着孩子还不知道怎么样了，你帮我去看看。”王兴刚说：“我可能找不到人，到时候怎么办啊？”马忠政说：“你在小区花园和旁边转转看，看看有没有两个老人带着一个六个多月的孩子，其中一个胳膊上打着绷带。”王兴刚说：“那就好找了，我骑自行车去。”马忠政忙说：“你去跟你们班长和老师请假，就说你在团委帮忙，我安排的。”

看着王兴刚急匆匆地走了，马忠政才放下心来，返回指挥部向书记汇报了情况，书记说好。然后他们就听到广播里通知，今天下午两点二十八分四川省阿坝州的汶川县发生了7.8级地震，成都距离震中73公里。经历过1976年唐山大地震的老人们才惊呼起来，当年才7.6级啊，今天的地震竟然7.8级，但谁又能想到后来修订的真正震级是8.0级呢？

余震还在不断袭来，有时候人都感觉站不稳，让人感觉晕乎乎的。马忠政回到办公室里拿了自己的提包，用座机给李敏打电话，竟然打通了。但几分钟都没有人接，终于等他拨到第三次快要放弃的时候，电话那头传来了熟悉的声音。

“李敏，李敏，你没有事情吧？”马忠政有些哽咽了。李敏说她们单位也是在开会，简直吓死人了，她这才上楼来拿东西，准备回家，还不知道妈和孩子怎么样了。马忠政说：“我已经安排学生过去看了，但还没有回来，不知道具体情况。那你就先回去，我这里任务重，还不知道什么时候才能回去。”李敏说：“好吧，你千万要注意安全。”

等马忠政回到操场，学生会已经联络了各个院系的学生会干事。听了广播的消息和学生会的安抚，大多数学生都安静了下来，开始聊天儿，说刚才地震时自己在干什么、什么感受。志愿者队伍已经临时筹建起来了，一下子就有四五百人报名，正在等待安排；另外学生人数也清点出来了，因为是周一，学生大多都在学校里上课，但艺术系美术班的23名学生和带队老师去彭州市的银厂沟写生去了，原计划周三才能回来，现在联系不上，情况不明。另外还有个别学生联系不上，下落不明。

马忠政突然想起那六名出去商演的艺术团团员，脑袋立刻“轰”的一声大了起来，冷汗跟着就流了下来。马忠政忙拨打黑皮的手机，打了一次又一次都是忙音，他才想起通信中断了。没有办法，他只能硬着头皮去跟书记汇报，但话到嘴边了，他还是没有说出艺术团的事情，心里祈祷着没有事情，没有事情。书记听说有23名学生和老师在银厂沟，也立刻慌了，那里可是龙门山脉断裂带所在地，翻过山头就是汶川啊。

书记立刻让广播喊了艺术学院的院长过来，院长也急得满脸汗水。书记说：“怎么办？我们还是连夜赶过去找人吧，要是出了事情就不得了了啊！”马忠政说：“我曾好几次带学生去那边做社会实践，路也比较熟悉，我可以去的。”书记问：“团委的事情安排好了没有？”马忠政说：“已经安排好了，没有问题。老校区黄雅涵秘书长坐镇，新校区陆明副书记坐镇。”院长说：“这样，我们这边也去一个男老师，陪马书记吧。”于是就这样决定下来，由马忠政带人连夜赶过去找人。柯书记拉着马忠政的手重重地握了一下，说：“注意安全。”马忠政心领神会地说：“书记放心。”

回到操场后，马忠政碰到了急匆匆赶回来的王兴刚。王兴刚说：“我在小区花园里看到马书记您的家人了，阿姨手上缠着绷带，光着脚，抱着孩子，状态还比较好。我又跟阿姨要了钥匙去了您家，给阿姨拿了鞋子和小孩儿的奶瓶、奶粉，还烧了点儿开水。”马忠政听了泪眼婆娑，忙说，小王辛苦了，辛苦了。之后就让王兴刚加入到团委的志愿者队伍里去了。

马忠政临走前召集了学生会和团委的几个专职老师，安排了三点：一是维持学生的秩序；二是志愿者先帮后勤集团做饭、送水，另外抽调一部分志愿者为周边社区进入学校避震的群众提供服务，尤其照顾好老人和小孩儿；三是团委老师配合好院系领导，并掌握学生动态及时给临时指挥部汇报。

马忠政和艺术学院的张老师坐上了由学校安排的越野车，在夜色降临之前，紧急往彭州市驶去。打开广播，播音员正在连线听众：“你在哪里？你那里安全吗？你身边的人安全吗？”对方哭着说：“我在都江堰，这里的房屋大面积垮塌，这里有人被埋在了里面，正在等待救援，等待救援……”

第十六章　世界就此崩塌了

5月11日晚，艺术团的女孩儿们参加完开发商举办的招待晚宴演出之后，都累得不成样子。第二天早上想着不用上课，就各自窝在房间里睡了一会儿懒觉，之后黑皮带着她们去了绵竹的年画村转了转。

年画村是绵竹最具特色的村庄，这里家家户户的墙壁上都画有年画，题材围绕农村主题，可谓精彩纷呈。绵竹年画起源于宋代，与天津杨柳青年画、山东潍坊杨家埠木版年画、苏州桃花坞木版年画齐名，素有“四川三宝”“绵竹三绝”之美誉，绵竹也因此成为中国年画之乡。而“5·12”汶川大地震对年画村造成了重创，全村600多户人家多年的心血毁于一旦。当然，这是后话，灾后重建之后这里又开始呈现出了崭新的面貌。

回到酒店时已经是下午一点了，黑皮请大家吃了一顿好的，在饭桌上他按照马忠政的安排，给了每人一个信封，说：“这是你们的劳务费。”女生们一个个高兴得叽叽喳喳地说感谢秦老师，说以后有什么事情还喊她们，然后打算回去逛春熙路的批发市场，买几条过夏天的裙子。只有高静秋在接信封的时候有些迟疑，因为昨天晚上黑皮已经给了她一个信封，说是这次来的劳务费。显然，黑皮给她多发了一个。见黑皮给她递眼色，高静秋也就爽快地收了，又嗔怪地瞪了黑皮一眼。

黑皮满足地剔着牙齿，说：“没有问题，秦老师是不会亏待你们的。在酒足饭饱之后，黑皮拍着肚皮说，大家走吧，各自回房间里收拾东西，我在酒店大堂等你们，开发商安排的商务车已经到了，两点半咱们统一出发回成都。这两天你们辛苦了，回去多休息。”

这两天黑皮也很是“辛苦”。高静秋和女生们晚上玩到散伙之后，回去洗完澡就跑到黑皮的房间来住，两人折腾得天昏地暗，黑皮甚至都有些吃不消了。其实，黑皮最担心的是王娜会说出去，让艺术团的女孩儿们对高静秋另眼相看。观察了两天，但见王娜并不点破，大家在一起时表情如一，黑皮这才放心，也佩服王娜的心机和沉稳。

看看时间刚过下午两点二十分，女孩儿们就陆续收拾完东西从房间里出来了，大家在大堂里互相开着玩笑。正说着，黑皮忽然感觉自己坐的沙发晃动了起来，就对靠在沙发另一头的女孩儿说：“你不要调皮，推什么沙发，吃饱了劲儿那么大？”正说着，他又感觉脚底的地面也开始起伏晃动起来，大堂顶上的灯大幅度地摇摆着，随时要掉下来一般。黑皮觉得不对劲儿，大声喊道：“快跑，地震了！”但是大地就如同煮沸的开水一样沸腾起来，人想跑又感觉底下有无数双手在扯着你的脚。好不容易摇晃着跑出大厅，在院子里居然站都站不稳当，墙上开始有水泥块裂开掉下来，似乎整个大楼都要坍塌了。女孩儿们抱成一团，吓得花容失色。空地上的人群都惊慌失措地蹲在地上，有尘土开始从空中蔓延开来，感觉整个世界都要崩塌了！

黑皮转身一看，发现高静秋竟然还没下来，脑袋就“轰”的一声，不顾地震的摇晃冒着危险就冲进了酒店。他走在楼梯上如醉汉一般摇晃不定，心里一个劲儿地祈祷：不要垮了，不要垮了。上了二楼他就看见高静秋正趴在走廊上号啕大哭，扶都扶不起来，显然是被地震给吓坏了。黑皮干脆一把将她抱了起来，然后就跑，跌跌撞撞跑出来后，把她放在了外面的空地上。

女孩儿们惊慌失措，看到黑皮如同见到救星，都围了上来。高静秋更是牢牢地抱着黑皮的脖子，不敢松手，也不再担心被谁看到。宾馆里有人穿着内裤就跑了出来，也有人披着一条被子。外面的大街上也开始混乱起来，所有的人都惊恐万分，有的房屋已经裂开了大口子，灰尘里夹杂着酒糟的味道弥漫在这个以白酒闻名的小城里。

黑皮拿出手机，却不知道该打给谁，看到这群腿已经发软的女孩儿们，黑皮想起要赶快给马忠政打个电话，报一下平安。可打了几次手机都没有信号，他才意识到这次地震造成的后果可能很严重，但不知道哪里是震中心。

等余震稍微平息一点儿，女孩儿们在黑皮的安抚下情绪也渐渐恢复过来。问有没有受伤的，见一个个都好好地站在跟前，黑皮才放下心来，说："我们下一步这么安排：王娜带各位坐车先返回成都，给学校马书记和院系领导想办法报个平安；我就在当地采访，高静秋回去后尽快先到报社帮我向领导汇报，就说我在这里采访，我随后会想办法和报社取得联系，并希望派记者来增援。"

高静秋却是一脸的坚决："秦哥，我不回去，我要在这里和你一起采访。"

黑皮说："那怎么行，你们在这里很危险的，必须回去！"

黑皮不由分说，就推着女孩儿一个个上了车。高静秋说她的包还在房间里没有来得及拿下来，黑皮就返回去帮她拿包。进了酒店仔细一看才发现里面的墙面已经裂缝了，黑皮心说可惜了，但心里也多了一分后怕，如果刚才垮了，自己也就被埋在里面了。

临走时，高静秋跳下车来抱着黑皮说："哥，你千万千万注意安全。"

然后不顾外人，亲了一下黑皮，才泪眼婆娑地上了车。司机张师傅临走前拉着黑皮的手说：“秦老师，我爱人和孩子都在汉旺镇，如果你能过去采访，请帮我联系一下看他们母子是否平安，千谢万谢啊！”张师傅给黑皮写了老婆、孩子的手机号码和名字，方才点火出发，往成都方向赶去。

高静秋一行人没有想到这座小城的交通已经瘫痪，到处是车，到处是人，都像热锅上的蚂蚁没有了方向。张师傅见缝插针，好不容易才出去。在回成都的高速公路上，似乎所有的车都在左摇右摆，以跳舞般的姿势在行驶，让人胆战心惊。进入成都后他们才发现，这个城市更是处于瘫痪状态，交通异常拥堵，张师傅也只能把学生们放在二环路上，让她们自己想办法回学校，然后就火急火燎地返回汉旺镇去寻找他的妻儿了。直到晚上六七点钟，王娜她们才返回学校，这是后话。

黑皮目送高静秋她们离开，就立即在路上强行拦了一辆人力三轮车，三轮车“嘎吱嘎吱”半天才赶到绵竹市委大院，好在大院里的房屋都是低层建筑，没有受到多大的损害。问明情况，黑皮才得知原来是汶川发生 7.8 级地震，绵竹市已经成立了抗震救灾应急指挥部。在指挥部里，黑皮听汉旺镇派人过来报告说镇里伤亡非常惨重，现在急需救灾人员和物资。黑皮之前采访过汉旺镇的东方汽轮机厂，知道这个大型的央企在山脚下，又想起张师傅说他老婆、儿子都在汉旺镇，黑皮心里一紧，随了来人坐一辆摩托车就风驰电掣地往汉旺镇赶去。

一路上已是满目疮痍。公路两边的民宅大多已经倒塌，尤其是早上才参观过的漂亮的年画村，到处是断壁残垣，墙上画的色彩艳丽的大型年画也变得支离破碎。受灾群众拖儿带女、扶老携幼，大多数徒步往绵竹市区方向赶，似乎到了那里才能够得到安全。黑皮看得眼泪止不住地涌了出来，擦一次湿一次，止不住地往下流，对汉旺镇的安危也更加担心了。

到了汉旺镇的钟楼广场，黑皮被眼前的一切惊呆了：广场上一片混乱，镇上和东方汽轮机厂的遇难者遗体以及伤者源源不断地被送到这里，痛哭的声音和伤痛者的呻吟声让人听着心痛不已。

黑皮抬头看了看那口标志性的大钟，竟然已经停摆了，刚好停在下午两点二十八分。黑皮脑子里一片空白，一时间蒙住了：不知道自己该去帮谁，不知道这里经历了怎样的劫难，不知道自己该做些什么。仿佛世界走到这一秒钟就停滞了，面对灾难，人又是如此的脆弱，如此的不堪一击。等黑皮被“让开、让开”的声音惊醒，才知道自己应该干什么——救人。

黑皮疯狂地用手去搬砖头，用棍子撬、用肩膀扛、和别人抬，黑皮唯一的目的就是救人！救人！在汉旺镇的东汽中学里，黑皮去抢救一个被压在楼板下的中学生，但是怎么也抬不起来那沉重的楼板。被压的孩子已经到了垂危的边缘，有医生过来说只能锯掉他被压在楼板下面的腿了。听了医生的建议，黑皮一边给孩子鼓劲儿打气，一边协助着医生锯掉那个孩子的腿，也幸亏如此才及时挽救了那个孩子的生命。等其他医生送孩子去包扎，黑皮在学校的废墟旁边泪流不止，内心是无法抑制的悲伤和疼痛。

黑皮后来回忆说，人最为痛苦的不是看到流血或者死亡，而是看到流血和死亡的时候，你却无能为力；当看到一个个鲜活的生命在你眼前逝去，你却无法拯救他们，这才是对良知最大的惩罚！

等黑皮疲劳到无法再举起手的时候，已经是晚上了，小镇上漆黑一片。黑皮取了一支烟，手抖得厉害，用打火机打了半天才点燃。狠狠地吸了几口，黑皮才缓过劲儿来，脑子也清醒了些，想起应该给报社打个电话汇报一下。他试着打了几回，最后竟然拨通了主编的电话。黑皮在电话里哽咽起来，说他在汉旺，人很好，但这里伤亡惨重，急需水、食品和药品，希望报社尽快发消息出去，以支援汉旺。主编说，已经有个女孩儿过来告诉过我们了，你要保重，我们立即通过网站和兄弟单位的广播传递你提供的消息。于是黑皮找到指挥部，了解到有关情况，稍微整理了一下思路，找了一部卫星电话向报社概述了这里的受灾情况，报社的记录人员再整理成文字发出去。

黑皮没有想到，一场举国之力的抗震救灾才刚刚开始。

第十七章　地震才是真正的考验

地震发生的那一刻，杜鹃正在工地上带一个客人去 11 楼看户型。

杜鹃一般很少带客户上楼的，一是麻烦，穿着高跟鞋在水泥、沙石里穿行可是个苦差事；二是不方便带客人上去，毕竟工程上有些东西是不方便给客人看的，尤其是不安全。所以一般售楼小姐都是让客户看沙盘和户型模型，这样就可以任由她们天马行空地给你讲，这里是什么那里是什么，听得你不是以为自己住的是豪宅，就是以为自己住在了曼哈顿市中心。

等业主去收房的时候，往往是沙盘上原来标注的绿地成了停车场，儿童乐园出租成了商场，承诺的参天大树成了树苗。说五分钟就可以到地铁口或者公交站，其实那是按照六十迈的速度开车的时间算的，而不是说走路的时间。等你去质问的时候，开发商会告诉你树苗长成参天大树需要过程，还会说："我们总不能拔苗助长吧？"但这个时候已经晚了，因为你已经拿到了房子的钥匙。如果拒收，你就去找律师打官司吧，他们耗得起你耗不起。

5 月 12 日这天，杜鹃接待的一位中年教师就很较真儿，非要上去看沙盘上展示的户型和真实建筑是不是一样，因为他之前买的那套房子，凭空给他多安了一扇窗户，而这个窗户靠近楼梯，不仅上下楼的噪声大，而且还导致他家被盗窃过两次。所以这次他必须亲自看过才能放心，才能决定下单。杜鹃没有办法，看在提成的分儿上，只好一路小心翼翼地陪着客户上楼，到了楼上差点儿扭伤脚踝。客人站在客厅里正看着，说这户型还不错，建筑质量也过得去。突然楼就摇晃起来，站都站不稳，客人吓得大惊失色，说：“我刚说这建筑好就要垮了啊？”杜鹃看向外面，外面的楼怎么也跟着晃啊？她心里才明白是地震了，心一下子提到了嗓子眼儿：完了，今天是彻底地完了，没想到自己的命就要这么不明不白地结束了。

等摇晃得稍微弱一点儿了，杜鹃拉着客户朝电梯而去，没想到电梯还可以用。从十一层到一层，杜鹃从来没有想过电梯乘起来可以那么漫长，无边无际的黑暗似乎让人永远走不出去，灯光也是一闪一闪的，和电影里的剧情差不多，而且中间还伴随着不断地摇晃，感觉钢缆随时都要断裂一般。中年男人吓得面容失色，拉着杜鹃的手不敢放开，杜鹃感觉自己的手指都要被捏断了。就在即将到达一楼的时候，电梯突然停电卡住了，吓得中年男人和杜鹃都惊叫起来。杜鹃还好，自己壮了壮胆子反而安慰起那个中年男人来。两人使劲儿地敲打电梯门，用手向两边扒拉，但是无济于事。电梯在余震之中撞击着两边的墙壁，上面有小水泥块掉下来，砸在电梯顶上“砰砰”作响，好像要击穿他们头顶的挡板一样。杜鹃不停地拨打着电话，但是没有信号，电梯里的报警电话也没有人接，估计保安都跑到外面躲地震去了，一瞬间世界安静得让杜鹃感到了彻底地绝望。

直到一个小时后，电梯门被赶来的保安从外面打开。看到一束亮光，杜鹃才觉得有活的希望了，眼泪便止不住地往下流。等保安将两人从电梯井里拉出来，杜鹃的心情仍旧久久不能平复。同事得知杜鹃是乘电梯下来的，说，你真是命大，地震的时候乘电梯是很容易被卡在里面的。杜鹃听了更是一阵后怕，庆幸自己还能够活着出来。

杜鹃感到无助的时候，还是想起了老公，还有公婆。他们毕竟是她在这个城市的依托，在这个城市的亲人，即使她已经和张斌发生了关系，背叛了这个家庭。杜鹃疯狂地给彭涛打电话，但是没有信号，又给婆婆家里打，也根本打不出去。一时之间，杜鹃心里更加着急，不知如何是好。

大家都聚在售楼部门口，心里害怕又不敢走。终于总公司有人过来说，大家都散了吧，先各自回家，等待通知再说上班的事情。工程肯定也要全部停下来，不知道多久才能复工了。杜鹃心里一凉，这些天卖出去的房子岂不是可能会被退了啊？白费那么多努力了。

杜鹃骑着电动自行车急匆匆地往回赶。一路上到处都在堵车，人们都站在街道上，有穿着宾馆睡衣的，有穿着三点式的，有光着脚的，像企鹅一样伸着脖子看着周围的高楼，只要那些高楼在余震中一摇晃就一起发出惊叫，都是一脸的惊慌，好像那些高楼随时会垮塌一样。尤其是那些靠得比较近的大楼，摇晃起来感觉要靠在一起一般，无比惊险。这个时候人就绝望起来，虽然住高楼大厦有住高楼大厦的好处，但是地震来了，连个躲的地方都没有，甚至更增加了危险的系数。又互相发着感叹说，城里人平日里都是人模狗样、牛气哄哄，到了这个时候才发现自己脆弱得不如一棵树苗，或者一只蚂蚁。

杜鹃无暇顾及这些，她先回了自己的家，家里空空如也，饮水机倒在地上，水淌在地板上，流得到处都是。电视机也从电视柜上倒落下来，好在屏幕没有摔坏，杜鹃将电视机扶起来又平放在电视柜上，方想起自己跟老公分居了，他是不会在这里的。连水迹也没有打扫，杜鹃骑着电动自行车又往婆婆家赶，在楼下按门铃又没有人来开门。问门卫，门卫说人都到小区对面的公园里避震去了。

公园里已是人山人海，都是一副不知所措的样子，流言开始散布开来，有说乐山大佛震垮了的，有说沿海发生海啸的，总之人心惶惶。杜鹃在人群里逡巡半天，终于看到婆婆和老公在一起，人都平安，这才放了心。杜鹃说，我打电话没有信号，担心死你们了。老公说，我也给你打电话打不通，只好先带父母来这里避难了。

杜鹃想起老家重庆不知道怎么样了，这么大的地震，而且挨着四川这么近，也不知道会不会有影响。杜鹃就给家里打电话，手机拿出来才发现没有电了，于是借了彭涛的手机给老家打电话，打了好几次总算是通了。给家人报了平安，得知那边震感远远没有四川强烈。老妈问女儿，女婿还有亲家一家是否安好，杜鹃顿时想起和彭涛闹分居的事情来，不禁哽咽，却对老妈说都好，一家平安。

怕老公看到自己哭鼻子，杜鹃多走了几步在偏僻处跟老妈说话。等挂断电话，杜鹃拿着彭涛的手机，下意识地翻了一下他的通话记录，发现里面的已拨电话记录里并没有自己的名字，而在地震发生之后的不同时段里，彭涛给那个叫晶晶的女人打了五个电话。再看已发短信，有两个是重复发的：晶晶你在哪里？你好吗？我很担心你，要保重啊！同样没有自己的名字。杜鹃的心理防线这次是彻底地崩溃了，她以为地震了，老公最牵挂的、最担心的人是她，原来只是自己自作多情——在彭涛的心里，早就没有了她的位置。这一场突如其来的大地震，不仅震撼着每个人最脆弱的内心，更震开了那些表面光鲜但早已有了裂缝的情感，这才是对人性最大的考验。

杜鹃不知道的是，在成都，在四川，在很多灾区的男男女女之间，有些人的感情经此考验而历久弥坚，有些却如同豆腐渣工程一般，在这次地震中彻底地垮塌了。

杜鹃把手机递给彭涛，一脸平静地说："你也太经不起地震的考验了，我也明白在这个时候你最牵挂的人不是我。我回去了，等地震过了，我们就商量离婚的事情吧。"说完，杜鹃也不跟婆婆打声招呼，扭头就走了。彭涛妈不明就里，在身后一个劲儿地喊："鹃子，怎么了吗，怎么了吗？"

晚上，杜鹃一个人在家里睡觉，虽然几次被余震摇醒，但她觉得自己从来没有睡得那么踏实过。

第十八章　深入灾区救学生

5 月 12 日晚上九点多钟，马忠政和张老师两人历经艰难，终于到了彭州市。

走在如潮般涌入彭州市区的人群里，马忠政知道要找到那 23 名学生无异于大海捞针。继续往前面走会是什么情况，谁也不知道，马忠政拦住一个灾民询问，对方还以为他是政府的一个领导，马上“呜呜”大哭起来，说自己还有亲人在里面，求求他赶快派人救救他们。马忠政从来没有见过如此规模的逃难人群，这比 1996 年包头地震的情景更加让人触目惊心。

往银厂沟方向出城的道路已经被蜂拥而下的人群阻断了，马忠政只好让司机将车停在路边，让司机先返回成都，自己和张老师则只能步行继续朝前走。出城不远，看到公路边有一家没有受损的小超市还开着门，马忠政担心山里晚上有雨，进去看到有雨衣在卖，就将店里的 20 多件雨衣全都买了下来，另外又买了一些水和饼干背着，以备不时之需。

马忠政知道，从彭州市到银厂沟至少还有 40 多公里，有很长一段山路，现在不知道情况如何，能否进去。但为了那 23 名学生的安危，无论如何都要进去，说不定在路上还能碰到他们。走吧！马忠政和张老师在夜色中徒步出发了。

借着微弱的光线，越往里面走看到的情景越是惨不忍睹。路边的民房大多已经垮塌，流离失所的人们在里面收拾了些贵重的东西和可以找到的衣物就纷纷往彭州市区方向走去。在余震的震动下，路边弯曲的栏杆不停地抖动着，路面也被地震波破损得凹凸不平。有好心的老大爷看着马忠政和张老师往里面走，拉着他们说：“小弟娃，不能再进去了，进山的小鱼洞大桥断了，山里恼火得很，都垮完了。”

马忠政心里一惊，完了，那些学生不知道是否都已经遇难了。大爷说他是蹚着水过来的，从中午发生地震后一直走到现在还没有吃过东西。马忠政想到之前买的饼干，就送了大爷一袋。大爷千谢万谢，让他们小心从山上滚下来的石头。

天空不知道从什么时候开始下起了小雨，张老师说马书记想得真周到，两人披了雨衣继续前行。他们走到一处有灯光的地方，发现是打亮的汽车灯，正照着一处废墟，救援的人正在紧张地搬砖抬石头，与死神争分夺秒。

马忠政和张老师赶过去帮忙时，见是一老一少两个妇女被压在一根断了的房梁下。年轻的女子用虚弱的声音说，你们先救我婆婆嘛，我只是卡住了，没得大碍的。婆婆说，你们先救我儿媳妇嘛，我人老了不中用了。

救援人员看到年轻女子生命特征尚可，从表面上看受伤也并不太严重，就打算先救老人，何况只有把老人这边的那根断梁搬走，才能对年轻女子实施救援。人多力量大，虽然没有大型的机械，但大家还是硬扛起了沉重的断梁，将老人拉了出来。而年轻的女子被卡在了里面，硬拉肯定不行，只有慢慢地将上面的砖块搬走。于是一条由人群组成的传送带开始快速运转起来，30 多分钟就将女子身上的杂物一一搬走，将人救了出来。这时大家才发现，年轻女子的右腿已经断掉了，骨头从肉里穿插出来，血正在往外冒。大家无不为这婆媳两个深厚的情感而感动。

“有绷带没有？”有人大喊着。

可这夜里连一条绳子都不好找啊，马忠政心急之下想起脖子上的领带，马上取下来给年轻女子捆扎在腿上，以防失血过多，浅灰色的领带立即被鲜血染红。

看着众人抬走两个伤员，放在车里往市区方向疾驰而去，马忠政才放心地和张老师背着东西继续往山里走。越是靠近小鱼洞大桥，人流就越多，而且大多湿漉漉的，马忠政想着把雨衣让给那些群众，但给哪个人呢？那么多人，让马忠政直后悔买少了。见到淋湿的孕妇和老人，马忠政还是将雨衣送给了她们穿，饼干只能打开后一个人送几片而已。路边不断有山石滚落下来，两人都小心翼翼地躲闪着，但此刻马忠政已经没有了地震发生时的那种恐惧感，只是壮着胆子往前面赶路，并留心人群里是不是有学生队伍经过。

走到小鱼洞大桥桥头，已经快凌晨四点了，桥头有人阻拦住他们，说桥断了，河水湍急，现在无法通行。但桥头这边却异常繁忙，临时搭起的帐篷里到处是伤员，也有衣衫不整的遗体被摆放在旁边。这让马忠政一下子蒙了，他从来没有见过如此惨烈的死亡啊。看到医护人员忙得不可开交，马忠政和张老师立即加入进去，帮忙抬伤员或者学着包扎，这一忙就忙到了天亮。

等终于有了喘息的时间，马忠政问桥头执勤的人员是否看到过有20多个年轻的学生，背着大画架啊什么的从这里经过。对方摇头说，哪个还背这些啊，逃命要紧。马忠政心里更加忐忑不安起来，一整夜了还没有看到学生的影子啊。

有部队不断开拔进来，并在大桥一侧的田地里临时开辟了一条道路，底盘高大的军车才勉强可以通过。马忠政想拦住一辆军车跟着进去，但都被拒绝了。灰心之时却看见桥头戴着红袖章的执勤人员里竟然有大学同学李林春，马忠政忙跑过去说明了情况，不知道能否将23名学生找到。李林春在彭州市政府当公务员，地震后就被调到桥头维护秩序，协调抗震救灾工作。李林春就找到部队领导，让马忠政跟着先进去。马忠政问这边有什么需要，李林春说：“饮用水、食品、药品和衣物！”马忠政说：“好，我今天赶回去的话一定想办法。”

坐着军车过河，马忠政才看到小鱼洞大桥竟然断裂成了一个“W”形，可想而知山区的情况有多么严重。汽车没有行驶多久，就在小鱼洞镇停了下来，战士说里面进不去了，路已经断了，只能步行。

无奈，马忠政和张老师只能下车，打算在小鱼洞镇先找找学生们。两人分头转了一圈，镇上到处都是断壁残垣，有过不了河的人就往当地的学校赶，说操场有救援的人。两人跟着过去，看到在一所尚未完全垮塌的小学操场里，到处都躺着伤员和老人、孩子。仔细观察人群里的年轻人，马忠政看到一个正在为伤员包扎的小伙子很是熟悉，竟然是艺术学院的学生张伟。张伟在学校学生会担任社团部部长，平时和马忠政接触得多一些。

“张伟！”马忠政激动地喊了出来，声音因为一夜的劳顿而有些沙哑。听到有人喊自己，张伟惊讶地抬起头，当看到马忠政就在眼前，一下子兴奋起来，挥着手喊：“同学们，团委马书记来找我们啦！”

在操场各处忙碌的学生们一下子就聚集了起来，围着马忠政和张老师激动不已，个别女生开始“呜呜”地哭了起来。马忠政安慰大家一定要坚强，问张伟人数够不够。“23 人，一个都不少！”张伟汇报说他们昨天在地震后就立即随人群撤了出来，在路上有一个学生的腿被山石砸伤了，但不要紧。昨天晚上十点，大家赶到这里，想办法包扎了伤口，也做了一个晚上的志愿者。因为小鱼洞大桥断裂就暂时没有过去，没有想到学校派人先找到了他们。

马忠政说没有事情就好。然后组织大家坐了返空的军车往回赶，路上还碰到了要下山的群众，大家就一起把他们相继抬上了空间有限的军车，以便回到彭州的安置点。在车上大家和受灾群众一起分享着最后剩下来的一点儿面包和饼干，学生们开始活跃起来，诉说着在景区遇到地震时的情景。当时，他们午觉起来正准备去山里面的一个景点写生，刚刚下楼到院子里的空地上集合时就地震了，此前午睡的房子已经垮塌，进入景点的道路也严重破损，甚至听说里面的两座山合并在了一起。还好所有的学生都已经出来了，才没有出现惨重的人员伤亡。马忠政带着学生们开始步行返回，一边走一边试着给学校打电话，终于在有信号的地方打通了，马忠政告诉指挥部学生已经找到的消息，那边也兴奋不已，立即安排汽车到彭州市去接人，并在广播上向全校师生进行了通报，同时按照马忠政说的彭州灾区急需食品、水和药品，开始组织大家募捐，派车往彭州方向送。

马忠政又给张力打电话，说了彭州的情况。张力说他今天早上才从外地匆忙赶回来，为的就是抗震救灾，一口答应尽快采购饮用水等物资往里面送。马忠政提醒能否购买一些奶粉和奶瓶以及孕妇用的干净衣物一起送进来？马忠政自从李敏生了小孩儿以来，就见不得孕妇和孩子遭罪受苦的事情或者新闻。张力答应了，也一一去采购，50 多万元的两大车物资很快就起运了。

下午回到学校，柯书记握着马忠政的手久久不放，说，辛苦了，辛苦了。王兴刚找到马忠政汇报说，双流机场许多物资运送到后，急需志愿者分类和装卸，我们能不能去那儿当志愿者？马忠政立马带着队伍往双流机场赶，一群志愿者的到来让机场物流处顿时减轻了压力。

休息的时候，秘书长黄雅涵送过来一盒牛奶、一片面包，马忠政谦让着让黄雅涵吃，黄雅涵含着眼泪说，你这两天太辛苦了。再说她和学生们都已经吃过了，就剩马忠政没有吃了。马忠政这才感觉到饿，三两口就吃完了。吃完东西，马忠政自言自语地说，让眼睛打个盹儿吧，结果一下子就睡了过去，醒来时已经是华灯初上。

看看时间已经不早了，有学生会主席和一帮志愿者在这里通宵换岗执勤，他们让两个老师先回去。在车里，看着外面深沉的夜色和呼啸而过的各种拉着救援物资的车辆，黄雅涵悄悄地说："马哥，能借你的肩膀靠一下吗？"马忠政在黑暗里把黄雅涵拥在怀里，心里想着昨天以来在彭州看到的一切，眼泪就默默地流淌了下来。黄雅涵用纸巾给他擦了擦，但相拥的两人很快就进入睡眠状态，脸上的泪痕依然清晰可见。

马忠政送黄雅涵回到宿舍楼时已经是凌晨了。本来他想走，但黄雅涵开了门让他进去喝杯热水再走。

"我真的害怕。"黄雅涵怯怯地说。马忠政握了握她的手，帮她把额头上散落的一绺头发别在了耳后，说："没事的，我去灾区都好好地回来了。没事的，你好好睡一觉就好了。"

就在这时，余震又发生了，地面摇晃起来，学校老旧的筒子楼似乎要垮了一样，到处都扭曲起来，他们脚下的楼板"咯吱咯吱"地响着。黄雅涵"啊"的一声，直接扑进了马忠政的怀里，满是惊恐地抽泣起来。这样过了好大一会儿，余震早已平息，两人却还抱在一起。

黄雅涵将脸靠在马忠政宽厚的胸膛上，感觉到了前所未有的踏实。等她抬起头看着马忠政满脸胡楂儿满是沧桑的样子，不禁眼睛迷离起来，双手捧着马忠政粗糙的脸庞，将自己的小嘴递了上去。马忠政低头看着这个楚楚可怜的女子，也热烈地迎接着吮吸起来。似乎只有在这个屋子里才是最安全、最温暖的，让两个一度惊恐的心紧紧挨在了一起。但理智还是战胜了马忠政最后的冲动，他将黄雅涵抱起来，轻轻放在床上，又吻了吻她带着泪痕的脸庞，关上门匆匆踏入了这个震后余生的城市的夜色之中。

第二天早上起来，马忠政看到母亲和孩子安然无恙，心才放下来，但感觉家里气氛明显不对，原来是李敏将气撒在了母亲身上：昨天晚上一家人都不敢回家，加上外面下起了小雨，只能躲在小区门口商场的房檐底下，孩子有点儿感冒了，而且李敏妈也不舒服。

“都是你要买房子买房子，你们母子俩现在去住嘛！”李敏有些歇斯底里，“这两天别人都躲在汽车里，我们只能在马路沿儿上坐着。”李敏说完抱着孩子嘤嘤地哭了起来，孩子被吓着了也大声地哭泣着，家里顿时乱成一锅粥。

马忠政看着儿子和母亲没有了言语，谁又能料到这一场突如其来的地震呢？想到昨晚救出的那对婆媳，马忠政不禁感慨，流着眼泪跟大家说了灾区的事情，一家人终于陷入长久的沉默中。电视里放着灾区的救援情形，每个人都是泪眼汪汪的，眼前的屏幕也模糊起来。

第十九章　抗震救灾的“女战友”

德阳：呼啸的担架

本报记者秦奋德阳报道

风雨交加。

5 月 13 日的德阳，比风雨来得更为急促的是刚从绵竹、什邡等重灾区运到的“生命”。

浑身湿透的记者在德阳市医院及第二、第五等医院看到，这里聚集着近万名被转运而来的重伤员。

“官兵冒着生命危险救出来的生命绝不能在我们这里丢了。”德阳第二医院的一名医生声音嘶哑地吼道。此时他们还要面对余震的威胁。

从德阳重灾区绵竹到德阳市区的距离有40余公里，而距离生命的消亡也许只有一分钟。上千名来自各地的医疗工作者和医疗志愿者就为了抢回这一分钟而战斗。

生命线

“闪开！闪开！”13日18时左右的德阳市医院，救护车警笛声盖住了伤员的哭喊声和呻吟声。已经连续工作了24个小时的刘医生对本报记者说，其间他已经救治了20余人，没有哪怕半分钟的时间接受采访。

12日下午2点40分左右，德阳各大医院收到了德阳市委书记的通知，全力准备抢救伤员，医生们纷纷从地震的恐慌中回过神儿来，开始准备急救装备和医疗药品。陆续有120急救车鸣响警笛开往地震重灾区绵竹和什邡。

此时，德阳市只有几十辆救护车，远远不够运送伤员。德阳市交警纷纷走向街道，拦截过往车辆，不管是私车、公车，客车还是货车，宝马、奔驰还是出租车，都被临时征用充当救护车，救命车队开始奔向德阳至绵竹的40余公里的“生命线”。

盛产年画和剑南春酒的绵竹，位于龙门山脉（地震震中带）东段，属德阳市辖区，幅员1243.5平方公里，总人口约55万人。从12日下午2点28分开始，这里的人开始与死神赛跑——

大地震使得绵竹城区内的医疗系统几近瘫痪。从废墟中救出来的人，被各种车辆紧急运往德阳市区医院。据介绍，12日晚，运抵德阳各医院的重伤员就将近2000人。13日，记者在现场看到，德阳市内的医院已经不能再接纳伤员了，楼道、过道和屋檐下堆满了躺在担架和木板上的伤者，他们的眼神中隐藏着绝望。

已经在德阳市医院工作了20多年的后勤工人胡大爷说，他从来没有见过这么多的伤员，也没有见过医生这么忙碌过。

大征用

“这里的医护人员严重短缺。”德阳市内为数不多还在营业的药店里，工作人员陈颖告诉记者，她的同事和德阳市所有药店内的工作人员几乎都于12日晚开始被抽调到各大医院或者绵竹现场充当临时医护人员。在当地政府眼中，他们是唯一一群除了医院正式人员外，懂得医药知识的人。

“您要的药都没有，全部被送往医院和救护现场了。”陈颖说，他们从12日下午4时便得到当地政府的医药抽调令，包括阿司匹林在内的疗伤药已经全部征用。连板蓝根和VC等预防类药物也被不少当地公司或市民抢购后送往绵竹救灾。

13日下午，从重庆、广东等地赶来的医疗队伍开始进驻德阳，他们带来了抗生素等急需的药品和医疗物资。

“这里除了急缺血浆和医药外，还缺担架、纱布。”刚从德阳市第二医院出来的杜女士告诉记者，为解急困，德阳当地市民纷纷向医院捐出家里存留的纱布、木板和棉被等，但远远不够用，一些伤员只能躺在地上等候治疗。

13日的晚上，德阳大雨倾盆，余震不断。即使是身强体壮的记者也只能在街边裹着湿漉漉的衣服过夜，而医院过道和街檐下的伤员还承受着严重的伤痛煎熬。

这是黑皮第二天在绵竹和德阳采访后，发出的系列报道中的一篇。黑皮是含着眼泪写这些稿子的，每次写着写着，眼泪就不自觉地涌出来，笔记本电脑的屏幕就变得一片模糊。好在报社增援的人员已经到达现场，带来的救援物资暂时解决了吃住以及通过网络发稿的问题。但黑皮不敢闭上眼睛，一闭上，眼前全都是那些遇难者的遗体、那些流血的场面。每一次深入灾区采访，眼前的一切对于黑皮来说都是一种煎熬，让他痛苦得无法自拔。

有一天，在德阳医院采访时，黑皮在一个帐篷里偶然碰到了之前送高静秋她们回成都的司机张师傅。张师傅正坐在一张病榻前，满脸的愁容，与分别那天相比似乎一下子老了十多岁。黑皮走过去握着张师傅的手说：“实在不好意思，张师傅，我在汉旺的灾区没有找到嫂子和你的儿子，他们的电话一直无法接通。”

张师傅痛哭流涕，说：“兄弟啊，我对不住你嫂子啊，她已经去世了，到现在还没有挖出来。儿子不知道被哪个好心人救了出来，可惜已经不是完整的人了。”黑皮安慰着张师傅，再一看病床上躺着的小伙子，竟然是他那天和医生一起锯掉腿救出来的那个孩子。孩子也认出了黑皮，告诉父亲就是眼前的叔叔救了他。张师傅惊得跪下来就给黑皮磕头，说：“真是谢谢秦老师的大恩大德，你是我们一家的恩人啊。”

黑皮却痛哭起来，哭自己没有帮孩子挽救回那条腿，自己实在是无能为力，对不起张大哥啊！承诺孩子以后的义肢他负责给安装。

在接下来的日子里，黑皮在德阳的绵竹和什邡两个重灾市来回地跑，底下几个重灾镇如汉旺镇、红白镇、华蓥镇等，黑皮也克服重重困难下去采访，了解灾区的需求，通过报社及时地发布消息出去，再由志愿者捐助和运送过来。看到一批批的物资通过自己的呼吁运送到了受灾群众的手中，黑皮的内心才略有宽慰。

一天，在采访绵竹市政府旁边驻扎的一支野战部队医院时，黑皮看到帐篷里有好多孕妇，有已经生育的，也有正在待产的。但孕妇们都没有可以更换的衣服，也没有给婴儿准备奶粉、尿布等物品。从来对孩子不感冒的黑皮看着那些初生的婴儿，心里涌出了一丝温暖，他们代表着地震带来的新生和希望啊。所以，这些降生在地震当天的孩子们，男孩儿就叫震生，女孩儿就叫汶生。孩子们伸着粉嘟嘟的小手，似是想抓住什么，或者在梦中露出了笑容。那些妈妈们疲倦的脸上写满了幸福，她们的家人有的已经遇难，有的依旧下落不明，但都阻挡不了她们看到新生命诞生后做了母亲的幸福。

黑皮内心最脆弱的那根弦被这些孩子们拨动了，那些麻木的神经被这些孩子们激活了。这种情感不是绝望，是一种对孩子、对幸福新的理解，是对过去那种“没心没肺”式的生活的一种终结。于是在休息的时候，黑皮通过自己的房地产QQ群，呼吁网友给这些孩子捐助奶粉和尿布。

水做的冰

有多少孕妇?

我是流氓我怕谁

大概20多个，已经分娩的有5个人。

水做的冰

其他安置点还有吗?

我是流氓我怕谁

还有，但具体人数我还不清楚，陆续还有孕妇被送过来。

水做的冰

那里需要风扇吗?

我是流氓我怕谁

需要，真的需要，帐篷里太热了，已经有战士和受灾群众在里面中暑了。

水做的冰

你所在的部队医院大概有多少顶帐篷?

我是流氓我怕谁

没有数过，但至少五六十顶。

水做的冰

好的，知道了，明天下午之前我们送物资过来，你在那里等着。

和黑皮聊天儿的是一个在一家房地产公司做办公室主任的女孩儿，在群里比较活跃，但黑皮没有见过她，只知道她的网名是“水做的冰”。黑皮感到很奇怪，冰肯定是水做的啊，但到底是怎样的一块冰呢？通过简短的对话，黑皮感觉这个女孩儿很是干练，逻辑思维强，而且心细。让黑皮非常高兴的是，他一发出倡议，就立即有人响应，而且效率如此之高。

第二天中午，正是开饭的时间，黑皮在部队医院的帐篷里吃着饭，满脸的汗水，人就像从水里捞出来的，几天没有换洗过的衣服已经是干了湿、湿了干，后背已经结晶出了一圈白色的盐迹。没办法，黑皮干脆端着碗到帐篷外的田地里蹲着，虽然牛粪和田里积水的臭味四溢，但有阵阵微风吹来，竟然比帐篷里凉快多了。

正吃着，电话就来了，原来是“水做的冰”已经到了医院大门口。黑皮放下碗就跑了出去，来得竟然是一辆小货车，从车里跳下来一个面容清秀的女孩儿，扎了一个马尾，一走路马尾就在她身后晃悠，穿着“中国雄起，汶川雄起”字样的T恤，T恤扎在牛仔裤里，双腿显得修长而挺拔，显露出一种说不出的清爽。这和黑皮想象中她的形象非常吻合，甚至超出了他的想象。

“我就是‘水做的冰’，你是那个流氓吧？”女孩儿大方地伸出手，但话一出口就先笑了，“不好意思，应该是秦记者吧？”

黑皮握着她的手笑着说：“你不冰啊，给人很温暖的感觉呢。我代表部队，哦，不，代表那些孩子们谢谢你！”

“水做的冰”马上说：“赶紧找人卸货吧，孩子们还等着奶粉吃呢。”

于是黑皮给同行的医院刘干事介绍“水做的冰”，但黑皮只知道她的网名，不知道她的真名。女孩儿爽快地说：“我叫于秋子，就喊我秋子吧。”刘干事握着于秋子的手说：“太感谢你们了，我代表部队谢谢你们。”

等卸了货物，于秋子和黑皮以及刘干事到妇产科所在的帐篷去分发物品时，才知道于秋子想得非常周到：孕妇或者产妇每人两套换洗的内衣，甚至准备了哺乳乳罩；孩子们每人一大包48片装的婴儿尿布和一听奶粉；5个已经出生的孩子每人一个婴儿车、一个洗澡盆，还有奶瓶若干；每顶帐篷里配一台小型风扇，还有蚊香和花露水。特别是于秋子还给黑皮带了一件有着同样字样的T恤，穿上正合身，解决了黑皮衣服已经发臭的窘况。

看着这些东西，黑皮心里又涌起一丝感动。他自己都感觉奇怪，怎么一到灾区就这么容易多愁善感了呢？等分发完物品，“水做的冰”——于秋子把剩下的物资移交给部队，说：“你们还需要什么就给我电话，我及时筹集过来。”刘干事忙说：“那太谢谢了，如果有需要，我一定打电话再麻烦你们。”

黑皮问于秋子吃不吃饭，秋子说来的时候已经吃过了。说着就打算回去了，黑皮说，那顺便把我捎回去吧。秋子问，你不留下来采访了？黑皮说，我来了一个星期了，你闻闻身上都已经臭完了啊。于秋子故意捏着鼻子说，要的嘛，一起回去。

回去的路上，黑皮问于秋子怎么这么快就筹集到了物资。秋子说她动员单位的员工自发捐助的，然后今天一大早兵分几路去超市采购，等大家一采购完就马不停蹄地送了过来。

“那你没有吃饭了？”黑皮问。

于秋子这才说：“是啊，运动量大，早就饿得前胸贴后背了。”黑皮责怪说：“那刚才你怎么不吃饭？部队的饭菜还挺香的呢。”秋子说：“那是部队的物资，现在交通不便，灾区物资比较缺乏，我舍不得去吃灾区的东西。”这话让黑皮顿时无地自容，说到了成都一定请秋子吃顿好的。

他们到了成都时天已经黑了。于秋子说，我带你去个地方吃饭吧。去的地方竟然是一家陕西餐馆，有陕西面皮和肉夹馍，这让黑皮无比惊喜。原来他们在车上闲聊时，于秋子知道了黑皮是西安人，才特意带他来这里的。于是，黑皮放开肚皮吃了两个肉夹馍、一碗面皮和一份臊子面，才满足地打着饱嗝儿说，你真不愧是做办公室主任的。

两人出来站在街边打出租车，黑皮看到于秋子穿着和自己一样的T恤，开玩笑说：“哟，今天咱俩还穿的情侣装啊！”于秋子笑着说：“切，我和全国人民站在一起，你是流氓，离我远点儿。”

第二十章　摇摆中的婚姻

5 月 19 日，一则消息让全成都人都惊恐万分：地震局预报今日汶川附近将发生 6 至 7 级余震。

学校已经早早地疏散了学生，虽然可以在偌大的体育馆内避震，但大多数人还是选择待在空旷的操场上。马忠政没有值班，等疏散完就回家安置家人去了，但是去哪里呢？

“你看嘛，娃娃这两天遭蚊子咬惨了，妈也是跑上跑下地躲地震，你让我们一家人到哪里去躲嘛？”李敏再次对马忠政发飙了，抱着孩子眼泪汪汪的。丈母娘也毫不客气地说：“你们买房子我不反对，但是总不能让我们娘儿几个就这么受罪啊？”

马忠政老妈的胳膊上还缠着绷带，满脸的愁云，既心疼儿子又没有办法。马忠政看着老妈的样子也心疼，地震后已经没有时间带老妈去医院换药了，何况医院现在也顾不上这一般的病人，都在忙着抢救地震伤员呢。

“先下楼吧，总不能在家里待着吧？”马忠政叹了口气，提着孩子的婴儿车，带了热水和奶粉等一大堆东西，去了小区门口的广场。那里已经坐满了前来避震的小区居民，有很多人带着帐篷或者简易的窝棚，晚上就睡在里面。

就在前两天的晚上，突然电闪雷鸣，风雨交加，余震也开始轰隆隆而来，让一家人更是担惊受怕，匆忙地跑下楼去，却连个避雨的地方都没有，只能在小区门口的屋檐下站着。但成都人天性乐观，大多居民在小区门口一边避雨一边摆悬龙门阵：安逸，每天摇一摇，摇摇才健康！甚至有人在家里一感觉到余震，就能够“肉测”到大概几级，而且比较接近。至于在家里倒放啤酒瓶、把狗放床边等测震的办法就更多了，这些都成为第二天人们的谈资。

本来马忠政想把一家人送回内蒙古，好歹那里安全点儿，但丈母娘一听要去马忠政的农村老家，就把嘴巴瘪了起来：“你们那儿好恼火哟，农村里连个洗澡的地方都没有，打麻将、逛街道都没有地方去。”其实现在他老家的条件好多了，只是在丈母娘的印象里好像农村永远都很落后，他和李敏结婚这么多年，丈母娘就从来没有去过自己的老家。即使是李敏，也就统共去过两次，每次最多待几天而已。马忠政想让老妈带孩子回去，李敏又不干，舍不得孩子。

这让马忠政很无奈，只好继续在成都待着。其实他丈母娘的话里也透露出了一种乐观的情绪。后来流传着这样的一个段子：地震发生的那一瞬间，几个成都老太太正在打麻将，突然感觉楼晃了起来，桌子撑都撑不稳。有个老太太跑到窗户边一看，回过头淡定地说，没有啥子，外面的楼都在晃，你赶快出牌。

玩笑总归玩笑，当余震来了，大家还是会担心这个城市能否再承受得住。马忠政倒是无所谓，从灾区回来以后，他就在家里睡觉，感觉这里可比灾区要安全多了，没有滚落的石头，没有可能爆发的山洪，不用风餐露宿等待救援物资。所以成都人又说了，“灾区人民是在余震中等吃喝，成都人民是在吃喝中等余震”。地震后的晚上，只要去外面的小吃一条街上看一看，就是人山人海，该吃吃该喝喝，不知道的还以为这里的人没心没肺，其实不然，成都人在抗震救灾的时候出力、出钱、出人，那绝对是不拉稀摆带的（不含糊的意思）。

半岁的马浩天长得胖嘟嘟的，对外面发生的这一切都一无所知，饿了就哭，吃饱了就“啊啊”地想和人说话，稍微逗一下就“咯咯”地笑。这似乎成了马忠政唯一的寄托，可惜帐篷买不到，孩子只能待在童车里，外面的纱巾又遮不严实，常有蚊子钻进去咬得孩子脸上、手上好几个包，看得马忠政心疼不已。李敏只要逮着机会就嘟囔几句，抱怨说要是听她的话买了车子，全家人也不至于遭这份罪。

马忠政沉默着，只当作没有听见。他正逗孩子笑时，手机响了，拿起来一看是张力打来的。张力问他在哪里？过来给他送个帐篷。马忠政高兴地说，你真是及时雨，我们需要什么你就送什么啊！对张力说了具体地址，马忠政又说，你慢慢开车不着急，现在堵得厉害。

张力是在老家定做了一批帐篷快递过来的，给灾区送了一部分，又给几个同学留了几顶，尤其是马忠政有小孩儿，又没有车，就先送了过来。一家人接了帐篷，千谢万谢，之后将帐篷撑在花园的草地上，铺了防潮垫，马忠政让两个老人陪孩子进去坐着，自己则站在了外面。

张力说他五一劳动节之后就一直在湖北、贵州、云南等地考察，想着奥运会快到了，“香香鸭”的销售旺季也即将到来，他想趁此机会将“香香鸭”做成全国连锁品牌，各地也谈了加盟商，基本都已确定，只待签合同了。没想到就发生了地震，只好先搁置下来，等过段时间地震平息了就全面铺开。

马忠政握着张力的手说：“兄弟你有能力、有闯劲儿，我相信你能做好的。到时候做大了不要忘了兄弟就成，或者我来给你提包当保镖。”说着，马忠政把胸脯拍得啪啪响。

张力“呵呵”笑着说：“领导啊，你洗兄弟脑壳啊，我哪天要是混不下去了给你提包还差不多。”

告别马忠政一家，张力又给杜鹃打电话，才得知杜鹃是一个人在家里待着。张力说：“你胆子真大啊，这个时候还敢一个人在家里待着。”他上楼敲门，发现杜鹃家里异常的冷清，客厅的茶几上胡乱地放着几个方便面盒子，杜鹃披头散发地躺在沙发上，脸上已经没有了昔日的光彩。张力问了半天才明白，杜鹃和彭涛这次算是彻底完了。

“走吧，还是不要在家里待着了，出去走走吧！”说着，张力开车载着杜鹃，一直开到三环路边儿上才停下车。这里已经停驻了很多车辆，都是来躲避余震的，有人在路边搭了帐篷，铺开垫子就开始吃喝起来。

“怎么办，难道真的就这么离婚了？”张力说。

杜鹃叹口气说：“不离婚，我还指望他对我好啊？从地震那天开始，彭涛到现在还没有进过家里的门。也好，自由了，我这是给你们机会了啊。”杜鹃故意长长地舒了一口气，开着玩笑说，方显得自己很轻松自在的样子。

“我也想呢，但熟人不好下手啊！”张力也故意开着玩笑。

杜鹃想起张斌，这两天他只给自己发过一条短信，就没有了消息，她给他打电话不是关机就是不在服务区。原本她想着，一个女人没有了任何安全感，就只能靠自己了。但女人终归还是女人，还是需要人疼、需要人爱的，哪怕只给一点点关心、一点点感动，都会记在心里，爱着爱着就全身心地投入进去了。但自己牵挂张斌什么呢？在床上的那些激情吗？还是他平日里对自己若有若无的关心？这场地震让杜鹃又对张斌失望起来——在这灾难来临的时候，他去呵护自己的女人了呢，还是等别的女人去呵护他呢？

看着杜鹃发愣的样子，张力就静静地坐着，打开收音机，听着关于地震的报道，听着听着就觉得心酸，不禁想哭。地震后，张力竭尽全力为灾区送去救援物资，但总感觉自己做得还不够。平时总自信自己的那点儿能量，现在看来每一个人都是那么渺小，那么微不足道。

关了音响，两人一时不知道该做些什么。杜鹃看着黑暗中张力的脸，想起大学时代，张力拼了命地创业，所有人都对他泼冷水，但谁又能想到他今天的成功呢？也因此，张力的脸上过早地刻上了岁月的痕迹，但显得更为成熟了。突然间，杜鹃觉得张力更有男人的魅力了。

想到这里，杜鹃倒不好意思起来。她叹了口气，悠悠地说：“张力，能借我个肩膀靠靠吗？”张力无声地把她搂进怀里，两人就这样静静地坐着，等待即将到来的余震。

第二十一章　吸毒的兔子

六一儿童节快到了，黑皮想着给灾区的儿童献点儿爱心的事情，于是就在群里说了，结果一呼百应。于秋子积极地发言建议大家整个车队，一起行动吧。然后大家商量去什么地方，黑皮提议就去汉旺镇的武都安置区吧，那里有三四万人，周围乡镇的几所学校里的学生都集中在那里。

黑皮忘不了他在汉旺镇看到的那一幕惨烈的场景，在之后的很多个夜晚，黑皮都走不出来，常常在噩梦中惊醒，嘴里还喊着：“快，快救人！”醒过来后，黑皮就大汗淋漓，再也无法入眠，而后点燃一支烟，在阳台上一直坐到天亮。

确定了要去汉旺镇，黑皮在群里说，愿意捐助物品的就个人掏钱买些东西，只要是孩子们需要的就可以。黑皮主动约了于秋子，说："我们两个人搭伙买吧，好歹也是曾经抗震救灾的战友嘛。"于秋子答应了下来，两人打算周末去城北的荷花池批发市场，这样有限的钱款就可以买更多的东西了。

这天黑皮去接于秋子，他将车停在了小区门口，摇下车窗，好一眼看到于秋子。等于秋子出现在小区门口，黑皮立马被她吸引住了：于秋子穿了一身运动装，浅绿色的棉质修身运动服刚好勾勒出她凹凸有致的身材，妩媚而不妖娆，让人看着只觉得是那种恰到好处的美丽和纯净；近了却见秋子一脸的素颜，正是健康的粉色，头发随意地别在耳后，有几绺顽皮地散落下来，遮挡着秋子充满阳光的脸，别有一番风情。

直到于秋子过来敲着车窗，嗔怒地说："你看什么呢？哈喇子（口水）都流下来了。"黑皮这才慌忙按了中控给于秋子开门，开玩笑说："若吾有汝等美人藏于屋，定死而无憾也。"于秋子不客气地说："你屋里藏的美女肯定多啊，还稀罕我这样的？"然后是一脸的严肃。黑皮知道话说得过头了，忙说"打住，就此打住"，发动了汽车就往荷花池批发市场赶去。

到了学生用品批发市场，还没等黑皮开口，于秋子说："这样吧，我们一人1000元钱，我负责采购砍价，你负责后勤包装运送。"黑皮说："没有问题，有于主任当家我放心。"于秋子用眼睛剜了一下黑皮，却不再那么严肃，惹得两人不约而同地"呵呵"笑起来。

于秋子一开口，黑皮才领教到这个美女的厉害。先是考虑主要是给小学生买学习用具，然后又考虑有高低年级之分，那么给低年级的应该买橡皮擦和铅笔，给高年级的应该买圆珠笔、圆规、三角尺等学习用品；之后分门别类考察砍价，看哪家的批发价低。走了一大圈，黑皮的脚板都走疼了，于秋子才确定了几家门店。采购完毕，她又对商铺老板说，我们是给灾区孩子买的，这样又让人家送了几样东西。

最后搬上车的时候，让黑皮吃了一惊：2000元钱怎么买了这么多的东西？黑皮原本觉得能买几百个作业本就已经很不错了，所以他觉得跟着于秋子买东西特别有成就感。

“哪个男人要是娶了你，那才是有福气啊，这么会持家的女人！”黑皮由衷地赞叹说。

于秋子却没有吭声，只是礼貌性地笑了一下，说这些够孩子们用一段时间了。看到于秋子不愿意说这个话题，黑皮就把话头岔开了，说：“我给你讲个段子吧。”于秋子说：“我就知道你那张臭嘴要放什么屁了，不许讲带色的啊。”黑皮这才感觉有些为难了，想了半天才发现肚子里全都是儿童不宜的。

“嘿嘿，我给你讲个小白兔的故事吧。”终于，黑皮绞尽脑汁地想到了一个故事，“说有只小白兔在森林里奔跑，看到大象正在吸食海洛因，就说：‘大象，大象，生活这么美好，为什么要吸毒啊？让我们一起快乐地奔跑吧。’大象听了觉得有道理，就跟着兔子跑了起来。跑着跑着又看到长颈鹿在吃摇头丸，长长的脖子都快摇断了，小白兔就说：‘长颈鹿，长颈鹿，生活这么美好，为什么要吸毒啊？让我们一起快乐地奔跑吧。’长颈鹿听了觉得有道理，就跟着兔子跑了起来。跑着跑着，小白兔又看见黑熊在吃麻古，就说：‘黑熊，黑熊，生活这么美好，为什么要吸毒啊？让我们一起快乐地奔跑吧。’黑熊听了觉得有道理，就跟着兔子跑了起来。跑着跑着又看见狮子在吃冰粉，小白兔又问：‘你为什么要吸毒啊？’没想到狮子痛打了小白兔一顿。其他动物生气地问：‘狮子，你怎么能这样啊，小白兔是为了我们好，不让我们沾染毒品啊！’狮子说：‘你们上当了，每次小白兔吸毒吸得过量了，就在森林里疯狂地奔跑，还要拉上你们当‘三陪’啊！”

说完黑皮就哈哈大笑起来，没想到于秋子却没有任何反应，黑皮说：“你不觉得好笑吗？”于秋子说：“不好意思，确实好笑，我失态了。”想着于秋子有心事，黑皮就闭了嘴，专心开车。

于秋子说：“周末你没事吧？没事的话，就把这些东西放在车上，我们找个地方坐坐吧。”黑皮问于秋子去什么地方，于秋子说随便。黑皮直接将车开到了红星路步行街那边，两人进了一家咖啡店。

找了个僻静的位子坐下来，于秋子把自己窝在沙发里，愣愣地看着外面人潮涌动、车水马龙。而此刻阳光正好，透过玻璃落在于秋子的身上，让她有了一种暖暖的感觉，又让人怜爱得不敢打扰。

黑皮问于秋子喝什么，于秋子挤出四个字“卡布奇诺”。黑皮则给自己点了一杯竹叶青。即使在咖啡馆里，他依然喜欢喝茶。

“秋子……我可以这样叫你吗？”见于秋子点了点头，黑皮小心翼翼地说，“你有什么不高兴的，方便对我说吗？”

于秋子回过神儿来说：“真不好意思，秦奋，我有些失态了。”黑皮赶忙说：“你叫我黑皮吧，我那些兄弟伙都喊我黑皮。”

“哦，秦……黑皮，”于秋子先笑了起来，说，“你确实够黑的，但是也很帅嘛。”

于秋子抿了一小口咖啡，坐正了说：“你刚才讲的那个故事真的挺好笑的，但让我想起了我的老公，准确地说应该是我的前夫。因为他有个毛病，和小兔子一样，他吸毒。他吸多了不是狂奔，而是在家里发疯，不是砸东西就是打我。现在我都不敢回想，那是我过得最昏暗的日子，整整五年时间啊！”

看着黑皮睁大眼睛不敢相信的样子，于秋子说：“他先是为了应酬，在酒吧、歌厅玩点儿 K 粉什么的，后来很快就发展到了吸食海洛因。没有毒品的时候，他就一把鼻涕一把泪地求我，要不然就打我，等吸完了、打完了，就跪在我跟前说他后悔了，说他对不起我，要对我好。但生活总是这么反反复复，甚至为了拯救他，我把他送到了戒毒所，但没有任何用处，他出来后还是照样复吸，我们一起创业积蓄的那些资产也被他折腾光了。

“后来，我怀孕了，但是我不敢要那个孩子，我只能选择离婚，离开了我们一起学习、生活、创业快十年的那座城市——南京，我把自己最美好的青春、最美好的和最浑浑噩噩的生活全部留在了那里，回到了成都老家，投奔我的父母。”

黑皮一时不知道该怎么安慰于秋子。反而是于秋子摆摆手说，不说了，不说了，惹得你也不高兴了。然后问黑皮多大了，黑皮说今年刚好满三十岁。于秋子说，那你喊我姐吧，我三十二岁了。黑皮依然是一脸的不相信，说，我觉得你最多二十七八。于秋子就拿了身份证给黑皮看，身份证上显示的出生日期是1976年9月22日。其实黑皮耍了一个小花招，主要是想看看于秋子的生日是什么时候，到时候好提前准备，然后给于秋子一个“surprise（惊喜）”。

两人一时无话，各自品味着自己杯子里的茶或者咖啡。黑皮看着窝在阳光里的于秋子那娇小玲珑的样子，不禁怦然心动。这不是他看其他女人时那种心动的感觉，以前更多的是生理上的冲动，是看脸、看身材玩味的感觉。如今，眼前的这个女人深深地吸引了他，从内心油然而生的那种感觉，似乎可以称之为“一见钟情”，让他想用更多的时间去品味和了解眼前的这个女人。

一见钟情！黑皮被自己内心的想法震惊了一下，但他脸上一闪而过的欢乐表情却被于秋子捕捉到了：“黑皮啊黑皮，脑子里又有什么坏水了啊？”

第二十二章　成都是张“席梦思”

这天杜鹃终于又上班了。售楼部肯定是不会有顾客光临的，公司只是让大家都回到岗位上，考虑下一步能够开工了的话该怎么运作，尤其是地震以后，一方面很多高层摇晃得特别严重，因此购房者在短期内肯定对高层有一定的恐惧和抗拒心理；另一方面原来修建房子的设防烈度设计只有7度，此次地震后不知道是否会提高，购房者对房屋质量也存在质疑心理。因此，短期内整个成都的房地产市场会跌入一个低谷。基于这样的判断，公司的意见是现有楼盘暂时不能通过降价的方式销售，否则会引起一期业主的连锁反应。但很明显，成都这一座“来了就不想离开的城市”，现在却被民间戏谑为“成都，一座来了就走不脱的城市”。原来购房群体里有近一半都是外地人，但现在哪个还敢来这里买房啊。

“你们也要反过来看啊。”张斌在售楼部的员工大会上把声音提高了八度，“全国有哪一座城市能够经受八级地震的考验而毫发无损的？又有哪一座城市在经历如此巨大的打击之后还能一如既往欣欣向荣的？成都，只有成都！”张斌传达了总公司的意见，一个是通过公司委托的第三方鉴定机构初步检测，在建建筑没有任何安全问题，但还需要请政府主管部门进一步检测并及时将结果公布；另一方面加大宣传力度，将积极参与抗震救灾的金通房产良好的企业形象塑造出来，体现出企业的社会责任感；最后就是将二期住宅的设防烈度从7度提高到8度，在建筑质量上进一步地加固和提升，因此要尽快把这个亮点宣传出去。

说完，张斌给每人发了一份复印好的文件。杜鹃拿到一看是报纸上的一篇文章，标题是《成都是张“席梦思”》，署名为秦奋。秦奋？杜鹃看着这个名字觉得怎么这么熟悉，想了半天才想起就是黑皮嘛。杜鹃笑了笑，想看看黑皮到底写了些什么，竟然都成了公司的学习资料了。

成都是张“席梦思”

这几天，偶然看见一位美女的博客，写她在地震中的“床事”：睡过草地、睡过汽车、睡过睡袋、睡过河边的水泥凳子，甚至睡过别人家暧昧的床。“最后发现，原来成都是如此平安，原来家里那张床最是安逸。”美女如此感叹说。

是的，我也曾经在这场地震中经历过惶恐和四处避难的日子，当我一次次进入灾区深处的时候，才发现，成都这座城是大地在颤抖时遇到的一张幸福的床——可以想见，距离震中那么短的距离，我们竟然可以躲过一劫，这主要是因为成都平原独特的地质构造，让此次破坏性极大的8级浅源地震在成都的地下将能量消磨殆尽，一如碰到弹簧床。而成都，就是弹簧床里的贵族——“席梦思”——在人类文明并不算很长的历史进程中，无论地面建筑如何在战争的洗礼中灰飞烟灭，成都这座城的城址在三千年中都没有改变过，因此它成为中国历史上一座真正“固若金汤”的城池。

我常常做一个很“恶毒”的假设：如果这场地震发生在其他省份，影响会如何？还会出现“成都人在吃喝中等待余震”的景象吗？首先我想应该澄清的是，并不是成都人不知道疼，而是在于成都人先天的乐观情绪会排挤掉地震给生活带来的种种困扰，即使是睡河边的凳子、别人家暧昧的床，也依然阻挡不了他们该吃吃、该喝喝，该出钱出力抗震救灾的生活态度。

在八年抗战和解放战争时期，成都是中国的大后方；在大地震撼动中国的时候，成都就是这地震中的“席梦思”：让地震的能量在地底下和我们的心中不断衰减，“睡前摇一摇”已经成为一种生活的乐趣。

于是，我们看到在地震之后成都购物节上的人潮涌动；酒吧一条街上的座无虚席；小吃一条街上的人声鼎沸……这一切，让一位从北京来成都采访的同行禁不住地诧异：这里真的经历过八级大地震吗？当在座的朋友们一个个跟他讲地震发生时的情景、地震发生后成都人又如何团结起来抗震救灾时，同行又不禁为此而感动。

试想，在经历如此大的地震之后，我们又有什么理由不让自己活得更好呢？而成都，也在冥冥中印证了那句话：一座来了就不想走的城市。既然是那样地幸运，我们还有什么理由要走呢？在成都这样的“席梦思”上睡觉、生活、工作，还有什么让人不能安稳的呢？

朋友说，相对短暂的人类历史，大地震只是一场考验我们的重生智慧和坚强意志的磨难而已，我们应该忘记它带来的痛楚，往前看。而我说，为什么我们要忘记地震呢？正是因为人类历史如此短暂，我们在成都经历了这样一场灾难，所以我们要记住这场大地震——

记住大地震，我们就会珍惜眼前的一切，包括生活、生命和这座城市。

记住大地震，人与人之间就会更加友善，社会更加和谐。

记住大地震，我们就会更加乐观、豁达，该继续的就继续，谁让我们如此恋上这张“席梦思”床呢?

杜鹃读完稿子，不禁为黑皮的文笔和贴切的比喻叫好。其他同事也在小声议论着，对这个观点非常认同。但这稿子该怎么和项目结合起来呢？张斌请大家各抒己见。有售楼小姐说，可以提炼这样一个口号：“金通房产为您打造成都的席梦思”，以此作为宣传点。其他员工笑了起来，说，我们的楼怎么整成弹簧床了，对外宣传也很抽象啊。

杜鹃想了想，迎着张斌的目光说：“我有个同学在咱们这里买了一套房子，地震后几次给我打电话，问房子裂缝没有？多久开工？着急得恨不能亲自过来看看。但工程还在评估中，为安全起见我们暂时只能拒绝这些业主的要求。但现在，我们内部已经有了一个初步的鉴定结果，认为地震没有影响到工程的质量。那么，我认为，”杜鹃停顿了一下，看着大家都期待着自己继续说下去，才清了一下嗓子，继续说，“等有关部门的权威鉴定一下来，我们是否可以在各大媒体上立刻展开宣传攻势，提出这样一个概念：家很好，请业主回家看看。用整版广告刊登这样一个标题，底下再用上这篇稿子作为呼应。在宣传的第二阶段，我们把二期提高设防烈度的消息公布出来，既可以解除现有业主的担忧，又可以为二期之后的销售奠定基础。虽然按照总公司的要求不能降价，但是我们可以通过赠送家电、家具或者提高精装房的标准，来为业主提供最大幅度的优惠，要不然整个市场一旦无法回暖，势必有一轮降价潮，这是我们无法阻挡的趋势。”

杜鹃刚说完，张斌就鼓起掌来，连说了几个“好”。张斌又接着说：“这样，我们要尽快邀请权威部门来进行鉴定，到时候可以配发鉴定报告。这项工作就暂时由杜鹃来具体运作，财务部门、营销部门会尽量做好配合工作。”末了，张斌说，“散会后杜鹃来我办公室一趟，再仔细研究一下一些细节问题。”

等杜鹃进了张斌的办公室，张斌倒是没有谈工作，而是用他富有感染力的声音问杜鹃：“地震这段时间过得好吗？”听到张斌终于问到这个问题，杜鹃的眼泪潸然落下。自从那天对丈夫下了离婚的通牒后，彭涛还真的没有再去找过她，只是有一天等她回到家，就看到桌子上放着彭涛起草的离婚协议书和房门钥匙。彭涛倒是诚恳地承认了他的错误，然后同意离婚，并把现在所住的房子、家具、家电等都留给了杜鹃，汽车则留给了自己，而他放在这个家里的个人物品也已被他一并打包带走了。两个人又没有孩子，也没有多少存款，离起婚来倒是干脆利落，只等着杜鹃签字，再到民政局去办手续了。

见杜鹃落了泪，张斌忙起身过去将门掩上，抽了两张纸巾给杜鹃，愧疚地说："鹃子，对不起，地震的时候也没有照应到你，我实在是情非得已。"

杜鹃直视着张斌的眼睛，看得他躲避起她的目光来。杜鹃叹气道："难道我就只值一条短信？我们就是简单的一夜情、几夜情而已，我只是你生活中偶尔使用的调味品而已？"

张斌忙说："这都是我的错，我也是一时冲动。但我没有告诉你的是，我也有家庭，我无法放弃现在的一切；而你也有你的家庭，我们都是在错误的时间、错误的地点做了一件错误的事情。"

杜鹃淡然地笑了笑说："你也不用那么紧张，第一，我不会让你负责；第二，我现在没有家庭了，是自由人。"张斌便支吾着说："你离……离婚……不……不会是因为……因为我吧？"杜鹃倒是大气地说："不关你的事情，你说工作吧，我应该怎么弄？"

张斌见杜鹃主动岔开了话头，心里的石头才放下来，立刻整理了一下思路说："第一，你先就'业主回家'项目起草一个方案，做好预算，我报总公司报批；第二，你和黑皮联系，请他帮你运作媒体这一块，尤其是正式报告出来以后，配合二期调高设防烈度，我们可以进行一系列的炒作；第三，你列支一笔单独的稿费 3000 元，不不，5000 元给黑皮，作为他这篇稿子的稿费吧。"

杜鹃听了后，挤出一个"好"字，转身就离开了。张斌这才抽出两张纸巾，擦了一下额头上的汗水，坐在老板桌的后面感慨不已。

第二十三章　我不是随便的人

儿童节这天刚好是星期天，黑皮组织的队伍竟还挺庞大，张力还拉了杜鹃一起来参加，浩浩荡荡的一支车队从成都出发，上了成绵高速往德阳方向进发。

自从那天黑皮和于秋子深聊之后，黑皮就对于秋子的感觉越来越好，他是真的爱上她了。黑皮都奇怪自己最近的一些变化，从见不得孩子到喜欢孩子，从对女人的喜新厌旧到现在的情有独钟。有句话说“细节决定成败”，黑皮就是在观察于秋子生活、工作以及接人待物的种种细节之后，感觉自己彻底地被征服了，他越发感觉到这个女孩儿身上有不一样的感染力，但她又不像高静秋那样让他看见就充满了欲望。于秋子的纯净让黑皮觉得不容玷污，俨然她已经成为他心中的一尊“女神”。

有时候晚上睡不着觉，黑皮就想给于秋子打电话，一个个数字按完了，却忐忑不安地不敢打出去。终于打出去了，又在那一瞬间掐断。终于有天晚上黑皮给自己壮了一下胆，打给了于秋子，却半天没有人接，等自动断线了，他才如释重负。

正放松着心情，电话响了，一看是于秋子，黑皮踌躇几秒钟还是接了，那边立即传来温暖的声音：“黑皮，你找我吗？刚才我在给孩子洗澡呢。”

“啊，孩子？你什么时候有孩子了？”

“哦，忘记告诉你了，是我姐姐的孩子，来我这里玩，晚上就陪我住，这会儿刚睡觉。”于秋子解释说。

黑皮悬着的一颗心这才放下来。

于秋子问黑皮什么事情，黑皮“嘿嘿”地笑着说：“没事，没事，就想找你随便聊聊。”于秋子说：“好啊，聊什么啊？”又故意开玩笑说，“我可不是随便的人。”黑皮却不知道该从哪儿说起，抠头皮想的时候感觉摇了摇——又余震了。黑皮忙在电话里说：“秋子，秋子，刚才余震了，你别害怕啊。”于秋子却笑了，说：“习惯了，不是摇摇更健康吗？”

于是话题就从地震开始了，聊着地震那一刻大家都在做什么。黑皮说他救人的经过，说他看到那些活生生的生命被压在废墟里却无能为力，说着说着就哽咽起来。于秋子那边也沉默半天，黑皮以为对方挂了电话就问：“秋子，秋子，你在听着吗？”于秋子“嗯”了一声，说：“听着呢，不说这个了，我跟你说说我们老总吧。地震发生的那一刻，他第一时间从办公室里冲出来，大喊一声地震了就往楼下跑，我们还没有反应过来时，他已经从9楼冲到大楼外面的广场去了。结果我们才跑到4楼，就见他又上来了。后来我们问老总怎么啦，他说他第一个冲到广场看到员工们都还没有下来，就非常内疚，又冲上楼疏散大家。他可已经是五十二岁的人了啊。”听得黑皮哈哈大笑，说你们老总体能真的厉害。

交流多了，两人说话就随意了起来。黑皮在车上打量着于秋子，笑着说：“红豆不长南国，长你脸上了，真相思。”原来是于秋子昨天晚上嘴馋吃串串香去了，结果上了火，早上起来就发现长了个痘痘。于秋子气得抡起拳头就打黑皮，黑皮说：“你谋杀亲夫啊，再打就撞车了。”虽然于秋子还是生气，但也不敢造次了。

到了汉旺镇的武都安置区，一大片的板房区，房顶上是密密匝匝的电视天线，告诉着人们，这里的生活正在慢慢地趋向正常化了，每一根天线下面连接的就是一个家庭的喜怒哀乐和生活下去的希望。

黑皮之前已经与学校衔接好了，不要大张旗鼓地来欢迎，到时候就安排学生干部来领取东西就可以了。所以大家都很是紧凑，把带来的物资做了简单的归类，让学生干部报各自的年级和班级人数，然后就分发给同学们。等一一分发完了，竟然还剩下一堆东西，从体育用品到学习用具、书包等不一而足。大家就把这些物资留给学校，作为学校储备使用。

当大家听说有很多志愿者都在这里服务时，都想去交流一下，看看这些志愿者有什么需要帮忙的。去看了，果然如此，有教音乐的，有教舞蹈的，有教美术的，虽然是周末，但孩子们的业余生活倒是被安排得满满当当，那一张张渴求知识的笑脸，似乎已经将地震的伤害慢慢地消解了。

“我们俩也干脆留下来得了，每天教个书啥的，再夫妻双双把家还。”黑皮又跟于秋子小声地开着玩笑。于秋子听了又是一拳打过去，黑皮笑着躲闪开了。正笑着时，他却发现前面有一个高个子女孩儿正在看着自己，觉得有些眼熟，再一看竟然是高静秋。黑皮顿时尴尬起来，问：“你怎么在这里啊？”高静秋倒是平静地说：“哥，没有想到会在这里见到你啊。我在这里给孩子们上舞蹈课呢。”说着，指着前面的一大群孩子，艺术团团长的王娜也在那里，正在教孩子们藏族舞蹈。

“那是谁啊？也不介绍介绍？”高静秋指着于秋子说。于秋子今天穿了一件浅蓝色的T恤，上面印着喜羊羊的图案，下身则是一条纯白色的裙子，显得她更加青春活泼。见于秋子望着自己，高静秋拉拉黑皮的胳膊，悄声问道：“哥，那是嫂子啊？”

黑皮脸上有些挂不住了，喊于秋子过来介绍说：“这是于秋子于姐，和我们一起来献爱心的志愿者。这是高静秋，我大学师妹，艺术团的舞蹈演员，也是给孩子们教授舞蹈课的志愿者。”于秋子伸出手说：“还是你们辛苦了，我向你们致敬。如果有需要帮忙的，请你们尽管吩咐。”

高静秋却没有接对方伸过来的手，直盯着于秋子，说：“我代孩子们谢谢你们。”然后转过脸对黑皮说，“哥，我忙去了。”

于秋子的手尴尬地悬在半空，然后自己“哦”了一声放下来就往裙子两旁的兜里插，但她忘记今天穿的裙子是没有兜的，插了半天才想起来，又只好放下手自然地垂着。

在这里会遇见高静秋，是黑皮没有料到的事情。“5·12”汶川大地震那天，黑皮与高静秋在绵竹分手后，就一直忙着抗震救灾、采访报道。后来高静秋给他打过几次电话，得知他在灾区平安也就放下心来，但两人一直都没有再见面。后来马忠政闲暇的时候突然想起有学生说，在绵竹那天，高静秋临上车前曾抱着黑皮亲的事情，马忠政就知道这两个人又黏上了。于是马忠政打电话给黑皮，严肃地说，你娃要不得，高静秋还是个孩子，你们两个人不仅年龄差距大，观念更是不同，你也负不起这个责任，难道你还要重蹈覆辙让我去给你擦屁股啊？这种事情我可不干了。

黑皮自知理亏，当初和高静秋在一起时就是有点儿寻找刺激的味道，但这孩子虽然是接近90后了，但人却很听话，也善良本分，不多事。不像上一个那么黏自己，最后还弄出一大堆麻烦来。但自从经历了地震后，让黑皮重新思考了一下自己，觉得不能再像以前那么放纵了，也就收敛了再和高静秋搞在一起的心思，想逐渐地疏远高静秋，但没想到在这里竟和高静秋碰上了。

"这没准儿就是你屋内藏的那个娇吧？"于秋子揶揄黑皮道，"她看我的眼神可不对啊！"

"什么啊，就一个师妹，你别把人家志愿者想歪了。"黑皮岔开这个话题说，"我们去看看汉旺镇的钟楼广场吧。"其实他是想尽早离开这里。

于是一伙人各自开着汽车，往钟楼方向驶去。这钟楼位于汉旺镇的街口，背后就是东方汽轮机厂，这也是抗震救灾时黑皮第一时间到达的地方。等到了广场，一行人肃穆起来，看着那停摆在两点二十八分的大钟，钟楼底下是全国公祭时摆放的花圈、花篮。一行人默默地三鞠躬，悼念那些死去的生命。

黑皮坐在花坛上，点燃一支香烟，沉默地抽了起来。耳边似乎还响着那天呼救的声音、痛哭的声音、寻找亲人的声音和绝望的声音。一刹那，那些声音将黑皮的大脑充塞得满满的，却找不到释放的出口。黑皮的眼泪就这样无声地流淌下来，眼前的一切也模糊起来。有人轻轻地把黑皮搂在怀里，抚摩着他的头发，没有出声，广场上一片寂静。

等黑皮回过神儿来才发现于秋子的T恤已经被他的眼泪洇湿了一大片，喜羊羊依然充满狡黠地冲着他笑着。

“对不起，我失态了。”黑皮不好意思地跟于秋子说。

“不，我看到了真实的你。”于秋子递给黑皮一张面巾纸，“我们都应该记住那一天的两点二十八分。”

第二十四章　嫁人就嫁灰太狼

这天，张力招呼大家一起吃饭：“这是地震后第一次相聚啊，大家都务必带上家属。”

结果当天晚上在二环路边的“皇城老妈”吃火锅时，除了黑皮带着于秋子，其他三个人都是单身前来。于秋子的出现出乎所有人的意料：黑皮“换叫”很正常，只是没有料到这次黑皮换了一个超出大家想象力的美女：随和、恬静、稳重、大方、精致、性感，这是马忠政的心里悄悄对于秋子做出的评价，他搜肠刮肚地才找到这六个词语。张力和杜鹃虽然见过于秋子，但没有想到黑皮会正式地将她带来介绍给大家。

为了让于秋子参加这次聚会，黑皮没少费心思，该怎么说呢？让你见见我朋友？以什么身份呢？不就随便吃顿饭嘛，又不是见未来的公公婆婆。横了一下心，黑皮给于秋子打电话说，我和几个大学同学聚会，想喊你一起参加，看你方便不？于秋子起初也不想参加，说，你们同学聚会我掺和什么啊？黑皮说，也就是吃个饭，有两个人你还见过的，就是儿童节那天一起去汉旺镇的张力和杜鹃，还有一个留校当团委书记的哥们儿。于秋子这才勉强答应。

下午下班后，黑皮就早早地去接于秋子了，等于秋子从办公大楼里出来，黑皮发现她新做了发型，头发不再是直直的，而是做了微烫，显得稍微有些弯曲，然后拢起来用一根丝巾绑在脑后，很是随意大方，又显得成熟稳重。于秋子穿了一件米色的T恤，配一条洗得发白的牛仔裤，把小巧的臀部包裹得翘了起来，两条腿曲线毕露。这比黑皮第一次看到她时更加可人了。看来于秋子为这次聚会是做了精心的准备，不仅是给了黑皮面子，更是对他朋友们的尊重。想到这里，黑皮心里乐得开了花。

杜鹃之前虽然见过于秋子，但她今天穿得也很是靓丽，似乎是为了和于秋子比美一般：也是新做的发型，却把她之前“层林尽染”的卷发拉直了，弄成了碎发，一撇刘海儿让光洁的额头半遮半掩；化了淡妆，让她的脸显得成熟而又充满青春。由于刚下班，杜鹃穿着一身工装，衣服笔挺，下身是短裙和黑色丝袜，一个大S的曲线也随之显露出来，让三个男人都故作流口水状：你们就是靠这样的“制服诱惑”才把房子卖出去的啊？男人们肯定都扛不住，乖乖去签单的。气得杜鹃骂道，你们这些男人狗嘴里吐不出象牙来，我是卖房子又不是卖身子的。

杜鹃挨着于秋子坐下，两人在说着悄悄话，你这头发在哪里做的啊，你擦的什么化妆品啊，用什么牌子的粉底，伤不伤皮肤啊，卸妆水又是什么牌子的好用啊。末了，杜鹃问于秋子，咱们俩谁大啊？于秋子说，估计你比我小呢。杜鹃伸出三个指头说，奔三了，到年底就满三十了。于秋子笑了笑说，那你喊我姐吧。杜鹃睁大眼睛说，不得哟，感觉你比我小几岁呢。杜鹃越发羡慕于秋子的皮肤保养得好，眼角连一条皱纹都没有，身材更是女人中的精品了。

黑皮敲着碗说，我们抗议了，我们以为两个美女会较量一下呢，没想到你们竟然惺惺相惜了。

杜鹃笑着说，你有福气啊，哪个美女都见了喜爱。黑皮一脸坏笑地说，我又不是人民币，怎么能人见人爱啊？逗得大家“哈哈”大笑起来。

马忠政问杜鹃怎么一个人来了，没有带彭涛过来。黑皮在桌子底下直踢马忠政，马忠政才知道自己说错话了。杜鹃却将头一甩，说，离了，才办的手续，现在彻底自由了。然后故意扭头看看黑皮又看看张力，挑逗着说，记得之前有男人当着我的面说在后面排队，现在就有机会了哈！

张力忙说，上菜上菜了，美女再美也不能抵肚子饿啊。

火锅开始沸腾起来。

吃着饭时，于秋子说，我给杜鹃介绍个更好的，鹃子都要什么条件啊？杜鹃说，只要是男人就可以。黑皮立马说，你现在是饥不择食了啊，是不是太孤单寂寞冷啊？

张力说，人家哪儿像你啊，吃着碗里的看着锅里的。黑皮摆着手说，不要黑兄弟啊，我这碗里还空着呢，早已经饿得两眼发昏了，不知道哪个美女能拯救我一下啊？然后瞅着于秋子“嘿嘿”地笑。

于秋子右手拿着筷子从锅里夹了千层肚出来，放进黑皮的碗里，左手却从背后悄悄掐了他一下，然后说，现在嫁人就嫁灰太狼，杜鹃，你要按照灰太狼的标准选，准没错。

三个男人却吓了一跳：大色狼啊？

于秋子忙解释说，她经常陪侄女看动画片《喜羊羊与灰太狼》，里面有个灰太狼，为了给老婆偷羊吃，每次都被喜羊羊啊、懒羊羊啊等一群小羊弄得异常狼狈，回家还要被老婆打骂。但人家毫不气馁，为了给老婆抓羊吃，每次都会宣称：我还会回来的！

黑皮说，原来这么造孽啊，哪个男人愿意当灰太狼啊。

于秋子就跟大家说，有人总结了“嫁人要嫁灰太狼”的十大理由，然后拿出手机打开短信，结合自己的理解给大家一一解读起来：

第一条：灰太狼爱老婆胜过爱自己。这可是做老公必须要具备的条件，好男人就应该永远把老婆放在第一位。

第二条：灰太狼热爱劳动。这可是夫妻居家过日子的基本条件，不光女人要做家务，男人同样也要为家庭付出劳动。

第三条：灰太狼做事情有能力也有毅力。灰太狼每次抓羊的点子是有目共睹的，嫁给这样能干的老公，是女人的幸福。

第四条：灰太狼动手能力强。在生活中，灰太狼是个居家能手，家务活从不让老婆动手。要是生活在现代，绝对是一个经济适用型的男人。

第五条：灰太狼为老婆花钱从不心疼。找老公就要找一个肯为自己花钱的，这是爱的表现之一。

第六条：灰太狼不花心，对老婆始终如一。面对现实的浮华世界，能拒绝诱惑的男人是少之又少了。

第七条：灰太狼从不藏私房钱。私房钱可是导致男人变坏的温床之一。灰太狼抓到的羊一只不藏全留给老婆，这种精神可嘉，不藏私房钱的男人就是好男人！

第八条：灰太狼从不和老婆计较对错。红太狼说一不二，有这样的老公丝毫不用担心会发生家庭矛盾。

第九条：灰太狼不仅会抓羊还会做饭。肯亲自为老婆下厨房做饭的男人是当代老公必备的技能之一。

第十条：灰太狼十分会讨老婆欢心。什么事情都是老婆第一，打不还手，骂不还口，全凭老婆做主。

等于秋子一讲完，三个男人就异口同声地说：完了，男人完了。

杜鹃用筷子指着马忠政说，你娃儿早就完了，你还有什么想法啊？

马忠政说，我替黑皮和张力惋惜呢。

听得两个女人哈哈大笑起来。

杜鹃突然想起房子的事情，就对马忠政说，我们通过权威部门的鉴定了，在建工程没有任何问题，你放心吧。另外，我们过两天会举办一个邀请业主回家的活动，到时候你注意一下《蓉城都市报》，有整版广告。

马忠政这才放下心来，举起杯子说，为了大家明天活得更好，干杯！

接着张力又给大家斟满酒说，今天是我的生日……还没等张力说完，大家就不满地嚷嚷起来，你过生日都不吭一声，我们空手来混饭吃简直不好意思啊。杜鹃更是夸张，将红酒倒满一个杯子，居然和张力来了个交杯酒，然后一饮而尽，豪爽地说，早知道你过生日，我就带个美女来做礼物了！

黑皮插话说，那你就把自己勉强送张力得了！

张力摆摆手说，大家客气了，主要是想在地震之后和大家聚一聚。另外，我要宣布一件事情，我的第一笔投资刚刚签约，下一步就是要把“香香鸭”推向全国，先从云、贵、川、渝的市场开始，借助奥运会把品牌做起来。大家“轰”地一下都站了起来，说，双喜临门啊，祝贺张老板发财，又说这顿饭吃亏了，应该到更高档的地方去。张力说等做大了，那肯定没有问题，说完就先干为敬。

杜鹃也一口喝了，却呕吐起来，呕完了刚喝进去的红酒依旧想呕。于秋子扶着杜鹃去卫生间，疑惑地问，妹子，你是不是怀孕了？杜鹃这才想起来，大姨妈已经推迟半个月了，最近她忙着策划业主回家的事情也没有注意，加上平时来得就不准时——她有可能真的是怀孕了。

张斌！杜鹃的脸色顿时黯淡下来，却朝于秋子摆摆手说，最近没有休息好，吃饭不准点儿，胃经常不舒服，都习惯了。杜鹃洗了一把脸，让自己清醒一些，对着厕所的镜子重新描了眉毛涂了唇膏。

第二十五章　三十而立的门槛

三十而立，对于刚刚跨过这个门槛的张力来说，一切才刚刚开始。

来自湖北一个贫困山区的张力，当初拿自己的学费和生活费，并大胆借了同学几千元钱搞游戏厅，无疑是孤注一掷。然后他又“逼”着自己一步步走了下来，而且事业越做越大。

张力的家里实在是太穷了，当初他上学时带来的4000元钱，还是他放暑假回去在砖瓦窑打工赚取的500元钱，加上家里卖猪的钱、父亲东家借西家凑的钱，才凑足了这个数字。张力原本可以节省点儿，和其他的贫困同学一样，拮据地过完这一个学年，但明年的学费和生活费又在哪儿呢？不外乎就是继续在砖瓦窑打工，背负着沉重的砖块，每天都灰头土脸的，或者是厚着脸皮向村里人或者亲戚朋友去借，但这不是他的个性，而且这样的生存方式在他看来没有任何的尊严。

“怎么做，才能让钱生钱？”刚刚到大城市生活一年的张力，终于看到了在那个穷山沟里、砖瓦窑之外的天空和发展机会。于是，张力冒着不交学费的风险，让父亲在老家开了一个贫困证明，然后将那4000元钱私自留了下来，再鼓动寝室的同学和朋友借给他钱，给他们的利息就是一个学期在游戏厅免费打游戏。他就是这样筹借到了1万5千元钱，这也算是他的“天使投资”，让他迈出了创业的第一步。

张力“赌”赢了。依托高校学生巨大的消费市场，电脑游戏厅获得了成功，并在一个学期末就将欠同学的钱还上了。也是在这一个学期，没日没夜在游戏厅里熬过来的张力，整个人都瘦了一圈儿，一米七多的身高，最轻的时候还不到90斤，比班里的很多女生都苗条。随后，刚刚风靡起来的网络，更是让张力看到了网吧这个坐地生财的商机，他立即将赚到的所有打算预留作生活费和学费的钱，全部投了进去，把游戏厅升级为网吧，从10台电脑做起，结果规模越做越大，等他拥有4个共计超过600台电脑的大型网吧时，张力竟然一时算不清楚他到底有多少资产了。每个月近10万元的纯收入让他很是享受了一段时间：不用费心思、不用劳神、不用顶风冒雨晒太阳、不用厚着脸皮去求爷爷告奶奶，就可以过上安逸的日子。在那些“安逸”的日子里，张力除了为家里修缮了房子，自己不是出去旅游、和朋友打牌，就是整天泡在酒吧里。只是有时候他会突然想：如果当初赌输了怎么办？那1万5千元得背多少块砖、卖多少头猪啊？这让张力常常在睡梦中惊醒，身上净是冷汗。

终于有一天，张力的一个远房亲戚给他打来电话，哭诉着说自己的孩子在砖厂做工的时候，不小心被垮塌的砖坯砸断了腿，老板却只给了800元钱的赔偿，现在没钱医治，医生说再不医治的话就只有截肢了。

张力想起那个曾经聪明好学的小弟，想起那个孩子曾经告诉他：“我也要像大哥一样到大城市里去读书。”但家庭的贫困让他不得不像当年的自己一样去打工，去背砖块干苦力，为自己的学业积攒学费。张力决定资助那个小弟，不仅帮他治病，还要帮小弟完成学业。

张力愈发感觉到命运的残酷与无奈。上中学的时候，他喜欢看路遥的《平凡的世界》，虽然一个是黄土高原，一个是贫困山区，但是主人公孙少平的世界与自己如出一辙，激励着他从农村走出来。想到这儿，张力又去买了一套《平凡的世界》，含着眼泪读了一天一夜。

一个人生活中肯定应该有理想。理想就是明天。如果一个人没有明天，他的生活在我看来已经就没有了意义。就是一个社会也应该有它的理想，那就是这个社会明天应该是一个什么社会。无论一个人，还是一个社会，他们所有的实践和努力都是为了向更美好的方向发展。所以我觉得，有理想，那么在奋斗的过程中才可能有目标。一个人糊里糊涂混一辈子，这样一种生活是没有意义的。

——路遥

张力摘抄下这段话，贴在床头，然后告诉自己，一切要重新开始了。

于是，张力想到了一个项目，就是把老家的卤鸭脖子如何嫁接到成都小吃上。通过“庖丁解牛”，张力把一只鸭子四分五裂，并总结出了他的那句至理名言：卖吃不饱的东西才赚钱。做网吧生意出身的张力总结出了四条经验：第一，你的消费者是谁？第二，他们在哪里？第三，如何找到他们？第四，如何针对他们展开营销。其中最关键的是前面三点，想明白了也就解决问题了。

显然，张力是想明白了。他果断地把网吧转让，又融资 100 万元，总计 300 万元，建造了一个加工基地和配送中心，首先从春熙路这个成都最繁华的商业片区开始做起，主要针对年轻女性消费者进行推广——她们喜欢吃零食，又怕吃饱了长胖，所以倾心于以辣为主的小吃。很快，如潮的人流就把“香香鸭”的品牌传播开来。张力更厉害的一招在于，由于门店一般占地最多 3 至 5 平方米，租金投入极少，只需要一个守店员工，主要依托物流系统，这样他的门店就可以开在大型超市、商场，甚至一些口碑比较好的餐馆里——由于香香鸭吃不饱，不仅不会影响餐馆生意，反而还会带来人气，所以一些餐馆甚至免租金邀请香香鸭入驻。由此，张力在一年内就迅速地开了四五十家门店，还有很多人慕名前来加盟。但由于资金、管理团队的局限，张力在短期内尚且无法向外地迅速扩张，将“香香鸭”做成一个全国性品牌。

就在张力受困于如何做大的时候，有风险投资公司主动找到他，并在地震前双方初步敲定合作事项，对方提出先期投资 500 万元，要求控股 40%。战略规划是按照 1 : 1 的比例发展自营店和加盟店，迅速借助举办奥运会的时机来推动“香香鸭”的发展，并提出了一个宣传口号：吃香香鸭，看奥运会，为中国队加油！意思是让消费者在看奥运会的时候，可以把“香香鸭”当作小食品。这很符合四川人的消费习惯：平时买点儿卤菜，开瓶啤酒，可以边看电视边喝酒，或者是和几个兄弟伙摆悬龙门，便增加了不少的情趣。为此，成都人把这样的吃喝称为“冷啖杯”，一个古语中的“啖”字尽显成都人口语中的文化积淀。

但突如其来的大地震让双方的合作暂停了下来。就在风投公司对成都的消费环境担心的时候，他们一边抗震救灾，一边顺便做了市场考察，却发现地震中的成都在餐饮方面的消费并没有减弱，反而因为受地震的影响，更多的人倾向于在外面就餐，可以说地震改变了很多人的生活习惯和心态。于是，对方很快与张力签订了协议，确定合作事项不变。这样，张力就将之前考察到的情况又进行了仔细分析，确定先做云、贵、川、渝这四个饮食习惯和文化比较接近的区域，再逐步推广到全国市场。

按照规划，张力在这四个省市分别找了一家加盟商，由他们负责二级、三级城市的渠道建设，然后各个省会城市由自己来重点发展、建立直营店，并在当地建设一个加工和配送中心，养殖基地则采取“公司 + 农户”的方式，在当地进行集中采购，从而确保鸭子的源头健康安全。这样的投资管理模式，不仅保证了投资者的利益，同时也可以利用加盟商在二级、三级城市迅速地铺开，自己则节约了推广费用和建店费用，但前提是所有供货都必须从自己的加工中心统一配送发货，以确保“香香鸭”的品质和产品安全。

接下来就是招兵买马。这对于张力来说还是个难事，他已习惯单打独斗，管理层到现在几乎都还是一片空白，当初投资商也就这一点对张力提出了质疑，认为他的团队精神有问题，所以投资也就非常谨慎。虽然对方派驻了一名主管财务的副总经理过来，但张力明白，早晚还得筹建自己的队伍。

于是找猎头公司、发布招聘启事等，一时间应聘的人络绎不绝，张力忙得不可开交。好在二级渠道的加盟商开拓有力，门店如雨后春笋般出现，销售业绩反馈不错。但问题在于其他省会城市的加工中心还没有建好，位于成都的加工中心只能超负荷运作，并通过专业的冷链公司发货。因此，各个经销商经常为供货问题多有抱怨，张力只好一方面紧急扩建成都的加工中心和筹建其他三个省会的城市基地，另一方面不得不压低自营店的供货量，以满足加盟商的需求。生意的红火，让投资者也对这个项目的前景非常看好。

第二十六章　肚子里是谁的种

“我认为，按照目前‘香香鸭’的发展现状以及未来战略需要，应该把发展速度控制下来，古人云：欲速则不达……”一位前来应聘市场总监的男士坐在张力的对面侃侃而谈。他来之前已经对“香香鸭”进行了一次市场调研，发现几个问题：第一，目前“香香鸭”扩张过快，很多售货员未经培训就上岗，操作不熟练，卫生不达标；第二，“香香鸭”供货有问题，市场销售量大的门店供货严重不足，而较为偏僻的门店则供货太多，导致每天都有剩余；第三，供应速度慢，中央厨房和物流跟不上，二级、三级城市的加盟商对此抱怨不断；第四，同类竞争者纷纷冒出来，竞争日趋激烈，饥饿营销应作调整。

虽然应聘者的看法很有见地，但对张力来说，“控制速度”四个字听来很是刺耳，而且他多少有些不满。张力把额头皱成了一个“川”字：百年一遇的奥运会在中国举办，谁不想借助这个大好事件营销的机会发展起来，我想跑得更快点儿还来不及呢，你怎么八字没一撇就让“控制速度”，这样的人又能招老板喜欢吗？

正想打断应聘者的发言，张力的手机就响了，一看是杜鹃打来的，就先按了拒接键。没想到又响了起来，张力只好把应聘者交给总经理，自己则出去接电话。

“张力你现在方便吗？能不能来医院接一下我呢？”杜鹃在那边有气无力地说。

“医院？你怎么啦？”张力着急起来，等问清楚她在区上的妇幼保健院后，张力就驱车赶了过去。

杜鹃苍白着脸正一个人坐在医院大堂的椅子上。张力轻声问：“怎么啦？”杜鹃说：“不瞒你，我刚刚打完胎，流血过多，动不了，想了想，只好把你喊过来接我了。”

张力等杜鹃休息了一会儿，才小心翼翼地把她扶上汽车。路上张力几次想问是谁的孩子？是不是彭涛的？怎么在这个时候离婚了？但看杜鹃躺在座位上有气无力的样子，张力又不忍心打搅她，就放慢了车速往她家里赶。

等张力把杜鹃放到床上，弄了点儿红糖水给她喝，她的气色才缓和了一些。没等张力开口，杜鹃倒是主动跟他说了孩子的事情。

“是张斌的孩子，这件事我自己认了。”杜鹃不好意思地对张力说，“你是不是特看不起我？”

张力摇摇头说：“我明白你心里的苦楚，但你应该告诉张斌啊，他应该为这个孩子负责啊。”杜鹃说：“我是把张斌看透了，我只是他在外面一时兴起尝尝新鲜玩玩的，他是有老婆孩子的人，还敢对我负责？再说了我也是自找的。”张力听了气不打一处来，说：“怎么能这样？张斌怎么会是这样一个不负责任的男人？”

杜鹃“呜呜”地哭起来，伤心地对张力说，在打这个孩子的时候，医生建议说最好能留下来，因为体质比较差，以前就打过两个孩子——是彭涛和大学前男友的，已经严重损伤了子宫，如果再打胎，可能以后都不能要孩子了。听得张力不禁感慨叹气，说，你可真傻啊，太伤害自己了。

安抚了一会儿杜鹃，张力下楼去买了一只老母鸡、红枣、枸杞子等，炖了汤，让她喝了，好给她补补身子，又提着各种水果放在她的床头，才放心地离开。开车行驶在路上，张力想着杜鹃可怜的样子，就给黑皮打电话说，你娃这次可把杜鹃害惨了。黑皮是丈二和尚——摸不着头脑，说，我怎么可能害杜鹃啊，她比我亲姊妹还亲呢。张力这才说了杜鹃和张斌的事情，以及杜鹃打胎在家，说，黑皮，你是把杜鹃送进狼口里了。黑皮为此惊愕不已，说，我就介绍杜鹃到张斌那里去上班，没想到张斌这小子竟然兔子专吃窝边草，背着我干这种事情，还欺负到我老同学身上了，我饶不了他。

之后过了两天，正好是金通房产的业主开放日，让业主回来看看自己的房子是否经受住了地震的考验。马忠政也带着李敏去了，免得李敏一天到晚老讥讽他买了一套危房。到了现场，人山人海，开发商摆放了各种糕点、饮料，客气得让业主们赞不绝口，加上权威部门出具的鉴定报告被放大竖立在售楼部门口，马忠政和李敏也就都放心了。

马忠政转了一圈都没有看到杜鹃，打电话问杜鹃怎么没有来，杜鹃说自己在楼上正带着客人看房子呢。等杜鹃下来，李敏热情地跑上去拉着她的手说，鹃子，你又瘦了，越来越让人羡慕了。然后，李敏掀起自己的衣角，让杜鹃看那一圈圈肥肉和沟沟壑壑的妊娠纹，笑着说生个孩子把自己的身材都糟蹋完了，这游泳圈套上就取不下来了。杜鹃笑笑说，嫂子身材很好呢，才几天就恢复到现在这样了，走在街上就是典型的成都粉子。听得李敏脸上乐开了花，而杜鹃的脸色却越来越难看了，明显是因为没有休息好，加上来回跑导致体虚冒冷汗。

黑皮过了一会儿也来了，他是应开发商的邀请来采访的，同时想找个机会当面说一说张斌，张斌实在太不够意思了。来到现场看到马忠政、李敏、杜鹃三个人正站在一起聊天儿，黑皮过去打了招呼，对杜鹃说，你怎么不在家休息啊？今天还来上班。杜鹃一个劲儿地给他使眼色，意思是别在这里说，另外马忠政两口子还不知道这件事。黑皮会意，对杜鹃说，你生病了，要注意身体啊。

马忠政也附和说，原来你生病了，就说呢，看着你气色不太好。不要给自己太大压力，要多休息啊。

几个人说着话时，张斌过来打招呼，说，马书记和秦记者也来了，欢迎欢迎。然后问杜鹃，你忙完没有？那边还有个客户要上楼去看房子，你方便的话就接待一下。然后他拉着黑皮悄悄给黑皮塞了一个红包，说，兄弟多包涵，这次活动还得感谢你。黑皮也不客气，就直接将红包揣自己包里了。

那边，杜鹃在和客户衔接谈话的时候，人忽然慢慢倒了下去，那客户见杜鹃倒在地上，不仅没有去扶，反而跳到一边说，不关我的事情哈，我不晓得她怎么就倒了，大家可以证明的！

黑皮忙冲过去把杜鹃扶起来，抱在怀里说，你没事吧？然后就掐杜鹃的人中，喊工作人员赶快倒杯水送过来。喝了两口水的杜鹃在沙发上躺了一会儿，人才慢慢苏醒，想起身却动不了。张斌关切地问杜鹃怎么回事，要不要上医院？黑皮狠狠地瞪了他一眼，说，还不是因为你！张斌说，怎么因为我啊？我又没有把她怎么样。

黑皮也不顾及场面了，生气地说，你他 × 的，杜鹃怀了你的孩子，自己前天才去打胎的，今天就跑来上班，要不然身子能这么虚弱啊？

张斌脸上一下子就挂不住了，对黑皮不满起来，说，兄弟，她现在躺在你怀里，这么重的罪你可不能轻易怪到我头上啊，她打胎怎么敢说是我的种？不能随便诬赖好人啊！

黑皮一下子火冒三丈，在杜鹃身子底下垫了一个抱枕，然后站起来朝着张斌脸上就是一拳，两个人在售楼部门口打了起来。来看房子的人“呼啦”全围了上来看热闹，都不知道是怎么回事，但都看热闹看得兴起，还有人在旁边拿手机拍照。黑皮人高马大，加上经常健身，张斌哪里是他的对手，黑皮一会儿就把张斌压在身子底下狂扇耳光，说，我让你娃乱搞，我让你娃乱搞！

杜鹃一看黑皮跟张斌打起来了，就挣脱了马忠政跑过去劝架，但根本拉不动黑皮。马忠政让李敏把杜鹃弄到一边去休息，自己凭着力气大才将黑皮拉了起来。这时张斌脸上已经满是青肿，嘴角还流出血来，西服、领带是一团乱。楼盘的保安冲过来要打黑皮，却被张斌拉住了，他整理一下衣服对看热闹的人说："没事了，没事了，都是误会，抱歉啊。"围观的人群这才散去，售楼小姐们却在背后小声地议论着张斌和杜鹃，说看不出来这两个人竟然勾搭成奸了。

张斌问杜鹃孩子是不是自己的。杜鹃说，你自己想啊。张斌顿时没有了言语，他去财务室先借支了一万元，拿给杜鹃说，这些钱你先拿着养身体吧。杜鹃说，我稀罕你的钱啊？我今天就辞职不干了，我们就当没有认识过！

黑皮这才发觉自己把张斌打重了，这毕竟是人家两个人的事情，就尴尬地朝张斌笑了笑，拍着张斌的肩膀，摆摆手说，算了！然后开着车送杜鹃和马忠政两口子回去。路上李敏一个劲儿地对杜鹃说，鹃子，你傻啊，为那臭男人打了胎就应该多要点儿钱，不能便宜了他。气得马忠政顿时翻了脸，说，你那么稀罕钱啊，那你去跟张斌怀一个孩子试试，老子不弄死你。李敏每次都是这样，被骂一次才噤了声。杜鹃却不好意思地说，给你们添麻烦了。

第二十七章　把一切都看淡点儿

看着孩子一天一天地长大，马忠政心里充满了成就感。

儿子刚刚生下来的时候，才五斤半重、50厘米长，瘦得脸上、身上皱得和小老头儿一样，李敏从产房出来第一眼看到儿子，竟然哇哇直哭，以为生了个丑八怪。等她心情平息了又怀疑这个孩子不是自己的，医生是不是抱错了。马忠政的老妈倒是着急起来，说，敏娃啊，你千万不能哭啊，坐月子哭是要瞎眼的。这才把李敏给镇住。马忠政说，谁让你怀孩子的时候不好好吃饭，一天就吃零食了，还偷偷吃方便面啊。李敏嘟着嘴说，你知道什么啊，你以为我不想吃啊，我反应大吃不下嘛。马忠政这才心疼地说，好了，好了，妈给你弄了红糖鸡蛋，补补身子吧。不承想李敏第一顿能吃的时候，竟然把碗里的面条都吃了，还把里面的六个荷包蛋也全都吃了，让她感觉生完孩子自己的肚子像被掏空了一样。惊得马忠政开玩笑说，你是难民啊，这么能吃？李敏妈说多吃点儿才好下奶。

两口子绞尽脑汁给孩子想了个名字，叫马浩天，浩气荡天，听起来很是有气魄。儿子开始茁壮起来，个子是随了马忠政的，一天一个样儿，到地震前才半岁，就已经73厘米长了。去体检，无论身高还是体重都超标了。两个老人带着孩子在院子里玩，邻居都问是不是十来个月了，乐得两个老人合不拢嘴，直夸自己孙子长得好。

等李敏要上班了，只能早晚喂孩子吃母乳，好在冰箱里有储存的冻母乳可以继续喝。但是孩子半岁以后可以加辅食和奶粉了，李敏就有了断奶的想法。说到奶粉，李敏和马忠政曾为此闹过一架。两口子去给孩子买奶粉，李敏的意思是买国外产的，比如美赞臣啊、雀巢啊、多美滋啊，贵是贵了点儿，但营养好，而且吃着也放心。马忠政却选择国产的，尤其是内蒙古的品牌奶粉："我家就是养牛的，我大大（爸爸）伺候牛吃料都比自己吃饭精细，而且很少吃纯饲料，大多时候买了玉米秆儿啊这些农作物打碎了拌在饲料里给牛吃，牛奶绝对可以放心得很。"

李敏是听不明白也听不进去马忠政的养牛经，只知道国外的奶粉好，而且同事们一聊天儿，都说给自己孩子吃的什么品牌的洋奶粉，甚至有同事不惜代价，每次从香港或者国外直接给孩子买奶粉回来，这样就保证奶源绝对是进口的。所以李敏一再坚持，认为即使吃不上进口奶源的奶粉，至少也应该吃洋牌子，这样说起来也有面子啊。那时候虽然没有"海购"的说法，但李敏还是通过各种关系找到在国外留学的同学，而且人家答应帮忙长期给孩子邮寄奶粉。

马忠政少有地执拗起来，说，外国奶厂还不是在我国内蒙古、黑龙江等地到处收购牛奶啊，换个马甲就值钱了，你这是崇洋媚外。李敏觉得这帽子扣得太大，但也明白了外国奶粉除了从香港或者国外买纯进口的之外，大多还是中国的奶源，就不再坚持，依了马忠政买内蒙古产的一个著名品牌的奶粉。

马浩天显然非常适应自己老家的奶粉，“见风就长”。马忠政无不得意地说，看嘛，实践证明，我老家的奶粉是战胜了洋品牌的，也证明“家里有苗不愁长”。

想着马浩天给自己带来的成就感，马忠政就对自己现在的生活状态很是满意。儿子长大了，房子也买了，虽然处级因为一场大地震的耽误还没有评上，但毕竟也是团委书记了。能在三十岁评上名义上的副处级，马忠政知道这很不容易，尤其是在基层工作的话，三十岁能混上个副科级就已经很不错了。比如他上次在彭州市见到的那个同学，之前一直在政府办公室当个普通科员，整天干些擦桌子扫地、人前人后跑来跑去的差事。直到地震以后因为抗震救灾时表现突出，这才提了主任科员。所以马忠政很珍惜现在的生活，地震更是让他对儿子、对家庭多了一份责任感。在马忠政看来，面对灾难时人实在是太脆弱、太渺小了，是如此不堪一击，只有在家里、在亲情里才能找到自己的存在感。

也正因为马忠政在发生地震的危难时刻挺身而出，以及不顾安危深入灾区接回 23 名学生，让他得到学校和共青团系统的充分认可，并被授予了“抗震救灾模范”荣誉称号。但马忠政把这个荣誉看得很淡，只觉得自己做得还远远不够，等学校发了奖金，马忠政就把奖金交给黑皮，让他带给汉旺镇的受灾学校，以资助贫困学生。

因为这事，李敏又和马忠政闹了起来，说，虽然钱不多，但你要捐也总得跟我说一声啊，我也是半个主人的嘛。马忠政说，我是捐给灾区了，又不是赌了嫖了，而且那钱是我应得的吗？那是灾区给我的发财机会吗？为此，两个人冷战了许久，马忠政每天下班回来就给李敏一个冷脸。最后李敏认了错，马忠政才不计较这件事了。

没过多久，被地震中断的学校干部会议终于召开了，宣布了团委及学校其他处室等人事调整的事情，马忠政理所当然是副处级。会议结束，很多同事都过来握着马忠政的手表示祝贺，马忠政虽然脸上对每个人都笑着，说着感谢的话，但心里却早已没有了当初的那份激动，甚至想起“5·12”那天开会前的惴惴不安，不禁觉得有些可笑，什么职务啊、名啊利啊，在地震的时候还不是说没有就没有了，他却把自己弄得那么紧张。

接下来就是一个月的公示，一般没有什么大问题，也就是过过场而已，马忠政也不再操心这件事。

这段时间，毕业生也要毕业了，他们要就业找工作啊、论文答辩啊、拍毕业照啊，特别是越迫近离校的日子，毕业生的心态越是不稳定，感觉自己四年的青春就这么一晃而过，很多时候就开始回忆自己刚刚走进大学校园的那一刻，想起来好像就在昨天一样。那时候感觉学校好大，如今却发现走到哪里都觉得很小，有一种陌生的熟悉感。尤其是那些情侣们，又开始上演各种“生离死别”。只是经过一次地震的洗礼，这一年的毕业生情侣似乎分手率降低了一些，让那些临毕业还单身的人扼腕叹息说自己大学是白过了一场。

这个时候，也是团委工作比较紧张的时候，最怕出事，怕学生离校的时候发泄情绪。有一年毕业生因为一点儿矛盾打起架来，本来是两个人打架，结果后来场面发展到无法控制，演变成了一场群架，甚至有一个学生被打成脑震荡，后来家属闹得沸沸扬扬，虽然最后赔钱解决了，但对学校造成了恶劣的影响。所以为了安抚学生，并倡导文明离校，马忠政以团委名义举办了一场毕业生送别文艺晚会，邀请了那位曾上过电视的歌星校友回来，加上艺术团的精彩表演，让整个晚会高潮迭起，学生们尽情地做着最后的欢呼，最后又相拥而泣，来告别自己的大学生活。

“今日我以学校为荣，明日学校以我为荣！”马忠政想到这句标语，又将这句标语制成条幅悬挂在学校的食堂和道路上，还印制在学生的毕业手册上，口号质朴而响亮，因此也得到学校党委书记的充分肯定。

举行晚会的时候，马忠政也邀请了黑皮、于秋子、杜鹃和张力他们来玩，这让他们几个人都想起了自己当年毕业时的情景，也回想起六七年前的大学生活，让自己又年轻了一回。也只有在母校，大家才感觉到自己当初是这里的一名学生，而且永远都是这里的学生。

第二十八章　你不能阻挡我爱你

文艺晚会结束后，学校还在操场上安排了一场盛大的篝火晚会，高静秋和艺术团的成员们给大家领舞。一会儿是藏族的锅庄舞，一会儿是彝族的达体舞，一会儿又是迪斯科、恰恰，所有人都跟着一起跳着，放开了疯玩着，远远望去，简直是“群魔乱舞”，但掩饰不住的是所有人的快乐和那种青春洋溢的热情。

黑皮没有想到的是，于秋子在舞蹈方面的才能竟然让人刮目相看。虽然没有跳过民族舞蹈，但她跟着节拍和领舞者的步子一学就会，而且舞姿优美，不亚于艺术团的女孩儿们。黑皮的激动不仅在于此，而是跳民族舞蹈的时候，黑皮第一次拉了于秋子的小手。一双小巧、细腻而柔软的手伸过来，让他直感觉是在触电，但又舍不得放手，拉着拉着，手心里都出汗了。他的这种窘态，让于秋子在看他时，一边顽皮地笑起来，一边用手指轻轻地抠他的手心。

在篝火的明亮处，却有一双眼睛正死死地盯着黑皮和于秋子，看着他们手拉着手，看着他们欢笑在一起。高静秋领舞的步子不时乱起来，王娜纠正她几次都不管用。倒是王娜精明，她也看到黑皮带了一个女孩儿过来跳舞，就加快了舞步，把高静秋逐渐放在了舞圈之外。高静秋顿时落寞起来，似乎身边的热闹已经不属于她了，却又不知道自己该干些什么。篝火熊熊燃烧着，高静秋的心里却渐渐冰凉，虽然对黑皮的感觉谈不上多么亲密，但他们曾经一起度过的那些夜晚，还是让她爱上了那个健壮的胸膛，尤其是地震的那一刻，当这个男人把她扛在肩上，从宾馆里救出来的时候，她更是感觉到这个男人在她的心中是多么重要，也让她找到了前所未有的安全感。

但地震后高静秋也明显地感觉到黑皮在刻意地疏远自己。这种疏远并不是因为自己当时不是处女，不需要黑皮为自己负责，而是黑皮找到了另外的感情寄托。或许黑皮只是不断地在女人身上寻找着刺激，也或许他是真的爱上了那个女孩儿。高静秋也告诉自己，自己等待黑皮或者让黑皮等待自己，都是不可能的。高静秋也想让自己走出来，但感情的旋涡却让这个年轻的女孩儿难以自拔。

“静秋……”当耳边响起熟悉的声音时，高静秋身子一震，喊了声“哥”，就泣不成声。

黑皮把高静秋揽在怀里，任这个女孩儿哭泣起来。在篝火燃烧得热烈的时候，黑皮不经意间看到高静秋悄悄地退出了领舞的队伍，就跟于秋子说自己跳累了，出去抽支烟。等他在操场黑暗的角落里找到高静秋时，发现她一直在关注着自己和于秋子两个人的活动，黑皮知道自己给这个女孩儿带来了伤害。

“对不起。”黑皮放开高静秋，有些愧疚地说，当初自己也很喜欢她，但地震后让他学会了思考自己的生活方向，恰好又遇到于秋子，于是他终于明白自己应该找什么样的爱情。

“其实我和于秋子没有什么关系，我只是喜欢她而已，但我不能瞒着你，我不能欺骗你的感情。”黑皮动情地说。

高静秋停止了哭泣，说：“我知道。我说过，让你把我当成妹子，我不会纠缠你的。”

黑皮说：“谢谢。”又抚摩着高静秋的长发，说，“你只要认哥，哥心里就永远记着妹子。”

黑皮突然意识到高静秋和于秋子这两个名字里竟然都有一个“秋”字，他顿时困惑起来，难道这是命运在冥冥之中给我安排的两个女人吗？竟然与“秋”字这么有缘。

正想着时，于秋子却过来找他，看到他揽着高静秋，立马转过身子说：

“我走了，你们聊吧。”

黑皮知道于秋子误会了，忙放开高静秋说：“哥先走了，你保重。”就过去追于秋子。于秋子脚下飞快，黑皮几次冲上去拉她的衣袖，都被她挣脱了，到了大门口她拦了一辆出租车就走了，黑皮望着消失在路灯下的出租车，呆呆地站在那儿，无所适从。

回到自己的车里，黑皮打着火，松了离合，车却没有动又熄灭了，原来是手刹没放下来。他干脆把车停在路边，给于秋子打电话，电话通了一声就挂了，再打却是关机。点燃一支烟，猛吸了一口，黑皮却傻笑起来：这说明于秋子在意自己，要不然也不会吃这么大的醋啊！黑皮拍了拍自己的脑袋，觉得这份幸运其实已经降临到自己头上了，自己却没有把握好。

第二天下午，黑皮在于秋子公司的楼下等着她下班。于秋子远远一看到黑皮，就转身要走，黑皮跑过去拉着她的胳膊说：“你给我个解释的机会嘛。”于秋子说：“你跟我解释什么啊？我们又没有什么关系。”黑皮还是不放手，有于秋子的同事下来看到他们，就远远地对他们指指点点着，于秋子这才换了口气说：“那我们找个地方谈谈吧。”

坐在一家咖啡厅的宽大舒适的沙发上，于秋子用平静的口气说：“黑皮，你要跟我解释什么啊？”黑皮嬉皮笑脸地说：“我没想到你舞蹈跳得那么好啊。”于秋子有些谦虚地回应：“一般而已。”

黑皮横了横心，坦白地说：“我承认我和那个女孩儿发生过关系，而且之前，具体地说在地震前的那一刻我都还很喜欢她。但是，在地震后你如同天使一般出现在了我的面前，你的细致、爱心、聪明，让我认识了一种不同的女性，更重要的是你的善良、正直感染了我，让我学着去爱那些孩子、如何真诚地对待别人。于是我尝试着告别过去的自己，包括告别那个女孩儿，虽然我的行为已经深深地伤害到她，但我知道我只有放弃她才是对的。我想告诉你的是，我发自内心地喜欢你。”黑皮这次算是真厚了脸皮，“当然你有你选择的权利，但你不能阻挡我爱上你。”黑皮将这个“爱”字刻意加重了语气。

于秋子听完黑皮的表白，身子还在微微地颤抖着。于内心来说，她并不拒绝黑皮，他正直、健康、热心、重感情，地震后的黑皮给她留下了深刻的印象。那天在汉旺镇钟楼广场时，她将这个男人抱在自己的怀里，就像抱着一个受尽了委屈的孩子，等着她去呵护、去关心。但于秋子知道，自己是一个离异的女人、一个三十二岁的女人，她只能将自己的情感压抑在心里。在跳舞的那个晚上，当她看见黑皮拥抱高静秋的时候，她才明白自己其实是多么在意黑皮，并在不经意间流露了出来。但她明白，自己又有什么理由阻挡黑皮去爱别人或者去爱自己呢？

“黑皮，我是你姐，我还离过婚，不值得你喜欢的。”于秋子的语气软了下来。

“不，秋子，我喜欢你，我不在乎你过去的一切。”黑皮激动地抓过于秋子的手。于秋子试着想挣脱，但又松弛下来任由黑皮轻柔地握着。

“谢谢，但我真的不能接受你的这份感情。”

“只要你认为值得，我就愿意付出。”

两个人在戳破那一层窗户纸之后，反而愈加地客气起来。看到于秋子对自己的态度已经发生了改变，黑皮就下了一个台阶说：“我现在不着急让你答应我什么，我们都有时间，可以考虑，等你考虑成熟了，或许就可以给我一个让我惊喜的答案呢。”

于秋子笑了起来：“我们都说得太严肃了，随缘吧。不管怎样，姐还是谢谢你的这份感情。生活本来就充满变数，就像地震，我们不知道它什么时候发生，什么时候会结束一样。”

第二十九章　餐饮帝国梦的崩塌

让张力没有想到的是，他精心设计的“香香鸭餐饮帝国”发展宏图，在一夜之间就崩塌了。

为了赶在奥运会开幕之前，将省会城市和二级、三级城市的销售网络搭建起来，从而在企业发展战略上，迅速构架出一个以“香香鸭”为主打产品的餐饮业集团，张力和投资方经过对市场的深入调查和研究，决定全面启动加盟连锁战略。但是在后期的执行中，由于项目仓促上马，在加盟商资格审查方面就没那么严格了，只要交了加盟费，就可以代理区域的加盟店开发。当然，为了规范经营，张力还是想了很多办法，比如统一装修风格、统一使用新设计的“Logo（标志）”、统一员工服装、统一到集团进行培训等。

尤其是在张力的“香香鸭”获得成功之后，市场上各种模仿者甚至“李鬼”都开始纷纷出现，什么“跳跳鸭”“灰灰鸭”“鸭嘎嘎”等，产品的形态、营销的方式都与“香香鸭”如出一辙。好在“香香鸭”有独特的口味，而且因为先行一步，已经具有一定的知名度，因此其产品的竞争力让其他品牌暂时无法企及。为了摆脱竞争对手的压力，在扩张的过程中，公司试图通过规模效应来推动企业的发展，所以没有对区域加盟商的门店数量进行有步骤地限制，反而鼓励加盟商加快开店速度，抢占市区的重要口岸。

但张力跑得太快了，忘记身后的加工基地产能是否跟得上供应。由于成都加工基地建造时只为满足成都市区的需要，所以规模明显偏小。后来为了满足不断增加的门店需求，张力将成都加工基地的产能扩大了一倍，甚至压缩自营店的供货量来满足加盟商的需求。同时，有了风险投资之后，张力开始着手在省会城市里选址，加速建造加工基地。但这一切都太慢了，慢到加盟商卖红了眼，在后援无助的情况下只好自己动手制造了。

这天是星期六的早晨，昨晚加班到很晚的张力依旧赖在床上，杜鹃却火急火燎地打来电话告诉他：出事了！某二级城市的“香香鸭”在昨晚卖出后，就出现多人中毒事故，这些人已经陆续入住当地的人民医院，现在卫生防疫部门开始着手调查，要求关闭“香香鸭”的所有门店。

杜鹃是在那天与张斌彻底闹翻之后辞职的，正好张力这边需要人，张力就干脆地说，老同学过来给我帮忙吧，我这里极需要人助我一臂之力，我也非常相信你的能力。于是杜鹃就来了张力这里做市场推广总监，为张力出谋划策，对接外面的各种关系网。杜鹃漂亮干练，又会笼络人、点子多，所以“香香鸭”的推广效果颇是明显，光是加盟一个单店的价格就从 3 万元涨到了 5 万元，即使如此，依旧挡不住许多加盟商带着现金来排队。

听了杜鹃的汇报，张力的脑袋“轰”地一下就蒙了，他不知道是哪个环节出了问题。先说原料，他一直采取的原料直供是自己控股在成都郊县农场养殖的生态鸭子，这两三年的供货都没有出现过任何问题；再说加工流程，都是严格的电脑操控，每只卤鸭子该放多少盐，多少花椒、味精和香料，这些也都是自己严格把关、亲自采购，同时加工过程都是事先计算出来的，而且误差率控制在正负 3% 以内。难道是人为因素？是有人故意投毒吗？想到这里，张力出了一身冷汗。

张力胡乱地洗了把脸，就驱车往成都加工基地赶去，因为所有的“香香鸭”成品都是从这里运送出去的，张力首先想到的就是将这里的所有原料、半成品和成品封存，然后再和杜鹃确定，是否只有这一个城市的“香香鸭”出了问题，又涉及多少门店、住院人数有多少。张力又让负责生产的副总及时联系当地卫生防疫部门，积极配合对方的调查工作。之后他又安排杜鹃到银行提了现金，先期赶到事发城市去垫付医药费。同时让办公室通知全体员工到公司开会，并及时向投资商通报了这一情况，对方也立即派人参与调查。等这一切安排完，已经是下午一点半了，张力没来得及吃饭，又打电话问杜鹃情况，得知只有一个城市的“香香鸭”出了问题，涉及 8 个门店，中毒人数达 100 余人，但都是腹泻，病情基本稳定，目前医院正在紧急抢救中。

张力这才略微松了一口气，又带人往出了事故的城市赶去，在车上他拿着秘书递过来的面包也没有胃口吃下，只勉强喝了几口水，剧烈跳动了一个上午的心脏似乎才平缓下来。

到了当地，张力先去了卫生防疫部门，得知已经封存了所有门店的剩余食品，该市的副市长也已经到达医院慰问中毒群众。张力找到杜鹃，杜鹃正在跟副市长做着解释，看起来两人谈笑风生，副市长一脸笑容地说：“小杜不错，小杜不错。”副市长说，当地的加盟商已经被警方控制，正在配合调查。

见到张力出现，而且诚意很好，由副市长带队的一行领导也放下心来，说只要保证中毒群众没有出现死亡病例，事故真相一旦调查清楚，政府部门还是很支持“香香鸭”的发展的。张力忙说：“绝对配合政府的调查，如果是我们质量的问题，绝对做好后期的赔偿工作，不给政府添麻烦。”看到当地电视台对着自己的镜头，张力马上惊醒，让杜鹃赶快给黑皮打电话，让黑皮务必注意成都媒体的动向，千万不敢再来添乱，“不惜一切代价，都要将这件事捂住”。

但舆情是捂不住的，“好事不出门，坏事行千里”，有中毒的群众见副市长都来慰问了，而且家里之前缴纳的住院费也被退回了，因此猜测躺在医院里的肯定不只是自己一个人，应该还有很多中毒者，于是几个群众就分别给成都媒体打了热线电话。得到消息的记者们立即像打了兴奋剂，黑压压地就杀了过来，这中间还有黑皮，他是被领导临时指派过来，只知道这个城市出现了一起群体性中毒事件。

杜鹃打电话的时候，黑皮刚刚通过圈子里的朋友了解到基本情况，得知是张力的企业出了事，他愈发着急起来。接到杜鹃电话，黑皮说：“我就是来给张力灭火的，但这火肯定是灭不了了，只能想办法让火苗小一点儿。”然后他交代杜鹃让张力亲自接待记者，安排记者到当地最好的宾馆去开新闻发布会，之后就由他来做工作。

等黑皮到了现场，已有记者提前到了，正在围着中毒群众采访。平时见了镜头都躲的那些患者，这会儿不知道从哪里来的勇气，躺在床上一边“哎哟哎哟”地呻吟，一边又说得唾沫四溅，好像有道不完的痛苦。

张力紧张得头上尽是汗水，他躲在一个医生的办公室里不敢出来，得知黑皮来了后，如同遇见大救星，忙问黑皮该怎么招呼那些记者。黑皮一看都是各个报社或者电视台的熟人，一下子来了六七家媒体，文字记者加上摄影、摄像记者，甚至还有实习生，竟然有十六个人。黑皮把大家招呼到一块儿，说张力和当地政府会召开一个简单的新闻发布会，请大家先到宾馆的会议室里等待。

一行人就到宾馆去参加新闻发布会，商量着回去后怎么写一篇大稿子。在会议召开之前，黑皮关了门，直截了当地说："这是我兄弟伙的事情，大家都担待点儿，而且初步可以判断中毒事件是因为当地加盟商私自加工'香香鸭'造成，与'香香鸭集团'没有任何关系，因此在报道方向上希望各位能够斟酌一下，力争正向引导。"

新闻发布会开始，张力先请当地的领导介绍了情况，中毒的人数由原来的百余人被压缩为四十余人，而且没有一个病危或者需要重症监护的，部分身体不适的患者已经出院，公司也非常配合这方面的调查，不仅垫付了所有的医药费，而且所有已经出院的消费者先给予了1000元的补偿。另外，当地的加盟商已经被控制起来，正在配合警方进行调查，初步调查的结果为一起食物中毒事件，因食品中含病菌量过高，导致进食者出现腹泻、呕吐等状况，"关键在于，加盟商供述，他所销售的'香香鸭'有部分不是成都总公司提供的货源，而是私自加工，甚至是他从一些小摊贩那里采购的"。

张力接着告诉记者们，集团对此中毒事件非常重视，不仅封存了目前加工基地里的所有半成品和成品，而且所有加盟店和直营店的"香香鸭"已经暂停销售，等待卫生检疫部门的调查。同时，张力还告诉记者，目前也就这一地的加盟商出了问题，可以证明"香香鸭"本身是没有问题的，只是有人钻了空子，"我们会对这一事故负责到底，保障群众的生命安全为第一要务"。

在这样的基调下，等张力和领导们离席后，黑皮又私下叮嘱新闻圈里的那些兄弟笔下留情。

第二天的报道文字就出现在报纸的"犄角旮旯"里，而且都是比较正面和具有倾向性的稿件，标题是"香香鸭遭遇无良加盟商，全力救助中毒群众”，或者是“香香鸭壮士断腕，坚决抵制无良加盟商”等，从而体现出“香香鸭”处理危机得当，是有责任感的企业。电视台也就播了几秒钟，尽是出院的群众拿到补偿的1000元钱时的喜悦镜头。

张力这才稍微放下心来，晚上宴请了政府领导和卫生检疫部门，算是把此事最小范围地压了下来。心情放松了，晚上就喝得多了一些，张力实在扛不住了，就让经理带着领导们去找地方“娱乐娱乐”，自己则在杜鹃的搀扶下回了宾馆。

一进房间，张力就吐得一塌糊涂，杜鹃收拾半天才有空喘口气。看着熟睡中的张力，杜鹃心疼起来，这个身高才一米七出头的男人愈加地消瘦了，头上已经有了一圈白发。张力蒙眬中感觉有人握着自己的手，心里暖和了起来，一翻身就将坐在床边的杜鹃压在了身下。杜鹃没有阻挡张力炙热的嘴唇，而是配合着张力伸给他一个炙热的舌头。杜鹃知道，这个男人此刻需要释放，虽然医生告诫她在短期内不要随意同床，但杜鹃还是把张力迎进了自己潮湿的草地里。

第二天早上等张力醒来，发现杜鹃赤身裸体地蜷缩在自己怀里，他反而吓了一跳。惊醒了的杜鹃安慰张力说：“没事，是我愿意的。”张力忙说：“对不起，肯定是我的错。”杜鹃抚摩着张力的脸说：“你是第三个跟我说对不起的男人，但你是最真诚的。”

第三十章　都是奶粉惹的祸

马忠政没有想到，地震过了，奥运会也如期地召开了，一切都显得国泰民安的时候，孩子吃的奶粉却出事了。

正值放暑假，马忠政按照学校和团委的部署，带着十几个学生骨干到德阳市搞社会实践，今年的主题不同于往年，主要是参与到灾后重建。

学生里有农业专业、医学专业、艺术专业等，大家都在灾区重建的过程中找到了发挥自己特长的位置。马忠政和当地教育部门衔接，带着几个艺术系的学生去了汉旺镇的武都安置区。

马忠政对汉旺镇的了解，更多的是来自黑皮写的一系列报道，这让马忠政看到了重建的艰难与希望。马忠政记得黑皮写过一篇名为《汉旺涅槃》的稿子，里面理性地分析了这个山区小镇在灾后该如何重建和发展的问题。

汉旺涅槃

神奇的是，汉旺镇广场上的那口塔钟始终没倒，它的指针定格在了下午的两点二十八分——5 月 12 日地震发生的那一刻。

从那一刻起，与汉旺一直休戚与共的东方汽轮机厂已经注定要搬离这里。没有了东汽的汉旺，会有怎样的前景?

十里东汽

四十多年来，山区小镇汉旺与这家蜚声中外的大型企业的命运一直紧紧相连:“十里东汽”带给了汉旺繁荣，美丽的汉旺也给了东汽一份超然的宁静与毅力。

蓬勃发展的东汽带给汉旺的是富足与骄傲。“整个镇的经济主要靠东汽支撑，镇里的非农人口一半以上都是东汽的职工和家属。”汉旺镇邮政支局局长谢春辉告诉记者，东汽一般职工的年收入在 5 万元以上，这在当地算是高收入，直接拉动了当地的消费和相关产业。在汉旺镇的其他工业、企业中，有相当一部分是为东汽做配套加工的。

据绵竹市官方统计数据，早在 2004 年，汉旺镇的工、农业总产值就达到了 12.43 亿元，财政总收入 2857 万元，位居四川省百强乡镇。因为经济发达，2006 年，汉旺镇还将临近的原武都镇辖区并入，成为绵竹市数一数二的大镇、强镇。

地震来临，东汽与汉旺过往的甜蜜瞬间成了痛苦的回忆。

5 月 12 日，距离汉旺镇仅一山之隔的映秀镇发生 8.0 级地震，汉旺镇几乎被夷为平地，其中东汽受损最重，职工、家属死伤数百人，厂房设备也遭严重损毁，直接经济损失在80亿元以上。

“东汽的厂子肯定要搬离汉旺，新厂选址的原则是沿江、沿海。”东汽母公司东方电气集团负责人告诉记者。

东汽与汉旺到了分手的时候。

“涅槃”之痛

“我们现在正全力以赴地从废墟内抢运出能用的设备、零件、资料等，先运往德阳基地，尽快恢复生产。”正在参加抢运的东汽金工一分厂技术人员对记者说。在他的身边，两辆大卡车正拉着刚刚抢出的零件驶出厂区大门，沿着大件路，奔向德阳。

“没有东汽，汉旺什么也不是。”说这话的是一位住在板房区的汉旺居民，他说，现在考虑过段时间去外地打工了，刚刚遭遇了地震，东汽又要搬迁，让他对汉旺的未来有些悲观。

但情况似乎还没有那么悲观。据德阳市委工作人员介绍，除了东汽，汉旺镇还有丰富的矿产资源，境内分布着全国四大磷矿基地之一的清平磷矿、省内黄磷生产规模最大的中外合资企业华丰磷化工有限公司和汉旺黄磷有限责任公司等大中型企业，采矿业、建材加工业、磷化工业也比较发达，这次地震虽对矿产造成了破坏，但其开采价值还在，有望获得尽快恢复。

东汽给汉旺留下了比较便利的交通条件：大件路可直通成都，途经东汽厂区的德天铁路连接宝成线大动脉；能源供应和基础设施相对完备。

震前，汉旺是知名的旅游地之一，境内已开发的大柏林公园、云雾寺、船头寺等独具特色的紫岩山风景区和九顶山地质公园，这些也有望在几年内恢复。

但地震带来的地质剧烈变化，给汉旺重建工作蒙上了一层阴影。地震当天，谢春辉正带领几个员工在村里布点，在第二天带员工返回汉旺的路上，他亲眼看见了面前的平地变成山丘。由于地震影响，汉旺一些山体的高低，甚至走势都发生了变化。这种变化如果继续下去，无疑不利于重建工作的展开。

由于地处重灾区，汉旺的干部队伍损失惨重，共失去了13名干部。可以想见的是，随着东汽的搬离，大批高素质人才也会随之离开，这给汉旺重建增加了一定困难。

正是因为看到这些报道，马忠政才刻意安排学生到汉旺镇来感受灾后生活并参与当地的重建。到了武都安置区，正如黑皮写的那样规模庞大，甚至一走进去连出路都找不到了。当询问到安置区的帐篷小学，马忠政从负责人那里得知学校并没有放假，而是统一安排让学生们在学校里度过一个特殊的假期。几个艺术系的学生立即投入到工作中，教孩子们画画或者舞蹈、音乐。

马忠政安排完工作，就在学校里转了转。正转着时，他突然在一群孩子中间看到了一个熟悉的身影——高静秋。地震后马忠政曾私下听说高静秋和黑皮的事情，就婉转地给黑皮提了一个醒，后来于秋子的出现让马忠政看到黑皮在这一方面似乎开始“收心”了，但不知道他是如何安置小高的，居然没有再出现以前那种甩不开的麻烦。

正踌躇着时，高静秋一转身也看到了马忠政，忙跑过来问：“马书记，您怎么来了？”

马忠政讪讪地笑了笑，说：“我带学生来这里支援灾区建设嘛，你怎么在这里？”

于是高静秋告诉马忠政，她在六一的时候就来这里给孩子们上舞蹈课了，等放假了又继续过来当志愿者的。马忠政听了，鼓励高静秋说：“不错，不错，我代表学校团委对你先提出口头表扬。”旁边的老师也说：“小高这孩子很不错呢，能吃苦，这里条件差，但历来干活她都是冲在前面，不愧是马书记带出来的学生。”马忠政忙说：“没有给你们添麻烦就好，感谢对我们学生的照顾。”

当着外人的面儿，马忠政又不好直接问高静秋和黑皮的事情，就拍着高静秋的肩膀说："你好好干，有什么困难直接找我或者找这里的老师都可以。另外，和其他的校友也要把这里的志愿者活动搞起来，给孩子们一个丰富多彩的暑假。"高静秋调皮地笑了笑，抬手敬个礼说："马书记请放心，我们一定好好干，不辜负您的期望，不丢学校的脸哈。"

后来马忠政给黑皮打电话，说起高静秋的事情，黑皮支支吾吾半天也没说清楚。马忠政生气地问："一句话，你们到底断了没有？别再弄出一大堆乱子来，最后又让我给你擦屁股。"黑皮这才肯定地说："现在绝对是没有关系了，这个你放心。"马忠政这才放心，说："好，这次我相信你说的话。"黑皮却感叹着说，他都搞不懂这个"90后"的孩子思想怎么就那么开放，一切都无所谓的样子。马忠政接了话头说："再无所谓，你也不能乱钻空子啊！"

就在马忠政带着学生分别在灾区到处跑的时候，李敏有一天突然打来电话，一开口就劈头盖脸地骂："这下你可以彻底地放心了，就等着你们内蒙古的牛奶把你儿子喝死吧。"马忠政是丈二和尚——摸不着头脑，被李敏骂得一愣一愣的。

等李敏骂完后，马忠政才小心翼翼地问："你能不能跟我说明白，到底怎么回事啊？"李敏说："你没有看报纸啊，现在有的奶粉含有什么三聚氰胺，孩子吃了会导致尿结石，影响肾功能，甚至导致死亡。"

马忠政在灾区一天忙得晕头转向，哪里有时间看报纸，再说灾区的条件也不好啊，很难看到最新的报纸。听了李敏说的事情，马忠政还是惊出了一身冷汗："影响肾功能，甚至导致死亡？"怎么一个奶粉就会造成如此严重的后果呢？马忠政紧张地对李敏说，"你先观察咱儿子尿尿是否顺畅，实在不行就马上去医院检查，我这就往回赶。"

安排好工作，马忠政借了车当天就返回了成都。回家抱了儿子左看右看，已经快10个月的儿子虎头虎脑、面色红润，看不出有任何问题。孩子被他逗得"咯咯"直笑，没想到一股热尿扑面而来，直接喷在了马忠政的脸上。马忠政伸手抹了抹，然后又放在鼻下闻了闻，欢快地笑起来，说："我儿子好着呢，没问题的嘛。"

李敏却在旁边火冒三丈，说："你现在能看出什么来啊？关键还是要检查才知道是不是伤了儿子的肾功能啊。

"都是那些养牛的，心黑得很，为了多卖奶，在里面掺水、掺三聚氰胺，那些人不得好死！"李敏不无鄙夷地说。

"你这女子可不能这么说啊，咱们老马家养牛可是凭良心喂养，吃草吃料，跟伺候儿女一样伺候牛呢，俺们从来不晓得你说的什么三……三什么氰胺啊！"马忠政的老妈虽然听四川话听得不是很明白，但还是听清楚了李敏的话，就急了。

李敏嘴上却毫不留情："我又没有说你们，你心虚什么啊？至少大多数养牛的赚的都是黑心钱，要不然怎么那么多的牛奶都被曝光有问题啊？"

听了李敏的话，马忠政的老妈顿时气都喘不过来了，眼泪也跟着往下流。马忠政脸上挂不住了，一边给老妈拍着背，一边厉声对李敏说："就你聪明，你每天都喝牛奶怎么就没有把你喝死？少说两句成不成？"

李敏撇了撇嘴，说："反正不能给我儿子喝国产的奶粉了，这都是黑心奶！"

马忠政气得扬起手，就想打李敏两巴掌，又不忍心，最终还是放下了。李敏这边却不依不饶起来，冲过来用身子撞着马忠政的胸膛，大声嚷嚷道："你打嘛，你打嘛，哪个怕哪个嘛！"孩子吓得"哇"的一声大哭起来，马忠政的老妈一手抱着孩子，一手用缠着绷带的手擦着眼泪就下楼去了。李敏妈在旁边骂了起来："你们要吵架滚出去吵，这是我的房子。"李敏听了这话也"哇"的一声大哭起来，关了房间门半天都不出来。

吵架终归是吵架，第二天两口子还是带着孩子去医院做检查。医院里多是孩子的哭声、吵闹声，颇是闹腾。等了半天才终于检查完，得知孩子没有问题，医生说孩子排便顺畅就基本没有问题，何况他们孩子吃的奶粉品牌尚未检测出三聚氰胺，两口子这才放下心来。

回去的路上，李敏执意带着孩子去了一家大型超市，买了一箱国外品牌的奶粉，虽然价格贵得让人心疼，但李敏说这个应该信得过。如果同事下次去香港，无论如何也要让人家捎几箱回来。

马忠政两口子回到家，马忠政就看到老妈已经收拾好了自己的行李，放在客厅的地上。老妈坐在沙发上神情黯淡地说：“我回去呀，我方便养伤也换换心情，还能帮你大大养牛。”

马忠政难受起来，说：“妈，你先消消气，实在不行你就先回去住一段时间，反正我这边放假了，也可以帮着看孩子。”李敏妈倒不满起来，说：“亲家，你怎么能甩手就走啊？这好歹也是你亲孙子啊。”然后又叨叨着说自己身体不好，最近高血压老犯，总感觉头晕，亲家母不在，她一个人怎么带孩子啊？

一家人开始沉闷起来，几日间只有孩子的哭声或者笑声荡漾在这个家里。

第三十一章　今日就此了断

“妹子，还好吗？”

“好。”

“对不起！”

“你是我哥，没有什么对不起的。”

“我真的很诚恳地跟你说声对不起，我还是那句话，只要你心里有哥，哥为你做什么都愿意。”

“谢谢哥，我过得挺好的，在这里和孩子们在一起，我过得很充实、很快乐。”

“那就好，需要什么给跟哥说一声。”

“嗯。”

“哥没法儿对你承诺什么，哥想说的是，哥……哥心里……心里有人了，有别人了。”

“嗯，我知道。”

“哥希望你能找到个对你好的男孩子。”

“谢谢哥的关心，我暂时还不考虑这些，我还有事情先挂了。”

“妹……”

还没有等黑皮说完，高静秋就挂了电话。黑皮知道，自己又伤了高静秋的心。但他真的不愿意再违背自己的良心，抱着和高静秋玩一玩的心态了。他觉得自己的心里满是于秋子，是那么的丰盈，已经再腾不出空间给别人了，所以想跟高静秋说清楚。

黑皮呆呆地看着手机，想着刚才和高静秋的对话，真不知道这个小丫头的心里到底是怎么想的。正走神的时候，手机突然强烈地振动起来，黑皮吓了一跳，拿起来一看是于秋子打来的，不禁想怎么这么邪乎啊？接起来却是换了轻松的口气说：“秋子，怎么想我啦？”

“叫姐！”于秋子嗔怒着说，“你就贫嘴吧。”

“秋子姐，这样叫甜不甜啊？”黑皮依然是一副死猪不怕开水烫的样子。

“黑皮，说正经的，我有点儿事情想让你帮忙。”于秋子有些吞吞吐吐地说，“不……不知道你……你方不方便。”

黑皮立马拍着胸脯说：“老姐你的事情就是我的事情，绝对没有问题。”

于秋子于是告诉他，她的前夫突然给她打电话，说来了成都，想要跟她复婚，而且在电话里一再保证自己再也不碰毒品了，现在只想和她回去好好过日子。

“你知道，我再也不想回到以前的那种生活里了，但又无法拒绝他说不见，我只想让他对我彻底地死了心。”于秋子又吞吞吐吐起来，“所以……所以我想让你扮演一下我现在的男朋友，让他见见你，他也就不抱希望了。”

黑皮此时的感觉正如周星驰在电影里所说的那句话："人生大起大落得太快，实在是太刺激了！"

"这绝对没有问题啊，假戏真做都成啊。"黑皮一口答应下来，心里早已乐开了花。

"是假戏假做！"于秋子在那边强调说。于是两人确定了时间，黑皮到时候去接于秋子，三个人约在市中心的一家咖啡厅里见面。

这天，黑皮早早地收拾停当，而且之前还专门去市中心一家卖情侣衫的地方买了一套情侣衫，是一个正在飞翔的天使，两人的背后分别是一左一右两个翅膀。黑皮细心地先洗了一遍，免得穿起来有细菌。到了于秋子楼下，打电话问她多久能下来，于秋子说正在犯愁穿什么衣服去。黑皮于是说："你等等，我马上给你拿过去。"

这还是黑皮第一次真正踏进于秋子的家。之前每次接于秋子出去吃饭或者玩，他都是在楼下等，为此，黑皮几次暗示多久才能去她的"闺房"参观一下，于秋子都借口说太乱了，不好意思让他上去。就这样，黑皮那颗蠢蠢欲动的心总被悄无声息地按下去。

这是一栋20世纪90年代初建造的楼房，从外面看着还比较光鲜，但一进了楼道里就脏乱起来，墙上到处伤痕累累，甚至有人将一只脚印踢上了楼道的顶棚，真不知道这人无聊到什么地步。敲了门，于秋子探出一个头，先说了句："里面比较乱，可别见笑啊。"黑皮嘿嘿笑着，进去换了双软绵绵的拖鞋，却发现并不合脚，原来全是女式的，只好将就着穿。

等眼睛适应了，他终于看清这是一套不过80平方米的两室一厅的房子，屋内的装饰以紫色为主色调——窗帘、沙发、壁画，让人的眼前变得柔和起来。家具简单而整洁，电视柜旁边放着几个相框，是于秋子出去旅游时拍的照片，或者笑得灿烂，或者留下一个沉思的轮廓，或者是在大海边夕阳落下时的一个背影，显示着主人特有的性格特征和气质。

主卧的房门打开着，这里才是真正的乱——床上到处是衣服，显然于秋子已经试了好多件，都不称心。黑皮笑着说："我就猜到你大美女今天出门有多么艰难了。”于是他拿出那套情侣衫，“我已经洗过了，你就穿这个，底下随便配一条牛仔裤就行，这样简单随意。”

于秋子说：“没想到你黑皮心眼儿这么多啊，考虑得还挺周全。”

言毕，两人分别换上了情侣衫，黑皮得意地说：“看吧，怎么样？咱俩这一出去肯定是羡煞旁人啊。”于秋子笑骂着道：“你就臭美吧。”但她心里还是挺喜欢这套衣服的，简单、温馨。于是两人就这样穿了，倒显得都挺干练清爽的。于秋子让黑皮先坐会儿，自己收拾收拾马上就走。

等于秋子收拾的空当，黑皮随意地翻阅了一下客厅里的一个小小书架上的书，书架上码放的书倒是让黑皮颇感意外，竟然有黄仁宇系列、南怀瑾系列、吴思的《潜规则》，甚至还有法国托克维尔写的《论美国的民主》等，当然也有一些小说，诸如《杜拉拉升职记》《山楂树之恋》等。黑皮对着里屋大声说：“秋子，没想到你阅读的涉猎面挺广的嘛。”

“我就随便翻翻，谈不上涉猎。”于秋子笑着回答。

等于秋子出来，却是梳了新的发型，她将额前的头发梳到脑后别了起来，亮出一个宽大光洁的额头。这让黑皮想起章子怡、董洁来，她们也有着这样光洁的额头，这也是他喜欢的类型。

出发！黑皮支起右胳膊，示意于秋子挽上。于秋子倒是会意，大方地挽着黑皮下了楼。

到了咖啡厅，两人找了个僻静的地方坐下来，倒是有客人不经意地瞅见这一对穿着情侣衫的男女，便有些新奇地看着，那些目光让于秋子不自然起来。分别点了咖啡和茶，黑皮说：“等会儿你前夫来你先别吭声，让我来判断一下哪个是。”等了一会儿，一个瘦高的男人走了进来，一双无神的眼睛很茫然地环顾着四周，然后习惯性地不时翕动一下鼻翼。黑皮举起两根手指，示意那男人过来。

男人果然走了过来，黑皮大方地站起来握着男人的手说：“你就是赵力宏吧？我是秦奋，秋子的男朋友。”

男人也不觉得尴尬，坐下来对着于秋子用责怪的语气说：“你怎么懒得连个招呼都不打啊？”

于秋子心里赞赏着黑皮观察人的准确性，看到前夫这个样子，虽然多是怨恨，但毕竟两个人有过十多年的感情，还是让于秋子有些心疼。其实她一直都放不下前夫，就是期望有一天他能够健健康康地出现在自己的面前，就和十年前追求自己时一样，仍然是那个帅气、阳光、可爱的大男孩儿，那该多好啊。但是眼前的这个人，精神萎靡，一副没有睡醒的样子，衣服挂在消瘦的身体上松松垮垮的，就像田地里竖起来的稻草人，和她当初离开的时候没有两样。

“我不知道你为什么还不肯放过我，我只想平静地过自己的生活。”于秋子面无表情地说。

“你知道我这些年来多么不容易吗？我就是放不下你，我知道错了，也已经痛改前非，我只希望你能和我回家，回我们过去的家。”赵力宏说着就不顾场合开始眼泪汪汪起来，他那忧郁的眼神让于秋子感到一阵心痛，当初她就是被他这种酷似梁朝伟式的眼神所打动。

“先不说这些了，来来来，先点东西吧，你想喝什么？”黑皮知趣地打破了这种氛围，递给赵力宏一份菜单，挡在了他和于秋子之间。其实，黑皮更怕于秋子一时会被这男人说得心软，就跟他走了。

赵力宏这才不好意思地擦了眼泪，对黑皮说：“谢谢你对她的照顾，我毕竟是她的前夫，我只希望我们能够复婚，至于你们之前怎么样过，我都不会计较的。”

这下子于秋子火了：“计较？你认为你还有资格和我计较吗？你毁了我们的家庭，也毁了我的生活、毁了我的青春，你现在才后悔已经来不及了。”

于秋子的话顿时让黑皮窃喜起来。

男人随意要了一杯咖啡，随后窝在沙发里默不出声，夏天的阳光照在他的身上，愈发显得他是那么单薄，甚至有一种冰冷的感觉。黑皮悄悄地把于秋子的手放在自己的手心里，又重重地握了握，于秋子没有拒绝，反而挪了一下身子和黑皮坐得更近了些。

赵力宏抿了几口咖啡，抽了抽鼻翼，然后故作深沉地说：“对不起，我去趟洗手间。”等他进去了，黑皮放开于秋子的手，说：“我也去一下，你先坐着。”

黑皮进了厕所，却没看见人，他悄无声息地挨个儿走过厕所的门挡，终于在一处停下来：里面传出窸窸窣窣的声音，还有不停地抽动鼻子的声音。于是黑皮站在隔壁厕所间的马桶上，悄悄从隔板这边望了过去，只见赵力宏坐在马桶上，正专注地在掌心上铺开锡纸，点燃后便用一根管子吸食着毒品。黑皮打开手机的拍照功能并调到无声状态，拍下这一幕后就悄悄退了出来。

于秋子窝在宽大的沙发里，竟然也显得很是瘦弱，让人看着心生怜惜，她两眼无助地望着外面的车水马龙，直到黑皮拉过她的手，才回过神儿来。

“给你看张照片吧，刚才拍的。”黑皮打开了手机。

于秋子只看了一眼，眼泪就流了出来，她小声地啜泣着，愈发无力地靠在黑皮的怀里。最后的一线希望就这样在她的心里彻底地破灭了，她再也无法奢望能回到从前的美好日子了。

等赵力宏回来后，他已是满眼的精神气，脸色也不再那么苍白，只是还没等他坐下来，于秋子突然站起来对着他就是一巴掌，赵力宏的脸上立刻泛出五个红指头印。这一巴掌打得赵力宏茫然不知所措，惹得旁边正在喝咖啡的客人纷纷扭头惊讶地看着他们。

“赵力宏，我就知道你离不开毒品。以今天为界限，请你以后再也不要来骚扰我了，我已经和你没有任何关系了，你好自为之。”说完，于秋子拉着黑皮的手就往外走去。

送于秋子到了楼下，黑皮打开车门说：“我上去陪你坐坐吧。”于秋子摆摆手说：“谢谢你，我有些累了，想一个人静一静。”

黑皮目送于秋子上了楼，眼里满是怜爱。

晚上，黑皮一个人坐在客厅里看着电视，手里不停地摆弄着手机，不知道该不该给于秋子打个电话安慰安慰她，又怕打了电话影响她休息。正踌躇着，忽然感觉屁股底下晃了一下，黑皮嘟囔着说：“又他 × 的余震了，还有完没完啊。”他笑了笑，起身去冰箱里拿了瓶冰镇啤酒，打开后就喝了起来。

“嗡嗡嗡”，沙发上的手机振动起来，振得黑皮直感觉屁股发麻。一看竟然是于秋子打来的，黑皮连忙接通。

“余震了，我一个人在家害怕。”于秋子有气无力地说。

“没事，不是摇摇更健康吗？”黑皮依然嬉笑着说。

“你能来陪陪我吗？”于秋子说。

“好，你等等，我 10 分钟就过去。”黑皮按捺不住兴奋的心情，穿了衣服就往外冲，关了门才发现忘记拿车钥匙了，又赶紧打开门去取。

风驰电掣地到了于秋子家的楼下，她的家里竟然没有亮光，黑皮的心里顿时又紧张起来，不知道于秋子是不是出了什么事。黑皮焦急地敲着门，于秋子在里面轻轻地拉开了一道缝隙，他立即闪身进去，在黑暗中抱住于秋子，就把自己的嘴唇按了上去。女人在黑皮的怀里也急切地回应着，她抱住黑皮的脖子，身体开始酥软起来，渐渐地，声音也变得颤抖起来。

这一晚，黑皮就在女人馨香的怀抱里尽情地欢愉起来，一会儿叫着姐，一会儿叫着秋子，盛夏的炙热让房间里似是能挤出水分来，从客厅到卧室，到处都浸透着两人的汗水，荷尔蒙的气息肆意弥漫开来，那几乎枯萎的草地终于又恢复了盎然生机。

两人互相拥抱着，香甜地睡去。快天亮的时候，一阵急促的手机嗡嗡声把黑皮吵醒了，他迷迷糊糊地就按了拒接键，刚放下又响起来。黑皮一看是张力打来的才接起来，电话那头张力着急地说：“黑皮快过来帮忙，又出大事了。”

第三十二章　为了你，我什么都愿意做

等黑皮赶到张力的加工中心的时候，一帮穿着制服的人正在紧张地对张力公司里的存货进行清点和封存，有两家电视台的人正在摄像。张力和杜鹃站在旁边，不断地给人赔着笑脸，却丝毫没能打动那些工作人员，一个个都显得不容说情的样子，很不耐烦地挥手拒绝了张力他们递上来的香烟或者矿泉水。

黑皮拉着张力到了没人处，询问到底出了什么事情。张力无奈地说，本来上次加盟商以次充好的事件结束后，这边加工中心送到食品检验部门的样品也都没有问题地通过了，虽然因此耽误了近一个星期才给各地加盟商继续发货，但好歹生意还是跟上了奥运会，销售异常火爆，每个星期光向各地发货就有两三百万元，让加盟商都赚得笑欢了，投资方也非常看好。

"没想到，就在这个节骨眼儿上出事了。"张力一副愁相，身心疲惫到了极点。

原来，在上次危机之后，公司及时将样品送到食品检验部门检验，证实产品没有细菌超标的问题。张力后来去取检验报告，还专门给实验室和办公室的人带去了一些产品和小礼物，也算是顺便打通一下关系。对方也是非常理解张力，办公室主任还拍着张力的肩膀说，兄弟们以后多来往，我们对"香香鸭"的食品质量还是放心的。

但没过几天，食品主管部门却突然通知张力，因"香香鸭"色素含量严重超标，要求暂停生产，已经销往各地的产品也要迅速下架，并关闭所有正在经营的门店，等待主管部门的进一步查处。张力顿时紧张起来，

提了两瓶五粮液，买了极品的普洱茶，私下去找了那个办公室主任，说，这件事怎么这么突然，老哥看能不能通融一下？但主任拒绝了张力的礼品，说他也无能为力，这是领导安排下来的，必须执行。

“据说是有人举报。”主任最后还是不忍心，给张力透了点儿口风。

张力回来郁闷至极，还没等他想到解决问题的法子，这执法队伍找上门来了，任凭张力怎么解释都没用。

“看老兄你能不能帮忙找个门路，把这件事压下来？”张力苦求着黑皮，要不然“香香鸭”就真的彻底完蛋了。

黑皮一看这架势也是束手无策，因为自己也不跑食品“口子”，一方面不懂行，另一方面还真没有熟人。

“对了，我问一下报社跑口子的同事，看看他们能不能帮着解决。”黑皮拿出手机立即给同事打电话，说了这件事，又说能否罚点儿款或者上下打点一下，不能把加工中心和所有的门店都给关了。同事说不敢保证能办好，他先问问主管的副局长，看看这件事能抹平不，答应等会儿就回电话。

正说着话时，电视台的人就过来采访张力，镜头一打开，张力先紧张了起来。黑皮忙给杜鹃使眼色，用手在底下比了个“2”字，意思是赶快去包红包，一个人 2000 元。杜鹃心明眼亮，一看就明白了，立马转身往办公室走去。

还没等那两个哥们儿开口，黑皮就过去挡住了摄像机的镜头，自我介绍说：“我是《蓉城都市报》的记者秦奋，这个小摊摊是我兄弟伙开的，就别让他露脸了吧？另外，这条稿子看看能不能压一下？”

那两个年轻小伙子立即对黑皮肃然起敬，说：“是秦哥啊，幸会，我们都是你的粉丝。”黑皮忙摆手说：“兄弟们高看了。”见杜鹃拿了两个信封过来，黑皮接过，就一人塞一个，说，“兄弟们辛苦了，下班后可以找个地方去喝喝茶。”

“秦哥，不敢，不敢。”两个人立即挡回秦奋塞过来的红包。一个记者苦着脸说：“秦哥，不是小弟不给你面子，出来的时候主任都交代过了，这条稿子必须要做出来，如果哪个敢收红包，就自己背包走人。”末了，小记者又说，“秦哥不要为难我，我可以让张总尽量多说点儿‘香香鸭’的正面形象。”

黑皮一看这情形，就知道这次的执法水很深，幕后复杂，于是交代张力说：“别怕，你尽管承认错误，这反而能变被动为主动了。另外要包装你作为年轻创业者的形象，说创业多么不容易、安置下岗职工多少、抗震救灾时捐款捐物多少、承担的社会责任如何等，以此博得大家的同情，至于是否能撤稿子，我们再想办法。”

张力看着确实躲不过去了，就定定神儿，对着摄像机镜头说：“作为一个初创的小企业，‘香香鸭’的成长离不开消费者和主管部门的关心与支持。因此，我们企业在成长的同时不忘社会责任，汶川大地震期间捐助各类物资200万元，企业吸收和安置下岗职工近100人，更是扶持了众多家庭参与创业。本公司本着对消费者负责的态度，将积极配合食品监管部门的调查，在真相出来之前，绝对不会放一串有问题的鸭脖到市场上去，同时也希望广大消费者能够继续支持和关爱‘香香鸭’的发展。”

听了张力的发言，黑皮这才放下心来。同事也回电话了，同样是无能为力的回答。

“你那哥们儿得罪谁了，怎么遭举报打击啊？而且还是上面一个领导布置下来的？”同事疑惑地问。黑皮忙打岔说：“小问题，可能只是个别样品的事情。”但这“上面”到底有多上面，谁也搞不清楚，还整得神神秘秘的。官场就是如此，有时候上面一个领导随意讲的一句话，到下面就成了指示精神，又是学习又是落实，有时难免是拿着鸡毛当令箭，但执行下来又扭曲了领导精神，可这又是打着“上面”的名义办的。

黑皮将这些告诉了张力和杜鹏，三个人也疑惑起来。等执法人员清点和封存完，张力过去无奈地签了字，目送他们一个个离开后，才“扑通”一声坐在了地上，说：“完了，完了，这下彻底完了。”

晚上，有关“香香鸭”的那条新闻还是出来了，黑皮虽然给电视台的两个主管领导打了电话，但没有起到任何作用，对方只是说给他一些面子，张力的话就不删除了。但新闻播出后，恶果超出了张力的想象，所有的门店几乎不用关，就已经没有顾客上门了。看着那些被封存起来逐渐发臭的产品，张力已经欲哭无泪，只有杜鹃在旁边陪着他。

投资方也派人过来调查“香香鸭”的问题，却没有给张力伤口上撒盐。那位老总拍着张力的肩膀说：“用四川话应该喊你兄弟伙，我还是相信你的人品的，生意不成仁义在。”也没有要求张力赔偿云云，而是让张力好好想想该如何度过这场危机。

这天，等张力去春熙路的门店里收拾残局的时候，却发现旁边新开了一家“香嘴鸭”，买来几样产品一看，做法与“香香鸭”如出一辙，塞到嘴里一尝，就知道是味精放多了，让人立刻就有一种口干舌燥的感觉，同时嚼起来如同嚼蜡一般，半天咬不烂，只有吐了，不像“香香鸭”入口脆而不韧，满口留香。张力吃着吃着突然明白了，有可能这幕后捣鬼的就是这“香嘴鸭”，要不然怎么会在这节骨眼儿上冒出来？而且还就开在自己门店的隔壁，却不知道人家是什么背景。

张力又将“香嘴鸭”带回来让杜鹃品尝，杜鹃也是气不打一处来，说：“大家都是做生意的，怎么能用这么卑鄙的手段！”杜鹃突然想起彭涛有个远房表哥在某部门做主管领导，好像分管食品、卫生等，如果去找的话说不定还能搭上话。

杜鹃跟张力说了这事，张力忙摇头说：“你和彭涛都离婚了，谁还认你啊？”杜鹃说：“这没有关系，那亲戚也就是在我们结婚的时候来过，平时逢年过节我们才去走动一下，彭涛那木讷的鬼样子，还能推到人前啊。”张力叹口气说：“那只能死马当活马医了，但千万别为难你自己。”

杜鹃心疼地把张力搂在怀里，说：“为了你，我什么都愿意做，何况这关系到你的事业啊。”

和那个表哥打通电话后，杜鹃在电话里有些发嗲地说：“杨哥吗？我是你妹子杜鹃啊。”

“杜鹃，哪个杜鹃啊？”对方似乎有点儿警惕起来。

“哟，杨哥真是贵人多忘事啊。我是你那个表弟彭涛的爱人杜鹃，我们结婚的时候你还来过，给我们做的证婚人，大领导贵人多忘事。”杜鹃不得不将彭涛搬了出来。

“哦，杜鹃啊，不好意思，忙起来就晕头转向了。记得在婚礼上，当时你一出场，就让全场男士都把脖子伸得和鸭子一样，我那会儿就想，如果你的婚纱抖动一下，不知道要掉多少双眼睛下来，哈哈哈。”笑声收住后，杨哥又突然问杜鹃，“我怎么前段时间听我姨妈说你和彭涛离婚了啊？怎么回事啊？”

“唉，杨哥啊，家家都有本难念的经啊，我和彭涛缘分是断了。”杜鹃大方地承认了，又说，“好久没见杨哥了，有点儿想念哈。不知道杨哥有事情没有，妹子想请哥吃个饭。”杜鹃拉长了声音说，听得张力在旁边都起鸡皮疙瘩了。

那边杨表哥稍微踌躇了一下，还是答应了杜鹃，让杜鹃找好地方他就赶过去，并声明到时候他请客。于是杜鹃安排了府南河边上的一家私房菜餐馆，环境好，菜品也不错。约好了“杨哥”后，两个人早早地就过去了，等“杨哥”六点下班后过来。

“杨哥”到了包间，看见杜鹃带着张力，愣了一下。杜鹃忙起身向张力介绍说：“这是杨哥，大领导，你喊杨哥就行了。”然后才对“杨哥”介绍张力说，“这是我大学同学张力，做食品的，自己创业现在当老板呢。”

“杨哥”倒是热情地朝张力伸过手来说：“幸会，幸会。”

张力看“杨哥”也就四十五六岁的样子，保养得又好，看起来红光满面的，但一进来一双眼睛就盯着杜鹃隆起的胸部看，让他心里多了几分厌恶感。

等“杨哥”坐下来，张力忙让人上菜，小拼盘的凉菜倒是非常精致，让人看着都很有食欲。然后张力谦卑地问：“杨哥，您喝什么酒？五粮液、茅台，还是1573、水井坊？”

“杨哥”说：“随便吧，就喝点儿水井坊吧。”

张力赶紧让服务员上最好的一款水井坊，虽然价格贵得让他心疼，但还是先让服务员拿了两瓶过来。

“弟媳妇，哦，应该是杜鹃妹子，这不是鸿门宴吧？”“杨哥”伸出手，拍着杜鹃露出的一节粉嫩的胳膊说。

杜鹃今天穿了一身紫色的旗袍，显得身材更加凹凸有致，尤其是胸前衣服上绣着的一朵花儿，更是衬托出她脸蛋儿和胸部的美艳。“杨哥”坐在上首，旁边挨着杜鹃，张力坐在杜鹃的下首。

“看杨哥说的，妹子敢给杨哥挤眼药啊？”杜鹃嗔怪着说。

看凉菜上齐了，杜鹃站起来端着杯子对“杨哥”说：“妹子先敬杨哥一杯，祝杨哥身体健康，官运亨通。”

“杨哥”“哈哈”地笑起来，说：“妹儿嘴甜啊！”然后一饮而尽。杜鹃忙添了酒，让“杨哥”先吃点儿东西垫下肚子。

三杯过后，张力借故说出去看一下热菜上来没有，杜鹃给“杨哥”又添满酒，然后脸上多了一丝愁容，噘着嘴说：“杨哥，我和我同学张力合伙做了点儿小生意，主要生产小食品鸭脖子什么的，结果因为食品主管部门说我们的产品含了啥子超标了，就查封了门店和加工中心，现在妹子赔得一塌糊涂，恐怕以后连请杨哥喝酒的钱都没有了。”然后杜鹃简单地说了“香香鸭”的事情，让“杨哥”帮忙通融一下。

“杨哥”听了“哈哈”笑了起来，拍着凸出的肚子说：“看嘛，我就知道这是鸿门宴，要不然妹儿怎么能想起杨哥啊？”

杜鹃忙再次举起杯子说：“杨哥哪里的话啊，妹儿是高攀不上，平时恐怕连杨哥家的门都登不进去呢。”

“杨哥”“哧”的一声抿了口酒，又拍拍杜鹃的胳膊说：“这是小事，只要老哥能帮上忙的，你只管说话。”然后他随意地喷出一个烟圈，斜眼瞧着杜鹃白皙的脖子，又落到她胸脯上，再回到她脸上，漫不经心地说，“听老辈子（长辈）说你和彭涛闹离婚了，看来当哥的没有关心你们的生活啊。”

杜鹃听后立马红了眼睛，说：“是你那兄弟不要我了，他在外面有了个年轻的小女娃子，我现在老成一包豆腐渣了，要不是杨哥，才没有人理呢。”

“杨哥”立马气愤起来，说：“我姨妈还跟我抱怨说你在外面有人了，原来是我那表弟放着这么好的老婆不要，自己还在外面胡搞啊？等我回头就去收拾他。”他拿了纸巾递给杜鹃擦眼泪，又顺势拍了拍杜鹃的头。

张力刚好走进来，只装作没看见，忙给“杨哥”倒酒，怪罪杜鹃说：“你们是亲戚就多喝两杯，难得杨哥这么高兴。”

“杨哥”举起杯子说：“张老板年轻有为，以后发财了，记得给老哥送几串鸭脖子尝尝就可以了。”

张力谦虚地站起来说：“还得仰仗杨哥多扶持呢。”

杜鹃也举起杯子，对张力递眼色说：“就是，有杨哥罩着，我们就不愁没有饭吃了。”然后一饮而尽，让杨哥随意，杨哥却执意干了。

三个人很快喝完了一瓶水井坊，张力还要再开一瓶，“杨哥”摇手制止了，说一会儿还有别的事情，不敢喝多了，到此为止，却闭口不再提“香香鸭”的事。张力赶紧出门去结账，杨哥拉着杜鹃的手，拍了又拍，说：“好妹儿，有空就给哥打电话哈。”

张力追了出来，在“杨哥”的车里又放了两瓶水井坊酒和两条软中华烟。“杨哥”坐在车后面将玻璃摇下来，对两人挥挥手，交代杜鹃别忘了给他打电话。

等车走远了，张力问杜鹃这事成不，杜鹃沉默不语，张力也就不再问了。杜鹃笑了笑说：“没事，杨哥答应了，你先回去，我得回家去收拾一下，几天不回去，家里灰尘就多得很。”

张力说开车送她回去，她却推着张力去坐出租车，说：“你喝多了，开车不安全。”

等张力走远了，杜鹃沿着府南河边散着步，长长地叹了一口气。河边暗淡的路灯下，一对对恋人相拥着，或说着悄悄话，或在毫无顾忌地接吻。杜鹃的眼泪不争气地流了下来，用纸巾去擦，却越擦越多，结果将脸上的妆容擦得乱七八糟。

“杨哥，你晚上没有喝多吧？现在平安到家了没有啊？”杜鹃稳定了一会儿情绪，然后给“杨哥”打了电话。

“没喝多，今天哥很高兴，妹儿有心啊。”“杨哥”说得意味深长。

“杨哥，你在哪儿？方便的话，妹儿过去陪你喝喝茶、聊聊天儿，帮你解解酒啊。”杜鹃试探着问，“‘香香鸭’的事情还得麻烦杨哥给打个招呼呢。”

“哦，你一个人吗？我正在锦江宾馆谈事情，这会儿不方便说。”“杨哥”顿了顿，说，“这样，你直接过来，到了大堂，我的司机会安排你，你自己先耍着，我和朋友谈点儿事情很快就结束。”

“好嘛，杨哥，那我过来了哟！”挂了电话，杜鹃的眼泪再次涌了出来。她在河边打了辆出租车说了句去锦江宾馆，然后便取了化妆盒借着微弱的灯光在后面化起妆来。

第三十三章　回到老家才能睡得踏实

等马忠政回到家，家里竟然是死一般的沉寂。

岳母一个人百无聊赖地在客厅里有一针没一针地打着毛衣。孩子睡着了，母亲挨着孩子靠在墙上正对着屋顶发呆，人已经瘦弱得连眼睛也日渐凹了下去，脸色蜡黄。马忠政悄悄掩了门，心里愈发地感到酸楚。等李敏回来，马忠政本来想跟她商量一下该怎么办，总得把问题解决了啊！李敏却脱了丝袜、换了睡衣去洗澡，洗完后就直接在床上躺了下来。

马忠政在床边坐下叹了口气，用手轻轻地碰了一下李敏，说：“这样下去终归不是个办法啊，我还是趁着放假，把我妈送回老家去吧，她也好养病。”

李敏立即“腾”地坐起来说：“你送回去倒方便，你们两个人都走了，孩子总不能让我妈一个人拉扯吧？她身体又不好。”

马忠政忙点头说：“这些我都知道，所以才找你商量啊，请个保姆估计成本太高了，加上每个月的房贷，我们两个人的工资也承担不起，还是请个钟点工吧。”他又狠了狠心说，“实在不行，就把孩子送回老家去养。”

“不行，我坚决不同意！”李敏立即反驳了马忠政的提议，说，“你们村里卫生条件那么差，而且孩子跟你妈回去，没我们在身边教育，他还不得学坏啊？再说了也没有奶吃啊。”

马忠政笑了笑说：“我们家养了五头奶牛，怎么会没有奶吃啊？”

李敏立即生气地说：“别提你们家奶牛了，都三聚氰胺了，要把我儿子吃死啊？”

一句话噎得马忠政不吭气了。半晌之后，他还是又提起请钟点工的事情，说他已经问过门口的家政公司了，钟点工可以在早上和中午过来帮忙，一个月 600 元钱。晚上，他们也都回家，这样，岳母带孩子就能相对轻松一点儿。另外，两个人的工资也可以承受。

“你去跟妈说说，看怎么样，免得家里还像现在一样没有一点儿人气。”马忠政指使着李敏去找岳母。

李敏想想也是，与其这样一家人都不快活，还不如让马忠政的老妈先回去，好有个回旋余地，等大家都平静了，再接婆婆过来。于是李敏极不情愿地爬起来，在客厅里跟她妈嘀咕起来。一开始马忠政隔着门听到丈母娘说：“要不得，要不得，我一个人咋能撑下来。”后来听李敏说了请钟点工的事情，丈母娘才没有了声音。李敏进来关了门，甩给马忠政一句话说：“那你走吧，早去早回。”说完了又继续捂着被子睡觉。马忠政明白这是办妥了，忙系了围裙去厨房做饭。

翌日，马忠政就和老妈商量着送她回老家的事情，马忠政婉转地说，现在老妈身体不好，成都气候潮湿闷热，还是先送老妈回去休养一段时间，等身体好点儿了再让她过来。“再说了，你也有近一年的时间没有看见我大大和我妹妹了。”马忠政还是明白老妈的心思的，老妈一直放不下家里的那五头奶牛呢，那可是家里的“银行”啊。

踌躇半天，马忠政的老妈最终答应先回去看看，等胳膊好了再回来，只是老人舍不得孙子，看着孩子胖乎乎的脸蛋儿，心里多少有些安慰。见老妈答应了，马忠政建议买机票回去，也让老妈感受一下坐飞机的滋味。但老妈还是拒绝了，心疼钱，死活让马忠政买火车票。无奈之下，马忠政只好买了火车卧铺票，下午又去超市买了一大堆四川特产豆瓣酱啊、火锅底料啊、茶叶啊，好带回去送给村里的亲朋好友，这是马忠政每次回老家前必做的事情。当初马忠政考上大学，也是在村里人你 10 块、我 50 块的资助下，才顺利地带着学费到了成都，读完大学的四年。所以，只要回去，马忠政就带着感恩的心，给村里的老人送点儿四川什邡的卷烟叶子，给小孩子送点儿奶糖，给隔壁家的婶子送一袋豆瓣酱，礼物虽然不重，但村里人都记着马忠政的情，所以马忠政对家里才更放心：有街坊邻里的关照，家里老人有个闪失，也好有人照顾。

经过近 40 个小时的颠簸，马忠政终于和老妈回到了包头。一下车就是天高云淡，虽然是夏天，却并没有成都那么闷热，而且凉风习习。来接站的只有他老爸一个人，之前马忠政给妹妹打过电话，得知懂事的妹妹放假后并没有回家，而是在呼和浩特打工，帮别人卖手机，现在请不到假，所以暂时赶不回来了。马忠政听了后，心里很是感动，想着当年那个跟着自己到处跑的鼻涕虫还是长大了，长成一个懂事的大姑娘了。

一个人在家操劳的父亲又苍老了许多，脸上明显瘦了，脸色有点儿灰暗，一副营养不良的样子。父亲在马忠政面前一直是严肃且不苟言笑的，以至于两人的对话一般也就是三五句，这在外人看来他们父子似乎不是很亲近，但在他们心里都很清楚那种父子之情。这是马忠政自小就留下的印象，他不像妹妹，可以随意地攀着父亲的脖子撒娇。马忠政对此是无比羡慕却又不敢造次，父亲始终在自己的心里有个威严的形象。对大多数北方男人而言，皆是这般，父亲在儿子的眼里总是一副威严的样子，让儿子永远觉得自己只是个儿子。直到某一天父亲突然默默地递给儿子一支烟，或者在饭桌上给儿子加了一个酒杯倒了杯白酒，父子俩一起说“走一个”的时候，儿子才忽然明白自己在父亲的心里已经长大了。所以，当马忠政看到父亲的样子，虽然心疼，却不知道该如何表达，只是木讷地笑了笑，父亲却抢他手里的包裹，背在身上转身往汽车站走去。

回到村里已经是夕阳西下，一条弯曲的土路被掩盖在一片茂密的玉米地里，路上到处是牛粪或者羊粪，弥漫在黄土地里的味道和玉米地葱郁的绿色让马忠政沉醉不已。有背着背篓的老人在捡拾着畜生的粪便，猛一抬头就看到他们，眯着眼睛，用缺了牙齿、四处漏气的嘴巴说："呀，我政娃回来了啊。"

马忠政忙拉了老人的手，递了一包他从成都带回来的纸烟，问："德顺爷身体可好？屋头人可好？"

德顺爷摸着山羊胡子，笑咧咧地说："我娃还记得德顺爷，记得我这个老不死的啊，给爷尝尝这么高档的香烟。"然后小心翼翼地将烟揣在怀里，舍不得抽。

近处的农家已经开始升起袅袅炊烟，有妇人扯着嗓子喊着自己的男人或者孩子回家吃晚饭，充满亲情的声音在村里抑扬顿挫地响起，狗啊、鸡啊开始乱作一团，让马忠政听着心里感到无比惬意。他又想起自己小时候贪玩，常常忘记回家，母亲也是如此呼喊自己，然后少不得被父亲脱了鞋撵着打。

看到马忠政回来，蹲在门口吃饭的村里人无不起身敲着碗沿让他们进屋吃饭，有婶子啊、姨啊的出来一边拍着沾在身上的柴草，一边跟马忠政一家子打着招呼，问马忠政的媳妇和娃咋都没有带回来，真都是成都人了。

马忠政感动得一一回应着，说等明天有空了就来串门子。一回到家，老妈脸都没洗就先去看了自家养的牛，摸了这头摸那头，亲近得如同对自己的孙子一般。马忠政忙着帮父亲给牛铡草添料，虽然已多年没有干过了，但干起来还是轻车熟路，他上大学就是靠着这些牛一点点地挤奶才读出来的。马忠政心里说，如果牛抽烟，他一定会买什邡市最好的烟叶子回来给牛卷了烟吃；如果这牛吃火锅，自己一定带它去成都的皇城老妈啊、老码头啊这些地方吃火锅。但牛老了，牛只知道低头吃草让人挤奶，除了这个村庄，从来不知道外面还有多么大的“世事”。但正是牛的任劳任怨、默默奉献，才让马忠政飞出了农村，看到了大千世界的精彩。想着想着，马忠政心里说，牛啊，你要是能理解我，就给我“哞”一声。结果，牛真的“哞”了一长声，伸出长舌头顺便舔了一下马忠政的脸，显得“两人”无比亲近。

等一家人收拾完毕，天已经黑了下来。有村里人过来串门，马忠政就忙着端茶倒水递烟，临走时再送一小包自己从成都带回来的特产，都高兴地说，政娃现在混得好呢，都当副县长了，等啥时候能调回来就到咱县里当个县长，先给咱把这门口的土路弄成柏油路呀，再安上路灯，那就更“美气”了。

等送完客，马忠政沉了脸跟父母说自己在成都的工作上的事就别在村里说了，说多了就成是非了，传出去还不知道要被传成什么样子，不知道的还以为他在外面干了多大的事。父母立即唯唯诺诺地答应了，像是做错事一般，又让马忠政过意不去，感觉自己言重了。

等坐下来，父亲掐灭了卷烟，却对马忠政打开了话匣子：“政娃呀，我谋想着是不是要卖两头牛出去呀？”马忠政的老妈惊叫起来，忙问：“咋了，咋了，为甚要卖牛呀？”

“还不是那三什么胺闹的。”父亲叹息一声说，“现在牛奶根本卖不出去，牛奶的收购价压得还不如过去一半，但是牛要吃草吃料，越养越划不来了。”

马忠政明白这是怎么回事，但没有想到三聚氰胺事件到底还是影响到了农村养牛户身上。得知村里近一半的奶牛不是卖了就是宰杀了，马忠政也不禁感慨起来。他想通过供需关系的变化来解释一下，在未来一段时间内牛奶的价格肯定还会回升，但不知道该怎么说，于是就劝父亲说：“现在不着急卖，等过段时间再看看，国家正在查这件事，肯定会解决的。”然后马忠政拿了2000元钱出来又对父亲说，“这些你们先用着，不够了再说。”

马忠政的老妈说：“咱们走的时候，你就让李敏专门拿了2000元钱给我，你们还要养孩子，城里花费大，这钱你们还是自己留着用吧。”

马忠政说：“那是我和李敏给你的，这2000元钱是我另外的奖金，你们就拿着用吧，我们再缺钱也不缺这点儿。”其实这是马忠政的私房钱，是地震的时候黑皮给他的那次绵竹演出的回扣，马忠政没舍得花就带回来给老人了。

看看时间不早了，马忠政洗漱完，躺在自己以前的小床上，很快就沉沉睡去。只有在老家，他才能睡得如此踏实，一夜无梦。

第三十四章　希望你对自己好一点儿

因为惦记孩子，马忠政在家里只待了两个晚上，就收拾行李前往呼和浩特，一方面坐火车方便，一方面也是为了看妹妹。

在家里的两天，马忠政卖力地帮家里干着农活：给玉米地除草啊、给牛买饲料啊，忙得热火朝天。但他已很多年没有这么干过农活了，握着锄把的手没多久就磨出了一个大血泡，用针挑破挤了血水出来，结果伤口越磨越烂，稍微碰一下就钻心地疼。马忠政的父母心疼地夺过他手里的锄把，给他涂了云南白药，死活都不肯再让他干活。

虽然放心不下老妈的胳膊，知道她一回家就着急干活，怕养不好，但也无奈，只能买了各样要涂、要吃的药品，给老妈留着。背上行李，看着老妈站在村口的样子，马忠政不觉想起当年去上大学时的情景，当时老妈也是这样静静地站在村头看着他转身离去，去寻找自己的前程。那时，马忠政觉得老妈很是高大，现在却显得萎缩了下去，或许人就是如此，越长越矮，同时也意味着自己长大了、长高了。

后来，马忠政在读龙应台写的《目送》时，有一段话让他怦然心动：“我慢慢地、慢慢地了解到，所谓父女、母子一场，只不过意味着，你和他的缘分就是今生今世不断地在目送他的背影渐行渐远。你站立在小路的这一端，看着他逐渐消失在小路转弯的地方，而且，他用背影默默告诉你：不必追。”在自己也当了父母，当儿子伸出小手要自己抱的时候，马忠政就想，有一天他也会用自己的背影告诉自己，他已经踏上了远行的路。

到了呼和浩特，马忠政先去了火车站打算买第二天到成都的火车票，但已经没有卧铺了。就在马忠政着急的时候，有票贩子过来说，立马可以买到，但是要加 150 元钱。马忠政想都没想，立刻拿出钱买下了这张卧铺票。想他上学的时候，居然连一张硬座都没有买到，只买到了站票。到了火车上连个落脚的地方都没有，行李架上、座位底下，甚至厕所里都挤满了人，他只好靠在行李上，开始了自己漫长的求学之路。

买好票，马忠政打车到手机一条街，在一家小店里找到了妹妹。马忠政站在门口看着妹妹干练地在里面接待客户，心里安慰了许多。如今正在上大学的妹妹已经出落成一个漂亮的大姑娘了，身材高挑挺拔，扎着马尾辫，脸上的青春痘让她的笑容更加朴实纯真。

“燕子！”马忠政热乎乎地喊了声妹妹的名字，马晓燕“哇”的一声，就从柜台里跑出来，亲热地叫了声“哥”，然后拍着马忠政的肚子笑嘻嘻地说：“哥呀，你现在腐败得很啊！”

等妹妹向老板请了假，马忠政牵了妹妹的手，问她：“想吃什么好的呀？老哥请客。”马晓燕调皮地睁大了眼睛，说：“那肯定要狠狠地宰老哥一顿。”末了，她却把哥哥拉到路边的一家小店里，点了巴盟烩菜、凉拌莜面、大丰收等家常菜，又给哥哥要了一瓶啤酒。看着哥哥吃得风卷云残，马晓燕只是一个劲儿地捂着嘴巴笑。

等酒足饭饱后，马忠政这才想起来自己是要请妹妹吃饭，怎么上的菜全是自己喜欢的？而且自己吃了一多半，顿时不好意思起来。马晓燕笑着说：“我就知道你想吃这些，平时应酬的时候要少喝酒，注意身体啊。”

几句话说得马忠政心里无比舒畅，他捏着妹妹的脸蛋儿说：“我妹子终于会疼人了，现在肯定有很多男孩子在后面追了。”马晓燕顿时红了脸，噘着嘴巴嘟囔着：“哥——”

付账的时候，马晓燕却抢着给钱，马忠政挡住她说：“哥今天请客啊。”马晓燕红了眼睛说：“哥，这是我第一个月发的工资，就让我请一回哥吧。”马忠政这才放手。本来下午他还想带妹妹去逛逛商场，顺便给妹妹买两件衣服，马晓燕却懂事地拒绝了，说下午还要上班，就不陪哥了。马忠政从钱包里拿出2000元钱，塞给妹妹，说：“哥没有能耐，让妹子吃苦了。”马晓燕一再推让着说自己能挣钱了，但马忠政还是硬把钱塞到了妹妹的包里，嘱咐妹妹买些好点儿的化妆品、买身好点儿的衣服，要不然在大学里会被别人看不起。

看看时间还早，马忠政打算去市中心的民族商场买些小纪念品，回去好送给办公室的同事们。除了奶酒不方便带，现在的纪念品是琳琅满目，牛皮做的各种产品都有，成吉思汗头像的钱包啊、一个套一个的小蒙古包啊、用来做笔筒的小马靴啊。马忠政各样都买了一两个，精致，也有面子。正挑着时，一个熟悉的身影从眼前经过，马忠政“啊啊啊”几声却喊不出名字，那人慢慢停下步子转身看着马忠政。

“依纯？”

“忠政！”

马忠政眼前这个像极了刘若英的女人此刻静静地站在那儿，恍然似很多年前那个留着学生头的女孩儿站在自己面前一般，让马忠政如在梦里穿越似的，心中被丢进一颗石子，顿时荡起无数的涟漪。

女人穿着一袭印着青花边的长裙，长发绾成了一个发髻，插着一根银钗，有着一种古典美，又有着一种波西米亚风格。或许因为激动，女人丰满的胸部一起一伏的，额前斜斜的刘海儿遮住了半个光洁的额头，嘴角挂着一丝温柔的笑意，眼里却慢慢泛起泪花，显示出女人不一样的性感与成熟。

直到马忠政过去又轻声喊了声“依纯”，陈依纯才缓过神儿来，抽了面巾擦掉眼泪，说：“还真是你啊，我刚才从背后还真的不敢认呢，你比以前胖多了。”

以前，一米八个头儿的马忠政能被一阵风吹倒。中学学习的辛苦加上营养跟不上，马忠政把一个“瘦”字写在脸上，脸色也是蜡黄蜡黄的，而且头上夹杂着许多白头发，和白头佬似的。但马忠政学习刻苦，在全年级——六个班级的考试大排名中历来是第一或第二名。加上马忠政乐于助人，凡事都愿意帮大家撑头，所以在同学之中声望很高。于是，那个时候情窦初开的女孩儿们自然把马忠政作为暗恋的对象，却又不敢表白，常常趁着元旦、春节什么的，悄悄买了贺卡邮寄给马忠政，写祝福语的时候又偏偏把字体变得扭扭捏捏，似是怕马忠政认出来。于是，马忠政常常莫名其妙地收到许多贺卡，却不知道是谁寄过来的。那时，他利用自己当班长的身份在帮班里取信时会先将那些贺卡藏起来，他怕被同学看到会有风言风语传出来。

那年的元旦前，马忠政去邮局给上大学的表哥邮寄贺卡，发现邮局大厅里挤满了穿着校服的学生，热闹得像是在操场上集合一般。终于找到个空处，却忘记了带笔，看着旁边一个高挑的女孩儿正在认真地填写，马忠政便凑过去说：“同学，能不能用下你的笔啊？”

女孩儿惊慌失措地用手遮盖住贺卡，等抬起头来一看是马忠政，立即红了脸把笔甩给他，扭头就跑。马忠政简直是丈二和尚——摸不着头脑，但他还是看清楚了那张粉红而娟秀的脸庞，好像是低一年级的师妹，同时也晃眼看到了贺卡上似乎写着“马 ××”的字样。

那个女孩儿就是陈依纯。这种已经沦落到俗套的暗恋情节被现在的孩子们所不屑，但那个时候却如圣洁的雪莲一样埋藏在许多少男少女的心中，在悄悄地发芽、生长，却不敢让它开花，或是把心思记在一个精致的小日记本里，或是在晨读的时候装作心不在焉，一双眼睛却在恍惚地寻找着另外一个身影。不知道，如今都已而立之年的那些男人、女人，是否还记得自己年少时暗恋别人的那种心情，是否还找得到那个有关青春的日记本。日子似水流年，疲倦得已经让人没有了那份怀念的心情，剩下的只有浮躁，只有通过手机短信群发的那些看似热情洋溢，却毫无温度的问候而已。再后来，即使短信只是需要花一毛钱的温情，也彻底地被网络语言所替代，有的只是那种表情符号背后的键指如飞。

马忠政记住了那个丢给他笔的女孩儿，几次在打饭的时候碰到却不敢搭讪，只能焦急地等待那张贺卡的到来，直到元旦过了，终于有一天他在取信时发现了一个没有地址的信封，但上面的“马忠政”三个字有种熟悉的感觉。拆开信封，掉出来的竟然是那张粉色的贺卡，上面有寥寥数语：“马忠政学长：有一双一直注视着你的眼睛，祝福你新年快乐，学习进步。”就是这样简单，却让马忠政心里怦怦直跳，也第一次牵挂起身后的那双眼睛。

窗户纸在不经意间被捅破了。马忠政开始了近在咫尺的通信——两人分别从邮局寄信给同在一个学校的对方，除了互相鼓励外，没有一点儿甜言蜜语，这让马忠政在枯燥和重压的学习环境中找到了一丝心灵的慰藉，在疲倦得想要放弃的时候依旧没有丝毫的倦怠。终于在高考结束后，马忠政考进了成都的这所大学。但他所在的那个年级，六个班级近400人里，考上大学的只有5个人，这几近全军覆没的录取率正是当时农村教育的真实写照。当然，在高校扩招后，马忠政的母校已经走出了阴影，录取率也在当地县城节节攀升，更多的农村孩子得以进入大学接受高等教育。

临行之前的那个晚上，陈依纯主动约了马忠政，送给他一个笔记本，上面写了简单的五个字：“想着我，等我。”马忠政用自己省吃俭用的钱买了一个精致的粉红色钱包，送给了陈依纯。那天，两个人有了初吻，这让马忠政在大学的时候甜蜜了很久，一个人孤独地坚守着一个属于自己的小秘密，然后不断地回味，这难道不是一种幸福吗？

马忠政想起自己看过的一个段子：天冷的时候，你穿着棉袄，所以你比我幸福；肚子饿的时候，你吃着一个馒头，所以你比我幸福；想拉屎的时候，你占着一个茅坑，所以你比我幸福。但马忠政一直觉得，那个时候悄悄地惦记着一个人，也同时被另外一个人惦记着才是幸福，而不是黑皮在大学的时候经常“换叫”的那种幸福。

第二年，陈依纯参加高考失利，没能够去成都和马忠政一起读书，只在呼和浩特上了一所民办的学院。而马忠政为了节省路费，在寒暑假更是忙着打工挣钱，大学四年硬是没有回过一次老家。于是一份感情就这样被距离隔阂了，一份曾经有过的甜蜜就这样被时间冲淡了。后来马忠政遇到了李敏，陈依纯却消失在同学们的言谈交往之中。

两人边拨弄着眼前的各种蒙古族工艺品，边聊着天儿。

“依纯，你结婚了吗？”

“你呢，你肯定结婚了吧？”

“嗯，都有孩子了，孩子 10 个多月大了，是儿子。”

“真好，真羡慕你。”

“那你呢？”

“我喜欢这个小毛绒骆驼，这样，我买给侄子做礼物吧！”

陈依纯说着就从包里拿出一个旧得发白的、看似粉色的钱包，取出 50 元钱递给营业员。马忠政忙拉着陈依纯的手说：“你太客气了。”陈依纯却一把甩开马忠政，嗔怒着说：“我给侄子买个小礼物还客气什么啊。”马忠政这才罢了手。

马忠政提着一大塑料袋小礼品，对陈依纯说：“我都忘记问了，你逛商场是来买点儿什么啊？”陈依纯笑着说来买瓶紧肤霜，再不整整就老了。然后她用纤细的手拉着自己的眼角纹让马忠政看，说：“你看，你看，鱼尾纹有多长、多密。”

马忠政凑过身子靠近陈依纯，心里却被她身上的那种特有的体香弄得一时荡漾起来，就如上大学前的那一晚，陈依纯留给自己的那份至今难以忘怀的馨香。

“得了吧，你还老了，我娃娃他妈可比你老多了。”马忠政“呵呵”笑起来，陈依纯却说：“你笑话妹子呢，嫂子肯定是个时尚的成都美女。”

陈依纯在化妆品柜台前挑选化妆品时，促销员对马忠政说：“先生，您爱人真漂亮，这一套化妆品才 2000 多元钱，非常适合您太太的肤质。”马忠政顿时尴尬起来，对陈依纯说：“你先选着，我到那边看看，等下过来找你。”

马忠政去的却是皮具柜台。原来他留心到了陈依纯刚才拿出来的还是他十年前送她的那个钱包，似乎已经破旧不堪，所以马忠政就想着再送她一个。他却不知道什么牌子的好，也不知道该选真皮的还是格子的，但他一眼就看上了一个粉色的长条形皮夹，非常精致，便买了下来。300多元钱，也不算很贵。

这边陈依纯已经挑好了化妆品，正走过来找马忠政，两人在半道儿碰到，马忠政笑着说："你购物的速度比我老婆可快多了。"陈依纯笑了笑，说："我怕你等久，就随意买了一瓶。"马忠政说："我们找个地方坐坐吧。"

两人进了一家名叫"上海宝贝"的咖啡屋，随意点了些喝的东西。马忠政拿出刚才买的钱夹，递给陈依纯，不好意思地说："小礼物，我也不会挑，不知道你喜不喜欢？"陈依纯接过来打开盒子，眼泪立即"唰"地流下来，说："谢谢你还记得我。"

马忠政顿时无语起来，抿了几口咖啡，才抬头问陈依纯："你呢，说说你现在怎么样了，过得好吗？"

陈依纯擦了眼泪说："别笑话我啊，我现在依旧单身。"

原来陈依纯上了大学后，心里一直记挂着马忠政，但她也显然知道他们两个人之间的距离有多么遥远。因此，当学校的男生们一个个狂追她的时候都被她拒绝了，于是有人说陈依纯高傲，有人说这漂亮女孩儿性冷淡，还有人说她肯定要找一个条件如何如何好的男人。结果临到毕业了，反而没人敢追她了，全班的女生也只剩下陈依纯和几个长得"歪瓜裂枣"的女孩儿还单着。在后来的实习工作中，陈依纯遇到一个秃顶的中年男人，对方很快对她展开了攻势。在爱情上没有了方向的陈依纯便将自己交给了那个男人，却没想到男人是已婚。好在男人是真的爱她，并为她离了婚。可后来陈依纯把男人带回家里时，她父母却死活不同意，她也干脆不结婚了，和男人还是藕断丝连地在一起，平时给同学介绍就说是自己的老公。

"难道美是我的错吗？难道我就该这样苦着自己吗？"陈依纯说着

已是泪流满面，惹得旁边的人纷纷转过头来朝他们这边看着。

马忠政扯了几张纸巾递给陈依纯，心里也是痛苦，他没有想到这么多年来陈依纯过得竟是这般不好，而且还要忍受这样的苦楚，而这些都是因为自己当初给了陈依纯不负责任的承诺造成的。

“对不起，都是我没有兑现诺言……”马忠政自责地说。

“不，不怪你，这都是我的命，谁让我当初不好好学习啊，要不然也在成都和你一起生活啦，咱们孩子也该多大了。”陈依纯擦了眼泪反而笑起来，说，“看到你现在过得很好，我心里也就舒服了。”

马忠政叹着气说，家家都有本难念的经啊。然后说了事业上的烦恼、家里李敏的颇多抱怨、婆媳之间纠葛不清的是是非非。陈依纯笑着反问：“这何尝又不是另外一种幸福呢？”

马忠政释怀地笑了，这时手机振动起来，他拿起来一看是个陌生的号码，犹豫了一下，还是接了。对方是一个男性，用极其浓重的包头口音说：“老同学，你回老家都不打个招呼啊？”马忠政忙说：“不好意思，您是哪位啊？”对方说：“老同学你现在都是副县长了，贵人多忘事，我是同村的云向东啊，我现在在呼和浩特做点儿小生意，你有空的话请你吃个饭啊。”马忠政忙对陈依纯做了“嘘”的手势，笑着说：“想起来了，想起来了，谢谢兄弟你的好意，我已经上火车往成都走了，下次有机会再聚，你有空也来成都转转啊。”对方这才说：“遗憾啊，那就算了，等有空到成都一定找你喝酒。”然后就挂了电话。

陈依纯笑着说：“原来是云向东啊，我在呼市还经常碰到他呢，大小都是老板啦，你这当领导的都不接见一下人家。”

马忠政说：“我最怕应酬了，我在老家已经成了一个‘传说’，不知道的还以为我在成都当县长了呢，其实就是学校里面屁大个干部而已，整天干的还是跑腿吃力不讨好的事情。”

两人看看时间已经不早了，马忠政说：“你晚上没有事情吧？我回宾馆放了东西请你吃饭吧。”陈依纯摇着头说：“没事，我陪你一起过去吧。”

到了宾馆，马忠政打开门，两个人一进来就不约而同地拥抱在了一起，手里的塑料袋掉落到地上，东西被两人的脚踢得到处都是。马忠政饥渴般地吮吸着陈依纯的舌头，恨不得吞下去，只听得到两人急促的呼吸声。没有关好的门扉却“嘎吱嘎吱”地又开了，马忠政一脚踹过去关了门，两手急切地将陈依纯的裙子从脚下往头上掀，却没看见脖子后面有颗纽扣需要解开，裙子套在头上扯不下来了。陈依纯笑着说，都一把年纪了，怎么还这么火急火燎的？

马忠政在这方面以前一直有些自卑。对女人，尤其是漂亮的女人，马忠政的心里总是有种冲动，同时也总是有种无形的压力，让他在蠢蠢欲动的那一刻不得不强迫自己冷静下来，接着隐藏起来，包括对办公室里的黄雅涵，他始终不敢接受她对自己的那份感情，甚至不得不采取躲避的方式，来避开黄雅涵那双含情脉脉的眼睛。这或许是出于对李敏、对孩子、对家庭，甚至是对自己那份事业的责任心，这种责任心让他不敢造次，所谓“有贼心没贼胆”，马忠政就这样压抑着，只有在李敏那里偶尔能够得到释放，但释放的同时常常得到的却是李敏有意无意地打击或者嘲弄，因此两人的夫妻生活就越来越没有了激情。马忠政困惑起来，夫妻久了或许真的就厌倦了那种平淡无奇，从夫妻生活到养家糊口，一切似乎都已经程序化了，更多的是例行公事，到最后甚至例行公事也被省略，往往双方都是“洗洗睡吧”。

陈依纯亲了亲男人宽厚的胸膛，然后抬起她细长的腿撒娇说：“你看看我的腿还漂亮吗？”马忠政轻轻地抚摩着说：“真好，你还是那样的美，也让我记住了你的美，但你能答应我一件事情吗？”女人点着头说：“你说什么我都答应。”马忠政说：“你别让自己过得那么苦了，好吗？”女人顿时哭起来，窝在马忠政的怀里，眼泪浸湿了一大片床单。

马忠政的手机振动起来，一看竟然是李敏打来的。马忠政顿时神经紧张起来，似乎现在两人赤身裸体的样子被直播了出去，被李敏窥探得一清二楚。马忠政忙拿着手机去了厕所，压低声音问李敏有什么事情。

“你咋个了吗，声音咋个怪怪的？”李敏敏感地问。马忠政忙说这边天气干燥，嗓子不太舒服。李敏问马忠政什么时候回来，她和她妈两个人为了照顾孩子都忙不过来了。马忠政问：“不是有保姆吗？”李敏生气地说：“什么保姆啊，来家里就知道看电视，孩子一哭就给吃安眠药，要不是我妈打麻将回来得早，不经意看到她给孩子吃药，儿子早就被毒死了。”马忠政气得没有了言语，一方面气保姆心眼儿竟然那么坏，另一方面气岳母不管孩子，依旧每天都去打麻将，毕竟请的人是钟点工啊。马忠政不耐烦地说：“我才走两天，家里就乱套了，不说了，不说了，我明天早上就坐火车回去了。”

马忠政回到卧室就将这事讲给了陈依纯听，陈依纯也是生气，说没想到保姆竟然干出这么没良心的事情来。说着说着两人却又尴尬起来，似是自己也背了良心一般。

两人吃完晚饭，马忠政心里还想挽留陈依纯，嘴上却说：“你早点儿回家吧，免得你父母担心。”陈依纯却说：“我是一个人呢，父母都在包头老家，只是偶尔过来看看。”马忠政明白了女人的心思，却狠了狠心说：“那你回去早点儿休息吧，我也要赶明天一早的火车呢。记得你答应我的，让自己过得好一些。”

看着女人依依不舍地上了出租车，马忠政站在路边朝女人挥着手。等汽车消失在夜幕中，马忠政的眼睛终于模糊起来，眼泪流进嘴角是不一样的咸味。

第三十五章　丑媳妇总要见婆婆

黑皮最近是异常紧张，不知道该怎么办才好，原因只有一个：老妈要来了。

人常说儿和母亲近，但黑皮却从小害怕自己的母亲。这种惧怕是来自骨子里的，小时候，只要黑皮一干坏事，回到家后在屋子里撵着他打的肯定是他老妈；学习成绩不好了，罚站、批评他的肯定也是老妈；最后考大学指导他报考这所大学或者那所大学的也是老妈。于是，在黑皮的心里一直对母亲有种抵制的情绪，你让我这样，我偏要那样，你让我往东，我偏要往西。尤其是在高考后填报志愿的时候，黑皮口头上答应老妈报考当地的西安交大或者西北大学，但最后填报的全是外地学校。如果不是没有考好，黑皮巴不得上浙江大学啊、中山大学啊这些天高地远的学校，好距离家里远一点儿，离老妈远一点儿。最后，黑皮是在第二志愿被录取进了位于成都的这所大学。实际上，黑皮填报成都的这所大学时还是动了心眼儿的：印象中，这个城市的美女多，这才是他真正的动力。

最后当木已成舟，黑皮妈也没有了办法，只能送黑皮过来上学。可即使到了成都，黑皮依然生活在老妈的影子之下：已经是某局局长的母亲自然有着多重社会关系和同学关系，光是初到成都那几天，无不是在各种餐桌上度过，老妈是托付这个托付那个，让朋友们帮着把儿子看好。直到老妈要回去时，黑皮在耐心听完老妈的嘱咐之后，才感觉到母亲的不容易。从一个普通的公务员成长为一个局里的一把手，在历经20余年的时间里，母亲逐渐老去，“野心”也在逐渐收敛，而现在唯一的寄托就是自己这个儿子了。在黑皮大学毕业后，虽然母亲一度强烈要求最后一次“安排”他的工作，但黑皮还是选择留在成都，选择自己喜欢干的新闻事业，而不是回老家去参加公务员考试。他喜欢成都这座城市，喜欢这里悠闲的生活，喜欢这里的人文圈子，喜欢开着车去藏区看天高地远、蓝天白云，如此而已。这两年母亲虽然还当着局长，但心里已经做好退居二线的准备，但这个准备是等黑皮结婚抱孙子的准备。虽然老太太不再对儿子唠唠叨叨，但儿子的婚事却成了她的一桩心事，三五天一个电话。就像当年拜托她的那些成都的老朋友关照好这个大一新生一样，如今又一一拜托她的那些老朋友给儿子介绍女朋友，如同逼婚。

“秋子，跟你说个事情。”当两人在床上激情完毕后，黑皮抱着赤裸的于秋子说道，一只手还不安分地在她光滑的乳房上画着圈圈，就像在画波纹一样。于秋子被弄得得发痒，笑得颤抖起来："你要说就说嘛，今天怎么这么一本正经啊？"

"我妈要来了。"

"好啊，来看看儿子都干什么坏事了。"

"我妈想看你呢。"

"我有什么好看的啊？"

"嘿嘿，丑媳妇总要见公婆啊。"

于秋子听了却沉默下来，抬头看看黑皮，又垂下眼睑，然后用严肃的语气说："黑皮，不是我不敢见，你可要想好啊，我是离过婚的人，又比你大，到时候你妈能不能接受我啊？"

黑皮叹口气说："我知道我妈的心思，所以才要跟你商量，我们暂时不说这件事好不好。到时候把老太太陪好、哄好就可以了，以后我们再慢慢说。"

于秋子却不答应："我觉得还是坦诚点儿好，如果你妈能接受，我或许还能考虑考虑做你秦家的媳妇；如果你妈不能接受，说明我们没有缘分，我就还是你姐，只要你心里有我这个姐，我就知足了。"

说着，于秋子却泪眼模糊起来，黑皮心疼地俯下身去舔她眼里的泪花，舔着舔着自己身子底下却再次雄壮起来。

黑皮妈来的前一天，于秋子早早地去了黑皮的家收拾了一整天。黑皮在大学时就懒散惯了，一件衣服可以翻着穿两面，一打袜子穿完了塞在床底下等味道去了再轮换着穿。这让于秋子很是头疼，开始想办法调教黑皮。以前黑皮很是看不起马忠政，说北方男人怎么到成都就把骨头泡软了，回家就奔菜市场，放下公文包就系上围裙拿起铲子，典型的"趴耳朵"（怕老婆）。

于秋子却有于秋子的智慧。比如做饭，让黑皮必须选一样活儿干——切菜、炒菜，还是洗碗、刷锅，否则不能吃饭。黑皮觉得前者太过油腻，就选择洗碗、刷锅。打扫卫生是洗马桶还是拖地？黑皮觉得刷马桶蹲在那儿，把拉屎、尿尿的地方折腾半天不是回事，就选择拖地。结果每次当他“呼哧呼哧”干活的时候，于秋子却已经盘腿坐在了旁边的沙发上，不是吃水果，就是涂指甲油，让黑皮又无比羡慕。

“这可是你选择的啊，男子汉大丈夫说话算数。”于秋子是满脸的得意相。

虽然黑皮感叹自己快成家庭妇男了，但因为爱着于秋子，没多久干起活来就是乐此不疲的样子了。

第二天，看着整齐干净的房子，于秋子却比黑皮还紧张，忐忑不安地问黑皮这么早就见老人好不好，然后又脱了这件衣服换上那件衣服，在镜子跟前照来照去问黑皮合不合适，一会儿床上就凌乱起来。

黑皮在沙发里窝着，悠然自得地看着女人在自己眼前脱了衣服的样子，从背后看就像一把大提琴，等待着哪个男人来弹奏的样子。他心里不禁地想，老天怎么就造出这样的尤物，还让自己给捕获了呢？想着想着就一脸的坏笑，跑过去把赤裸的于秋子抱在怀里。于秋子气得直敲他的头，猛地，她一把推开黑皮说：“你再折腾，可来不及接你妈了啊！”

黑皮这才慌乱起来，说：“你看着随便穿，别化浓妆就成，穿得稍微保守点儿，老太太思想有点儿保守。”于秋子这才进房间选了一套米色的稍微显得职业一点儿的裙装穿上，随意绾了个发髻，背上小包说：“好了，我们走吧。”黑皮拍了一下于秋子的屁股说：“这儿媳妇不错嘛，老太太肯定喜欢。”

于秋子嗔怒着说：“谁是你媳妇，你猪八戒不照照镜子看看，想得美啊！”

两人站在机场出口，看看时间，还有几分钟飞机才落地，于秋子说：“我去趟厕所吧，免得一会儿见你妈紧张。”等她再出来，手上却多了一捧鲜花。黑皮说：“接我妈又不是接领导，还整那么多形式干吗。”

等黑皮的老妈从出口出来，黑皮过去接了老妈手里的行李箱，于秋子立即大方地走过去把鲜花递给黑皮的老妈，说：“阿姨辛苦了，我是于秋子，欢迎您到成都来玩。”

这一招果然让黑皮妈很是受用，看着眼前端庄的“准儿媳妇”，黑皮妈笑得合不拢嘴，说：“不辛苦，不辛苦，才一个小时，看会儿报纸就到了。”

三个人去停车场取车，黑皮妈又顺手把鲜花递给黑皮，让他拿着，自己则抬头挺胸地往前面走去。于秋子看到老太太穿着一套职业女装，显得得体大方、干净利落，威严之中又有着一份宁静和慈祥，不禁心想，“考官”确实是不容易那么通过的。

黑皮在后面一手拉着箱子，一手捧着花，还要给老妈指路，那狼狈的样子让于秋子偷偷地笑了。黑皮对她挤挤眼睛，得意地笑了笑，意思是她刚才的表现还不错。看着黑皮造孽的样子，于秋子接过鲜花，一路小跑着去给老太太打开了后面的车门，然后等老太太坐稳了，才轻轻地关上门，自己则坐在了副驾座位上。

一路无话。于秋子通过头顶的后视镜悄悄地观察着老太太，发现老人家一直保持着一脸的平静，从容而淡定。老太太随意地翻了翻插在座位布袋中的《蓉城都市报》，就眯了眼睛休息起来，看来是早上赶飞机起得早，多少有些疲倦了。

到了黑皮的家，黑皮妈先是环顾了一圈，看着屋里整洁的样子，微微点了点头说：“还行，没有那么邋遢了，有人管着就是不一样。”黑皮忙说：“这是秋子过来帮着收拾的。”然后就“嘿嘿”地傻笑。

那边于秋子已经沏好茶端了过来，放在茶几上说：“阿姨，您先梳洗一下，等会儿我们吃饭，您想吃点什么啊？”

“随意吧，清淡点儿的就行。”

“那好，我们今天就在外面吃吧，回头再在家里做。”于秋子答应着，然后等黑皮妈去卫生间梳洗的时候，就给离这里不远的餐馆——“外婆乡村菜”打了电话，订了一个小包间，说一会儿就到。

等收拾完毕，三个人就去了“外婆乡村菜”，环境果然雅致。于秋子将菜单递给黑皮妈说：“您看您想吃点儿什么？”黑皮妈推让过去说：“你随便点吧，简单点儿的，不要浪费就行。”

于秋子便随意点了几样较为清淡的菜，又加了一个南瓜红枣羹，等端上来后倒是色彩搭配得很好，让人看着都有食欲。

“小于，你做什么工作的啊？”黑皮妈的考察工作开始了。

“阿姨，我在一家房地产公司做行政主管。”于秋子小心翼翼地回答。

“哦，怪不得你接待起来很是熟练啊。”看来黑皮妈对于秋子的安排很是满意。

“家里还有什么人啊？都还好吧？你今年多大了？”黑皮妈嘴巴里像蹦珠子一样，继续抛出了几个问题。

黑皮没等于秋子回答，就嘟囔起来：“妈，你这是查户口啊？能不能先吃饭，回头再说这些问题啊？”

黑皮妈笑了起来，说：“好好好，儿子不耐烦了，就先吃饭吧。”

第三十六章　我不配拥有你的爱

张力将身后的椅子推开了一点儿，端起白酒瓶就站了起来，给左手边的一位中年男士倒了个满杯，然后端起自己的酒杯说：“来，兄弟干一个。”

中年男人立即受宠若惊地举起杯子，用杯沿碰了碰张力酒杯的杯底，以表示谦恭。然后说：“张总太客气了，您随意，我干了。”一仰头，一杯白酒便已下肚，然后侧着杯子亮了杯底，以示自己都干了。

张力并没有“随意”，也一口干完后亮了杯底。江湖上有句话说得好：“感情深一口闷，感情浅舔一舔。”虽然张力和眼前的这个中年男人还没有亲密的哥们儿关系可言，但嘴上仍旧尊称了一句“兄弟”。

中年男人是张力的一个员工——准确地说，目前还不是。在张力决定对“香香鸭”进行大规模扩张的时候，当时曾招聘了一批管理层人员，其中有一个应聘者当时就被张力否定了。因为那人在应聘的时候告诉张力：我认为，我们应该把发展速度控制下来，古人云“欲速则不达”，尤其是对新创业公司而言，因为管理、产能、营销等诸多因素的局限，更应该稳扎稳打。当时，这个中年男人应聘的岗位是市场总监。

直到张力经历了之前的起起伏伏，才明白确实是自己扩张的步伐迈得太快了，导致加工基地建设跟不上、管理跟不上、队伍建设跟不上，因此，必须对现有的策略进行调整，首要工作就是根据产能和团队实力来压缩或者配置自营门店和加盟门店的数量。后来，张力偶然在网络上看到一句西方谚语：“*Slows down the footsteps to let the soul catch up with*（让脚步等等灵魂）。”对啊，有时候我们就是跑得太快了，反而把自己的灵魂给弄丢了。因此，张力想起了之前那个被他否定的应聘者——万本忠。他重新翻阅了一下万本忠的个人简历，原来这个人做过饲料销售、连锁超市市场推广专员等，基本都工作在市场一线，具有丰富的操作和管理经验，感觉还是不错的。于是，张力抱着试一试的心态给万本忠打了电话，才知道这“兄弟”目前还没有工作，正在家伺候老婆月子，现在孩子稍微大点儿了，所以就考虑重新出山。

“来，我也敬万兄一杯。”坐在张力旁边的杜鹃也站了起来，走到万本忠的旁边给他敬酒。万本忠忙站起来，举着杯子说：“美女太客气了。”仍然低了杯沿去碰杜鹃的杯底，杜鹃却早已把酒杯放低了，结果两人互让半天，才碰了个平杯，以表示对彼此的尊重。

那天晚上，杜鹃含着羞辱去找了那位“杨哥”。在酒店的房间里，“杨哥”给杜鹃做了一个承诺，就是由他亲自给相关部门打招呼，撤销张力的案子，让张力继续经营。但作为交换条件，杜鹃唯一的选择就是将身体交给“杨哥”。原来，自从“杨哥”亲自为自己表弟彭涛主婚以后，就对杜鹃这个表弟媳妇留了心思，后来姨妈跟他抱怨说杜鹃在外面乱来，才和彭涛离了婚，因此他一方面觉得杜鹃就是那种“乱来”的人，另一方面也没有了心理压力，现在杜鹃主动送上门来，他自然不愿意放弃这到了嘴边的肉了。

“张力那小子有什么好，值得你这么付出啊？”“杨哥”抱着赤裸的杜鹃，假惺惺地关心询问道。

“一言难尽。”杜鹃一脸的无奈，“无论是看在彭涛的面子上，还是看在妹儿的面子上，我只希望杨哥说话算数，能帮我同学一把！”

“妹儿放心，你的事情杨哥放在了心里。”“杨哥”说完，又翻身趴在了杜鹃的身上。

杜鹃是一个漂亮、聪明的女人，却在帮助张力的路上不得不越走越远。连杜鹃都很纳闷儿，自己为什么会爱上张力？为什么会在张力需要的那一刻就将自己交给了他？但杜鹃又提醒着自己，她是配不上张力的。杜鹃愿意为张力付出一切，即使用自己的身体作为交换条件，即使被“杨哥”玩尽花样地折腾，她都得以笑脸相迎。当然，杜鹃也得到了自己期望的那个结果。“杨哥”在第二天就亲自给自己主管的部门领导打了电话，要求撤销对“香香鸭”的调查和处罚，并出具一份“香香鸭”各项指标安全的报告，答应以后“罩着”张力的事业。

杜鹃回到家后，一头就扎进了卫生间，疯狂地用花洒的最大冲击量冲洗着自己的下身，用肥皂一次次地擦洗着身体，似乎这样就能洗掉刚才经历的屈辱。直到把自己折腾得疲倦了，她才住手，赤裸着身子坐在浴室的地板上号啕大哭，任凭水从头上一直浇下来，肆意流淌着。

看到张力躲过了一劫，杜鹃心里才算宽慰下来，觉得自己总算没有白白付出。不明就里的张力觉得那个“杨哥”确实给力，给足了自己和杜鹃的面子，便又去买了两瓶水井坊，包了红包，托杜鹃送过去。杜鹃却轻描淡写地说：“算了吧，人家也不稀罕你这点儿，虽然我和彭涛离婚了，但这点儿亲戚关系人家还是认的。”

张力感动杜鹃在自己处于危机的时候来到自己的身边，并且不离不弃地支持着自己，因此他在感情上除了对杜鹃多了一份感恩之外，对杜鹃那种发自内心的爱也越来越浓厚。这么多年靠自己打拼起来的张力，如今也是一个渴望找个人结婚、生子，过上家庭生活的人，虽然之前所交的几个女朋友让他不敢谈及婚姻，但杜鹃却让他的这种渴望越来越强烈，只是现在事业还处于低谷期，张力尚不敢谈及，他只是想给这个备受伤害的女人一个圆满的家庭。

所以，当张力的问题得到解决以后，杜鹃就说自己对食品行业不熟悉，尤其是对市场的管理没有经验，因此现在还撑不下来这个公司，建议张力应该招聘一个懂行的市场总监。重新翻阅了应聘者的资料，杜鹃看到了万本忠，竟然和张力不谋而合，于是张力便再次邀约万本忠加盟。

但市场并不是那么简单就可以调整完成，并一劳永逸的。按照万本忠的设想，对自营店和加盟店进行重新梳理和评估，自营店门店设立不合理或者严重亏损就暂时关闭；加盟店在重新评估时给予一定的等级，尤其是二级、三级城市，加盟店的数量要根据产能进行控制，不能再盲目扩张，对于不合格的门店绝对要关闭，对不合格的加盟商绝对要停止合作。但在实际操作中才发现问题一大堆。一个比较偏远的二级城市，由于经济欠发达，不足以支撑在当地单独建设一个加工基地，用冷冻车送货成本又太高，加上监管不方便，因此就考虑与当地现有的加盟商先停止合作。可还没等沟通完，对方先发飙了，一方面由于奥运会期间和被食品部门检查期间，导致供货不足甚至断货，给对方造成经营损失；另一方面加盟商有近 20 个门店，投入了大量资金进行装修和聘请员工，如果关闭必须给予赔偿。

对于这个问题，张力本来想妥协，暂时保留这个渠道。但万本忠给他出具了一份自己的调查报告，当地的消费力、对卤水鸭肉产品的偏好、加盟商的资质、门店选点的问题等，分析得非常到位，让张力不得不折服。

于是，张力和投资方召开了董事会，讨论如何调整渠道的问题。听取万本忠的调查报告后，投资方同意统一调整，但关闭门店和停止与加盟商的合作成本至少需要 100 万，投资方提出的条件是由他们来投入这笔资金，但有两个要求：一个是必须迅速改进工艺，增加食品安全系数；

二是控股股权由原来的 40% 扩大到 51%，张力保留 49% 股权。

听到这样的要求，张力已经无力抗争，从原来自己是控股股东到现在失去控股权，也是无可奈何的事情。现实只能接受，张力选择做一个小股东，好在投资方对他绝对信任，对公司之后的具体经营不干涉，由他全权负责“香香鸭”的发展，逐步构建出一个以“香香鸭”为主的餐饮集团，并最终实现上市。

经过艰难的协调，“香香鸭”终于完成了“瘦身运动”，公司只保留了三个加工基地和 100 家优质的自营门店，另外发展了 5 个二级城市的加盟商，每家要求一年内控制在 30 家门店。这样，在张力改进了加工工艺后，在有效地控制和巡查机制下，生意很快又重新有了起色。张力找到黑皮，发表了一篇软文，并刊登了食品卫生部门出具的合格报告，让消费者趋之若鹜。

就在张力砍掉那些不良渠道之后，他在考察市场时发现，以前挂着“香香鸭”牌子的那些门店，已经悄然换成了“香嘴鸭”，但公司“Logo”的设计、装修风格、门店招牌色彩一看就是克隆“香香鸭”的。为此，张力让万本忠收集了相关证据，交给律师起诉了“香嘴鸭”。当然，这是后话，在此不再表述。

这晚，张力和杜鹃躺在床上，谈起最近几个月的境遇，两人都不禁泪眼婆娑，好端端的一份事业差点儿毁于一旦。说着说着，张力拿出一条白天买的钻石项链给杜鹃，说：“我们在一起这么久了，到现在我还没有给你买过任何东西，这算是定情礼物，等以后求婚的时候我再给你买个大点儿的钻石戒指。”杜鹃卷了脑后的头发，撒娇地让张力给她戴好。

抚摩着杜鹃光洁的脊背，张力给她戴好项链就吻了上去。两人动情起来，杜鹃尤为主动，反过身子把张力压在底下，害羞地说：“你躺好，我来。”然后从上面开始亲吻张力的每一寸肌肤，张力顿时身体颤抖起来……

两人一晚上是说不尽的欢愉，竟然折腾了四五次，张力才拥着女人沉沉睡去。等张力睁开眼睛，窗外的阳光正强烈地照进来，时间已近午时，他起身看看四周，却没有看到杜鹃的身影。张力以为她去厕所或者厨房了，就在床上懒散地喊着“鹃子，鹃子”，可半晌也没有声音。张力起身去找，但房子里空空如也，除了他再也没有其他人的身影了。张力笑了笑，自言自语道：“这女孩儿还真适合做老婆，一晚上折腾得那么累都不忘记起来去买菜。”

等回了卧室，张力却发现梳妆台上放着一个信封，打开一看是杜鹃的笔迹，或许是眼泪浸湿了信纸，拿到手里皱巴巴的，还能看到水迹。

张力:

等你读到这封信的时候，我已经走了。我想我首先要告诉你的是，不要为我的离开而悲伤，也不要因为我而放弃手里的工作去寻找，因为你肯定是找不到我的。

我非常想感谢你所给予我的爱，你的爱抚平了我曾经有过的那些伤害，这是我在灰暗的日子里所体会到的温暖与光明，也成为我在未来的日子里最为宝贵的记忆。但是我想说的是，这份爱太沉重了，我无法接受，也不忍心玷污。因为我曾经有过不幸的婚史，也可能是一个无法生育的女人，我不配拥有这么美好的爱情，不配拥有你这样一个优秀的男人。

我想说的是，我走了，我会离开这座城市，远远的，或许在一个角落里，你永远都找不到。你以后要买的求婚钻戒，就送给比我更好、更优秀的女孩儿吧。项链我今生都会戴着，就当作我们之间最为珍贵的纪念。

愿你的事业顺利。

吻你。

鹃子即日

看完这封短信，张力的眼泪奔涌出来，信纸悄然地落在了地上。阳光洒在地上、墙上、床上，显得一切斑驳凌乱了起来。

第三十七章　我觉得你们不合适

在成都郊区的黄龙溪古镇，在熙熙攘攘的人流中，黑皮牵着于秋子的手，感觉这才是牵着幸福。只是老妈习惯于步履匆匆，与其说是陪老人家出来旅游，还不如说是赶路。

在古镇的黄龙寺里，当黑皮妈看到保留下来的古代衙门才顿时来了兴趣，便踱步进去参观。这衙门俗称“三县衙门”，在清朝时是管辖华阳、彭山、仁寿三县交界处治安、水利等事务的官方机构。由于这个衙门在古黄龙寺内，可能一些不太细心的游客就注意不到它的存在。进去参观，门票一元，颇具象征意味，后来就干脆免费了。比起旁边的寺庙来，这个“三县衙门”十分寒碜，面积小，不过200平方米，建筑也很简陋，一看就知道是在原建筑上进行简单修葺而成，但进去就会发现，在“为民做主”的牌匾之下，审案的大堂颇为威严，县官老爷的桌椅、上刑用的小屋等一应俱全，象征着统治权的神圣且不可侵犯。

“这可是三县衙门啊，比我们现在的政府机构可精简多了。”认真转完一圈后，连10分钟都用不了，黑皮妈继续感慨着说，“三个县有那么多公务需要管理，却只有这么一个小小的衙门，现在很多领导的办公室都比这个大堂大好几倍，更别说那些镇政府、县政府，动辄盖很多层大楼，那都是纳税人的钱啊。”

黑皮顺嘴道：“就是啊，哪里像你们单位，闲人比头上的虱子都多。”黑皮妈却不高兴了，说：“你操的闲心真多，连你妈都是闲人、是虱子了。”

于秋子立马在旁边掐了一下黑皮，说：“阿姨，你别听他一张破嘴乱说话，这世界要是算闲人，就他算闲人。”

黑皮“嘿嘿”地笑了，三个人的气氛才算活跃起来。

正笑着时，黑皮看见庙门前面的香炉旁边站着一男一女，女人背影高挑丰满，男人却是一个老外，满头的金发。两人转过身来，黑皮却吃了一惊：女人原来是高静秋。见高静秋正往他们这边瞅，想必是他们几个人欢快的笑声吸引了她，黑皮顿时觉得尴尬起来。好在于秋子背对着高静秋并没有看到她，黑皮就悄悄放开于秋子的手，故意指着旁边的一棵高大的黄桷树让老妈和于秋子两个人看：树的主干已经中空，在粗壮的树杈中间竟然夹着一个小庙，供奉着土地神，一根柱子上盘着面目狰狞的龙身，似乎要一飞冲天。

“秦老师！”不知何时，高静秋已经雀跃般地站在了黑皮的旁边，那个老外正忙着给黄桷树拍照片。

“小高啊？”黑皮故意惊诧地问道，“你也过来玩了啊？”

于秋子听到黑皮叫小高，走过来伸手便挽住了黑皮的胳膊，显得十分亲昵，微笑着说：“你好！”

高静秋却很大方地喊了声：“秋子姐。”然后拉过旁边的老外，介绍说，“这是我秦老师，还有师母秋子姐。”然后跟黑皮他们介绍说，“这是我的男朋友，查尔斯。”

查尔斯主动伸手过来，一开口却是流利的四川话：“秦老师好，师母好！”虽然听起来感觉怪怪的，但水平已经和黑皮相当了。

听查尔斯讲四川话，三个人都很是惊奇，黑皮笑着握住查尔斯的手，也用四川话说：“你讲得好哟，硬是巴适。”

查尔斯回答：“一般一般，世界第三。”

几个人顿时笑起来，黑皮又介绍了自己的妈妈，然后说小高是他带的实习生，学新闻的。

黑皮妈拉着高静秋的手，一个劲儿地说：“小高皮肤好，人也漂亮，长得真俊啊。查尔斯四川话讲得好，起码比我儿子讲得好。”

高静秋拉住查尔斯的手，说：“你们慢慢玩，我们就先走了，有空一起耍。”然后两人亲密地手拉手出了庙门，不知道查尔斯说了什么，惹得高静秋用小拳头捶打着他的肩膀。

看着两个人的亲密劲儿，黑皮有些失神，想起这个美丽的女孩儿曾经在自己身子底下肆意地欢叫，想起高静秋在那个早晨抚摩着自己的脸，然后骑在自己的身上说“我还要，我还要”。一直到于秋子狠狠地掐了他胳膊几下，黑皮才回过神儿来，想到自己在庙门口竟然想那么“美艳”的事情，顿时不好意思起来，似乎亵渎了佛门。即便如此，黑皮未料到身子底下那根肉筋已经挺立起来，忙暗自念着“南无阿弥陀佛”，竟然很快就“消肿”了。黑皮心里又念了一遍“阿弥陀佛”，嘀咕着，我佛神圣！

看黑皮妈走在前面，于秋子又使劲儿掐着黑皮的胳膊，说：“怎么着，看着自己的小情人向外国人投怀送抱，吃醋了啊？心里发酸了啊？”

黑皮疼得直吸冷气，却不敢大声叫唤，红着脸悄声说：“你下手可真狠啊，你说的哪儿跟哪儿啊，现在俺心里只有一个小媳妇，就是于秋子啊！”

黑皮妈在前面停下步子，喊：“你们两个快点儿！现在这些小年轻怎么还不如我们这把老骨头了？”两人这才停止打闹，撵着黑皮妈的步子赶路。

见旁边商店里摆着喜羊羊和灰太狼的玩偶，很是可爱，于秋子爱不释手地抱在怀里，问老板多少钱。黑皮见她喜欢，就说：“买两个吧，凑成一对。”于秋子笑起来说：“哪里有狼和羊凑一对的啊？人家灰太狼的老婆叫红太狼哈，那个才叫妖艳哟。”黑皮说：“歌里唱得好：‘狼爱上羊啊，爱得多么疯狂。’这难道不是一对？”说着就问了价格，掏了 50 元钱把喜羊羊和灰太狼都买了。

晚上回家，黑皮妈让黑皮沏了三杯茶，说：“我们坐坐吧。”

黑皮沏茶的时候，心里却莫名地紧张起来，老妈摆的架势，明显是“三堂会审”啊，看来今天不应该去那个破衙门。他就在厨房喊于秋子，让她过来帮帮忙。于秋子过去问做什么，黑皮悄悄地朝客厅努努嘴，小声说：“一会儿我妈问你什么，都别乱讲啊，小心露馅儿了。”于秋子说知道了，就端了水果盘出来，开始给黑皮妈削苹果。

等三人坐定，黑皮妈喝了一口水，“嗯嗯”两声，算清清嗓子，客厅里的气氛顿时安静下来，黑皮和于秋子立即挺直腰板儿坐正，等着聆听教诲，气氛多少显得有些紧张。

“我们就随便聊聊，又不是开会，你们那么严肃做什么啊？”黑皮妈倒是先活跃了气氛，于秋子将苹果切成几瓣，插上牙签，分别递给黑皮妈和黑皮吃，自己却端坐在沙发上等黑皮妈说话。

“秋子，说实话，通过这两天的观察，我感觉你们两个人感情很好，阿姨呢，也很喜欢你。”黑皮妈说，“你看你们年龄也不小了，尤其秦奋不在我身边，他从小都是饭来张口、衣来伸手，邋遢惯了，有你在这里管着，阿姨也很放心。”

见于秋子想说话，黑皮妈摆摆手，意思是等她说完：“所以呢，我这次来，看到你们在一起，感到非常高兴，秦奋的个人大事也总算有了着落。不知道你是否有决心要跟秦奋一直过下去，如果你愿意呢，我也想见见亲家，商量一下你们两个人的事情。”

黑皮见老妈如此表态，心才算放下来，脸上绽放出轻松的笑容。

听到这里，于秋子欠了欠身子，说：“谢谢阿姨这么认可我，我还做得不够好。另外，我想说我确实很爱秦奋，但谈到婚嫁，我想我必须跟阿姨说清楚一件事，否则我觉得就是辜负了您的一片好意。”

黑皮听到这话觉得有些不对，忙打断于秋子说：“妈都说了，非常认可你，就等着我们回头约一下你的父母，让两边老人见见面。”

于秋子没有理会黑皮，继续说道：“阿姨，我想我还是应该和您沟通一下，在认识秦奋之前，我曾离过婚，而且我今年三十二岁了，年纪也比黑皮大。至于我的父母呢，他们都在成都，身体也都很好，您方便的话可以随时过去一起坐坐。”见黑皮妈脸上的神情有些吃惊，于秋子接着说，“所以，我想我应该诚实地告诉您我的所有情况，否则我觉得我对不起您，自己良心上也会过不去。”

听完于秋子的话，黑皮妈长叹一口气，闭上眼睛，头靠在了沙发背上。

“妈，妈，你没有事吧？”黑皮看着老妈的样子紧张起来。

“我没事。”半晌，黑皮妈才抬起头来，看着于秋子，严肃地说，“谢谢你对我如此坦诚。作为父母，我承认我接受不了，这也完全出乎我的意料，我觉得你们的婚姻还是应该慎重考虑，尤其是秦奋，不能一时头脑发热，这毕竟是一辈子的事情。”说完，黑皮妈站了起来，说，“我累了，就到这儿吧。”然后径自回到房间关上了门。

黑皮激动起来，对着于秋子小声嚷起来：“谁让你说这些的？我不是都告诉你不要露馅儿了吗？”

“不，我觉得有必要告诉老人，今天不说不等于明天她也不知道，与其这样，还不如今天就说清楚。”于秋子坚定地说。

“唉，那你让我怎么办？”黑皮眼里的泪水已经快溢出来了。

“送我回家吧，你和阿姨再沟通一下。我说过，即使我们不能在一起，我还可以是你的姐姐吧？”于秋子叹口气，取了东西开门离开。

等黑皮送完于秋子又回到家后，见老妈的房门依旧关着，就敲敲门进去了。黑皮妈半躺着靠在床上，异常安静。黑皮坐在床边，握着老妈的手，喊了一声：“妈。”

“唉，我该怎么说你呢？”黑皮妈终于开口道，“我也不是老古董，但婚姻大事不是头脑一时发热就能决定的。再说了，我儿子找了个二婚的，说出去我这老脸往哪儿搁啊？”

“妈，请你相信我，我这次不是头脑发热。在经历这场大地震后，在看到那么多的生生死死之后，我觉得我不再是以前的我了，我重新审视自己，审视感情和婚姻，甚至重新审视这个社会。”黑皮顿了顿说，“秋子和我是在抗震救灾的时候认识的，她善良、细心、勤劳、热情，具有很多优秀的品质，我们是真心相爱，我们都是认真思考过的，我们也为自己的将来负责。”

“好了，将来有多远？是你们现在能把握得住的吗？于秋子怎么就没有把握住她自己的将来，还不是离婚了？”

“妈……”黑皮本想告诉老妈，关于于秋子的一切，但话到嘴边又咽了下去，怎么说啊，说因为她前夫吸毒？说她家庭条件不好？说多了只会更麻烦。

等黑皮要出门的那一刻，老妈在他身后轻声说："给我订张明天的机票吧。"

黑皮心里"咯噔"了一下，却只能说："知道了。"

第二天中午，黑皮送老妈去机场，本来他给于秋子打了电话，让她一起去，于秋子在电话里说："我知道你妈妈的意思了，就代我向她老人家问好吧。"说完就挂了电话。

看着老妈孤单的身影通过安检门，然后回过头向自己挥手，黑皮顿时心酸起来。

"你们好好考虑吧，我觉得你们不合适。"这是老妈临走前留给黑皮的话。

第三十八章　关键时候背后一刀

马忠政抱着儿子亲了又亲，仿佛分离了很久，其实不过三五天的时间。因为长时间坐火车，胡子没有时间剃，下巴上密密匝匝地疯长了一圈，将小家伙扎得发痒，一个劲儿地"咯咯"笑着，吸了空气进去又开始打起嗝儿来。

"我儿子几天不见，又长高了、长胖了，成帅小伙子了。"马忠政嬉笑着对李敏说，"看看谁家姑娘好，给咱儿子赶紧先瞅一个吧。"

"得了吧，这才几天啊，你这当老汉（爸爸）的咋就这么嘚瑟啊，谁家姑娘稀罕你儿子？"李敏接过孩子，弄了温水在奶瓶里给孩子喂着，免得他不停地打嗝儿。

"嘿嘿，怎么看都是自己儿子乖。"其实马忠政心里在想，俗话说，自己家孩子，别人家老婆，果不其然，这经验是越来越有体会了。常抱了儿子和别人家孩子比，怎么都觉得自己儿子才更漂亮、帅气、长得好，可一看别人老婆，稍微有点儿姿色，便觉得怦然心动，但这时候只能“按下不表”，嘴上一个劲儿夸儿子。

自从上次请的钟点工趁着李敏妈不注意给孩子吃安眠药之后，李敏妈外出打麻将的时候确实少了，主要是李敏和母亲在家大闹了一场，寻死觅活的，加上马忠政老妈又回了老家，老太太自知理亏，就把心思放在了外孙的身上。孩子也开始慢慢学步，不喜欢被人抱在怀里，需要人整天弯腰搀扶着他，管孩子是越来越辛苦。

马忠政也体会到了这一点，不当父母不知道父母的辛苦，好在学校还没有开学，所以大部分时间他都在家里帮着照看孩子，平时能推的应酬都尽量推掉了，儿子也成了一个比较好的借口。对马忠政来说，现在最让他头疼的就是各种应酬。一到酒场上，有些人就跟打了鸡血一样，分明不能再喝了，却还拼了命地喝，动不动就说：“宁可胃里穿个洞洞，感情上不能出现个缝缝。”等胃里真有洞洞的时候，就来不及了。在马忠政回老家的那几天，学校的一个同事就是因为喝成了胃穿孔，肝胆都坏完了，在酒场上直接倒下去再也没有醒过来。

这日，该马忠政值班了，难得能轻闲地待在办公室里，就打开笔记本电脑，一边在网络上聊天儿，一边整理自己办公桌上的资料。突然QQ有了消息提示，一个叫“草原凤凰”的人请求加为好友。马忠政打开对方的资料一看，来自内蒙古，昵称一栏写了个“纯”字。马忠政立即感到心跳加快，知道这是陈依纯的号码，就立即点击将对方加为好友。

草原凤凰

忠政？

大漠苍狼

嗯，你是依纯！

草原凤凰

你还好吧？

大漠苍狼

好，你呢？

草原凤凰

还好，就是有点儿想你。

大漠苍狼

我也是，想你。

草原凤凰

没有见你时，我觉得和你有着很遥远很遥远的距离，但见了你，本来已经锁死在大脑里的记忆就复活了。

大漠苍狼

我期望你能过得好一点儿。

草原凤凰

我会记得那个让我们找回激情、找回青春的夜晚，我会珍藏着的。

大漠苍狼

对不起，我不应该那样。

草原凤凰

不，不怪你，我只是一直想把自己给你，这样我就没有遗憾了。

大漠苍狼

有个人牵挂着自己真好。

草原凤凰

嗯，我会挂念着你，也希望你能够过得幸福快乐。

大漠苍狼

谢谢。你也一样，我希望看到你过得幸福快乐，而不是现在的样子。

草原凤凰

我会记得的，当然，还有你送我的钱包。

大漠苍狼

嘿嘿，小礼物而已，你不也给我儿子买礼物了吗？

草原凤凰

那是应该的。对了，还记得上次给你打电话的云向东吗？我前几天碰到他，他说最近会去成都找你玩。

大漠苍狼

记得，好的，让他到了给我电话。

草原凤凰

嗯，那你忙吧。

大漠苍狼

嗯，再见。

简单地聊完天儿，马忠政的心里还是平静不下来，想着陈依纯的样子，想着她那光洁的身体和修长挺拔的双腿、丰盈的乳房。这才是内蒙古的女孩儿，敢恨敢爱，让人激情澎湃。马忠政后来为那天晚上未能挽留陈依纯而多少有些后悔，多少有些遗憾。但是两人又那么真真切切地将身体结合在了一起，实现了自己多年以来一直掩藏在内心深处的那个美好的愿望；一切又恍然如梦，感觉自己还停留在中学时代，那个时候的陈依纯正在发育，虽然没有如今的饱满成熟，但清纯、简单，那个少年时代的吻又是多么甘甜。

正恍惚着，桌上的手机突然振动起来——马忠政已经习惯于将手机调成振动模式，觉得这是一个人必须有的涵养。

记得上大学那会儿，刚有BP机的时候，有条件的同学买了就会炫耀般地挂在腰间，然后把铃声调到最大，一遇到熟人就把自己BP机的号码写给人家："有事呼我啊！"等真有人呼了，一圈人就低头把上衣拉起来看是不是自己的BP机响了，结果有时候可以看到对方穿的红色的或者灰色的内裤被外翻出来。马忠政习惯于低调，调成振动，谁的机子响了都不关自己的事情，腰间振动了就不动声色地关掉，然后去回电话。有了手机后依然如此，一上公交车或者是在公共场合里，各种彩铃的声音让人如同进了鸡群、鸭群一般，好像只有自己有手机似的。接个电话也是高嗓门儿，常常在公交车上打电话，动不动就谈500万元以上的生意，惹得周围人不屑一顾。马忠政却从不这样，手机振动了，若是在公共场合就轻声说两句打发掉，随后再回过去，若是在正式场合里就悄悄掐掉，这种沉稳已经修炼得很到位了。

“喂，杨克，兄弟你好啊。”看到是学校办公室里的那个师弟来的电话，马忠政的语气也热情起来。

“师兄好啊，知道你今天值班，这会儿说话方便吗？”

“方便，方便，你说吧。”

“这样，嗯……”杨克在那边顿了一下，才慢慢说道，“老哥，私下给你通报个事情，就是你评处级那个事情，嗯，有点儿麻烦了。”

“什么？”马忠政听得心里一紧。

“师兄，是这样，今天早上学校领导召开了一个临时常委会，主要是学校参加抗震救灾，与受灾地方政府进行校地合作的事项，另外，会议结束前讨论了一下关于之前干部公示的事情。你也知道，放假前对你们这一拨提拔的领导干部已经进行了公示，本来最近就要宣布结果的，但有人对你进行了举报，所以在常委会上王副校长就提出反对意见，说你的事情暂时搁一下，等调查清楚再说。”

“举报？”马忠政的脑子里飞速转了几圈，怎么也想不到自己什么事会遭到举报，又是什么人举报了他？于是他继续问杨克，“兄弟，你知道是什么事吗？我怎么觉得我没有资格被人举报啊？我也没有得罪谁吧？”

“唉，老哥，具体原因我也不好说，建议你以后把艺术团管理得严格一点儿吧。”说完，杨克就匆匆挂了电话。

艺术团？艺术团怎么了？刚才和陈依纯聊天儿的热情顿时降到了冰点，他实在搞不明白，怎么就遭人暗算了呢？而且还是艺术团的事情。马忠政回想着，会不会是地震那天，艺术团的几个女孩儿从绵竹回来，私下用团委名义在外面接商演的事情露馅儿了？想了半天，马忠政觉得肯定是这个问题，但自己到底得罪谁了呢？居然被人举报。团委就这么两三个人，平时大家关系都处得很好啊，至于团委外的其他人又没有什么利益关系。可想来想去，任凭马忠政抓破脑袋都想不明白这些问题。

马忠政拿起电话，给艺术团的王娜打了过去，响了一声后却又挂了：问王娜什么啊？你是不是跟学校领导汇报了商演的事情？不能这么问啊。想了想，马忠政还是打了过去，很快王娜就接了电话，上气不接下气的，她告诉马忠政自己正在灾区给孩子们排练舞蹈。马忠政先是关心地问了问她的近况，又故作轻松地说："地震那天你们在绵竹演出完回来以后，你有没有跟团委的其他老师汇报过啊？"王娜在电话里怔了一下，就说这件事啊，她回来的时候怕团委老师担心，就跟团委副书记陆明汇报了一下。

"怎么啦，马书记？"王娜在电话那头小心翼翼地问。

"哦，没事，没事，我这里就是备个案，你在灾区教学辛苦了，自己注意身体。"马忠政心里总算有了答案，症结应该就在这里。平时看着陆明在办公室里还挺客客气气的，没想到关键时候还是被他在背后捅了一刀，这都是因为自己抢了陆明的位子，让他感到不甘心。

马忠政又想，平时让艺术团出去商演都是团委里几个老师默认的事，而且都拿了好处，又不是光我一个人拿了，怎么能把屎盆子全扣在我头上呢？"谁让我是主要领导呢，就得负主要责任。"马忠政只能自己给自己找台阶下。

整整一天，马忠政都无精打采的，李敏打来电话他也不想接。回到家，马忠政闷闷不乐地坐在沙发上，还在想自己被举报的事情。孩子爬过来跟马忠政"啊啊啊"地说着话，他也没有理会，岳母见他不高兴，想必是有事情，就悄悄抱着孩子下楼去转。

等李敏回来，就怒气冲冲地质问他今天钻哪里去了，自己打几个电话都不接，是不是和情人鬼混去了。马忠政跟李敏说了副处级没有通过公示的问题，只是说有人举报但不明就里，也瞒住了自己平时靠艺术团商演拿点儿回扣的事情，要不然到李敏那里就更说不清楚了。李敏立刻开骂起来："这是哪个瓜娃子啊？这么变态！屁大个事情都要举报！"

末了，给马忠政出主意说，“你赶快去书记家里拜访一下，就说自己刚从老家回来，带了些特产，看看书记，同时征求一下书记对团委在新学期的工作上有什么意见和建议。”

“但要记住，千万不要主动问评级的事情。”李敏又叮嘱道。

马忠政心里也明朗起来，没想到这女人平时胡搅蛮缠，关键时候主意还是很正的啊。人也觉得轻松起来，抱着李敏猛地亲了一口。李敏立即指指外头，意思是小心点儿。

第三十九章　深陷是非的旋涡

第二天早上九点多钟，马忠政琢磨着领导这会儿应该吃完早饭、锻炼完身体回家了，他就给柯书记打了电话，谨慎地问书记在家没有，想过来看看书记，汇报一下新学年的工作安排。柯书记倒是很随意地说：“哦，小马啊，你过来吧，有朋友给我带了好茶叶来，你过来一起品尝吧。”

十点半钟的时候，马忠政看看离约定的时间差不多了，就提了准备好的礼品：内蒙古的马奶酒、牛皮做的工艺品和一把精美的蒙古刀。马忠政记得有次柯书记在会议前聊天儿的时候，谈到各种刀具，说他很喜欢蒙古刀，纹饰精美，制作工艺精良，不愧是蒙古大漠的宝刀，而成吉思汗就是靠骑在马背上，用蒙古刀夺得了天下霸业，应该说蒙古刀是冷兵器时代的代表。于是，马忠政留心了这句话，回老家时他专门在呼和浩特找到了一家祖传做蒙古刀的商家，买了一把上好的蒙古刀，托运回来准备送给柯书记。

等把礼物打开给柯书记看时，柯书记笑了笑说：“小马真是有心了，不要那么客气嘛！”然后就收下了，又取出蒙古刀，“刺啦”一声，宝刀出鞘，刚硬的刀锋寒气逼人，柯书记用手摸着刀刃，赞许着说：“好刀，好刀！”

原来柯书记正在家喝普洱茶，在一张精美的根雕木桌上摆着各式茶具，桌面却是一条盘旋着的龙身，几只龙爪巧妙地搭在桌沿上，形成茶托，让人觉得很是巧夺天工。柯书记亲自斟了新茶，说：“这是朋友送的云南普洱，收藏了30多年的熟茶，很难喝到的，你是来得早不如赶得巧，有口福啊。”

马忠政忙说：“书记客气了，今天我算是沾点儿书记的光啊。”

柯书记不慌不忙地将斟茶的功夫一一展露出来，一边说着普洱茶的喝法，怎么分辨生熟啊、普洱茶的制作工艺啊，又说到茶叶分为六种，绿茶、白茶、黄茶、红茶、青茶和黑茶，当然还有“非茶之茶”，即现在人喝的菊花茶、玫瑰茶、苦荞茶等。西汉辞赋家王褒在《僮约》中就提到“牵犬贩鹅，武阳买茶”。武阳在今四川彭山县双江镇，可见早在汉朝茶叶就成为四川人重要的饮品，也见证了在西汉时期四川茶叶市场的发达。

“茶者，南方之嘉木也，”柯书记说，“你看这个‘茶’字，人在草木间，喝茶其实是一种境界啊。”然后又说，“小马，你应酬多啤酒肚大，平时就应该多喝普洱茶，这是刮油养胃的。”

马忠政不停地点头说：“今天来书记家喝茶是来对了，不仅品尝到了极品的茶叶，更是增长了许多知识啊。

“平时我在家喝茶就是牛饮，一大缸子下去只为解渴而已。”马忠政自嘲着说，“以后要多向书记请教，这喝茶不仅是一门功课，更是一种学禅悟道的境界。”

柯书记笑笑说：“你要爱喝，一会儿就拿一小饼回去吧，我也没有多少工夫弄这个的。”

马忠政忙推辞起来，说：“书记客气了，我能沾光喝两口就可以了，怎么还能连吃带拿啊。”

柯书记却随手递过来一饼，包装纸已经泛黄，看得出年代久远：“你拿回去吧，也没有多少。”然后让马忠政端起茶杯，闻闻香不香，这30年的普洱茶品质如何。

马忠政端着茶杯闻了闻，果然有一种厚重的茶香悠悠沁入人的心脾，不同于他平时喝的茉莉花茶那浓郁的香气。再抿上一小口，味道温润而醇厚，他禁不住说："好茶，真是好茶。"

其实，此刻的马忠政心里焦虑的还是他评级的事情，说了这么半天茶经，按照他以前的脾气早就按捺不住了。但马忠政还是稳住了自己，按照李敏说的，绝对不主动问起这件事。何况，香茗入口，马忠政心里感觉到一种沉稳和历练，看来更多的时候还需要自我的"悟道"。

柯书记见马忠政喝了一杯，又亲自为他续满，才抿了一口自己的茶，然后清清嗓子说："小马啊，其实你今天不来，我也会给你打电话的。"

马忠政见柯书记如此说，就抬起头认真地倾听起来。

"小马，你平时的工作还是很不错的，尤其是抗震救灾的时候表现突出，这个我们都看在眼里。但是在这次干部公示上，我却不得不给你提个醒，有些事情还需要低调一些。"柯书记喝了一口茶，又继续说，"在这次常委会上，在讨论人事安排的时候，有领导提到有人举报你利用艺术团赚钱的事情，尤其是地震当天，那些孩子还出去参加演出，没出事情还好，要是出了事情，这责任可不是你我能承担得起的。"

听到这里，马忠政额头上的汗水已经流了下来，看来果然是有人举报了这件事。马忠政刚想辩解两句，柯书记却摆摆手，示意等他说完。

"这件事其实也是小事，我们也能理解，现在哪个院系没有点儿小金库。说实话，鉴于学校的经费紧张，我们也只能睁一只眼闭一只眼。"柯书记加重了语气说，"但问题摆到桌面上就不同了，常委会达不成共同意见，所以我也只能妥协，今天算是提前给你通个气，希望你也能够顾全大局。"

既然柯书记把话已经说到了这份儿上，马忠政也就无话可说了，只能说："书记，我承认我的错误，在此给您做一个深刻的检讨，也特别感谢您的支持和信任，我绝对拥护学校的决定。"

"这就对了。当然，我们也考虑到你的工作非常出色，所以学校最终研究决定，将按照副处级的待遇给你提一级工资，这也是学校对你工作的认可。”末了，柯书记在马忠政提出告辞的时候，又提醒了一句，“平时还是要注意部门同志的团结，但也要注意和女同志保持距离，你还年轻，前途无量嘛。”

从柯书记家告辞出来，马忠政心里一直琢磨着柯书记最后说的那两句话，这个提醒又算怎么回事呢？回到家，马忠政支吾着告诉李敏，说校委会某些领导对自己的工作还有意见，自己资历浅不服众，加上有人捕风捉影举报了一些无聊的事情，学校领导鉴于意见不统一，评副处级的事情只能先搁置下来了。李敏听了就要去学校闹，说地震的时候只有自己男人放着家里老婆、孩子不管，去了灾区救学生，就凭这一点怎么都够评选资格了。马忠政忙将李敏劝说下来，严肃地说：“这件事能闹吗？你还嫌不够要广而告之啊？”末了，马忠政虽然明白是团委副书记陆明在背后捣的鬼，却只能叹气说不知道自己得罪了谁，竟然落得如此下场。

“有些变态的人，就见不得别人家的米汤起皮！”李敏恨恨地骂道。

随着新学期开学的临近，学校各个部门开始忙碌起来，团委也开始布置迎接新生，以及新学年团委系统和学生会的工作。没等正式公布干部事宜，马忠政被举报的事情就已经传开了，什么风言风语都有，话题的焦点还是马忠政利用学校艺术团在外面赚钱的事情。

“回扣收得太多了，人家靠这个都在外面买房了呢。”当这种流言传到马忠政的耳朵里时，他着实吓了一跳，但是能去公开辩论或者解释吗？就怕别人越描越黑，他也只能忍着。

其实，每个部门都有些见不得光的东西，但当别人的盖子被揭开时，其他人就抱着幸灾乐祸的态度去欣赏那个没有了壳子的乌龟，还动不动用小棍子去戳一下那已经无处躲藏的龟头。最后高高兴兴地敲打着自己的壳，自鸣得意地龟缩在里面，暗自庆幸说：还好，老子没事。

群众口头文学的演绎却不止于此。先是说马忠政靠艺术团赚取外快，然后就变成他和艺术团的女孩儿们在外面乱搞，简直成了一个皮条客。后来还嫌故事的元素不够，就把黄雅涵也拉了进去，说他们两个人有一腿。

有人有鼻子有眼地描绘说，就在马忠政从地震灾区回来后不久，半夜就迫不及待地钻进了黄雅涵的房子里。这一切说得跟“有图有真相”一般，似乎全世界的人都知道，就马忠政还蒙在鼓里。

首先感到委屈的是黄雅涵。黄雅涵终于还是听到了一些小道儿消息，先是吃惊，接着就为马忠政担心起来。在黄雅涵心里，她一直对马忠政抱有好感，觉得这个人牢靠、踏实、正直，她也忘不了那天晚上余震的时候，靠在马忠政宽厚的胸膛上的那种感觉。虽然后来有几次黄雅涵在没有其他人的时候，对马忠政做出了一些表达亲昵的小动作，但都被他躲开了。因此，她相信马忠政绝对不会像外面说的那样，成了皮条客，把艺术团的女孩儿往外面推，更不可能和哪个女孩儿有暧昧关系。但她忘了自己其实也处在风言风语的旋涡中，没有想过这会对她产生什么影响。

等这天中午吃完饭，黄雅涵见马忠政一个人回了办公室，就若无其事地跟了进去。坐在自己的座位上，她看到马忠政在旁边的电脑上正忙着 QQ 聊天儿，就故意摆弄着马忠政从内蒙古带来送给她的一个牛皮靴子式的笔筒，笑着说：“马书记，在和哪个美女聊得热火朝天啊，中午都不休息？”

马忠政怔了怔，脸却红了，其实他正在和陈依纯聊天儿，两个人说话的界限也越来越出格了，从各自的工作、婚姻到夫妻生活。有时马忠政就故意问，下次自己回去，他们还能再激情澎湃一回吗？一会儿，QQ 头像就闪动了，“草原凤凰”回消息说：我愿意随时等你回来，这里是你另外的一个家。

马忠政心里暗自兴奋起来，好像他明天就能回到陈依纯的身边去了一般。听到黄雅涵在问自己，马忠政调整了一下心态，平静地说在和老同学聊天儿，好多年不见了。又问黄雅涵怎么不休息，也跑到办公室里来了。

黄雅涵“嗯嗯”了几声，却不知道怎么开口。马忠政笑着说：“你今天怎么了，平时活泼得很嘛，怎么这会儿当起猪八戒，哼哼哈哈起来了？”

黄雅涵想着豁出去了，说：“你才是猪八戒。”起身去关上了门，又坐在马忠政桌前的椅子上，问，“马书记，你听到那些风言风语没有？”

“什么风言风语？”马忠政有些疑惑地问。

“就是关于你这次没有通过民主评议的事情，学校里有很多关于你的风言风语，当然，还有我的。”

“还有你的？”本来，马忠政已经打算把这件事悄悄放下了，确实也只能这样，别无他法，就像鲁迅先生说的一样：以时间的流逝，来洗涤旧迹。可这会儿黄雅涵又提起来，就让他不得不重新审视了。

“对。”黄雅涵顿了顿说，“不仅有关于我的，还有关于你和艺术团的那些女孩儿们的。”

于是，黄雅涵简单地说了说最近学校流传的各种版本传言，说到自己时不禁脸红了起来。

听了黄雅涵说了一切，马忠政不禁头大起来，原来事情这么复杂。

见马忠政不吭声，黄雅涵敲了敲桌子，小声地问：“你知道是谁举报你的吗？”

马忠政没有吭声，然后很是诚恳地摇了摇头。

“我猜，应该是陆副书记。”黄雅涵指的是团委副书记陆明。

论资历，陆明比马忠政要老一点儿，马忠政在二级学院做行政秘书的时候，陆明就已经是学生会专职秘书长了；马忠政接过学生会专职秘书长职务的时候，陆明就是团委副书记了。后来当老书记到另外一个学院做院长的时候，陆明本以为自己可以顺理成章地转正，但没想到曾是自己下级的马忠政却成为学校的一匹黑马，来了一次弯道超车，从排名在他之后的副书记，一跃到了团委书记的位子上，反而成了自己的上级。为此，他和他背后的老板——学校校长据理力争，但校长也不得不和柯书记做了妥协——因为其他部门有他的人在占位，你就不得不让一个位子出来。因此，当初在提团委书记的时候，校长不得不舍弃了陆明这个卒子。

“何以见得？”马忠政急切地问。

“陆副书记平时对你就有意见，这是事实吧？你代替他成为正书记，早就让他想整你了，刚好抓住这个机会。”黄雅涵一一为马忠政分析着形势，以确认陆明就是举报者。

“这也不见得啊，平时陆副书记对我还是很客气的，我也尽量在工作中照顾他的情绪，一般不会直接发号施令，都是商量着来的呀？”马忠政故意装出一脸的困惑。

“其实……其实还有另外一件事。”黄雅涵又吞吞吐吐了起来，半天才红了脸说，“我到了团委以后，陆明就开始追求我，我一直没有答应，后来……后来他跟我提到那天晚上……那天晚上……”

“到底哪天晚上啊？”

“就是那天晚上，你从我宿舍出来，陆明不知道怎么就看到了，他有一天私底下问我，说我不喜欢他，是不是因为和你在……在一起了。”

“哦，我明白了！”马忠政长吁了一口气，对黄雅涵说，“别把这件事放心里，我们是清白的，就不怕闲言碎语。”说完，他从抽屉里拿出一包尚未拆开的香烟，随意撕开取出一根抽了起来，却不想被烟呛得一阵咳嗽，黄雅涵拿起杯子就到门边的饮水机处给马忠政接水。

就在这时，陆明推开门走了进来，远远地就是一脸的笑容：“哟，马书记在啊！”

“来来来，陆书记，来一支烟，这可是中华哟。”马忠政已经热情地把烟递给了陆明，并帮他打着了打火机。

第四十章　我来给你绷面子

这天早上，马忠政刚上班就接到中学同学云向东的电话，说他是中午的飞机，到成都来谈点儿生意，顺便看下老同学和嫂子。

马忠政客气地开玩笑说：“欢迎大老板到灾区投资，今天晚上吃住行我来安排，你就别操心了。”

云向东在电话那头打着哈哈，说："你老兄客气了，都已经安排好了，晚上一起吃个饭吧，方便的话带上嫂子，我也看看成都美女。"

"什么美女啊，都是娃娃他妈了，属于资深美女。"

等两人说定了，马忠政就给李敏打电话说，晚上一个中学时候的老同学过来，大家一起吃个饭，让李敏把晚上的时间空出来别安排其他事情了，再给她老妈打个电话说一声。

李敏在电话那头嘟囔着说："你以为我和你一样都是当领导的啊，晚上老娘空闲得很。要给家里说，你自己打电话去说。"

马忠政只好自己给丈母娘打电话，说晚上就不和李敏回去吃饭了，让老人家自己安排。刚挂了电话，就见陈依纯在QQ上给自己留言，说云向东今天到成都，她让云向东给嫂子和孩子每人带了一件羊毛衫，不知道合不合身。

马忠政忙说，你客气什么啊，麻烦你也麻烦人家。

草原凤凰

我恐怕要回包头那边去了。

大漠苍狼

怎么不愿意在呼和浩特待了呢？

草原凤凰

老妈让我和那个男人彻底断了，没有办法，我也耽搁不起了。

大漠苍狼

唉，也是，回去也好，但你能彻底放下吗？

草原凤凰

怎么放不下，当年还不是把你一样放下了吗？

大漠苍狼

~（>_<）~（马忠政只能打出这样一个哭脸的符号。）

草原凤凰

呵呵，我就知道一提这个你就心慌，开个玩笑，别介意。

大漠苍狼

看你说的，其实我就是希望你好，你能幸福。

草原凤凰

唉，这个只能怪自己命不好。有时候做梦，我都想嫁给你。

大漠苍狼

唉，我们是有缘无分。

草原凤凰

是啊。不说这个了，以后你回包头，我们见面的机会倒是多了呢！

大漠苍狼

哦，你真回去啊？也行，回去好好找个人嫁了吧。

草原凤凰

你还真以为我成了老姑娘就嫁不出去了啊？嘻嘻……

尽管马忠政在忙着手头的工作，脑海里却还想着陈依纯的那句话："做梦都想嫁给你。"想想自己真有那么好吗？但能得到一个女人这样的肯定，马忠政多少有些高兴，脸上挂着笑容，却又摇摇头，觉得自己简直是太"孔雀"了。

黄雅涵一直在旁边看马忠政自言自语着，又是摇头晃脑的，就调皮地拍了一下他的肩膀，说："书记想什么呢，怎么又高兴又摇头？"

马忠政这才感觉到自己失态了，见办公室里只有黄雅涵一个人，就故意嗔怒着说："书记的肩膀也是你随便拍的吗？"

黄雅涵看着马忠政认真的样子，倒是吓得吐了吐舌头，又坐回了座位上。马忠政看着她的样子哈哈大笑起来，顺手从抽屉里拿出一盒学生送的巧克力丢给了她，黄雅涵高兴得"哇"一声喊了起来。

等到下班后，马忠政提着笔记本电脑，直接去了一家有名的火锅店，在那儿订了包间。没多久李敏就来了，原来她已经提前回家换了一套黑色的连衣裙、黑色的丝袜，显得很是性感。脸上也重新化了妆，眼影将眼睛衬托得很大，嘴唇鲜红鲜红的。

马忠政开玩笑说：“你是来相亲的啊？”

李敏说：“这还不是为了给你绷面子啊？显得你这个男人有魅力啊！”

等云向东来了，两人一见面就先来了个拥抱，李敏就在旁边“咯咯”地笑。云向东有点儿纳闷儿，看着自己笔挺的西装，不知道哪里出了问题。云向东是典型的蒙古族汉子，长得和马忠政一样人高马大，只是大漠的风沙过早地让他的脸显出沧桑，感觉比马忠政大了好几岁一般，但也显得更有男人的气势了。

李敏笑着说：“你们两个大男人都是大肚子，胳膊还没有碰到，肚子先抵上了，比怀孕婆还好玩。”两个男人这才大笑起来，互相拍打着对方的肚皮。

等点了菜，要了一瓶五粮液，三个人就开喝起来。李敏也算是经常在酒桌上作陪的人，加上这会儿孩子不吃母乳了，所以就放开了给云向东敬酒。云向东也喝得很是高兴，拍着马忠政的肩膀说：“怪不得老哥你要留在成都舍不得走了，原来是被成都美女迷住了。”然后嚷嚷着让李敏也赶快给他介绍个成都美女，以后就不回去了。李敏笑着说：“像云哥这样的精品男人还要人介绍啊？再说，我害怕家里的嫂子骂我呢。”

云向东这次来成都是做土豆生意的。他在河套平原有大规模的土豆生产基地，想运输到成都来销售。

“成都平原是水稻之乡，土壤肥沃得插个树枝都能发芽，但这里产的土豆品质却不好，水分太大，又不甘甜，不好吃，不好吃。”云向东说着，拍了拍自己带来的一个小盒子，说，“我顺便给你们带了几个老家的土豆尝尝，这东西在老家不值钱，但在这里可就不好找了。”

马忠政忙端起杯子，说：“礼轻情意重，更何况这是从老家带来的土豆，难得你老兄有这份心。一句话，干了！”然后自己一饮而尽，亮了杯底。

喝完酒，云向东又拿出两件衣服，对马忠政说，“这是陈依纯让我带给他们娘儿俩的，不知道合适不。”李敏接过来一看是鄂尔多斯羊绒衫，便笑着说：“云哥费心了。”又回过头问马忠政，“陈依纯是谁呀，怎么没有听你提起过？”

马忠政没等云向东开口，忙说：“我们三个都是中学同学，偶有联系，人家得知向东要到成都来，就专门给你和孩子买了衣服。我已经跟人家道过谢了，你明天到超市给向东和陈依纯买点儿四川特产，让向东带回去。”

云向东忙摆手说，“客气什么啊，咱们兄弟俩还在乎这些？”

李敏在旁边说：“云哥才客气呢，我们应该的。”

三人觥筹交错，喝得不亦乐乎。等喝完一瓶五粮液，马忠政让李敏再去拿一瓶，李敏磨叽着说：“别喝了，你们两个都喝高了。”

其实李敏是心疼钱，这两瓶五粮液喝下来足够她买好几套衣服了。马忠政来了脾气，说：“喊你拿就拿，怎么还叽叽歪歪的？”说完，自己就扯着嗓门儿大喊起来，“服务员，服务员！”

李敏脸上挂不住，气鼓鼓地坐下了。云向东忙挡住马忠政，笑着说：“别喊了，兄弟，差不多了，明天都要上班，我也和别人约好谈事情呢。”

马忠政却死活不干，说：“咱们内蒙古人喝这点儿酒还算酒吗？”硬是让服务员再上一瓶五粮液，直到云向东把服务员推出门去，马忠政这才罢手。

“你再去点两个菜吧，还有看看向东吃什么主食。”马忠政给李敏递了个眼色。

云向东摆摆手说：“够了，够了，喝点儿茶就可以了，成都火锅确实‘巴适’。”

李敏笑起来，纠正着“巴适”该如何发音。

马忠政在旁边说：“你去喊服务员过来加点儿茶吧，我们也没有照顾好向东。”说着在桌子底下踢了李敏一脚，又对云向东说道，“这样吧，一会儿咱们唱歌去吧？”

李敏这次倒是会意了，站起来说“我去喊服务员加点儿茶”，却提着自己的小提包出去结账了。

这边马忠政喝着茶，正和云向东有一搭没一搭地聊着时，手机却振动了，拿起来一看是黑皮打来的，接通问有啥子事，那边黑皮嚷嚷起来："赶快过来，张力喝得不行了。"

第四十一章　忘记所有烦恼来一起怒放

等马忠政问清楚地址，忙跟云向东道歉说："不好意思，一个兄弟喝多了，我得去看看，陪不了你了。"

云向东一听，忙起身说："那咱们就走吧。"然后喊服务员结账。马忠政笑着拍了拍云向东的肩膀说："到了成都，怎么能让兄弟你请客呀，不用管了，小李都安排好了。"说着，两人带了各自的东西就往外走去。

看着云向东坐上出租车离开后，马忠政把笔记本电脑递给李敏，说："你先回去，我去看看张力到底怎么了。"李敏瘪瘪嘴巴，说："你过去别再接着喝了，刚才结账就花了一千多元钱啊，你再喝一瓶五粮液，我这个月的工资可就没有了啊。"

马忠政不耐烦地说："知道了，知道了，你赶快回去，那边还不知道怎么样了呢。"说着随手拦了辆出租车，直奔黑皮和张力所在的那个歌城而去。李敏提着笨重的电脑包，气得在后面直跺脚，对着出租车大喊道："你就不怕别人把我抢了啊？"

在包间里，张力已经明显喝高了，吐得地上都无法下脚了。即便如此，张力依旧东倒西歪地躺在沙发上，手里拿着一个麦克风，歇斯底里地吼着歌曲："那夜我喝醉了拉着你的手，胡乱地说话，只顾着自己心中压抑的想法，狂乱地表达……"

黑皮已经累得有些喘不上气了，他是被一个饭店里的服务员打电话喊去的。偌大的餐厅里，只有张力一个人趴在桌子上，还在大呼小叫地喊服务员拿酒过来，将钱甩在了桌子上、地上，到处都是。服务员没有办法，就翻了张力的手机，找到的第一个已拨电话就是黑皮的。等黑皮把张力弄到车上，张力却死活不回去，非要去唱歌，黑皮没有办法，只好开车把他拉到这个歌城，又从外面背了进来，这会儿已是汗流浃背。

看见马忠政进来，张力过去就是一个熊抱，然后绵软地趴在了马忠政的身上，又开始“哇哇”地一阵呕吐，一边吐还一边哭着说：“鹃子没有了，鹃子没有了。”

好在马忠政行动迅速，立即将张力翻过来拉到了垃圾筐旁边，才不至于被吐了一身。拍了一阵张力的后背，马忠政抱怨黑皮说：“你咋个搞的吗？怎么让老张喝这么多酒，又不是不知道他酒量实在是有限。”

“哪里哟，我看到他的时候他就这个样子了。”黑皮觉得有些冤枉，还是喊了服务员过来收拾摊子。女服务员进来皱着眉头屏住呼吸，手脚麻利地把包间收拾完毕又扭着屁股出去了。

马忠政又为张力要了一杯茶，见张力喝完半躺着，过了一会儿人才清醒了一点儿。张力摆着手说：“兄弟们啊，不好意思。”却又端起桌子上点的啤酒，含糊着说：“兄……兄弟们，干一个。”

马忠政压着张力让他先躺一会儿，问黑皮：“张力到底怎么回事，平时挺理性的一个人嘛，怎么平白无故就把自己灌醉了？”

黑皮叹口气说：“为情所困啊。”然后，他就对马忠政说了张力和杜鹃的事情，但他也搞不清楚，为什么杜鹃会突然离张力而去，而且她连手机号都换了。他联系了所有的同学以及杜鹃的家人，但他们都不知道她去了哪里，这么多天一直都杳无音信。为此，张力把生意交给了手下，这段时间也在到处打听杜鹃的下落，可直到现在都没有消息，最后他只能借酒浇愁了。

马忠政这才明白张力的苦楚。自己最近一直忙着新学期开学的工作，也牵挂着单位评级的事，就没怎么和张力联系，竟然不知道杜鹃出走了。

“唉，好不容易才看到这两个人的生活都有了些起色，怎么突然就走到今天这个结果？”马忠政说着拿起了酒瓶，和黑皮碰了碰，将一瓶啤酒一饮而尽。

“别说张力了，我最近也烦得要死，我妈死活不同意我和秋子的事情。”黑皮灌了一大口啤酒，叹着气说，“最近秋子也刻意在疏远我，我都不知道该怎么办了，主要是老太太的思想工作不好做，太固执了，这都什么年代了。”

“咱们是难兄难弟啊，我是什么都没有得到，反而还惹了一身骚。”马忠政也开始郁闷起来，跟黑皮简单地说了学校里的事情，自己没有沾染过艺术团里的任何一个女孩儿，反而传得满学校风雨。

“尤其是你娃原来在艺术团整得那些事，现在屎盆子全都扣我脑袋上了。”马忠政拍着黑皮的肩膀说。

黑皮听了“嘿嘿”地笑了起来，说：“你娃肯定不老实，老想打人家黄雅涵的主意。说实话，那女孩儿确实不错，前凸后翘的，要不是看在你是老大的面儿上，我可早就上了。”

“你一天花花肠子真多，有一个于秋子还嫌不够啊？”马忠政和黑皮碰了一下杯，又是半瓶啤酒下了肚。

“唉……”提起于秋子，黑皮就是一阵叹气，然后灌了几口酒，才对马忠政说了实话，“于秋子人好，但离过婚，前夫还是吸毒的，这些我更不敢跟我老妈说了。但我觉得这些都无所谓，我们是真诚相爱的啊。”

马忠政不知道该说什么好，又拍了拍黑皮的肩膀，将剩下的半瓶啤酒一饮而尽。

张力已经稍微清醒了些，爬起来直嚷嚷：“你兄弟俩喝酒，都不喊我啊？”说着就抓起啤酒瓶子，找两人碰杯。

看张力稍微好点儿了，三个人就爽快地碰起瓶子喝了起来。

“以前上大学时真可怜，你们冒着风险支持我、信任我，帮我创业，这一辈子我都记着兄弟们的情。”张力的眼泪开始涌出来，说起曾经的苦，说起以前在大学的时候有多少个晚上，几个朋友一起到学校后门吃八分钱一串的串串香或者两毛钱一串的烧烤，有几瓶啤酒下肚，就满足得无法形容了。

三个人说着说着就动了情，拿起麦克风，一边喝酒，一边唱起《怒放的生命》：

曾经多少次跌倒在路上
曾经多少次折断过翅膀
如今我已不再感到彷徨
我想超越这平凡的奢望
我想要怒放的生命
就像飞翔在辽阔天空
就像穿行在无边的旷野
拥有挣脱一切的力量
……

歌唱得已是极其走调，三个人也喝得东倒西歪。马忠政口袋里的手机一个劲儿地振动着，拿出来一看是李敏打来的，他干脆关了机，免得接听了心更烦。

等三个人从歌厅里出来，已经是深夜两点多了。张力提议大家出去吃点儿东西，剩下的两个人忙摆手，说撑得已经不行了，赶快各自回家睡觉去吧。

夜已深沉，除了路灯还在静静地亮着，路上已经没有几个行人了，偶尔有汽车经过却是风驰电掣般地开过去，扬起路边的树叶，叶子在灰暗的灯光里飞舞着，像是夜的精灵。三个人互相搀扶着，往府南河边走去，有微风轻轻地吹拂着，一会儿就让黑皮和张力蹲在路边呕吐起来。

马忠政看到两个人吐得一塌糊涂，却也无能为力，提议找个宾馆凑合一晚上算了。张力站起来擦着嘴巴说没事，伸展手臂用力搂住马忠政和黑皮的肩膀，然后扯着嗓子开始唱起来："不经历风雨，怎么见彩虹，没有人能随随便便成功……"

夜晚的府南河边显得异常冷清，经历了一天的繁华与喧嚣，是这个城市难得安静下来的时候。河水无声地流过，只有三个人的歌声还响彻河的两岸，回荡在夜空里，让他们似乎回到了大学时代。

上大学那会儿，三个人经常在学校的后门买点儿烧烤和啤酒，然后坐在一座半拉子工程的立交桥最高的地方，喝酒吹牛，喝多了就大吼大叫，唱流行歌曲，也唱革命歌曲，黑皮甚至乱吼一通秦腔。疯吼的时候，就有旁边的居民在窗口大骂“精神病啊”，三人才算散伙，一摇一晃地回去睡觉。但回去时，后门已经关了，只能爬墙，马忠政个子高，永远是做人梯使用，也完全没有了做学生会主席时的派头。

三人被河风吹得稍微清醒了一些，张力干脆就在河边的一家宾馆开了间房，三个人凑合着住了一晚。马忠政也是醉醺醺的，忘记该给李敏打个电话，就倒头沉沉睡去。

第四十二章　离婚大战揭幕

早上起来后，李敏对着卫生间里的镜子，发现眼睛已经肿成一个硕大的红桃子，眼圈也黑成了熊猫。李敏尽量让自己的心情平和下来，拿着化妆盒扑了粉底，描了眼影，而且描得浓了一点儿，让红肿不再那么显眼。但眼泪还是止不住地流下来，又将刚刚化好的浓妆冲得沟沟壑壑，一张脸就像电影里的吸血鬼，简直惨不忍睹。

折腾半天才收拾完毕，李敏把马忠政的笔记本电脑装好，放在桌子上，然后把一个U盘装进自己精致的小包里，早饭也没有吃，就“哐当”一声关了门出去。李敏妈在后面举着一个鸡蛋喊：“带着个鸡蛋走嘛，咋个火急火燎的，一大早吃火药了？”

李敏昨天晚上回来后一夜未睡。昨晚，她本想上网查点儿资料，但台式电脑在客厅阳台上放着，她嫌出卧室麻烦，于是就打开了马忠政的笔记本电脑，这样可以一边坐在床上上网，一边还可以看电视里正在播放的韩国电视剧。等查完资料，李敏突然多了些心思，想看看马忠政的QQ聊天儿记录。平时，马忠政都把笔记本电脑放在学校，很少带回家里，即使带回来，也是和李敏各玩各的。打开QQ，李敏想了想密码，输入自己和马忠政的生日，竟然就登录上去了，这还是两人当初谈恋爱的时候，她为马忠政申请的“特殊号”。看到当初设定的密码至今都没有修改，李敏心里就有了一种满足感。

打开聊天儿记录，在马忠政添加的为数不多的好友当中，基本都是工作上的各种安排。当李敏终于翻阅到“草原凤凰”和“大漠苍狼”的对话框时，心里说这两个人的名字还真是对应得好。可一页页翻看过去，李敏却是越看越怒火中烧，原来那个送衣服给她和儿子的陈依纯是马忠政的初恋情人，还说做梦都想嫁给他！而且在马忠政回呼和浩特的时候，两人竟然还发生了一夜情。李敏放下电脑就给马忠政打电话，一开始是没有人接，等她锲而不舍地一遍一遍拨打后发现马忠政竟然关了机，再后来连人干脆都彻夜不归了。

李敏感觉心里的堤坝真的崩溃了，那种无法形容的愤怒、恐惧、无助的感觉汹涌而来，在不断地积累，却又不知道该如何发泄，只能任眼泪肆意地涌出，就像地震时候的唐家山堰塞湖一般。李敏泪眼模糊地看着电脑屏幕，用力地将笔记本合上，两只手举起电脑就要往窗户外面扔。就在她打开窗户要把电脑扔出去的那一瞬间，李敏突然冷静下来，停止了动作，之后她擦干眼泪，拿出一个U盘，将马忠政和陈依纯的聊天儿记录拷贝下来，计划在上班的时候打印出来，作为离婚的证据。

“离婚？”这个词在李敏的脑海中一闪而过，难道就因为这些聊天儿记录，真的要让两个人的婚姻走到尽头？李敏看着墙上挂的结婚照上两个人幸福而灿烂的笑容，看着床头柜上放着的儿子满月时一家人的合照，回想着这十来年两人走过的风风雨雨，她感到揪心般地疼痛，她把头埋在被窝里号啕大哭起来，泪水浸湿了衣被。

黑暗中，李敏的脑子里不断上演着马忠政和“草原凤凰”偷情的情景，一张看不清楚的女人的脸，赤裸着身体和马忠政在床上翻滚，这让她有了反胃的感觉，使劲儿呕吐又吐不出来。这两个不要脸的人怎么了，竟然还有遗憾，是遗憾做爱没有做够，还是遗憾没有走到一起？想着这些，李敏的眼泪又止不住地流下来，一大包餐巾纸已经散落得满床满地都是。

等流干了眼泪，李敏收拾东西的时候，又看到陈依纯让云向东捎来的两件羊绒毛衣，气更是不打一处来，干脆拿了剪刀，将毛衣剪成一条条的，然后丢在书桌上，等马忠政回来的时候让他看一看这么做的下场。

走在通往办公室的路上，不时有匆匆而过的男人回头去看挺胸而过的李敏，这让她顿时找到了自信。想想自己依然年轻的脸庞、坚挺的双乳，根本就看不出是一个刚刚生过孩子的女人，于是李敏在心里暗笑着：老娘又不是没有人稀罕，离开你马忠政，难道我就活不下去了？

等中午休息的时候，李敏去街上找了家打印店，将马忠政和陈依纯的聊天儿记录都打印了出来，竟然有二三十页！纸上那些暧昧的字眼儿被李敏一一用红色粗笔勾画了出来，看着刺眼，读起来更是伤心。李敏在办公室里静静地翻阅着这些文字，眼泪又不争气地流了下来。

“王欢，你好！”李敏擦了眼泪，尽量用平静的语气给自己的大学同学王欢打电话。王欢是马忠政学校的一个代课老师，由于人有些孤僻，李敏跟她一般来往较少。王欢大学毕业后又继续考研，研究生毕业后就签约留在了马忠政的学校，但至今仍旧单身。

“你是？”王欢在电话那头不知道她是谁。

“我是李敏，老同学，你都把我忘记了啊？”李敏亲热地说道。

“哦，你啊，什么事？”王欢依然是近乎冷淡的语气。

“打扰你了。我就是想问问，上次我老公，哦，就是你们学校的团委书记马忠政，提处级干部的事情，不是后来黄了吗，我听说学校有些人对他有意见，不知道你听到什么没有？”

“我从来不关心这个。但说到意见倒是有，你还是把你老公管好吧，你不说我还以为他是别人的老公呢。”王欢说完就不客气地挂了电话。

李敏把手机举在耳边，半天回不过神儿来：“把你老公管好”，这句话到底什么意思啊？这个马忠政在学校里是不是还有其他风流韵事啊？

李敏顿时火直往头上冒，她立马收拾了包，跟主任请了假，打了一辆出租车直奔马忠政的学校而去。

这天早上，从宾馆里醒来的马忠政感到头疼欲裂，想了半天才想起来昨天晚上喝了两场酒，后来喝得都不知道东南西北了。黑皮和张力两人挤在一张床上，地上不知道谁吐了一大堆，这会儿已经开始发酸发臭。马忠政把两人喊醒，打开手机一看，竟然都快八点钟了，还有半个小时就该上班了。他赶紧起来匆匆洗了把脸，把黑皮和张力丢在房间里，自己跑出来打了辆出租车朝学校而去。路上，马忠政看了看手机里的未接电话，李敏居然给他打了四五十个，心想，这下糟了，昨晚忘记跟李敏交代一声了，这可怎么解释啊？给李敏打过去，却提示关机了，估计这会儿她还在生气呢吧？

还没到学校，马忠政就接到学生处的电话，几个部门将联合开展一场有关“大爱无疆，珍爱生命”的教育，准备搞一次大型的地震避灾演习，以及抗震救灾图片展等系列活动。显然，这需要几个部门的通力合作才能办到，会议从早上一直开到下午，对每个部门的负责人都进行了详细地分工，团委承担的任务相对要重一些。开了一上午的会，马忠政只感觉昏昏沉沉的，中午就找机会眯了一会儿，要不然下午的会只怕就扛不住了。

当李敏气呼呼地冲进团委的办公室时，发现马忠政的办公桌前没人，就问旁边的黄雅涵马忠政去哪儿了。黄雅涵此刻闲得无聊，正把自己的小发卡啊、耳钉啊，一一收拾出来，然后放在马忠政送给她的蒙古包模型里——如同套娃一样，一层层套进去几个大小不等的小牛皮蒙古包。

“嫂子，你来了啊？”黄雅涵连忙迎着笑脸站起来，给李敏让座——她在学校组织的一次活动中曾看到陪着马忠政一起过来的李敏，“你找马书记啊？他不在，他去学生处开会了，可能等会儿就回来了。”

坐在马忠政办公桌旁的椅子上，李敏还是一眼就看到了旁边桌子上黄雅涵正在摆弄的小蒙古包，顿时心里“咯噔”一声：这个小女孩儿不会和马忠政也有一腿吧？再看看其他的桌子上，都并未摆放任何有蒙古特色的工艺品，怎么只有黄雅涵有呢？

“你这小蒙古包挺漂亮的啊？”李敏故意笑着问。

“哦！”黄雅涵的脸稍稍红了起来，然后调整一下自己的语气说，“这是马书记送的，放着好玩，马书记对我们这些下属都很关心呢。”

是有心啊，心思都跑到哪里去了？李敏这么一想，心里就更来气了，将黄雅涵递给自己的水杯放在桌子上，“腾”地站起来，带着怒气问黄雅涵：“学生处在哪个办公楼，我自己去找他。”

黄雅涵不明就里，以为自己哪里得罪了李敏，但还是给李敏指了方向。见李敏出门走了，黄雅涵忙打开手机，给马忠政发了条短信：“马书记，嫂子到会议室找你去了，看样子心情很不好，注意防备！”

正在讲话的马忠政瞅了一眼手机屏幕，应该是来了一条短信，就没有打开，又继续讲了起来：“我这里可以通过媒体朋友征集一些关于抗震救灾的图片，但因为有版权的问题，可能需要支付一些费用，看这个我们如何分摊，当然，我也会尽量争取让他们少收点儿或者不收钱，做成公益项目……”

他正讲着时，会议室的大门突然被推开了，李敏出现在门口，所有人都扭头去看她。

“马忠政，你给我出来！”李敏歇斯底里地吼道。她的声音犹如尖锐的汽笛长鸣，波浪一样在整个会议室里传播开来：出来，出来……

第四十三章　让脚步等等灵魂

杜鹃此刻安静地坐在广场角落里的一间叫“一米阳光”的咖啡屋中。在靠着窗户的地方，阳光正好洒落在蜡染质地的桌布上，还有一些照耀在杜鹃那光洁的额头和消瘦的脸庞上。虽然是一脸忧郁的神情，但这个美丽的女子仍然备受窗外过路人的侧目。杜鹃收回目光，抿了一口咖啡，咖啡已经变凉有些苦涩了。

这是一个小县城里的小广场，虽然不大，但广场周围五花八门的商业还是吸引着人们纷纷结伴而来，在这里购物、休闲、散步或者吃饭。有商贩在广场中央摆了些电动摇摇车，孩子们就欢乐地让大人一遍又一遍地带着去玩。“爸爸的爸爸是爷爷，爸爸的妈妈是奶奶”，这种简单的儿歌告诉了孩子们家庭成员的不同称呼以及他们之间的关系，让杜鹃听了也是倍感温馨。这间咖啡屋算是小城里一个小资的去处，可以喝上一杯价格不菲的速溶咖啡或者奶茶，咖啡的品质在这里似乎并不重要，重要的是在这个繁华的商业地段，选择这样一个地方喝咖啡，对于小城里的很多年轻人来说，这就已经足够小资的了。

这是杜鹃自那天晚上悄然离开张力之后，走过的第四个小县城了。杜鹃此行的目的，就是要帮张力调查清楚，为什么他的“香香鸭”事业会遭到别人的算计？为什么他的那些加盟商都改弦更张了？如果要竞争小县城的市场，“香香鸭”又该做怎么样的战略调整？其实这些她也可以不做，但杜鹃觉得，在她最需要依靠的时候张力给了她一个肩膀，在她的婚姻遭遇不幸的时候张力默默地接受了她，在她对生活都快绝望的时候张力给了她爱情和温暖，这就已经足够了，足以让杜鹃为了张力的事业，愿意用自己的身体去交换一个承诺，愿意用自己的耻辱换来张力事业上的光明。

但杜鹃却感觉自己肮脏了，她不配接受张力那热烈的爱和要与她结婚的请求，或者说那是他对自己的赠予。于是，她选择离开，不仅要离开张力，还要离开她曾经生活了十多年的成都。在这座城市里，她经历过四段感情，但最后却把自己伤得鲜血淋漓、伤痕累累。如果再不逃离，她不知道这样的生活还要持续多久，自己还将在痛苦中挣扎多久。

但杜鹃也不知道自己该往哪里去，她已经变卖了在成都的那套房子，将所有的生活和记忆压缩到一个旅行箱里，然后开始了这次既是散心，又是市场调查性质的行走。

此刻，位于广场一角的那个叫“香嘴鸭”的小店开得正红火，有女孩儿们围在小店前争相购买一元或者三五元钱的鸭肝、鸭脖、鸭肠。本来，这个小店的名字叫“香香鸭”，是她和张力一起发展的一个加盟商，也就是在这个地方，他们两个人一起喝着咖啡，看着比现在更为热闹的抢购场面，兴奋得笑逐颜开。

“像这样的行情，足以让我在一年内开 1000 家了。”张力那时对事业充满希望，还没有经受过大风大浪。

而现在，杜鹃终于弄明白张力被人算计的问题所在了：这个叫“香嘴鸭”的企业，完全照搬了“香香鸭”的模式在进行运作，但“香嘴鸭”却选择了一条捷径：在“香香鸭”将品牌和影响力做起来之后，一方面通过挖墙脚的方式，以优惠的条件将“香香鸭”的加盟商挖走；另一方面就是暗中举报“香香鸭”落菌和色素超标，让食品检验检疫部门去查封，从而给了张力一个致命打击。就在张力不得不紧急压缩阵线之后，这些加盟商马上改旗易帜，投靠了“香嘴鸭”，还反过来向“香香鸭”索赔。为此，“香嘴鸭”不仅免除了加盟商的加盟费用，在成品供应上的价格比“香香鸭”还要低 20%。也因此，“香嘴鸭”在三线、四线城市迅速打开了市场，并抢占了“香香鸭”的地盘。

杜鹃发现，这些“香嘴鸭”的门店，除了和“香香鸭”门店的名字只有一字之差外，“Logo”设计、色彩搭配、门店装修也都与“香香鸭”极其相似。很明显，其目的就是在将“香香鸭”赶走之后，自己取而代之，但借用的却是“香香鸭”的品牌效应。县城里的消费者品牌辨识度不够高，只要味道相似，就能忽悠消费者掏钱埋单，而且那些加盟商利润提高了，又何乐而不为呢？

等搞清楚这些情况，杜鹃就给张力公司现在的营销总监万本忠打电话，将她最近调查的情况详细告知，并把自己拍的照片和搜集到的资料整理好一并发给了万本忠，以便日后作为诉讼证据。末了，杜鹃一再叮嘱万本忠：“第一，不要说是我告诉你的这些；第二，你查一下当初张力注册香香鸭的时候，是否将诸如‘香嘴鸭’‘香飞鸭’等这样类似的商标名称也一并纳入了保护范围；第三，根据对方门店与‘香香鸭’极其相似的特征，可以直接起诉‘香嘴鸭’，要求其停止侵权，并给予我方赔偿。

“关键是树立‘香香鸭’在消费者心中才是正宗鸭脖的形象。”杜鹃说。

“鹃姐，你知道吗？自从你离开后，张总就像崩溃了一样，到处找你，经常喝得酩酊大醉，也没有了精神，人现在都瘦了一圈。”万本忠低沉着声音，叹息着说，“真不知道你们两个人到底是怎么了？”

电话那头的杜鹃听着听着，已是泣不成声。张力本来就瘦，现在肯定是瘦得不成样子了。其实，杜鹃有时候也很想回到张力的身边，在她的眼里，这个男人是朴实而可靠的。但她又极力克制着自己想回到张力身边的冲动，她觉得自己选择离开才是对的，选择离开张力，更是选择离开成都。这一切都会随着时间的推移而慢慢淡化，张力也会走出阴影，但她不知道自己又该去哪里。

为张力办完这最后一件事，杜鹃觉得自己真的该走了。傍晚的广场上依然是熙熙攘攘，却没有一个人是自己认识的。阳光一点点地转移过去，杜鹃此刻被笼罩在一片阴影里，好像这阳光真的只有一米长的距离。

百无聊赖之中，杜鹃看到旁边的书柜上放着一堆杂志，她随手翻阅了一下，却被其中一篇文章吸引住了：

让脚步等等灵魂

初识丽江，来自多年前一个朋友的叙述：我在那里有一间咖啡屋，屋顶有一块玻璃，正午的阳光照射下来，覆盖着柔软的沙发和在沙发上蜷缩的你，一只狗乖巧地匍匐着，而桌子上的咖啡已经凉了。

于是常常想象这样的一间咖啡屋，想象那柔软时光带来的惬意。后来成行的时候，关于在丽江寻找艳遇的说法，更是让人的荷尔蒙激发出另外一种冲动。于是，在那一条条已经被打磨得光滑的石板街上，总是盯紧了每一个背着行囊的单身女子；在四方街喧嚣而光怪陆离的酒吧里，等待着异性暧昧地搭讪。

除了商业繁华和气息浮躁的丽江古城，好在还有束河，这个紧靠着古城的小镇，给了旅行者另外一种安静和古朴。可以打望那些波西米亚风格的女子，也可以随意地寻一处地方坐下来，看书、聊天儿、发呆、做梦。想一想我们为了一个目标走得疲倦的时候，为什么不把脚步慢下来，在这里等等自己身后那喘息着的灵魂呢？

拒绝艳遇

“真想拽一朵彩云给你，真想割一片阳光给你，真想寻一次艳遇给你，真想分一点儿柔软时光给你。”到达丽江的那一刻，我就以荷尔蒙过剩的方式给朋友们发出这样的短信。

显然，丽江是适合一个人来的。你背着一个大大的行囊，停放在一间小小的客栈里，和先到的房客们——操着各种语言、各种肤色的“驴友们”打声招呼，就连院子里那只叫“梅花”或者“詹姆斯”的狗，也已经具备了国际化的视野，等你说完“Hello”，它就会跑过来摇着尾巴和你套近乎。

一个异国的单身女子在这家小客栈里已经住了一两个月；青年旅馆里的黑板上总是有着各种文字的留言，寻找着一同前往梅里雪山或者香格里拉的伴侣。行走在古城里才知道，原来这里已经是遍地为商，到处充斥着讨价还价的声音，然后把波西米亚风格打扮得异常廉价。

若是有极好的心情的话，可以去转那些风格各异的店子，淘点儿纪念品，或者骑着单车去拉市海。这个在纳西语里本为老虎出没的地方，现在可看的就是那片明净的湖水，这比昆明的滇池或者杭州的西湖要干净多了，也没有大理洱海的那份妖娆。拉市海平静、淡然，就像邻家的一个小女子，让你从眸子里能够看懂、看清楚她的一切。

实在无趣，就在客栈里待着，和异国他乡的朋友们聊天儿，听他们讲各处听来的关于艳遇的段子；或者就在院子里挑逗那条狗，给它的长毛编很多小辫子，让它看起来更像一个姑娘。

其实，每一个人都在等待夜晚的降临，然后坐卧不宁地蠢蠢欲动，之后直奔四方街的那些酒吧——几乎每一家都有着很好听的名字：柔软时光、千里走单骑、自由公社、风的颜色……随意走进一家，点一瓶叫“风花雪月”的啤酒，坐下听歌或者等待艳遇。

过不了多久，这里就充斥着各种汗腺分泌出来的体味。除了那些已经成双入对和群聊的人，每一个单身的坐客都成为艳遇瞄准的目标。作家刘墉说，动物动物，首先就是要动。尤其等待艳遇的人就是被荷尔蒙催动起来的，一个个动得非常直接，甚至有些职业化的女子专门来此和你来一场现金交易的“艳遇”，把你最后的矜持剥离得一丝不挂。

在丽江夜晚的围墙里，到处都燃烧着干柴烈火。“这都是目的性太强的艳遇，我喜欢随遇而安。”叶子从上海到这里已经一个多月了，在夜晚被一次次纠缠过，也遇到过动心的男人，但叶子选择了现在慵懒而平静的生活，“我行走在这里就很生动了，所以拒绝艳遇。”

柔软时光

离开了被楼房重重包围着的丽江古城，不远的束河古镇才让人怦然心动，真的可以把时光过得如此柔软。

在一家小客栈里，大堂的玻璃屋顶透射着阳光，连同房间的玻璃屋顶一样，干净、透彻，白天可以看蓝天白云，晚上可以数星星。高原的阳光是毫不吝啬的，但不会强烈到让你无法忍受的地步。老板和老板娘正是“艳遇”出来的一对：一个广州人、一个四川人，在这里邂逅，然后相爱，最后投资开了这家叫“随缘”的客栈。似乎一切难免落入俗套，但这样的爱情故事又撩拨着你的内心：我会不会遇到一个合适的人，在这里相爱厮守一生?

依然避免不了街边林立的小店，但不足以让人感到厌倦。毕竟有小桥流水，有尚未开发的村庄，有背着羊皮或者棉布质的披肩的纳西族老妇人在洗衣做饭。这不像丽江的四方街或者古城广场上那些身着华丽披肩的妇人，她们的表演性质已经让背肩失去了劳作的意义：平时纳西族的女人要背很重的东西，怕磨伤肩膀和背部，所以用背肩，同时也就有了披星戴月的意思。

说起纳西族的女子，尤不以吃苦耐劳而著称。俄罗斯人顾彼得写的

《被遗忘的王国：丽江1941—1949》有这样的文字："太太，你们为什么不得不背着所有这些沉重的东西，而你们的男人们几乎总是空着手骑马回去呢？"

她转过脸来对我说："晚上哪个女的会喜欢一个疲惫不堪的丈夫呢？"

怪不得很多人说，如果娶了一个丽江女人做老婆，那男人就享一辈子的福了。丽江的女人还很会做生意，她们勤劳善良，又精于算计，从里到外操持着一个家。

随意地在束河山脚下的小村子里穿梭，狭窄的巷子里遍布着牛粪、马粪，院墙里的狗被脚步声撩拨起一阵狂吠。有穿着礼服的男女在土墙边上拍结婚照，或者一转头，就能看到路边的小店里有一个女子正优雅地抽着烟，窗台上一束野菊花或者香水百合静静地开放着，开得素朴而内敛。

傍晚的时候，可以在桥头听听那些纳西族老人弹奏古乐。在太阳的余晖里，那些白发苍苍的老人打开了另外一页历史，如同印刷在T恤衫上的东巴文，但他们却是真实而生动的。正听得如痴如醉的时候，有人拍着我的肩膀，抬头一看竟然是久违的熟人。在这样一个闲暇的傍晚，竟然遇到这样的惊喜，但突然之间，他乡感也被强化了。

于是有了伴，可以找个地方坐坐，可以天南海北，直到把一壶普洱茶喝淡，淡到两个人忘记了肚子已经被水灌得哐当哐当地响。回到客栈，夜空安静至极，喊了老板，喊了其他的房客，十来个人玩"杀人游戏"。

天黑请闭眼，我们难道不是日复一日、年复一年地匆匆赶路，为了实现一些利益或者既定的目标而不停歇，但忘记了自己的灵魂还有没有跟上呢？就在这里等等吧，让它引导我们的方向，让它重新勾勒我们真心的渴望，让它给我们的努力注入快乐、意义和幸福。

看完文章，杜鹃看看这间咖啡屋，又想着丽江那间"屋顶有一块玻璃，正午的阳光照射下来，覆盖着柔软的沙发和在沙发上蜷缩的你，一只狗乖巧地匍匐着，而桌子上的咖啡已经凉了"的咖啡屋，杜鹃终于下定了决心：对，去丽江！

第四十四章　我是你的“灰太狼”

黑皮“砰”的一声打开一罐啤酒，猛喝了一口，没想到却被呛住了，他大声地咳嗽起来，鼻涕、眼泪都跟着冒了出来。喘了一口气，黑皮又继续喝着，脖子上的喉结上下滚动着，如同他脖子里被塞进了一个玻璃球。

“你认为喝酒就能解决问题吗？如果可以的话，你有本事今天就把这一箱子啤酒都喝光了！”于秋子多少有点儿生气地把旁边一箱子啤酒费力地端起来，放在黑皮面前的桌子上。

黑皮无奈地看着于秋子，放下啤酒罐，将于秋子拉进自己的怀里，用手捧着她日渐消瘦的脸，红着眼睛说：“你给我点儿时间，我再做做我妈的工作。”

这样的痛苦已经持续一些日子了。自从黑皮的老妈走了之后，黑皮曾多次在电话里给老妈做思想工作，又让自己的七大姑八大姨和老妈沟通，但黑皮妈就是不同意他们在一起。老人还通过其他渠道了解到于秋子过去的很多事情，比如她的前夫有吸毒史，现在还在戒毒所里。这样反而加剧了黑皮妈对于秋子的厌恶感，甚至她“最后通牒”说，如果黑皮真的要和于秋子结婚，她就和儿子断绝关系，以免让秦家蒙羞。

这些话，黑皮始终没敢告诉于秋子。但于秋子早已从他这段时间低落的情绪里知道老太太的态度是无法扭转了。也因此，她暂时从黑皮那里搬回了自己的家，说两个人先冷静一下，却常常不忍心看着黑皮一个人在家里郁闷，偶尔还是会过来陪陪他，但每次黑皮都是窝在那里默默地喝酒，仿佛酒真的能一喝解万愁一般。

“秋了，我真的舍不得离开你。”黑皮抱着于秋子，动情地说。

“我知道。”于秋子握着黑皮的手说，“但我想我们为了以后能幸福的生活，就必须考虑父母的想法，他们的思想若做不通，不光我们以后过不好，老人也会痛苦。”

黑皮想了想，告诉于秋子：“这样吧，我还是回去一趟，再跟我父母商量一下，实在不行，我只能……只能先斩后奏了。”其实，黑皮想说的是，若再沟通不好，他只能以断绝母子关系来“威胁”父母了。

“也好，回去看看父母，但真的别勉强，我知道你的脾气，我不想因为我而看到你和父母闹僵，更不希望我们都痛苦。”

于秋子挣脱黑皮的怀抱，走进房间，默默地帮他收拾起行李，衬衫、长裤、内裤，一一摆放整齐，装进行李箱压好。然后又拉着黑皮到楼下超市去买了一些郫县豆瓣酱、板鸭、茶叶之类的土特产给他父母带回去。跟黑皮一一交代清楚，于秋子这才打算回家，黑皮要送她回去，她也没有让他下楼，说自己想静一静。

9月的西安在一场秋雨过后，已是天高气爽，蓝天白云之下的古城墙愈发显得古朴而厚重。抚摩着那些已经斑驳了的墙砖，看着阳光从一个个“凹”字形的城墙垛里缓缓移动，然后将城墙下面的屋子和人群藏在一片阴影里。但人群却活跃起来，有在城墙底下扯着嗓子唱秦腔的，有三五个人围着一盘棋局而吵得不可开交的，更有妇人操着河南腔或者陕西话喊自己的男人或者孩子回家，声音抑扬顿挫地响彻城墙根儿下，让古城顿时又显得生机勃勃起来。城墙无语，却见证着这座城市鲜亮的生活和记忆。

黑皮缓步行走在城墙根儿下面，回忆起儿时在这里和伙伴们为了省钱，就肆意地攀爬城墙，爬上去后便骑在城墙的垛口处，两条腿悬在半空中得意扬扬地晃荡，如果被父母看见了，回家肯定少不了挨一顿打。或是和伙伴们拿一颗钉子，在墙砖上刻上“某某喜欢某某”“某某是个大坏蛋”诸如此类的句子。对小孩儿而言，最严重的侮辱就是喊谁爸爸的名字，或者是刻在墙砖上，如同一种诅咒，这会导致两个孩子互相宣布“断交”。后来旅游的人越来越多，就有游人开始在墙砖上刻写“某某到此一游”，各种文字的都有。当然，今天已经不能随便刻画了，这些都属于文物，需要保护的。当初他们所刻写的那些凌乱的字迹，早已在风吹日晒中消失了，只留下城墙上的那些坑坑洼洼。当年的那些伙伴，一个个也都各自牵了妻子和孩子，忙事业和生活了。

“你看看，原来隔壁王局家的老二，年纪和你一样大，人家找了个老师，现在孩子都两岁多能打酱油了，你什么时候才可能稳定下来啊？才能让我安心地退休啊？”黑皮妈似乎积了一肚子的气，就等着黑皮回来发泄似的。很多父母都喜欢做这样的比较，邻居家的孩子、别人家的孩子，都怎么样怎么样了，好像只有自己的孩子不成器似的。

黑皮的父亲不吭声，这个北方男人已经习惯了女人当这个家，只管喝自己的工夫茶，把杯子吸得吱吱响，一根烟接着一根烟地抽，满屋子的乌烟瘴气，从外面看还以为这家失火了。

“老头子，你也说句话啊，这娃从小就是我一个人操心，你什么时候也替我分担点儿啊？”黑皮妈又开始冲着自己的老伴儿发泄起不满来，“抽抽抽，你不抽烟就活不了了啊？你这是想把我们娘儿俩熏成腊肉啊？”

“能轮到我操这个心吗？这里里外外你都是一把手啊！”黑皮的父亲掐灭香烟，反倒生起气来。

“得了，得了，你们别吵吵了，我都心烦死了，好不容易回来一趟，能让我清静一会儿吗？”黑皮嘟囔着喝了一口老爸泡给他的铁观音，扭头回自己房间去了，“砰”的一声关上了门。

“怎么样，还好吧？”黑皮给于秋子打电话时让自己的语气尽量轻松起来。

“还好，你呢？父母身体都好吧？”于秋子轻声问道。

“他们都好，我妈给你问好。”黑皮卖着乖，但话语里明显地缺乏自信。

“替我谢谢他们。我知道你回去肯定跟你父母吵架了，真的不需要这样，缘分是注定的，或许我们真的不适合在一起。”于秋子开导着黑皮说，“你就当我还是你姐不就行了。”

“唉，再说吧，你生日快到了，你想要什么样的礼物啊？”黑皮想起过两天就是9月22日，于秋子的生日快到了。

“你怎么知道，我没有跟你提起过啊？”

“嘿嘿，这个你就不用管了，我记得是9月22日，应该不会错吧？”

“我真的什么都不需要，你也别破费了，看着你们家人都好，我就满足了。”于秋子在电话那头踌躇了一下，说，“我觉得我们还是彻底分开吧，你可以找一个更好的，你父母也能接受的。”

“不行，我非你不娶！”黑皮焦急地在电话里吼着，但于秋子已经挂了电话，再拨打，则提示对方已关机。

这天晚上，黑皮收拾完行李，打算坐第二天的飞机赶回去——后天就是于秋子的生日了。黑皮想了想，已经到了不得不和父母最后摊牌的时候了。

“妈，秋子是我的选择，她是一个非常善良的女孩儿，虽然有着不好的过去，但那不是她的责任啊，而且这些并不妨碍我们以后的幸福。”黑皮顿了顿，说，“所以，不管你们的态度如何，我都会选择和于秋子结婚。再说，我们以后就在成都生活，你们想过来转转就过来，不想过来呢，我们就经常回来看你们。”

“不行，我坚决不同意。”黑皮妈按捺不住，嚷嚷起来，“我绝不允许她进我们秦家的家门，我不想让我的儿子背一个坏名声！”

“你不想让我背？我看是你不想让你自己背吧？”黑皮反驳道，“这个家里无论做什么事情，你都是先从自己的角度去考虑，都是打着为这个家的名义来维护自己的面子，你从来不考虑我，还有我爸的感受！”黑皮一心想把父亲也拉进他的阵营，“你这完全是一种自私的心态，你想过我们快不快乐，我们需不需要吗？从小到大，这个家里的里里外外都是按照你的想法安排这样，安排那样！我和爸爸只能顺从地接受，而我现在只想要我自己的生活！”

“好啊，你们父子联合起来对付我了！”黑皮妈气得脸色发青，“随便你们怎么办吧，如果你敢把那个于秋子领进这个家门，就自己从这个家里出去，我不认你这个儿子了！”说完，黑皮妈转身回了自己房间，“咣”

的一声关了门。

黑皮的父亲过来拍拍儿子的肩膀，说："别和你妈妈吵了，她快退休了，那种失落感也是你无法想象的，她本来气就不顺。你不在的时候，她在家里是看这个不顺眼，那个也不顺眼。但是爸爸想说的是，未来的生活是属于你们自己的，我尊重你的选择，而且我也相信我的儿子眼光不会差，虽然我没有见过于秋子，但看得出来你们很相爱。"

黑皮也觉得自己的话说得过分了，但没有办法，为了自己的幸福就得据理力争。听了父亲的劝解和宽慰，黑皮心里也畅快多了，就像爸爸说的，未来是属于自己的，还得自己把握。于是黑皮感激地对父亲说："你们两个保重身体，我明天一大早要赶飞机，就不和你们道别了。"

黑皮的父亲走进书房，没多久拿了一个红包出来，递给黑皮说："这是 1001 元钱，就跟于秋子说，是我和你妈妈给她的。按照咱们老家的规矩就算是给她的见面礼，千里挑一的意思。"

黑皮接过红包，给父亲来了个拥抱，父亲似乎已经很久没有这样抱过自己的孩子了，两只手伸了半天才想起来拍拍儿子的背，说："放心，一切都会好的！"

回到成都的黑皮依然苦闷无比。给于秋子打电话，竟然被挂断了。到她的住处去找，大门上竟然贴了张条子：秦奋，请你回去吧，我不在！多方打听后，黑皮才知道她原来是去朋友家里住了。其实于秋子也同样深爱着黑皮，但她更加理性，她不想因为自己而让黑皮和家里决裂，那样她将于心不安，所以只有躲着黑皮，也给两个人冷静的时间，这个就是"冷藏处理"。

黑皮很想直接去于秋子的公司找她，但觉得这样对她影响不好。再者，黑皮想着于秋子的生日快到了，自己很早就筹划着给她一个"supprise（惊喜）"，但送什么礼物好呢？这让黑皮一晚上喝了半打啤酒也没想出来。在目前这样一个僵持的情况下，应该送什么礼物才好呢？

百无聊赖中，黑皮拿着遥控器胡乱地拨着电视频道，几十个频道翻来覆去也不知道该看什么。突然，动画片《喜羊羊与灰太狼》的出现让黑皮终于眼前一亮。

“老婆，你先吃这只青蛙顶一下肚子饿，我一会儿就会给你抓羊回来的！”说完这些话，灰太狼就带着他的最新发明，告别老婆红太狼去羊村抓羊了。虽然每次都被喜羊羊、懒羊羊等一帮小羊整得很惨，但他还是锲而不舍地为老婆抓着羊，并在最后总是宣布：“我一定会回来的。”但回到家的结局就是被老婆用平底锅追着打。即使如此，灰太狼爱老婆的心却始终不变，依旧毅然决然地去羊村抓羊。就像现在很多策划公司说的那句广告语：“就算甲方虐我千万遍，我待甲方如初恋。”

看着这部动画片，黑皮也觉得好笑，又想起那天吃饭时于秋子给杜鹃、马忠政他们念“嫁给灰太狼的十条理由”的情景。“嫁人就嫁灰太狼”，这已经成为女孩儿们一种新的追求了。想着想着，黑皮就来了主意，想到应该给于秋子送什么样的生日礼物了。

9 月 22 日，星期一。当位于成都市中心的这座甲级写字楼到了下班的时候，一群群小白领开始从大楼出口鱼贯而出。这也是成都的一大盛景，美女们不仅集中在春熙路和夜晚的那些酒吧里，更多的时候她们出没于各种档次的写字楼中。尤其是众多甲级写字楼，因为入驻的都是诸如世界 500 强这样的大型企业，这些高端大气上档次的女白领自然成为一道风景线，每天上下班可以看到身着各种工装的美女，线条流畅，身姿优雅，但大多都是短裙、黑丝袜，不仅展示着特有的风情，也体现出这座城市的经济活力。

与往常不同的是，今天下班的人并没有着急回家，而是在写字楼的入口处围成一个圆圈，正在等着看一场“喜剧”。

上演“喜剧”的正是黑皮。黑皮站在这座写字楼唯一的出入口处，弄了两根竹竿让他的两个实习生撑着，上面挂着一个条幅：秋子，我是你的灰太狼，请你嫁给我！然后自己租了一套灰太狼的衣服穿在身上，身后拖着一条大尾巴，头上戴着灰太狼的耳朵装饰，手捧一束玫瑰，站在门口耐心地等待着。

看到这一幕，围观的女孩儿们都羡慕极了：好浪漫啊，如果我男朋友也这样，我一定会嫁给他的！所有人也都猜测着，这个叫“秋子”的女孩儿应该多么幸福，长得又如何美丽，他们应该是多么般配的一对啊！

“秋子，快看，那么多人围在那里做什么呢？”于秋子的同事拉着她的胳膊就往人群里面挤。

当于秋子终于挤进围观的圈子里的时候，才看明白了，原来是黑皮在这里上演一场求婚大戏。看着手捧红玫瑰的黑皮，于秋子呆住了：怎么办？怎么办？自己好不容易想要关上那扇情感的大门，却在这一瞬间又被洪水决堤般地冲垮了。

“秋子，祝你生日快乐，请你嫁给灰太狼好不好？”看到于秋子出现在眼前，黑皮半跪下来，把鲜花和戒指捧给她。

“哇！太浪漫了！”旁边有一个小女孩儿已经尖叫起来，甚至眼泪都流了下来。人群“哗啦”一下自动分流，将于秋子和黑皮围在了圈子的中央，同时有人开始在旁边起哄：“嫁给他！嫁给他！”

于秋子看着眼前的黑皮，脑袋已经涨起来了，感动犹如涓涓细流已汇入她的心田：她已经忘记，今天是自己的生日了。但对眼前的玫瑰和戒指，接还是不接，于秋子依旧犹豫不决：他们两个人的命运与幸福肯定不会顺顺利利，而黑皮为今天的求婚也肯定是鼓了莫大的勇气，甚至为了她和自己的父母决裂！

“嫁给他！嫁给他！”旁边的女孩儿们见于秋子没有反应，已经开始着急起来，齐声为黑皮助威。因为还有人不断地从大楼里出来，写字楼门口已是拥堵不堪，保安为了安全起见，开始疏散起人群。

“秋子，嫁给我好吗？不管以后如何，我都会像灰太狼爱红太狼一样爱你！”黑皮打开戒指盒，取出一枚由他精心挑选的钻戒。

于秋子的同事碰了碰她，说：“秋子，赶快答应啊！”这才让她回过神儿来。看着旁边那些充满期待的年轻人，看着在自己面前捧着红玫瑰的男人真诚的脸，于秋子的热泪“唰”地一下就涌了出来，她哭着说：

“我答应你！我答应你！”然后她接过了黑皮手里的玫瑰。

“哗！”周围响起一片掌声，把这两个人簇拥在了中间，又有人开始起哄：“吻一个！吻一个！”

黑皮将戒指戴在于秋子左手的中指上，起身拥抱住她，两人当众热吻起来。跟着黑皮而来的两个实习生忙将准备好的玫瑰花瓣撒在他们的身上，周围的掌声、尖叫声响成一片。

“好啦，好啦，这下该散了，不散就要出事了！”保安在旁边大声喊着。

黑皮一把将于秋子抱起来，飞快地朝自己的汽车跑去。通往新生活的大门才刚刚开启，幸福或者痛苦，未来充满变数和玄机。

“从今天开始 / 我们就是两个人 / 两个人才像生活 / 相亲，相爱 / 分享每一份喜悦 / 分担每一份痛苦 / 因为我们是两个人 / 两个人，才能把日子过成日子。”那晚，黑皮思绪万千，写下了如此几行文字。

第四十五章　一哭二闹三上吊

“书记，书记，我求婚成功啦，我要结婚啦！”黑皮在电话那头兴奋地、几乎是大喊着告诉了马忠政这个消息。

当马忠政接到黑皮电话的时候，他面对的是一团糟的客厅：到处是从鸭绒靠垫里飞舞出来的鸭绒，落在电视上、沙发上或者挂在墙上的孩子的照片上，几个从外地旅游回来时买的工艺品已经四分五裂地躺在地上，两件羊毛衫被剪成条状横在他的面前，成为呈堂证供。显然，一场“战争”才刚刚拉开序幕。

李敏此刻正泪流满面地坐在沙发的一个角落里，衣服上也沾满了鸭绒，脸上的妆被抹得五颜六色，就像马戏团里出来表演的小丑。

“离婚，离婚，这日子不过了！”李敏歇斯底里地吼道。

“离婚，离婚啊！”马忠政忘记手机还接通着，接过李敏的话头跟黑皮说道。

“离……离什么啊？老大，我这是结婚！”黑皮心里多少有点儿不高兴，这个人今天怎么这么乌鸦嘴，说这些丧气话！但黑皮来不及抱怨，说完就挂了电话，分别给张力一帮朋友打电话通知去了。

“好，你说离婚就离婚，现在这么着急啊，是不是早就巴不得我说这句话，好给你那个草原凤凰腾位子出来啊？”李敏冲着马忠政嚷嚷道。

“不是，不是，我刚才是跟黑皮说话来着。”马忠政辩解道。

“看嘛，我就知道，我刚一说离婚，你就通知你那些哥们儿了！”说着，李敏手里的靠垫就飞了过来。马忠政躲闪不及，靠垫直砸到他的头上，鸭绒沾了他一身，拍都拍不掉。

马忠政远远地坐在另外一张沙发上，看着怒火中烧的李敏，有气无力地说：“我知道我错了，是我对不起你。你能不能平静下来，让我们两个好好谈啊？”

“我能平静吗？你他 × 的和那个骚货都上床了，我还能平静啊？”李敏的眼泪、鼻涕到处甩，“你说说，你和陈依纯到底是怎么回事，你和黄雅涵又是怎么回事？你现在厉害啊，内蒙古弄一个，成都弄一个，就我傻啊，一天伺候了你又伺候你儿子！你还告诉我没有评上处级干部是因为领导嫌你资历太浅，现在我才知道是因为黄雅涵那个狐狸精，学校领导都有意见了吧？”

“唉！”马忠政长长地叹了口气，沉默着没有吭声。

“怎么样，我说到你的心坎上了吧？这会儿怎么不吭声了？”李敏得理不饶人，“你现在潇洒啊，外面是彩旗飘飘，还指望家里老娘这红旗不倒啊？恐怕你更指望着我早点儿完蛋，好把位子腾出来给那个想嫁给你的草原凤凰吧？”

“我承认，我做了对不起你的事情。”马忠政显然有些底气不足，嘟囔着，“但你不能到学校去闹啊，这影响多不好。”

“你既然做得出来还怕丢人啊？”李敏站起来一手叉着腰，一手指着马忠政继续开骂，俨然一个“茶壶嫂”的模样，“知道错了你这几天还躲着我，是想消灭证据吧？”说着，她拿出了一沓打印好的纸张，甩到马忠政的跟前，说，“你看看这些吧，然后在每页上面签个字，必须要写上‘以上所说属实，无异议’。记得，一定要签上你的大名，然后摁上手印才行。”

马忠政这才认真翻看起来，原来全是自己和陈依纯的聊天儿记录，一些敏感的字眼儿竟然还被圈了出来，最后一页则是黄雅涵发给他的一条短信的翻拍照片，内容是：“马书记，嫂子到会议室找你去了，看样子心情很不好，注意防备！”马忠政气得“啪”的一声摔了笔，大声道：“你这也太卑鄙了吧？你侵犯我的隐私！”

“我卑鄙？不知道谁才卑鄙！我卑鄙，但我没有跟别人上床！”李敏大吼道，“你到底是签还是不签？”

“好好好，我签，你去告我吧！”马忠政拿起笔“唰唰唰”地一页页都签了字，然后甩到李敏的面前，一头倒在沙发上，眼泪大颗大颗地就流了下来。

“你还知道后悔？早知道就没有今天了。”李敏有些得意地捡起那些纸，“有了这个，老娘想跟你离婚就跟你离婚，想怎么耍你就怎么耍你。”

马忠政默默站起来，握紧拳头，他真想一拳打出去，但不知道该打哪里，干脆一拳砸在了眼前的玻璃茶几上。“砰”的一声，茶几震动起来，玻璃就从中间裂开破碎了，玻璃碴子扎在马忠政的手上，鲜血喷出来，顿时染红了他的手和衣服。李敏“呀”的一声冲过来，想看看他的伤势，被他一手推开：“不用你管，你想干什么就干什么吧。”

马忠政拿了两件衣服，背着手提电脑就出门了。刚打开门，便看见丈母娘带着儿子回来了，孩子冲着他一个劲儿地挥舞着小手，咿呀学语般地喊着“爸爸，爸爸”。马忠政蹲下抱着儿子，嘴巴凑上去用力亲了一下儿子，就转身下楼去了。可能是亲得太重了，胡楂扎在孩子稚嫩的小脸儿上，孩子“哇”的一声哭了起来。

“哦哦，不哭，不哭，爸爸坏。”老人抱起孩子哄着，一进屋却被眼前的情景吓到了，“这怎么回事？这怎么回事呀？”

李敏看到母亲和孩子回来，过去抱住孩子和老妈，“哇”的一声大哭起来。孩子显然也被这个场面吓住了，更“哇哇”地大声哭了起来。

夜色多少已有些深沉，窗外的校园结束了一天的沸腾，逐渐安静下来。只有马路边上的路灯孤单地亮着，街上偶尔有人走过，一阵沙沙的脚步声之后便又沉寂下来，显得更为冷清。

马忠政依然没有丝毫睡意，他坐在自己办公桌后面的转椅上，使劲儿地抽着烟。桌子上的烟灰缸已经满是烟头，整个办公室里都弥漫着烟雾，他就把自己笼罩在这黑暗之中。或许是许久都没有抽过烟了，一会儿嗓子就干裂得疼痛起来，他不停地咳嗽着，后来干脆掐灭了烟头，睁着两只眼睛看着办公室里的黑暗和从外面投射进来的灯光，脑子里一片空白。

或许这真的是一桩错误的婚姻。其实马忠政早已知晓李敏的性格，当初两人第一次分手的时候，他就曾想真的放弃，但割舍不了那份感情，自己便主动找回了李敏，最终两人生活在了一起。但锅碗瓢盆的日子总是有磕磕碰碰，有了儿子后，马忠政就将心思彻底放在了孩子的身上，努力去尽作为父亲和丈夫的责任。于是，自己在外面拼命地抵抗着各种诱惑，时刻按捺着自己那颗经常要迸发出热情的心脏。在马忠政看来，他守住那份原则、那条底线了，就能够立于不败之地。但实际上，这也成为他迈过那根红线的一个所谓的理由，今天终于成为一根导火线，引爆了两个人婚姻中的“深水炸弹”。

马忠政已经像这样坐了几个不眠之夜了，却思索不出来个结果。自从那天李敏到学校大闹了一场之后，更是让他处于风口浪尖之中，成了全校师生这段时间的谈资。虽然对于两口子打闹的个中原因，外人并不清楚，但这种事情一旦成为“传说”，那就会被演绎出N个版本，而且容不得你个人辩解。为此，学校的柯书记专门给他打了个电话，告诫他一定要处理好家庭事务，不要影响到工作。

马忠政从椅子上站起，又不自觉地摸了根烟出来，点燃，慢慢地吸着才感觉好了些。在办公室里逡巡半天，最后他站在窗口看着那些寂寞的路灯。已经进入秋季的夜晚，在一场雨后多少有些冷了，正所谓“一场秋雨一场寒”。马忠政看着外面的冷清，不禁打了个寒战。但是该去哪里呢？虽然他在学生宿舍区找了间空着的单间做临时住所，但回去一样是睡不着觉。

“唉。”马忠政重重地叹了口气，又重新坐下来，把衣服盖在身上，慢慢地眯上眼睛，脑子里却似有千军万马在胡乱地冲撞着，让他头疼欲裂。

离婚还是不离婚？离婚以后孩子怎么办？怎么跟家里的老人交代？这些问题困扰着马忠政，他使劲儿地按压着太阳穴，半天才缓过气来，脑子也慢慢地沉了下去。

“呀！”一声尖锐的女声，让马忠政从睡梦中惊醒了过来。

原来是黄雅涵一大早来上班，推开门却发现马忠政的办公桌后面仰面躺着一个人，她吓了一大跳，以为是小偷，就尖叫了起来。

“不……不好意思，马书记，我以为是小偷进来了。”黄雅涵红着脸道歉说。

“没事，没事。”马忠政欠欠身子，站了起来。

“马书记，你怎么睡在这里啊？”黄雅涵小心翼翼地问道，“该不是和嫂子闹……闹矛盾了吧？你好好跟嫂子道个歉啊，总不能这样老不回家吧？再说你也想念儿子吧？”

说到儿子，马忠政心里是异样的紧张和不安，两三天了，都不知道儿子怎么样了，他也特别地想儿子。

“唉！”马忠政叹口气，拿着毛巾和牙膏、牙刷，去楼道尽头的卫生间里洗漱，这一天的工作很快就要开始了。

没等马忠政处理几份文件，桌子上的电话突然响了，接起来，原来是学校办公室的师弟杨克打来的：“终于找到你了，嫂子刚才抱着孩子，哦，还有你丈母娘，闹到领导办公室去了，你赶快来吧！”

放下电话，马忠政的脑袋“嗡”的一声，乱了。

第四十六章　我们离婚吧

马忠政急忙下楼，在学校门口等半天才拦到一辆出租车，让师傅一路加速狂奔到老校区。还没有进学校大门，他就接到师弟杨克的电话："师兄，嫂子她们已经走了，你还是来一趟吧。"

见到杨克，马忠政握着杨克的手，多少感到有些尴尬。等坐下来，马忠政却浑身没有了力气，点燃一支烟慢慢地抽了起来。抬头看见杨克就在旁边站着，才觉得自己有些失礼，忙拿出烟盒抽出来一支烟递给杨克。在两个人的互相谦让中，还是由马忠政亲自给杨克点燃了那支香烟。

"谢谢兄弟了，帮我把她们拦住了。"马忠政充满感激地说。

原来，李敏妈回家听女儿说了他们两口子的事情，气就不打一处来。当初，在李敏小的时候，李敏妈执意选择和自己的老公离婚，主要就是因为听说李敏的父亲和他单位的女同事有染。尤其是那个年代，"乱搞男女关系"可不得了。虽然她没有抓到真实的把柄，而且在两人离婚后，李敏的父亲并没有和传说中的那个女同事结婚，但李敏妈并不后悔。这么多年来，自己一路辛苦地把女儿拉扯大，看着女儿成家立业了，自己也终于自由自在了。但今天，女儿竟然和自己有了同样的遭遇，这让李敏妈怎么能容忍得下去？

"走，我们找他们单位领导去，我就不相信，收拾不了这小子！"想当初，李敏妈就是一气之下去自己老公的单位里找领导闹，逼迫将那个"第三者"调到其他单位，自己老公也因此受到处分，最终选择和她离婚的。

"就是，我手里有这个，就不相信他马忠政还能耍赖不成！"李敏有些得意地晃动着手里那些马忠政签过字的"证据"。

于是，这天娘儿俩抱着孩子，带着材料，一起去学校找校长。到了学校，却不知道校长在哪个地方办公，看到办公楼的楼道里挂着“学校办公室”的牌子，就闯进去找到了杨克。以前杨克和马忠政吃饭的时候见过李敏，两人也算认识。

看到那母女俩气势汹汹的样子，杨克就知道出事了。李敏也不客气，在办公室里一把鼻涕一把泪地跟杨克唠叨起马忠政的种种“兽形”：“你不知道啊，兄弟，马忠政在学校里一天人模狗样的，肚子里可是一副花花肠子啊，勾搭了这个勾搭那个。”然后给杨克展示她带来的证据，说非要把这些交给校长不可。

李敏妈也在旁边添油加醋地说，马忠政这么多年来对她这个岳母多么不好，当初连结婚的钱都没有，到现在住的房子还是自己掏钱买的，这个没有良心的东西啊，一定要让学校出面为她们母女做主。两人一唱一和的哭闹声，吓得孩子也开始“哇哇”哭起来。

杨克一会儿就听得头大了，虽然早就把办公室的门关上了，但他还是心虚地把门开个缝儿，往外面瞧着有没有人过来看热闹。见没有人，他这才关了门，提了气，故意有些生气地对她们说道：“别闹了，这是什么地方，你们这么闹不嫌丢人啊？”

李敏母女俩果然被镇住了，不再一把鼻涕一把泪地哭了，但李敏还是嘴硬道：“他马忠政都不嫌丢人，我们还怕丢什么人？”说着非要找校长去评理。

见她们情绪稳定下来，杨克这才舒缓了语气说：“阿姨、嫂子，你们今天来这里，我能理解你们的心情，但说实话，学校主要领导都去外地考察了，大概要过几天才能回来。材料呢，我就先留在这里，等领导回来，我一定转交。”

好说歹说，杨克才终于把她们劝住了，然后送下楼让她们先回去。

见马忠政终于长舒了一口气，杨克就把李敏拿过来的材料递给了他，说：“师兄，这个给你，我可没有翻过。但我不懂，你怎么就能在这东西上签字呢，这不就成罪状了吗？以后要是真的离婚的话，这些证据可对你非常不利啊！”

马忠政接过来一看，果然是他那天签字的材料，而且是复印件。看来李敏还留了一招，没把原件拿过来。这么看来，那娘儿俩肯定还要闹下去，没完没了，马忠政一想起这些，头就大了：“唉，不怕你笑话，这个家算是没救了，大不了就只能离婚了。”

“那孩子怎么办？他还那么小。”杨克关心地问。

“那有什么办法，谁让他生在这个家里呢？”说起孩子，马忠政心里又是一阵酸楚，“所以结婚要慎重啊！”他苦笑着，站起来拍着杨克的肩膀说，“我先走了，今天又欠兄弟你一份情谊，改天一定补上。”

“看你说的哪里话啊，回去好好劝劝嫂子吧，看在孩子的面儿上，你们能和好就凑合着过吧。”杨克也拍拍马忠政的肩膀说，“现在有多少家庭其实就是凑合着过呢，凑合凑合也就这么过下去了。”

回到家，马忠政取出钥匙开门，结果半天也没打开。他还以为自己弄错了钥匙，就在一串钥匙里翻来翻去，对的啊，刚才那把就是家里的钥匙啊。

马忠政正疑惑时，门却从里面打开了，李敏站在大门口，面带讽刺地笑着说：“哟，马书记回来了？我告诉你，门，你没有走错；但钥匙……绝对是错了。”说着她气鼓鼓地回到客厅坐在了沙发上。

马忠政这才明白原来门上的锁芯已经被换了，这母女俩做事确实是够绝的。等他进了门，就觉得和三堂会审一样，沙发对面摆着张凳子，李敏和她妈坐在沙发上，孩子坐在中间拿着玩具正玩得起劲儿，没有理会回来的爸爸。

马忠政过去喊着孩子的小名，亲热地摊开双手，说：“来，乖乖，爸爸抱抱！”

“上一边去！”李敏伸手拍开马忠政的手，指着那张小凳子，说，“你坐那边去，今天的事情就是老老实实交代你的罪行，要不然，这个门你就休想再迈进来了。”

马忠政多少有些恼怒，却担心会吓着孩子，就把火强压下去，坐在了那张小凳子上。

“说，你和黄雅涵勾搭多久了？上过多少次床了？另外，你和那个‘草原凤凰’是不是一直藕断丝连，就瞒着我一个人？”李敏一副审问犯人的口气。

“我犯的错误我承认，也向你郑重地道歉，但是……”马忠政加重了语气，“第一，你不要捕风捉影、胡编乱造，比如黄雅涵，我们绝对是单纯的同事关系；第二，你们到学校去闹，是出于什么样的目的？是想把我弄得声名狼藉啊？这对你们又有什么好处呢？”马忠政说着将李敏交给杨克的那份材料甩在桌子上，“这种东西拿给校长又能怎么样？大不了是把我开除了，你们日子就能好过了吗？”

李敏看着那份材料，也是火冒三丈：“好啊，你在学校到处安插奸细，你本事大得很嘛！”

“我说小马，你这个人有良心没有？我把女儿嫁给你，还把房子拿出来供你们住，现在又帮你带着孩子，你倒好，在外面搞了这个女人又搞那个女人，你风流快活了，却让我们孤儿寡母在家受罪啊！”李敏妈也开始向马忠政发飙了。

“你还说我捕风捉影，这白纸黑字该不是捕风捉影吧？黄雅涵桌子上的小蒙古包、给你通风报信的短信该不是捕风捉影吧？你还非得让我捉奸在床，才不算捕风捉影，不算胡编乱造啊？”李敏说着又开始“呜呜”地哭起来。

在沙发上正在玩玩具的孩子，一看到妈妈哭了，就也跟着哭，爬起来让妈妈抱。李敏一巴掌拍在孩子的屁股上，哭着说：“我怎么生出你这个孽种来啊？”或许拍得疼了，孩子哭得更大声了，李敏妈就抱过来给孩子手里塞了个玩具。

马忠政看着孩子的可怜样，心里已是懊悔，自己确实做错了事。尤其是经历了地震之后，他觉得人的生命实在是太脆弱了，在大灾大难面前完全不堪一击，因此也更加珍惜自己的家庭和亲情。但长期以来，生活在这个家里只让他感到无比苦闷，甚至找不到自尊，好不容易培养起来的那份感情，却被岳母的一句“你们要吵架滚出去吵，这是我的房子”，打击得支离破碎。马忠政有时候很想找个地方发泄，或者说在外面放任自己一回，却总被一根无形的线拉着，而且在关键的时候只要轻轻一拉，自己心中的那团火焰就会被浇灭。因此，马忠政感觉自己活得倍感压抑，半夜醒来的时候经常有一种喘不过气来的感觉，消磨着他的意志，也消磨着他的青春激情。

“我想你应该给我和我女儿一个交代吧？不能就这么算了。”看着女婿没有吭声，李敏妈在旁边敲打着马忠政，“你们要是愿意离婚呢，我也不拦着，但我这房子不能白住，我这保姆也不能白当，你马忠政也总得给我些补偿吧！”

看着丈母娘唾沫四溅地在骂自己，尤其是现在就开口要补偿了，马忠政也发毛了：“原来你们母女俩早就商量好了，这么着急就要把我往外赶啊？随便你们，想怎么办就怎么办吧！”说完他把家里的那串钥匙甩在茶几上，“反正我迟早是要被赶出门的，这钥匙也用不上了！”

当身后的那扇门“咣”的一声关闭后，马忠政有气无力地靠在墙上，眼泪止不住“哗哗”地流了下来。或许，以后真的不会再进这扇门了，虽然这门里有正在咿呀学语中的儿子，有他当初精心挑选的那些家具，还有曾经的幸福和温暖。

再过两天就是国庆节长假了，办公室里的人开始筹划着去什么地方玩，工作起来也没了什么热情，一有空闲就挂在网上，在百度里搜索着景点，好提前做安排。

“马书记，你看一下这个假期值班安排表，如果可以的话，我就发下去了。”团委副书记陆明将一张表格递给马忠政，让他过目一下。

“哦？”在陆明连喊了几声“马书记”之后，马忠政这才回过神儿来。自从李敏那母女俩放出狠话之后，马忠政一直在思考到底该怎么办。离不离婚倒无所谓，主要还是考虑到孩子，没有了一个完整的家庭，对孩子以后的成长肯定不利。到这个时候，他才知道，孩子是多么重要，那是你生命的延续，是你基因的拷贝，是你血脉里伸展出来的一条支流，但孩子在这个时候也成为感情危机时最棘手的牵绊。马忠政想起杜鹃两口子离婚时真是干脆利落，关键一条就是没有孩子。但如今他跟李敏的婚姻已经走到了这份儿上，他知道即使维持下去也很艰难，就像一个破损了的碗，弥补得再好也无法复原。他本来计划着买了房子尽快搬进去，远离丈母娘才能维护自己的尊严。没想到一场地震让这个计划不得不推迟，也使得他们的感情危机提前爆发了。

“哦，我看看。”马忠政看了看国庆七天长假的值班安排表，第一天是陆明，第二天是黄雅涵，中间的几天是其他助理老师，最后一天是自己。

“这样吧，国庆节七天的值班，全都由我来负责吧，你们该出去玩就出去玩，该出远门就出远门吧。”马忠政将其他人的名字全部勾掉，填上了自己的名字。

“这……这恐怕不好吧？”陆明虽然心里已是暗喜，但嘴上还是劝着马忠政道，“马书记，你家里事情也多，也比我们辛苦，怎么能让你一个人值班呢？”

“行了，就这么办吧。”马忠政把表递给陆明，“实在不行，过完节再给我调剂一两天休息嘛！”

陆明只好收起表格，说就这样打印出来给学校办公室备案了，同时张贴在团委办公室大门的通知栏里。办公室里的其他几个人其实早已竖起耳朵听到了他们两人的对话，见今年这么安排，不用再费心和同事互相调换了，立即雀跃起来，嘴上都像抹了蜜一样，跑过来关心地说：“谢谢马书记啊，但是你也要保重身体啊，我们回来一定给你带好吃的。”说完就扭头去上百度了。

马忠政苦笑着，闭上眼睛想养养神，脑子里却是一团乱麻。到了下班的时间，他也懒得起来，就在椅子里窝着。等同事都走完了，原本和同事一起离开的黄雅涵却又返了回来，递给马忠政一封信，说自己刚从信箱里取出来的。马忠政接过来一看，竟然是法院的，心里“咯噔”了一下，想着她们终于先行动了。马忠政对黄雅涵也有了一份感激，这信肯定不是刚出去取的，显然是她特意选了这个时机才给他的，以免被别人看到传出去，影响他的形象。

还没等马忠政说声谢谢，黄雅涵就说：“马书记，我放假哪里都不去，就在成都待着，你值班累了的话，我过来替你吧？”

“嗯，谢谢！”马忠政深情地说，“你去玩吧，我真的想让自己清净几天。”

黄雅涵伸出两只手把马忠政的大手抱在手心里，眼泪也跟着流了下来，说：“马哥，看着你这样糟蹋自己，我真的心疼。”

马忠政抽出手，递给黄雅涵一张纸巾，嘴里说着：“没事，没事，谢谢，谢谢。”

看着黄雅涵出去带上了门，马忠政迫不及待地撕开了信封，果然是法院的传票，李敏起诉离婚了。起诉书上列举了马忠政的几大罪证，要求法院判决离婚，并支持如下请求：第一，财产进行分割，夫妻共有财产（不包括李敏妈的住房，主要为部分家电和现有存款以及所购住房一套）进行分割，李敏应得比例为三分之二，两人购买的房子可以不要，但得按照市场评估价给她补偿；第二，孩子归男方所有，女方不再承担抚养费用和之后的教育费用；第三，马忠政补交李敏妈房租，按照每月200元计算，三年房租共计7200元；第四，补交李敏妈看护孩子费用，每月按600元计算，共计11个月，6600元整；第五，补贴家庭水电气、物管费用等共计2000元整。按照起诉书通知，将在10月底开庭审理。

看完起诉书，马忠政气得胸口发闷，抓起来就想撕掉，却又乏力地放下了手。点燃一支烟，一阵猛抽，等抽完了，马忠政拿起电话打给了黑皮，说了李敏起诉离婚的事情，问黑皮应该怎么办，能不能帮他找个律师。

“哦，原来你们两口子最近在闹离婚啊？”黑皮这才醒悟过来，“看嘛，现在才知道被扫地出门的感觉了？我当初就跟你说，你把那房子贴上金子，房产证上也没有写你马忠政的名字。”或许觉得自己的话说得太重了，黑皮停顿了一下，“如果你要离婚呢，也简单，回头我给你找个律师，肯定不能按照她们要求的那样去办。”

“你看能尽快吗？”马忠政有点儿着急地问。

“不行啊，我现在在机场，晚上去三亚的飞机，我和秋子一起，就提前出发了，也没有通知兄弟们哈！”黑皮说，“不着急，等我回来，回来一定给你找个好点儿的律师，一定！”

第四十七章　这世界太小了

“旅客朋友们，前往三亚的飞机可以登机了，请在 12 号登机口依次排队登机。”

此刻，黑皮将于秋子拥在怀里，坐在候机厅的椅子上，看着巨大的落地窗外，夜幕渐渐地降临，将整个机场笼罩起来，更显得机场灯火通明，一片繁华的景象。成都作为西部的重要城市，近几年经济得到了飞跃式的发展，虽然历经了一次大地震的洗礼，但这个城市建设和发展的步伐却从未停歇，反而因灾后重建迎来更多的发展机遇，凸显出这座城市的自信和经济活力。

正在等待登机的黑皮，看看躺在自己怀里休息的于秋子，心里乐开了花。这还是两人第一次一起出去旅行，就像要去度蜜月一般，让他一直处于兴奋之中。求婚的成功让他抛却了之前的烦恼，以后就是他们两个人日子，两个人的世界。

“在一起，多好。”黑皮感叹着，情不自禁地悄悄低下头亲了一下于秋子的额头。于秋子故意躲着他，让他亲不着，然后是一副窘相。

“起来，走了，走了！”于秋子起身拉着黑皮的手，让他和自己一起去排队。

“着什么急啊，这又不是私奔，又不是赶火车，反正飞机上有咱俩的座！”黑皮看着已经排得长长的队伍说。

经常出差的黑皮早已习惯了这样的节奏，但他一直不能理解的是，中国人怎么都是急性子，汽车要挤，火车要挤，怎么连坐飞机都要挤，好像上晚了就没有了座位一般。好几次，黑皮还碰到因为有人插队挤着上飞机，竟然吵得一塌糊涂，还有在飞机上因为座位或者其他琐事而大打出手，结果耽误大家的行程不说，还被机场警方给拘留了。所以，他宁愿坐着，等所有人都快上完了，自己再不慌不忙地上去，坐好了就睡觉，养精蓄锐，好下了飞机直接奔赴工作第一线。

终于，登机的人都走得差不多了，黑皮才拉起于秋子的手，两人上了飞机找到自己的座位坐下来。系好安全带，看到空姐在前面做安全演示，黑皮就睁大眼睛看哪个空姐长得比较漂亮，这无疑是他的传统节目。或许因为经常坐川航，黑皮觉得川航的空姐确实要漂亮一些，但这几年好像整体质量有所下降，海航的空姐已经迎头赶上，而且服装设计得也很漂亮……他正看得津津有味时，不想胳膊被于秋子掐了一下：“老毛病又犯了吧？”

黑皮这才回过神儿来，这次出门可不是单身，还带着一个美女的嘛。

“哪里啊，我正在看人家演示怎么戴氧气面罩，以免到时候有事了，手忙脚乱。”黑皮应付着说，然后正襟危坐，一脸的严肃。

“得了吧，你一年坐多少次飞机，都是‘空中飞人’了，现在才想起来要学安全知识？”于秋子骂着黑皮，让他别乌鸦嘴了。

等飞机飞到高空平稳之后，黑皮却没有了睡意，这可是第一次和于秋子一起出来旅游。按黑皮的想法，实际上就是度蜜月，因此打算借着长假两人一定要好好享受一番。其实，在那天求婚成功后，黑皮想趁热打铁，把结婚证也领了，但于秋子却不愿意那么着急：“我既然答应了你的求婚，迟早都会做你的妻子，但结婚证不着急办，我想给你充分考虑的时间，或许你有一天后悔了，也还来得及，而我就无所谓了。”

于是，黑皮只得暂时放下这个打算，但他还是高兴地将父亲给的

1001 元钱的红包交给了于秋子，并解释了它的含义，说是父母让他带给她的，算是对他们两个人婚姻的接受和承认。对此，于秋子将信将疑，黑皮发了毒誓，说这个红包要不是父母给的，他就天打五雷轰。于秋子也就接受了这个红包，算是认可。

随后，黑皮死缠硬磨，让于秋子和自己出去旅游，算是一次纪念。为了不在国庆节期间“打拥堂”，黑皮就和于秋子提前一天出行，并选择三亚作为目的地。黑皮其实还有另外的打算，如果合适的话，干脆就在三亚拍一套结婚照。为此，他在临行前已经和当地的一家婚庆公司联系好了，第二天就去试装。

“嘿嘿，我们现在可是‘三万英尺’高空的爱情体验啊！”黑皮握着于秋子的手说。

“嗯。”于秋子靠在黑皮的肩膀上，脸上露出了甜蜜的笑容。

两人正悄悄聊着天儿，忽然有个女人站在黑皮的面前，兴奋地用四川话说：“没想到在这里能碰到你啊！”

黑皮疑惑地抬起头，这是谁呀，怎么不认识？正纳闷儿呢，坐在最里面靠窗的一个女人却接话了，也是一脸的兴奋：“就是，就是，好巧啊，咋个在这里碰到你啊？你打算去哪里啊？”

“我去三亚，你呢？”

“我，我也去三亚，真巧啊！”

“好啊，我们到时候在三亚一起耍嘛！”

“要得，要得！”

终于，站在黑皮边上的那个女人结束了唾沫四溅，回到了自己的座位上，黑皮和于秋子两人赶紧拿出湿巾来擦脸。这家伙，几乎都“破了相”了。黑皮边擦脸，边捂着肚子笑，于秋子问他笑什么啊？黑皮小声地说：“真巧啊，在这里遇到你，你去三亚啊？我半路就下了，打算到了桂林上空我跳伞呀！”于秋子一听，也忍不住笑了。两人“真巧啊，真巧啊”地开起了玩笑。

早晨的阳光透过薄薄的白纱落地窗帘，一直照射到宽大的床铺上，然后缓慢地蔓延开来，让人有了一种慵懒的感觉。窗外的海浪声由远及近地传来，然后又退缩回去，如同弹奏着一曲轻柔的钢琴曲，拨动着人的心弦。

直到阳光洒在黑皮的脸上，刺激着他的眼睛，他才不得不翻身过来，舒服地伸了个懒腰。黑皮艰难地睁开了眼睛，原来于秋子已经拉开了窗帘，正趴在窗台上，支着下颌出神地望着窗外的海景。从她后面看，穿着薄如蝉翼般睡衣的于秋子娇小可爱，更加凸显出玲珑的曲线，睡裙很好地包裹着她圆润的臀部，然后高高地翘起，两条光腿在阳光里显得柔和生动，让刚刚睡醒的黑皮顿时有了冲动。黑皮蹑手蹑脚地起床，然后光脚跑到于秋子的身后。两人沐浴着阳光，在海风的吹拂中肆意地缠绵起来。

等海浪终于安静地退下去后，于秋子拍打着黑皮的脸，亲昵地喊着："小弟弟，小弟弟，起床啦！"说完就拉起他去卫生间洗澡，说一会儿吃了早饭就去海边游泳。

等两人收拾完毕穿好衣服，于秋子突然"哎呀"了一声。黑皮忙问怎么啦，于秋子说："你刚才好像没有戴避孕套，我算算我的安全期是不是过了。"掐着指头，于秋子"嘿嘿"地笑起来说，"好像还没有过呢。你以后要注意，下不为例！"于秋子用手指轻轻刮着黑皮的脸。黑皮反口去咬她，却被她躲开了，然后他又去寻她的嘴唇。于秋子笑着甩开黑皮，说："别闹了，我肚子饿得不行了，你怎么像个吃不饱的饿汉子啊？"

这里是三亚的大东海，海滩上此时已经到处都是游泳的人了。踩在软绵绵的沙滩上，让人感觉无比地惬意。两个人大喊大叫着冲向海浪，结果一个海浪"哗啦"一声就把于秋子打翻在海里，吓得黑皮赶紧把她拉了起来。于秋子灌了一嘴的海水，咸涩得让她一个劲儿地吐着，随后两人又拉着手快乐地冲向海浪。

等两个人玩累了，就仰躺在沙滩上，看着蓝天白云，听着海涛阵阵，黑皮开始发酸地朗诵起诗歌来："我有一所房子，面朝大海，春暖花开……"于秋子连忙打住他，说自己受不了啦，故意作呕吐状。

黑皮拍着她的背部，“嘿嘿”地坏笑着说：“不会吧？老婆，我儿子这么快就扎根了？”

“滚！”于秋子嗔怒地骂着黑皮。

“这两句对话可以说是最短的一篇爱情小说，以喜剧开始，以悲剧结尾。”黑皮故意发着感慨。

于秋子气得在沙滩上撵着黑皮追打，黑皮就故意站住把头埋下来，撅起屁股让于秋子打，说这就是经济学意义上的“鸵鸟效应”。于秋子就毫不客气地使劲儿一脚踹向他的屁股，把他踹了个狗吃屎，然后高兴得“哈哈”大笑起来。

黑皮从沙滩上爬起来，拍了拍脑袋上的沙子，又故意问于秋子，过瘾不？再来一次。黑皮一边又撅了屁股让她踢，一边头朝下对着她做鬼脸，让她哭笑不得。

正低着头，倒立的黑皮看到在于秋子的背后走过来一个高大而消瘦的男人，男人还牵着一个更为消瘦的女人。男人看起来似乎有些面熟，等黑皮站直身子转头细看，居然是于秋子的前夫赵力宏。

“把屁股撅起来啊，怎么不撅了？”于秋子还在故意闹着。

黑皮指了指她的身后，她转身就看到赵力宏，脸色立即阴沉下来。光是从赵力宏的身形就能看出他根本还没解除毒瘾，身体已经瘦得皮包骨，青筋暴起，脸上和身上居然有着与年龄不符的类似于老年斑的黑斑。赵力宏牵着的女人一看就知道也是个“瘾君子”，虽然穿着宽大的沙滩长裙，但是海风一吹，那消瘦的体形就显露无遗。

赵力宏也看到了于秋子，不自然地将牵着的女人的手放下来，讷讷道：“秋子，怎么你……你们也在这里？”

“就你能来我们不能来啊？”于秋子拉过黑皮的手，脸上是甜蜜的笑容，“我们两口子是来度蜜月的，不行吗？”

赵力宏的眼神愈加黯淡无光，但还是向黑皮伸出手，意思是握一下手。黑皮看着赵力宏几乎变形的、细长的手指，不知道该不该握，甚至有些担忧。但想了想，他还是伸出手握了一下：赵力宏的手冰冷而无力。

“祝福你们，祝你们幸福。”赵力宏的声音真诚而恳切。

“谢谢！”黑皮收回自己的手，不自然地放到身后，在裸露的脊背上擦了擦。

“谢谢！”于秋子牵着黑皮的手，跟赵力宏摆了摆手，故意看了看他旁边那个女人，说，“也祝福你们。”然后两人往相反的方向走了，边走还边打闹。

赵力宏没有回头，牵着身边的女人继续沉默地往前走着。女人不断地扭头去看黑皮和于秋子，一个劲儿地问：“谁呀？谁呀？那女的和你什么关系呀？”

男人没有回答。沙滩上留下两串脚印，海浪推上来，一瞬间就被抚平了，什么都没有留下。

虽然经历了这一场看似不愉快的偶遇，但是并未打消两人旅游的热情，黑皮心里很是兴奋，不管于秋子对赵力宏说的是不是气话，两人的三亚之行都是蜜月之行。因此，两人晚上回去就在宾馆里商量着这几天去什么地方玩。于秋子建议第二天去“天涯海角”，黑皮表示坚决反对，理由是他还没有结婚，去了“天涯海角”，这不就意味着两人走到尽头了吗？

“等我们以后老了再手拉着手来‘天涯海角’看看吧。”黑皮说。

于秋子笑话他迷信，但到底还是依了黑皮。

于是黑皮在网络上找三亚有意思的去处，又联络了几个自助游的伙伴，有提议去“天涯海角”的，有提议去蜈支洲岛的，于是在群里开始了一场看“大路货”景点“俗与不俗”的讨论。最后有人提出去锦母角——这是中国大陆架最南端的地方。其实，这里才算是真正的“天涯海角”，因为中国大陆架在这里结束，领海从这里作为开始的基点。网友在群里发了照片，在海边一块巨大的岩石上耸立着白色的灯塔，远方的海天一线立即打动了所有人，于是一致决定就去锦母角。

做好了出行安排，两人便早早地上床，听着海涛的声音，互相又温存起来。

回到成都以后，黑皮写了一篇文章挂在自己的博客上，以此见证他走到中国最南端之行。

锦母角：行至大陆“地”穷处

喜欢旅游的人，总爱背了行囊，一直走下去，走到天涯，走到海角。但很多人在心里却有着一种忌讳：年纪轻轻的，人生的路还长着呢，怎么能去“天涯海角”？尤其对于那些走向仕途的人来说，更忌讳说“天涯海角”，似乎担心到了那里，这仕途会就此终结。

其实，这只是人心里的一个结而已。天涯在什么地方？海角又在什么地方？恐怕我们穷其一生都无法走到。只是当海南三亚真的有这么一个景点的时候，人的内心就抵达了那里，给“天涯海角”确定了一个坐标，或是忌讳到惧怕，或是兴奋到忘乎所以。

其实，天涯镇的“天涯海角”只是刻着字的两块石头而已，距离中国大陆架最南端的尽头还比较远。那个隐藏在偏僻处，我不小心闯进刻着“锦母角”石碑的海角，才知道，原来大陆最南端从那里结束，而领海在那里才算基点。

有种遗憾叫拒绝

三亚一直是我想去的地方，但心理的作祟，让我总告诉自己，等我老了，老了一定带着老伴儿去三亚，去天涯海角，给自己的人生一个圆满的结局。

这让我想起有年夏天，我从成都出发，沿着川藏线，怀揣着朝圣般的心情急切地想到拉萨，到拉萨看雄伟的布达拉宫，看布达拉宫里面的珍奇异宝。于是，经历了在5000多米海拔遭遇塌方搬石头，捂着心口、眼睛一眨不眨地穿越怒江大峡谷，半夜高原反应无法入眠，甚至鼻子流血，如此等等，都被我视为朝圣时应受的劫难。终于在经历20天的艰难跋涉到达拉萨城的时候，远远看到那晚霞中雄伟高大的布达拉宫，我却决定不上去看了。第二天，我在那个艳阳高照的下午，和许多朝圣者一样在布达拉宫周围转经，然后收拾行囊，乘坐飞机依依不舍地离开了拉萨。

我拒绝进布达拉宫，我只是想留一个遗憾在这里。试想，我经历了那么多的艰难，为的就是朝圣布达拉宫。但那么圣洁的地方，我为的就是踏上去满足一下自己的心愿吗？佛的修炼虽然目的是最后成佛，但更重要的在于修炼的过程。于是，我想留点儿遗憾，好让我下次找个理由再来。或许，我下次一样不会上布达拉宫，这是遗憾，更是对布达拉宫最圣洁、最完美的念想。

去“天涯海角”时的心情依然如此。我都走到“天涯海角”了，我还该去什么地方呢？但很多时候各种诱惑却在向你招手：给你个机会，去三亚吧，去享受大海吧。于是，我下了决心，对三亚我可以不拒绝，但“天涯海角”我是绝对要拒绝的。

带着心爱的人一起去三亚，去享受蓝天和阳光，去倾听海风和海浪的声音，然后在海边的沙滩上远眺，朗诵海子的诗歌：“我有一所房子，面朝大海，春暖花开。”但那潮湿而且带着腥味的海风终于让我放弃了那点儿诗意，想起内地开发商常发布看海景的房子照片，以迷惑购房者——看着清爽，其实真住到这里，也不见得舒服，关键还要看能否适应。

一直担心哪个驴友会提出去“天涯海角”，果真还是有人热情地发出了提议。于是被我评价为“俗”！但来了三亚总不能一直在海里泡着吧？除了“天涯海角”还有亚龙湾、蜈支洲岛、三亚湾等。想着把这些可以称为“大路货”的地方转完了就回去，然后把遗憾留在“天涯海角”。

天涯在心里，海角在陆地上

“来三亚就逛这些大路货景点，难道一样不遗憾吗？”有驴友批我为“俗”。

于是在网络上找地方，找那些不是大路货且值得玩味的地方。驴友提议去锦母角——中国大陆架最南端的海角。“这才是真正意义上的‘天涯海角’。”驴友强调说。

去还是不去？心里似乎并不是很拒绝去这个地方，反而一直忌讳的就是那两块刻着“天涯海角”的石头。终于明白，内心的结原来打在那个点上，总是让人小心翼翼地不敢触碰，也不敢迈过去，禁锢了自己的脚步。其实，我们是可以轻易地越过那个结的，过去了就过去了，可以把结仍然留在原处。

先坐公交车到红沙码头，再花一元钱坐船到对岸，乘坐了海南独有的一种交通工具“三脚猫”——在一辆大马力的摩托车左侧焊接出一个斗箱出来，人可以坐在里面，这样就是最简易的三轮摩托——送我们到锦母角海角所在的山下码头，并说好了等我们下山后再来接人。

一路虽然颠簸，但沿路的海景非常漂亮，海水看起来没有丝毫的污染。路边的黎族小村寨掩映在高大的椰树林中，人们懒散地在树下绑着吊床，享受着午后的闲暇。终于到了山脚下，车夫告诉我们上去可以，但要经过军事管理区，不一定能够进去。

于是，我们忐忑不安起来。但几个驴友还是按照原计划，冒着酷热沿着盘山公路行进。终于在渴得喝完一瓶水的时候，看到了军事管理区的大门。一个新兵在那里把守，我们磨叽了半天也不让通行。同行的驴友有人便拿了自己当年当兵的士兵证、军人优待证等，说自己原来在新疆守卫西大门，现在想来看看祖国的南大门。终于疏通了一个换班的老兵，让我们速去速回。

一路人开始雀跃起来，没有想到真的能进去，但显然我们的成功经验不具备可复制性。进去没走多远，便是一块石碑，刻着国徽和“中国领海基点方位点：锦母角”的字样。这里一面环山、三面环水，从锦母角往下望，海水湍急，不时有巨浪拍打着岸边嶙峋的礁石，轰轰的海浪声有如从天边传来。站在那里，远眺南海，看天苍苍，海荡荡，远处的轮船成为一个小点儿在碧蓝的海水上移动，横无际涯，才有海的神圣。

碑的左侧方向，则是新修的、有着红色塔尖的高大灯塔，独立于一块灰白色的礁石之上，这是中国大陆架“最南端的灯塔”。沿着崎岖的山路走过去，可以从不同角度观察和感受这礁石、灯塔、轮船、大海、蓝天、白云给人带来的视觉冲击力，让人贪恋到舍不得离开这里。

返回的时候已经是疲倦至极，守卫的战士告诉我们，我们可能是最后一批能够上山的游客了，于是心里不禁庆幸起来。原来在大陆最南端的尽头，有这么一处将大海和大陆的表情演绎到极致的地方，它们各自寻找到了自己最为伟岸、秀美、开阔、激情的一面，在这里做最亲密的接触。

离开三亚前，我还是拒绝了去“天涯海角”。其实，真正的天涯海角已经在不经意间走过了。或许，天涯只是在心里，而海角才在陆地上。

第四十八章　都不要儿子了

等黑皮气喘吁吁地爬到马忠政的办公室所在的楼层，一推开办公室的门，就被马忠政憔悴的面容吓了一跳：窝在办公桌后面的马忠政此时胡子拉碴，一副无精打采的样子，人看上去瘦了一圈，感觉一下子像老了十来岁一般，桌子上的电话机已经被摔烂了，话筒扔在一边，还不停地发出“嘀嘀嘀”的声音。

“七天，整整七天没见到儿子了。”马忠政说着，眼泪竟然流了出来，这个身材魁梧的男人痛苦地抖动着双肩，把头埋在了两只胳膊里。

黑皮一时无语，拿出香烟一人一根，两人抽着烟半晌无话。看来，眼前的这个男人确实遭受了莫大的创伤。所以黑皮从三亚提前回了成都，放下行李的第一时间就是来找马忠政。

“唉，老兄，难道真的就谈不拢了吗？孩子毕竟还那么小。”黑皮劝慰道，“毕竟你们两口子有着十来年的感情，能凑合就凑合着过下去吧。”

马忠政指了指那个已经被砸烂的电话机，抽噎着说：“国庆节期间，我一个人在这里值班，天天打电话谈，这已经是摔烂的第二部电话了。”他艰难地摇摇头，“没救了，或许这婚姻真的没救了。”

马忠政又把李敏的起诉书拿给黑皮看，那些诉讼要求被红色的笔勾画了出来，非常醒目。黑皮认真地看完那一条条诉讼要求，然后喝了口水，润润嗓子说："兄弟，我是这样认为的：第一，你们两口子很多矛盾的源头，都是你那个丈母娘；第二，你是被一套房子给压垮了，但房子算个什么事嘛；第三，作为男人，在外面偶尔有个一夜情、两夜情什么的，我都能够理解，但你也太不小心了，尤其是聊天儿记录什么的，这些证据对你分割财产会非常不利，这完全是让你净身出户啊。

"人常说，劝和不劝离，但让我看，你们这婚姻是真的完了，很难再挽救了。关键是孩子，你们亏了孩子啊。"黑皮强调着说。

马忠政看着他，说："说实话，最近这两三年我过得很压抑，不管是在学校里，还是在家里，我都找不到自己的位置，时时有一种被人牵着走的感觉。但是我没有办法，孩子张口要吃奶粉，要买车、买房，我还经常担心自己会被丈母娘扫地出门。我有时候非常想放纵一下自己，但是看到李敏，看到孩子，看到楼上那盏等你回家的温暖的灯光，我就释然了，我得为这个家庭负责。

"当然，上次回老家和初恋情人有了一夜情，我承认是我的错误。也只有那一次，我才感觉到自己内心得到了极大的释放，找回了青春的激情。"马忠政顿了顿说，"现在想起来，你说得很对，即使我把房子贴上金子，那也不是我马忠政的。但我不抱怨，谁让我只有这么一点儿本事呢，谁让我买不起房子呢？"

"要不这样，我还是帮你找个律师吧，离婚的官司一般都是先调解，只要你们把财产分割清楚了，也就很快能离婚了。但是孩子，你打算怎么安排？"

"孩子……你知道，我老家在农村，那里的教育条件很差，但我这里工作又忙，顾不上孩子，再说孩子还在哺乳期，我想要也没有办法养活啊。"

"但我看李敏的意思，她也不想要孩子？现在的不少女孩儿，都图自己轻松，把孩子当成拖油瓶只想一甩了之，甚至以后的抚养费和教育费她都一概不负责，真不知道她这个当妈的到底是怎么想的？”

“是，我们当初太草率了，以为有了孩子，两个人就能够好好地过下去，谁知道会走到今天啊？”马忠政眼泪又止不住了，“孩子，唉，就可怜了我儿子啊！”

两人商量好了，还是先去找律师，看看律师怎么说，然后再解决怎么打官司的问题。

“我简单算了一下你的标的，按照标准应该缴纳 12000 元的律师费，不过，既然你是秦首席带过来的朋友，就打个五折吧，你回头到财务室缴纳 6000 元的律师费。”王律师在本子上划拉了几下，对黑皮和马忠政说道。

“没问题，没问题，太感谢王律师了。”马忠政说着感激的话，“你觉得她们提出的那些诉讼要求，法院会不会全部支持？”

王律师接过马忠政递过来的香烟，点燃后长长地吸了一口，然后慢条斯理地说：“一般的离婚案子，其实两口子也没有什么深仇大恨，就是因为一些鸡毛蒜皮的事情过不下去了。既然你们都已经到了起诉的阶段，我估计也难以凑合。那么法院调解，主要涉及的还是财产问题，我觉得对你来说，这不是大问题，大问题是孩子由谁来养？”

“对，对，对。”马忠政一连说了三个“对”字，“最让我头大的就是孩子的问题，肯定是不能送回老家的，我们那儿的生活、教育条件都很差，但我工作太忙了，根本没有时间照顾他。所以，我的意思是把孩子的抚养权还是判给他妈妈，我在财产分割上多让点儿都可以。”

“这就对了。我的意思就是在调解的时候，你能够在财产上多让一点儿，其实也没有多少可以让的——家电、家具，不值钱，你搬走也没有意思；房租赔付，法院肯定也不会支持；那么关键的就是你们现在新购买的房屋了，如果出售变现，肯定会增值，这个钱该怎么分？另外，就是孩子的问题。现在孩子还不到一岁，还处于哺乳期，如果你不想要，通过努力，法院把孩子判给母亲的把握就会很大，那么你需要支付的就是孩子的抚养费以及以后上学的费用等，这个你也可以根据你个人的收入情况，适当地多给点儿，那毕竟是你亲生的儿子，对吧？”

听了王律师的分析，马忠政的心里算是有了个底，如果能解决好儿子的问题，就万事大吉了，对于其他的，他也不在乎。何况他也在这个城市生活，前妻（目前姑且可以如此称呼了）也很难说辞掉现在的工作一走了之——当然，也不能排除人家要再找一个人嫁到外地的可能。但是至少在一段时期内，自己和儿子还是有很多接触机会，可以关注他的成长情况。

下了决心，马忠政就说：“按照王律师的意见办吧，把儿子解决好了，什么都无所谓。”

王律师对黑皮说：“你这同学确实是深明大义，不像有些男的那样小肚鸡肠，两口子为了争一口电饭锅都闹得不可开交。”

于是，马忠政去财务室交了律师费，心情也总算平静了下来，等待着法院开庭的日子。

月底的时候，马忠政和李敏终于在法庭上见面了。一个月没见，李敏似乎精神了许多，新烫的头发弯曲地垂在肩膀上，穿着一身职业装，有着说不出的清爽，愈发地显出女性成熟和性感的魅力。李敏正是用这样的方式来告诉马忠政：看，我离开你一样活得精彩。

当两人面对面站着的时候，反而有点儿羞涩的感觉，好像他们不是来离婚的，而是来相亲的。在庭长宣布开始后，两人才意识到这是在法院里。然后，李敏开始出示自己的证据——主要就是马忠政签字的那份聊天儿记录。接着李敏就开始慢条斯理地哭起来，控诉马忠政在家里这也不做，那也不做，对孩子也漠不关心，整天就只在外面打牌喝酒，挣的钱也不知道有多少，都用来在外面养小情人了。在法官的一再提醒下，李敏才停止了哭泣，但是脸上的妆容已经被泪水弄花了。

马忠政是一脸的无奈，默默地看着李敏在法庭上发泄自己的情绪。

经过调解，马忠政主动提出，因为自己的错误，他愿意为对方放弃一些财产的权利，比如现在李敏妈的房子里的所有家具和家电，以及他曾经付出的10万元装修费用。此外，家里两个人的共有存款——5万元可以全部留给李敏，双方购买的房产可以出售，所得收入一人一半。但有一个前提条件，就是孩子必须由女方抚养，马忠政愿意每月支付800元的生活费，直至孩子大学毕业，期间所有的学费一人一半。

“女方绝对不能将孩子送人或者更改姓氏，否则我将追诉我支付的所有款项。”最后，马忠政强调说。

听了马忠政的话，李敏一时无话可说。王律师也建议把孩子的抚养权给李敏，毕竟孩子小，由母亲抚养有利于孩子的成长。李敏聘请的律师征询了一下她的意见，一开始李敏还是不想要，怕变成自己的累赘，在法官以及双方律师的提醒下，她冷静下来仔细想了想，最后同意接受孩子的抚养权。

这样，两人在法官的见证下，签了离婚协议书，对现有财产进行了分割。当然，马忠政在年初买的那套房子，现在每平方米竟然上涨了1000元。后来两人一起商量卖房子的事情时，李敏有些心软了，说这房子一卖，马忠政在成都连个落脚的地方都没有了。于是李敏主动说把房子留给马忠政，到时候他有钱了再补给自己5万元钱就行了。这让马忠政多少有点儿感动，说这套房子如果不卖以后就留给儿子吧，然后又从张力那里借了3万元钱，加上自己手头攒的两万给了李敏，两人的财产交割算彻底两清了。李敏妈知道李敏没有卖房子反而还把房子给了马忠政，就和女儿闹了一场，当然这都是后话。从法院出来，马忠政笑着问李敏：“这下你解脱了吧？”

李敏立马反击道：“这下你就可以去找‘草原凤凰’结婚了啊，我还没有下家呢。”

“好了，好了，我认输了，这样吵下去又是没完没了。这样吧，时间也不早了，我们还是吃个散伙饭吧？”马忠政已经举手投降。

“哎，散伙饭？好啊！”

“想吃什么？”

“鹅肝，法国鹅肝，我要到香格里拉大酒店的西餐厅去吃法国鹅肝。”李敏故意刁难着马忠政，说自己要去吃西餐。

“好，没有问题，我们去吃法国鹅肝吧！”

于是，两人拦了一辆出租车。

“师傅，去香格里拉大酒店！”马忠政豪气十足地说。

第四十九章　寻找一段真爱

张力经过多方打听，终于找到了这个位于重庆山城的偏僻小区。踩着那些已经有了些年代、被磨得光滑的台阶，看着旁边那一棵棵盘根错节的大榕树，张力就想，那时年少的杜鹃是在这里快乐地成长，这一条路上又留下了她多少欢笑、多少足迹呢？

张力至今都不明白，为什么当他的“香香鸭”刚刚起死回生，自己就要跟杜鹃求婚的时候，她却在那个早晨不辞而别？或许她有自己的难言之隐，但是为什么不告诉他呢？在很长的一段日子里，张力找不到方向，于是只能用酒精麻醉自己，等醒来后就到处疯狂地去寻找杜鹃，打听不到任何消息的时候，他又继续用酒精麻醉自己，直到他的助手万本忠将杜鹃转交的证据拿给他。

“张总，这个是杜总让我转交给你的，本来我答应了她要保密，但我实在不忍心看到你这个样子。”万本忠将一沓杜鹃辛苦搜集的资料推到了张力的面前。

“杜鹃！”张力终于清醒过来，让他眼里放光的不是这沓资料，而是听到“杜鹃”这个名字。他“呼”地一下站起来，抓着万本忠的手，急切地问：“快，快说，杜鹃在什么地方？”

“她现在在什么地方我真的不知道，这些资料也是她邮寄给我的，但她之前给我打过一个电话，让你不要放弃现在的事业，也不要去寻找她。”

张力听了万本忠的话，终于无力地坐回椅子上，两只手捂着自己的脸庞，再一次流出泪来。

但张力仍旧不死心，他认真地看了看那个快递上的邮戳，是来自那个小县城，让他想起他们两个人之前曾经去那里考察过市场。张力抓起汽车钥匙，一路狂奔，驱车赶往那个小城，然后坐在小城广场边上的那间咖啡屋里。阳光依旧，那张桌子上铺就的蜡染桌布也是整洁如初。但张力看着窗外熙熙攘攘的人流，不知道哪个人才是杜鹃。

桌子上的一杯绿茶，早已经喝淡了。

张力看着广场边上的那家“香嘴鸭”，终于明白了杜鹃的良苦用心。这里曾经是他和加盟商一起确定的位置，当初两人一拍即合，对这个小县城市场的开拓充满了信心。但是后来“香香鸭”经历了风波，这个加盟商立即反目，一度联系其他商家向他索赔。张力也自觉理亏，给对方退了加盟费，还赔付了 10 万元。但现在，这家“香嘴鸭”使用的几乎是和“香香鸭”一模一样的招牌，甚至这个门店的老板依然是那个加盟商。

张力觉得自己真的是被欺骗了，心里也更感激着杜鹃，看来她真的在爱着自己，只是有着说不出的苦衷而已。

张力和他的团队决定反戈一击。首先通过法律途径起诉“香嘴鸭”侵犯了自己的商标权。张力从律师处了解到，根据《商标法》规定：“被控侵权的商标与注册商标近似，被控侵权商标所使用的商标与该注册商标所核定使用的商品属于同一种类；或者被控侵权的商标与注册商标近似，被控侵权商标所使用的商品与该注册商标所核定使用的商品相类似。”那么，“香嘴鸭”明显是侵犯了“香香鸭”的商标权。加上“香嘴鸭”的“Logo”设计、门店色彩等都与“香香鸭”有着极大的相似性，因此对“香香鸭”造成了侵权。

同时，针对一些加盟商私自撕毁合同，改弦更张投到“香嘴鸭”门下，“香香鸭”也一并提出诉讼，进行索赔。

就在张力提起诉讼的同时，“香嘴鸭”的阵营却不攻自破。出问题的依然是二级、三线城市的加盟商，由于“香嘴鸭”看到加盟商越来越多，便将发货价格逐渐提高，同时毫无规划地一味发展加盟商收取加盟费。一些无良的加盟商就私自加工鸭肉产品，甚至一些黑作坊给其供货，然后流进“香嘴鸭”的门店里以次充好进行销售。结果，由于“香嘴鸭”监管不到位，门店销售的产品质量存在严重的问题，导致出现大面积亚硝酸盐中毒的食品安全事故，而且是几个二级、三线城市陆续出现同样的问题。就此，经过媒体的大规模报道以及食品监管部门的调查，将“香嘴鸭”彻底地查封了。

虽然张力对“香嘴鸭”进行了法律诉讼，但几乎不可能得到什么赔偿。黑皮给他出主意说，“香香鸭”正好可以借此机会重出江湖，做好正向舆论引导，通过媒体将“香香鸭”的品牌形象塑造起来，以安全、健康的食品提升美誉度。为此，黑皮亲自执笔写了一篇通讯稿件——《香香鸭：穿在竹扦上的创业梦——记青年创业者张力》，其传播收到了良好的口碑。

此外，在万本忠的策划下，“香香鸭”首先向市场发出信号：做食品就是做良心！配合诉讼，新闻媒体陆续报道了“香香鸭”才是正宗的鸭脖，“香嘴鸭”是真正的“李鬼”。同时，张力的养殖基地、加工基地、配送流程的监管等，通过门店上悬挂的电视屏幕进行不间断播放，向公众进行了充分展示。这些做法使得“香香鸭”的信任指数迅速上升，销量也快速增长。

加盟商更是纷至沓来，张力甚至将单店的加盟费提升到了 10 万元，这个费用在半年前还不过 3 万元。即使如此，很多加盟商还是被张力婉言拒绝了，他决心先慢慢发展自营店，一方面加强队伍建设，另一方面也在摸索管理经验，避免出现以前的失控风险。

张力认为，在营销战略上，“香香鸭”销售的不仅是一种吃不饱的产品，而且还是一种有限供应的产品，这就是“饥饿营销”的概念。比如，现在好一点儿的单店一般到每天下午四五点的时候就基本上清货了，按照以前的做法，肯定是及时补货，但现在张力不着急，反而让门店的销售人员告知消费者，当天最新鲜的鸭脖已经销售完了，保证第二天销售的不是积压产品或者头一天剩下的冷冻产品。这样一来，人气就更旺了。

此外，在加盟店和直营店的管理系统上，张力运用互联网对所有的门店进行视频监控，销售数据和配送数据进行实时核对；对加盟商进行风险保证金制度，这就是借鉴了白酒行业的做法，根据加盟商的销售情况、卫生情况、诚信情况，给予返点或者倒扣保证金。最重要的是，张力通过两个多月的努力，已经将其他省会城市的中央厨房和原材料配送中心建设完成，足以满足当地市场的增长需求。

等把公司的这些工作理顺，张力下定决心要找到杜鹃，让她看看现在的自己和“香香鸭”事业。他找到的突破口就是杜鹃的老家，他相信，即使找不到杜鹃，但是至少可以从她的家里获知一些跟她有关的消息。

等张力终于一身疲惫地出现在杜鹃家里的时候，杜鹃父母的态度却让他吃了一惊。

“你应该就是张力吧？”杜鹃的父亲第一句话就点出了张力的名字，两位老人热情地将张力拉到客厅里坐下，给他递上了一杯热茶。

等张力缓了口气，杜鹃的父亲和母亲坐在他的跟前，一脸的慈祥。

“杜鹃回来后提过你，说你对她很好。”杜鹃的母亲已经小声地啜泣起来，“这孩子命苦，彭涛这个不要脸的背叛了她，她离了婚却一直瞒着我们，自己一个人承受着痛苦。直到她前段时间回来，我们才知道这一切，也真是苦了你了，孩子！”

“小伙子，我知道你喜欢杜鹃，杜鹃也跟我们说过你对她非常好。”杜鹃的父亲接着说道，“但杜鹃跟我们说，你没有结过婚，她配不上你，她知道有一天你会到这里来找她，所以给你留了一封信，让我们转交给你。”

杜鹃的母亲进屋去拿信，背影已经显得很是苍老，右腿显然不太灵活——因为腰椎间盘突出和风湿病，使得老人走起路来小心翼翼的。杜鹃的父亲则在一旁平静地看着自己的老伴儿走进卧室，这样的情景让张力有一种亲切感，好像面对的就是自己的父母。

等张力拿到杜鹃留给自己的信件后，心里还是颤抖了一下。信是装在一个密封的信封里，显然杜鹃的父母从来没有拆开过。

张力：

你好！

我首先应该感谢你这么不辞辛劳地到我家来看望我的父母。他们年龄都大了，也非常孤单，你有空的话，可以陪他们聊聊天儿。

但我依旧想要告诉你的是，真的不要再找我了，至于个中原因，或许有一天等我老了，我会告诉你，或许它将永远沉淀在我的记忆里。我知道，我们曾经真挚地相爱过，这就已经足够了，但我无法奢望，将我的一生托付给你。

请原谅我的不辞而别。我现在在一个你永远无法抵达的角落里，我只想过自己平淡的生活，然后回忆与你曾经在一起度过的美好时光，一起打拼的日子。这对我来说，已经足够了。我还想看到的是，你能够幸福，香香鸭餐饮集团能够有好的发展，实现你的雄心壮志。

张力，真的不要再找我了，我们是交叉而过的两条直线，已经在朝着不同的方向延伸，这一生恐怕再也不会出现交集了。

真诚地祝福你！

杜鹃留字

张力看完这封没有日期的信，泪水已经止不住地流了下来。杜鹃的父母在旁边叹着气，安慰着张力，说小伙子这么好的条件，肯定能找一个比他们家鹃子更好的女孩儿。

接下来的几天，张力就住在杜鹃的家里，住在杜鹃曾经的闺房之中。眼前的一切是那么的熟悉，到处都是杜鹃的气息和影子，张力仿佛感觉杜鹃从未离开过自己。在杜鹃的家里，张力不是收拾这里就是收拾那里，买菜做饭的，忙前忙后。老头子喜欢种花，张力就把他们的阳台改造出来，又买了几样品种稀罕的盆栽放在家里。又带老人去检查身体，买了不同的治疗风湿和腰椎间盘突出的药品。张力的勤快与朴实，让两位老人感动得都舍不得他离开了。

等张力走的这天，两位老人将他送到小区门口，依依不舍。张力拉着老人的手说："麻烦你们转告杜鹃，就说我在成都等她，等她想通了，不想在外面漂泊了，就回成都来，我等着她一起过日子。"

后来，张力又到重庆几次看望两位老人，一个是他期望能够在这里遇到杜鹃，另一个是他真心喜欢那两位老人，对待他们就像对待自己的父母一样。每次来，张力不是忙前忙后，就是和老人聊天解闷。张力的朴实、善良也深深打动了杜鹃的父母，两位老人曾多次和杜鹃联系让她回来见见张力，但是杜鹃好像铁了心一样，不愿意回来。老人也没有办法，但是已经没有把张力再当作外人，而是像亲儿子一样对待，甚至把家里的钥匙都给了张力一套，说你只要来重庆，这里就是你的一个家。

第五十章　去丽江散散心

马忠政半躺在床头的被子上，跷着双腿，看着这个只有七八平方米大的小屋，心里竟然有了一丝满足感：这总算是一个属于自己的小天地了。

这个筒子楼的公寓，是学校为照顾马忠政才腾出来给他的。屋里放一张床、一张书桌、一个简易的衣柜，就已经显得满满当当的了。厨房和厕所在外面，都是公用的。但马忠政几乎用不上厨房，一个人的日子好过，在学校的食堂里凑合凑合就行了。虽然这里远没有李敏妈家里舒适，但却没有了老人的唠叨和老婆——应该说是前妻的抱怨。只是没有了孩子的欢笑，没有了那个看到你下班就伸出双手要抱抱的稚嫩的小脸儿。想起孩子，马忠政心里就涌出一股酸楚，他还那么小，就要面对一个破碎的家庭，还不知道是否会给他以后的成长留下阴影。

马忠政更大的痛苦就是不知道该怎么跟老家的父母交代，他们的年纪都大了，自己这一离婚，他们肯定受不了这个打击，还不得把他们急死。尤其是孩子，老两口儿肯定会心疼死自己的小孙子。但没有办法，送回老家抚养肯定更不利于孩子的成长，一方面是老家的生活和教育的条件差，另一方面是老人肯定会溺爱孩子，还不如让孩子待在他妈妈的身边，毕竟这是亲生的儿子，自己也可以随时去探望，不至于让孩子的父爱、母爱完全缺失。

想了又想，直到把离婚手续办完，把自己安顿在这栋筒子楼里后，马忠政才小心翼翼地拨通了老家的电话。

“我孙子的身体还好吧？天气转冷了，要注意穿衣，他外婆又不经心孩子的事。”电话一接通，老妈已经在那边开始关心孙子了，絮絮叨叨了半天。

“都好，都好！”马忠政还是不知道该怎么开口。

“我正在家里给孙子做棉袄呢，棉花是咱们自个儿家种的，可白可白了，冬天穿上保准我孙子身上暖和。”马忠政的老妈已经在那边比画着给孙子做的棉衣了，笑得嘴巴都合不拢了。

“妈……”马忠政觉得自己的嗓子眼儿里有一种咸咸的东西。

“政娃，怎的啦，有甚事？”

“妈……”

“政娃，怎么啦，孙子没事吧？”老妈已经在那边着急起来了。

“孩子没事，真没事。”马忠政一下狠心，说，“妈，我说个事，你别着急，我……我和李敏离婚了！”

“离……离啥了啊？离婚！”听到儿子离婚了，马忠政的老妈立即哭了起来，父亲在旁边大声地问：“作甚？作甚？他们两口子作甚啦？”

“那我孙子呢？你把我孙子给我抱回来，你不抱我就去抱！”马忠政的老妈在那边歇斯底里地骂着他，“你这挨千刀的，怎么这么作践孩子呀，还不到一岁的娃就没大大没妈啦啊！”

“看你们说的，怎么没大大没妈了吗？我这不是都好好的吗？”马忠政劝着父母说，“这是我们两口子的事情，整天吵吵闹闹的，日子实在是过不下去了，只好离婚了。孩子呢，我考虑咱老家条件不好，就判给他妈妈了，他外婆现在也不打麻将整天在家看孩子了，我也可以随时去看。哦，你们来了，也可以随时去看，以后放假了，我也可以把孩子抱回老家看你们，这个你们放心吧。”

“唉，咋个整成这样了吗？咋个整成这样了吗？”听到孙子已经被妥善安排，马忠政的老妈心里终于有了点儿安慰，但还是承受不住这个打击。

“那……那就先这样，你们想看孙子了就过来看，谁也挡不了你们。”马忠政这才挂了电话，长舒一口气，老人要接受这个事实还需要时间，等时间长了，慢慢就好了。

“咚咚咚！”房间的门被敲响了。

“进来，门没有关。”马忠政心里说会是谁呀，但却懒得起床，依旧仰躺在床上看着天花板。

“马书记，怎么这会儿还在养神呀？”进来的是黄雅涵，她手里提着一个热水瓶，一脸的笑容，头发随意地扎在脑后，一晃一晃的，显得年轻而有活力。

“哦，小黄呀！”马忠政赶忙翻身起来，给黄雅涵让座，但房间里只有一把椅子，他不知道让黄雅涵坐在床上好还是椅子上好，想了一下，还是自己坐在床上，让黄雅涵坐椅子上。

“我看你这里没有热水瓶，就给你带来一个，你先凑合着用吧。”黄雅涵把热水瓶放在书桌的旁边。

“谢谢，谢谢。这两天收拾屋子就够麻烦你的了，怎么还能用你的热水瓶呢？我等会儿下楼就去买一个饮水机，这样用着也方便。”马忠政忙和黄雅涵道谢。

这两天，住在旁边的黄雅涵一直在帮着马忠政打扫卫生、铺床，让他很是感激。尤其是他一开始还有些顾忌，但黄雅涵丝毫不理会别人的风言风语，依然我行我素地和他来往。

“看你说的，咱们都是邻居了嘛，哈哈哈。”黄雅涵灿烂地笑起来，笑完了，却有些尴尬地坐着，不知道该说些什么，两只手放在自己的腿上搓来搓去。

小屋里安静下来，阳光难得好，从窗户一泻而下，洒在有些陈旧的书桌和两个人的身上，所有的影子就斑驳起来。在这样的一栋筒子楼里，让人感觉像是回到了20世纪80年代，一切都是那么的质朴。

“别，别动！”就在马忠政起身打算给黄雅涵倒水的时候听到她这样喊，便又坐在床边，不知道她要做什么。

黄雅涵起身，看着马忠政的头发，伸出一双白皙而细长的手，落在了他头发上，然后将一根在阳光下泛着银光的白头发拔掉了。

此时，黄雅涵的上半身刚好凹凸有致地展现在马忠政的眼前，女孩儿特有的体香侵入他的心肺，让他心里有些激动起来，却一时手足无措，两只手只不停地去抚平床单上的皱褶，直到黄雅涵将那根白头发拔下来递给他看。

“嘿嘿，老了，嘿嘿。”马忠政有些尴尬地笑着说。

“好了，我走了，有事就喊我，别客气哟，我们是邻居。”黄雅涵将那根头发放在桌子上，然后一扭身，一阵风般地就出了门，只留下一个女孩儿的馨香，在这间简陋的小屋里飘荡。

周末，马忠政去李敏妈家看孩子，却不愿意上去：一是不想碰到李敏妈；二是自己早就没有了这个家的钥匙。他让李敏把孩子抱到楼下来，一个多月没有看见儿子马浩天了，似乎小伙子瘦了点儿，但也长高了不少。马浩天看到马忠政，立即伸出小手，小嘴巴里喊着“爸爸、爸爸”，要马忠政抱。

听到“爸爸”这个词，马忠政心里一怔，将儿子抱在怀里亲了又亲，眼泪滴在了孩子的小脸儿上。李敏拿着卫生纸过来擦去落在孩子脸上的泪水，说这样会让孩子的脸上起皮长痘痘。马忠政这才忙把孩子递给李敏。

两人一时无话。李敏哄着孩子，孩子不让妈妈抱了，要下来自己学着走路。李敏只好弯着腰，扶着他的两只手，一边小心地带着孩子往前面走，一边问马忠政：“住的地方都安排好了吗？你工作忙，但还是要注意身体，没事就自己做点儿饭，别老在外面吃，不卫生。”

“都好，都好。”马忠政看着这母子俩，心里涌动着一种久违的温情，似乎他们还是一家人，只是互相都客气了许多，甚至客气得有些别扭。

旁边有院子里的老人带着孩子过来，找马忠政的儿子一起玩。老人边照看自己的孙子，边跟马忠政和李敏说：“我可真是羡慕你们两口子，感情多好呀，哪像我儿子、媳妇，两口子整天吵吵闹闹，唉，一天都没有消停过。”

马忠政忙笑起来，跟老人说，这一家人，锅碗瓢盆的难免磕磕碰碰。然后亲了儿子，对李敏说：“你看好孩子，我先走了，去办点儿事。”转身走时，他却不禁叹气道，“这家家都有本难念的经啊！”

一个人回到宿舍，马忠政躺得无聊至极，想出去散散步，却不知道该去哪里。想着第二天是周末，可以走远一点儿，但是走多远才算远呢？马忠政突然想干脆走得再远一点儿，出成都市还是出四川省？打开电脑，上了QQ，胡乱地翻看哪里比较好玩，忽然看到有个网友的签名改为：去丽江寻找归宿。丽江？马忠政想了想，自己先笑了起来，于是决定去丽江，反正都已经单身了，还怕什么呢？

想通了，马忠政一身的轻松，于是给副书记陆明和秘书长黄雅涵分别打了电话，说自己想把国庆节的假期顺便补休了，让两个人把手头的工作安排好。两个部下都表态说，书记这段时间确实太累了，就出去散散心吧。马忠政又给师弟杨克打了个电话，算是给学校办公室备个案，以免到时候学校有紧急的事情找不到他人。

自从马忠政的副处级被搁置以后，办公室里都知道了是陆明在背后使得坏。虽然大家表面上还是一团和气，但私下都骂陆明是小人一个。陆明也自知理亏，尤其是马忠政接着又离婚了，一个好好的家庭就这么散了，多少都与他的举报有关。因此陆明也低调起来，见了马忠政总是一副笑脸，也跑得勤快多了，不再像以前那样指挥不动或者阳奉阴违。

马忠政倒是不计前嫌，还是一如既往地对待陆明，这让黄雅涵愤愤不平，平时就对陆明横眉冷对的。陆明也知趣，不再纠缠黄雅涵，而是把目光盯在了从隔壁学院新分配过来的一个美女辅导员身上，有事没事都跑过去串门。同时，陆明也私下活动着调到其他学院做个副院长或者党总支书记什么的，据说校长已经帮他在学校常委会上吹了风。

马忠政无暇顾及这些。人往高处走，水往低处流，人家想做什么谁也拦不住。马忠政终于想通了，暂时把一切压力先放下。安排好团委的工作，他订了当晚的飞机票，就直飞丽江。

一觉醒来，头顶的阳光直刺着眼睛，让他想睁开又难以睁开。原来房间的屋顶有个天窗，马忠政昨晚看星星忘记关上了，阳光一大早就毫不吝啬地把整个屋子都铺满了。

不得不说，丽江的生活真的很是悠闲，舒适的大床让马忠政实在不想起来，终于他慵懒地伸长胳膊，长长地打了个哈欠。“哇……”马忠政觉得胃里突然涌出了一股酸水，恶心得他想吐，然后他捂住嘴巴，冲进卫生间里“哇哇”地吐了起来。昨晚他一个人想着这些年来的生活经历，不知不觉喝了很多酒。此刻，酒水的酸臭味立刻弥漫在整间屋子里，久久挥之不去。

第五十一章　命运不堪一击

黑皮躺在于秋子的怀里，伸长了双腿软软地耷拉在沙发上，感觉无比惬意。于秋子端坐在沙发上，抚摩着黑皮那乌黑的头发，将一瓣削好的苹果塞进他的嘴里。两人一边看着电视，一边有一搭没一搭地闲聊着。

“你说这李敏怎么和马忠政说离就离了，他们的儿子还那么小，怎么能忍心抛弃不管啊？”于秋子忽然想起这事来，问黑皮道。

“唉，过不下去了呗，当初他们俩要朋友的时候就吵吵闹闹，有了孩子更是如此。”黑皮翻个身，看着于秋子的脸，“关键是房子，当初老马装修房子的时候，我就跟他说了，即使给墙上贴上金子，房产证上面也不会写你马忠政的名字。这不，还不是被自己的丈母娘给赶了出来？”

在马忠政搬到学校的筒子楼里以后，黑皮去看过他一次，顺便买了一套碗具带给他，结果到了房间一看，连个灶台都没有。原来马忠政一直在学校食堂里吃饭。谈起现在的处境，马忠政仍然说是自己做错了，应该接受这样的惩罚。只是他状态好了很多，说原来在家里感觉非常压抑，还没有现在这么畅快。

“自由吧？想找哪个妹妹就找哪个妹妹了。”黑皮挤着眼睛跟马忠政说，“这下隔壁可就有机会了，哈哈！”

“滚滚滚，我哪里像你，彻底的雄性动物啊！”马忠政骂着黑皮，“有一个于秋子还不收心，你一天还东想西想什么啊？狗改不了吃屎的家伙！”

黑皮回来跟于秋子说了马忠政的现状，让她感慨不已。但每每想起那两人聪明健康的儿子，她还是觉得可惜了。

“那你说，这杜鹃怎么不声不响地就出走了呢？难得张力那么重感情。”于秋子又问，“你们兄弟几个现在算是散伙了，连个麻将桌都撑不起来了。”

黑皮想想还真是，自从地震前几个人打过一场麻将后，就再也没有上过牌桌了，而现在，要把几个人凑起来，几乎是不可能的事情了。

“唉，我也不知道他们到底怎么了。”黑皮叹口气说，杜鹃也实在是命运不好，大学谈了一个，人家飞澳洲了；找个做 IT 的吧，看着老实，结果一肚子的花花肠子；碰到个张斌，简直是无赖，结果人家就是玩玩不负责的。可惜杜鹃为了这三个男人付出那么多，甚至打了几次胎，却没有一个真爱她的。

“打胎？是不是杜鹃没有生育能力了啊？”于秋子试探着问。

“那我不知道了，这个是女人的事情，我也没有听说杜鹃不能怀孕了啊。”黑皮有点儿疑惑地道。

“哦。”于秋子仰躺在沙发靠背上，又猛然抬起头说，“和你商量件事，你看这天眼见着要入冬了，我们能不能给灾区的孩子们想办法筹集一些捐款，买点儿衣物什么的？”

“还真是，你说的这个事我记心上了，这两天就办。”黑皮一本正经地说完，又是一脸的坏笑，“我们是不是该去灾区故地重游，回忆一下我们俩当初一起抗震救灾的往事呀？”说完，他的手就往于秋子的衣服里伸去，然后一阵乱摸。

“去你的，一点儿正经都没有。”于秋子一把将黑皮的手拉出来，故意打了一下说，“冰凉冰凉的狗爪子，不要乱伸！”

第二天，黑皮就开始想办法筹款了。

黑皮不想在网络上乱发帖子，一方面太过张扬，另一方面也会引起别人的猜疑。于是他检索了一下自己的朋友圈子，找开发商呢，恐怕最后整得商业氛围太浓；找个人赞助呢，别人未必认自己这张脸。

黑皮想半天也没想出个辙来，这时QQ好友栏里跳动起来，原来是北京的一个媒体朋友，这个朋友说在北京一个哥们儿的公司里，因为与外资合作的一个项目做完了，有一批八成新的电脑想处理掉，但又舍不得当废品卖，想想干脆运到四川灾区，捐给哪所学校或者教师个人好了。所以这个朋友就找到黑皮，看他能否联系到一所学校，同时他们还可以给学校捐助一些体育用品和学习用品，只要别张扬就行了。

真是“无心插柳柳成荫”，这一下就说到黑皮的心里去了，心中暗想，这真是天助我也。但人家捐的是电脑，可不是棉衣啊！黑皮硬着头皮问，看能否再让那个老板出点儿钱，给孩子们买点儿棉衣什么的，尤其是龙门山的山区，到了冬天还是很冷的。

“老板给不给，我不能保证。”朋友回复道，“但我还有个海归圈子，可以在内部发起捐款活动，应该问题不大。”

黑皮一看，乐了，连忙让那哥们儿想办法，说自己在抗震救灾的时候，曾去龙门山里的几个重灾点采访，联系过几所学校，学生人数也不多，能捐多少算多少。

北京这哥们儿还真讲义气，没几天就利用周末时间为海归们举办了一个小型的“party”，一说项目，海归们纷纷解囊，一下子就凑了将近10万元钱，而且都放心让黑皮采购物资，只是要求一定要账目清晰，给大家的爱心一个回复。

随后，黑皮和于秋子两人做了份详细的计划安排表，先与当地学校衔接，看看都需要什么，确定学生人数；再列出一个采购表格和询价情况，发给海归俱乐部负责人初审。待对方同意后，钱款迅速到账，黑皮和于秋子忙活了三四天，才将物资采购完毕，学习用具、体育用品、保暖衣、取暖袋等，一应俱全，竟然装了两大卡车。卡车是黑皮通过朋友征集来的，属于友情赞助。

这天，等海归俱乐部的工作人员到达成都后，爱心之行正式启程。按海归俱乐部的说法，他们要对自己的捐助负责，也要对捐助对象负责，因此必须是他们亲自带着去发放。黑皮约好了几个媒体朋友组成车队一起出发，往龙门山脉深处走去。

虽然通往龙门山里的公路已经抢修贯通了，但灾后的龙门山还没来得及修整，到处都是断壁残垣。经过一个夏天雨水的冲刷，原本满眼绿色的大山已是沟沟壑壑，很多地方因为滑坡露出了岩石，就像在大山的绿色屏障上撕裂的一个口子；有的地方则被泥石流掩盖，原来的家园彻底地消失了，只留下个别建筑破损的屋顶或者一个树冠，让人看了心有余悸。

看着这些，黑皮心里禁不住痛楚起来，仿佛“5·12”大地震就发生在昨天，现在却是愈发的凄凉。对于龙门山脉里面的惨象，于秋子还是第一次看到，她靠着车窗，一边静静地看着，一边默默地流着眼泪，自己却浑然不觉。

好在灾后重建已经如火如荼地展开，一些平坝上正在建设集中居住的楼房，而且显出了雏形，这将是新的家园。到了第一个受灾学校安置点，没等校长招呼人出来搬运东西，黑皮组织的记者队伍已经成为志愿者，三五下就把物资搬运下来并码好。其实，出发前黑皮与学校校长已经衔接好，这会儿只需要按照学校里学生和教职工的人数，一一清点交接就可以了。没有任何仪式，也没有学生的夹道欢迎，一切都是悄悄地进行，这是海归俱乐部的要求，以免打扰老师和学生们的正常上课时间。海归们唯一做的就是在堆放物资的地方，悬挂了一面有海归俱乐部标识的旗帜，拍了照片，算是给俱乐部的会员有一个交代：物资已经安全送达。

此次运送的物资一共要分配给两个学校和一个社区，都是在龙门山脉里面，虽然道路非常难行，但他们还是顺利地将物资移交给了两个学校，大家都感到很欣慰。在歇息的空当儿，一行人安静地在板房外面看着学生们认真地上课，或是远远地看着孩子们在操场上热闹地踢着足球，似乎已经看不到悲伤了，生活总会在阴霾散去的时候展露出阳光的一面。

汽车沿着曲折的公路继续往前行使，几处平坝上热闹的工地，让人看到灾后重建的进度在明显加快。就在经过一个狭窄的转弯时，开车在前面领路的黑皮突然感觉汽车抖动起来，他还以为是车子坏了，只好停下来下车检查。

“快闪开！”于秋子突然在车里朝黑皮大声地喊道。

就在黑皮诧异的时候，前面一块巨大的石头顺着山坡滚落下来，砸在了路中间，距离他站着观察的地方仅三米多远。等黑皮回过神儿来，已是惊出了一身冷汗。其他人下了车，都说自己刚才感觉到了汽车的颠簸，想必是发生了一次较为强烈的余震，然后庆幸着黑皮运气真好。于秋子抱着黑皮又哭又笑，激动得都不知道说什么好了。

路断了，显然暂时不能再往前面的最后一个安置点去送物资了。海归俱乐部的朋友提议打电话告诉路政部门，看他们能不能尽快过来抢修一下，实在不行，只能返回成都改天再来了。

黑皮抬头看看天色，笑着说："时间不早了，如果再在这里耽搁等路政部门的救援车过来，还不知道要多久。干脆，我们几个人把这块石头撬开吧，路通了，其他进出灾区的车辆也可以通过啊。"说完，黑皮挽起袖子，让几个哥们儿从车里拿出了千斤顶、铁杠子等工具，去撬那块横在路中间的大石头。

这是一块看似有三五吨重的大石头，正虎视眈眈地横在马路中间看着黑皮这帮人。找了个支点，用铁杠子使劲儿撬，结果石头纹丝不动。几个人围着石头转了转，看看地形和石头之间的接缝，然后找了几个点，在千斤顶和铁杠的作用下，顺着一个稍微下斜的坡度开始用力撬。

"一二三，加油！一二三，加油！"于秋子使不上力气，只能在旁边给大家喊号子。

终于，在大家连撬带推之下，大石头动了动身子，再一使劲儿，大石头竟然慢慢地向着旁边的深沟里滚了下去，一伙人乐得大叫起来，仿佛撬动的不是石头，而是地球。

就在几个人笑呵呵地看着石头滚落下去的时候，又是一次轻微的余震袭来，几乎让人感觉不到。但大山感觉到了，一个轻微地抖动，一些刚才被大石头带动的小石头开始滚落下来，悄然对于秋子所站的地方发起偷袭。

"闪开！"黑皮在听到身后有"嗖嗖"的声音之后，一把就将于秋子推开，其中一块小石头不偏不倚地击中了黑皮的头部，黑皮应声倒地，血从头上汩汩地流了出来。

"黑皮，黑皮！"于秋子大哭起来，抱着黑皮的头不知所措。

第五十二章　我们都在摇摆

马忠政坐在一张铺着印花格子布的桌前，品味着一杯浓茶。桌子上一个黑色的陶罐里，随意地插着几枝野花，虽然已经有些干枯，但是愈发显得古朴别致。

正午的阳光多少有些刺眼，但这并不妨碍那些来丽江束河、古城游览的女孩儿，各自打扮得极具波西米亚风格，从裙装到帽子、手镯、背包，再到披风，然后慵懒、随意地行走在被磨得发亮的石板街上，任凭别人打望自己。或许，也只有在这特定的环境里，人们才可以随意地展示自己，无拘无束。当然，那时候的丽江还是诸多小资们向往的一块圣地，而不是像如今一样有诸多的是是非非，甚至一段时间里还被负面新闻所缠绕。

真的舍不得离开，马忠政满足地靠在藤椅上，眯着眼睛。这里的闲适与慵懒，时间好像在这里放慢了脚步，让你坐下来后就舍不得抬腿，舍不得放下那杯已经淡而无味的茶水。

“小妹，添点儿水。”马忠政朝着里屋喊了一声。沿着路边是一条小沟，清澈的河水从里面欢快地流过，水草肆意地摇摆着。有女孩儿坐在沟边的石头上，将一双雪白的光脚放在水里，自己则安静地读着一本书。这样的场景，多少有些打动马忠政，他心想，如果有机会带着李敏来这里，该有多好。

“先生，水添好了，有什么需要您招呼一声。”一道动听而熟悉的声音在耳边响起。

马忠政正趴在木头质地的窗台上，看到旁边的一块黑板上写着“做梦、发呆、喝茶、约会”，觉得有些好笑。忽然听到身后这道异常熟悉的声音，他心里“咯噔”了一下，转过身，便看见一个穿着波西米亚风格裙子、额头上裹着一条黑色方巾的女子正恭敬地站在自己的旁边，等着自己的回音。

“鹃……鹃子？”马忠政有些不敢相信自己的眼睛。

杜鹃看到马忠政，身子微微颤抖了一下，但马上就笑了起来，似乎满脸的阳光：“哦哟，好难得，今天能给马书记服务啊！”

“你……你怎么在这里？你是这里的服务员？”马忠政似乎控制不了自己的嘴巴，变得结巴起来。

“怎么，一见到老同学就这么激动啊？”杜鹃倒是故意逗着马忠政，“哪条法律说我不能在这里当服务员啊？”然后她一屁股坐在马忠政的对面，继续调侃着他。

“那也是这丽江古城里最漂亮的服务员啊！”马忠政故意赞美着杜鹃，然后说，“可是你知道张力在满世界找你吗？”

提到张力，杜鹃的神情就黯淡了下来，如同外面天空上路过的那团乌云，在大地上投下了一个巨大的阴影。

两人面对面坐着，杜鹃不自然地将桌上那个瓶子里的野花拿了出来，将叶子和花瓣一点点地撕下来。踌躇半天，她才对马忠政说：“我在这里的情况，你不要告诉张力好不好？”顿了顿，她又接着说，“就算你说了，张力也肯定找不到我的。”

马忠政笑了笑，说：“不是告不告诉他的问题，我想弄明白，你们之间到底有什么矛盾，竟让你悄悄离开成都，而且走得那么干脆、那么干净？是不是还有挽回的余地？”

杜鹃无力地摇摇头：“不是你想象的那样，我们之间没有任何矛盾，而且我很爱张力，他也是我真正想全身心去爱、去珍惜的一个男人，但是有些原因——纯属我个人的原因，让我不能嫁给他，他应该找一个完美的女人。”

马忠政“哦”了一声，喝了一口茶水：“那你也应该跟他说清楚啊，你就这样走了，你知道他有多么伤心吗？那天晚上我们一起喝醉了，在府南河边大吼大叫，好像这个世界真到末日了一般，唉……”

听马忠政说了这些话，杜鹃已是潸然泪下。

“忠政，你一直是我敬重的兄长，请你理解我，我有着说不出的苦衷，我希望你能劝劝张力，让他别再找我了，真的不值得。”杜鹃强调说，“我也希望你能为我保密，等你走了，我也不会在这个小店里继续干了。”

马忠政忙说：“你这又何必呢？我一定会劝劝张力的，也希望你在这里能保重。”

杜鹃问起他的孩子，又问起李敏，马忠政简略地说了他们两人离婚的事情。杜鹃诧异着说：“怎么你们有了这么大的变故？你们俩不是一直都好好的吗？那套房子也该交房了吧？”

马忠政说：“是该交房了，但是李敏再也不会成为那套房子的女主人，而我现在是光棍儿一个，无牵无挂。”

窗台上的小野花静静地开放着，窗外的那个女孩儿依然将脚泡在水里，撩拨着水面，水花在她那白皙的腿上和脚背上跳跃着。有两只金毛大狗从街道上跑过，追逐着地上的那片阴影，而天上的那朵乌云已经飘远了。

医院里到处都弥漫着消毒药水的味道，时而有哪道门被推开，随后就是“吱呀”一声。在漫长的走廊里，一阵皮鞋踩出的“嗒嗒嗒”的声音之后，又陷入了一片沉寂。

在走廊这头，黑皮妈走在前面，老太太身板看起来依然硬朗，脸上没有任何表情，只是头发明显比以前花白了许多。黑皮的爸爸夹着一个包，身子略微有些弓形，似乎更像老伴儿的随从，默默地跟在后面。

打开房门的那一刹那，黑皮妈的身子略微地摇晃了一下，却又硬撑着走向病床。黑皮的头上缠着纱布，一块红色的血迹分外显眼。虽然各种仪器已经拆了，但是还有个别的管线连接着，以检测黑皮的各项体能指标。黑皮妈拉着儿子的手，轻轻地抚摩着，眼里含着泪花，却没有滴落下来。黑皮的爸爸已经控制不住自己的感情，看着病床上如熟睡般的儿子，早已经是老泪纵横。

门又是“吱呀”一声开了，于秋子从外面提着一个热水瓶走了进来。看到黑皮的父母，她怔了怔，然后轻轻地喊了一声：“阿姨，叔叔好！”

黑皮妈站了起来，静静地看着站在门边的于秋子，忽然一步走上去，对着于秋子的脸就是一记响亮的耳光。于秋子略显苍白的脸上立即显现出五个红色的手指印，鲜血慢慢地顺着她的嘴角流了下来，手中的热水瓶应声落地，破碎之后，热气从地面上蔓延开来，一会儿病房就显得朦胧起来。热水溅在于秋子的鞋子里，虽然是滚烫的，但她此刻已经没有了疼痛的感觉。

黑皮的爸爸冲上去抱着老伴儿，无奈地说：“事已至此，你就别再为难孩子了呀。”

于秋子已然没有了眼泪，她用手擦掉嘴角的血迹后，就默默地从病房的厕所里拿出了簸箕和扫把，将热水瓶的碎片扫进去，然后倒进了垃圾筐里。又进厕所提了拖把出来，将地上流淌的热水慢慢拖掉，忙活了十多分钟。

等于秋子将拖把放进厕所的时候，一阵恶心感从胃里翻涌上来，她忙用双手撑着厕所里的洗脸盆呕吐起来，“呜啊呜啊”了好几分钟，却没有吐出什么来。于秋子抬头看着镜子里自己苍白的脸，用冷水洗了一把，心里却突然打了个冷战：“莫不是我怀孕了？”

于秋子想起在三亚海边宾馆里的那个疯狂的早晨，只觉得恍如隔世。难怪这个月的月经推迟了二十多天，她还以为是最近没有休息好造成的，加上黑皮住院以后，她根本忘记了这件事。想到这里，她的心里反而有了一丝安慰，难道黑皮在自己的身体里进行了一次生命的轮回吗？

“谁是病人的家属？”医生冰冷的声音传了过来，空气中的那些热气已经消失，开始弥漫起一种冷冰冰的气息。

“我……”于秋子低声又不自信地回答。

“我。”黑皮妈短促而有力地回答。

“出来一下吧。”医生随后转身走出病房，房门“吱呀”一声关上了。

“我想告诉你，你的儿子现在已经基本脱离了危险期，但是还需要进一步观察。根据我们的临床经验，你儿子脑部受到严重打击，虽然颅内瘀血已经清理完毕，但是皮层广泛性损害，引起皮层机能丧失，可能会……”医生在此顿了一下，观察着黑皮妈的反应，然后才说，“可能会成为植物人。”

黑皮妈的身子微微震了震，然后用力撑着眼前的一把椅子：“知道了，谢谢医生。”她转身要离开医生办公室的时候，又问了一句，“那么，我们如果努力地唤醒他，这种可能性应该还是有的吧？”

“唤醒？应该……有吧，这是最乐观的结果。”医生不确定地说，“或许三年、五年，或许要更久，但只要他能够醒来，那应该就是一个奇迹。”

“好！”黑皮妈慢慢地走向病房，人似乎一下子衰老了很多。

看到黑皮妈走进来，于秋子急切地过去想要搀扶她，但黑皮妈摆摆手，在儿子的病床前坐了下来，然后拉着黑皮那只没有扎针的手，轻轻地揉搓着，嘴里喃喃地喊着：“儿子，儿子啊。”

“阿……阿姨，医生怎么说？”于秋子想问却又怕听到那个可怕的结果。

“唉，孩子，你命苦啊。”黑皮妈的眼泪此刻才慢慢地流了下来，她转述了医生的说法，然后又拉着于秋子的手说，“孩子，不是阿姨不愿意接受你，你也要理解阿姨的难处。现在小奋又成了这个样子，所以……所以我的意思是，别因为这件事拖累了你，我们会照顾他的，再说还不知道他这辈子会不会醒呢。”

“不，阿姨。”于秋子擦了眼泪说，“阿姨，叔叔，你们别这样想。秦奋为了我才变成这个样子的，是我对不起你们。”她不自然地用手抚摩了一下自己的肚子，似乎已经感觉到那个小生命在里面跳跃了，于是红了脸说，“再说，再说我想我现在应该有了秦奋的孩子，就是说，有了你们的孙子，这是我们爱的结晶，也是秦奋生命的延续。”

两位老人同时抬头有些愕然地看着于秋子，眼睛里都闪过一丝光亮，黑皮妈把于秋子揽在怀里，眼泪止不住地流了下来，哽咽着说：“咱娘儿俩命苦啊！”

“忠政，你的手机总算是开机了。”张力急切地告诉马忠政，“黑皮受伤住院了，很严重，我已经去看过他了。最近几天我一直在给你打电话，可都是关机，去学校找你，学校说你休假了，简直急死人了啊。”

马忠政此刻正坐在丽江机场里，等返回成都的飞机。想到这个假期算是结束了，心里就有一种五味杂陈的感觉，关于丽江、关于杜鹃……出来都快一个星期了，在这段时间里，马忠政大多数时间都是将手机关机，只有在晚上才偶尔打开看看有没有需要处理的急事。没有了电话的打扰，自己似乎已经在这个世界消失得太久太久了。刚一打开手机，张力的电话就打了过来。

“你说什么？黑皮住院了，很严重？他怎么了？”马忠政也紧张起来。

“唉，说来话长，前几天在灾区搞捐助活动时，因为余震，他被山上的落石击中头部，现在还没有苏醒，说是有可能变成植物人，你赶紧回来看看吧。”

“啊？不会吧？”

“真的。你现在在哪里？我过去接你。”张力有些迫不及待地说。

“我……我在丽江。”马忠政一下子就想起杜鹃，但不知道该不该告诉张力，毕竟自己答应过杜鹃的。

“你跑去了那么远，是疗伤找艳遇去了？”张力故作轻松地说。

“张力，我跟你说个事，但我不知道说出来是好还是不好。”马忠政有些犹豫。

“说吧，什么事，别吞吞吐吐的，一个大男人。”

“那好。是这样，我在丽江看到杜鹃了。但我答应过她不告诉你这件事，她说如果你去找她，她一定会消失得更彻底。”马忠政鼓足勇气说了出来。

“杜鹃？你没骗我吧？”

“真的，我们兄弟一场，我不忍心看着你这样折磨自己。但你要学会放下，也要答应我，真的别来找杜鹃，她现在过得很好，也很平静。”马忠政在电话这头说，“有一种爱叫放手。”

“杜鹃，真的？”张力说，“你等着我，我这就去机场马上买票飞过来。”

“喂喂，你别这样啊，你答应我不找杜鹃的。喂喂喂……”马忠政喊了半天，但那边已经是忙音了。他无力地摇摇头，叹息了一声。

再拨打，就没有人接了。机场的广播也响了起来：“前往成都的旅客请注意，请您登机了。”

马忠政收拾了行囊，跟着队伍上了飞机。

“爸爸，爸爸，你去哪里了，为什么这么久都不来看我？”马浩天歪着小脑袋问他。

“哦，爸爸出差了，有妈妈和你在一起呢。”马忠政心疼地哄着儿子。

“不，我要爸爸陪我玩。”儿子是一脸的执拗。

“爸爸有事情，不能陪你。”

“不，我知道，你们都不想要我了，那干吗要生我啊？”马浩天生气地跑开了。

“儿子，浩天！”马忠政紧张地喊起来，但儿子越跑越远，小小的身影消失在眼前，自己怎么跑都撵不上，他着急得都快要哭了却无能为力。

“唉，哥们儿，起来了，想儿子了吧？”旁边的旅客戳了戳马忠政，“和我一样，出门几天就想儿子想得不得了。”

马忠政这才清醒过来，原来是做了一场梦，他不好意思地对邻座笑了笑。原来是梦啊，就说儿子那么小怎么就突然会说话了呢？但儿子的那句话却如烙印一般打在了马忠政的心坎里：“你们都不想要我了，那干吗要生我啊？”

“旅客朋友们，成都即将到达，感谢您对我们工作的支持，共同度过这次愉快的旅程！”机舱里响起了空姐那甜美而温柔的声音。

“成都到了。”在马忠政的心里好像失落了什么，再也找不着了，生活就像这即将落地的飞机，明明已经要降落了，却还在不停地摇摆。

第五十三章　回到我的身边

一大早，在薄雾中的山城重庆逐渐清醒过来。处于山城一隅的这个老小区，开始了一天新的生活。光滑的石阶上开始有了人走路的声音，打破了小区的宁静。穿拖鞋的“吧嗒”声应该是哪个懒散的男人要下到街道的口子上，给家人买豆浆、油条；清脆的高跟鞋的声音应该是哪个年轻的女子要去上班，节奏轻快而愉悦。不远处卖菜或者卖小面的吆喝声，给这个山城的早晨增添了生活的气息。

张力几乎是彻夜未眠。

张力在心里做了一个“巨大”的决定和计划，就是向杜鹃求婚。这样的壮举，如同他当年下决心用自己的学费和向同学借钱去开游戏厅创业一样，他要为自己的后半生而努力。

张力在前一天约好的花店老板带着自己的员工，已经按时就位。张力开始安排他们在杜鹃家楼下的过道和大门口布置他精心策划的求婚现场。在小区大门口和单元门口，用鲜花扎了两个拱门，从杜鹃家门口到小区大门口之间的狭窄过道上，则撒满了玫瑰花瓣。有早起的人看到这一幕，不知道发生什么事情了，都过来围观。而年轻的女孩子已经猜想到这是求婚的仪式，脸上尽是羡慕和激动。

布置好这一切，张力手捧着鲜花，举着为求婚而准备的两克拉钻戒，站在小区的大门口，朝着杜鹃卧室的窗户大声喊起来：“鹃子，鹃子，我爱你，你嫁给我吧！”

围观的人开始鼓起掌来，甚至有女孩子为此流下激动的泪水。小区不大，况且多是一个单位的人，如今，张力的求婚仪式隆重而浪漫，在小区这么多年来还是头一次。于是，有熟悉的人开始帮张力呼喊起杜鹃来:“鹃子，鹃子，有人向你求婚了！”

一时，楼下尽是“鹃子，鹃子”的声音，小区里一下子热闹起来。

熟睡中的杜鹃被楼下的声音吵醒了，她捂着耳朵翻了个身，恍惚意识到外面有谁在喊自己的名字。穿着睡衣的杜鹃爬了起来，披头散发地走到窗前往下看去：天啊，怎么那么多人都在喊“鹃子”？人群里那个捧着花的男人怎么那么熟悉？好像是张力，不对，杜鹃揉了揉眼睛，真的是张力！

这时候杜鹃卧室的门被打开了，她妈妈气喘吁吁地跑进来说：“快看，张力来向你求婚了！”然后和女儿一起站在窗户前，向楼下的张力挥手。

杜鹃一下子就蒙了，不知道该怎么办，眼泪不争气地涌了出来。在房间里转了两个圈，杜鹃光着脚推开门就跑了出去。楼道里尽是玫瑰花瓣，冲到楼道口又是花环，让杜鹃又惊喜又心疼。

看到杜鹃出现在楼道口，围观的人群自然给张力让出一条道。张力满是泪水地单膝跪下，手捧着花说：“鹃子，嫁给我吧，我保证一辈子对你好！”

人群开始激动起来：“嫁给他！嫁给他！”呼声此起彼伏。

泪水肆意地流淌在她消瘦的脸庞上，她走过来捧着张力的头大哭起来，说：“你个傻子，我不让你找我啊，不让你找我啊！”

张力抱着杜鹃说：“不管我做错了什么，都请你原谅我好不好？”

杜鹃哭着说：“你没有错，都是我错了，你不该来求婚的。”

“不，我就要求婚，鹃子，嫁给我！”张力把戒指举到杜鹃的眼前说，“鹃子，嫁给我好吗？”

杜鹃的父母过来拉着杜鹃的手说：“孩子，你嫁不嫁给张力是你的事情，但是你不要为今天的决定而后悔。”

“嫁给他！嫁给他！”邻居们开始为这个痴情的小伙子鼓劲儿加油。

流着眼泪的杜鹃顿时羞涩起来，脸上绽开了红晕，在呼喊声中破涕为笑，她将自己的左手伸了出去。张力高兴地拿着戒指就往杜鹃手上套，但是又不知道该套哪个。张力的窘迫让围观的人笑起来，有女孩子在旁边指导着说："中指，中指。"张力这才完成了求婚仪式，两人拥抱在一起热吻起来。

周围的人开始鼓起掌来，杜鹃的父母看着两个孩子，已经是热泪盈眶。

张力为了找到杜鹃，已然是身心力竭。在听到马忠政说杜鹃在丽江的时候，他就连夜赶到了丽江，找到了杜鹃所在的那家茶楼。可惜，杜鹃已经悄然离去。茶楼的老板说杜鹃就留下一句话，真的不要再找她了。

但是张力并不死心，他每天游走在丽江的大街小巷，一家店铺一家店铺地寻找，半个月过去了都没有任何结果。无奈之下，张力来到重庆，看能不能碰碰运气等到杜鹃。结果杜鹃的父母说杜鹃最近出国了，劝他找个好女孩儿过日子。"阿姨要是还有个女儿没有出嫁，一定让她嫁给你。"杜鹃的妈妈已经是泪眼婆娑。

张力只能打道返回成都。临走之前，张力跟杜鹃的父母留话说："如果联系到杜鹃，请转告她，就说我们的同学黑皮受伤住院了，有可能会成为植物人。不管她愿不愿意见我，有时间的话还是请她回去看看黑皮。"

回成都之前，张力留了个心眼儿，找到住在杜鹃家楼下的杜鹃的一个哥们儿，之前两人在小区里认识，而且吃了一回火锅。张力委托这哥们儿帮他留心杜鹃是不是回来了，若是回来了，就及时给他打电话通报一声，他好赶过来。

后来没过多久，那哥们儿真的打电话过来了，告诉张力，杜鹃头一天大包小包地回家了，说是刚从国外回来。这个消息让张力兴奋不已，于是立刻驱车赶到重庆，就有了上面的求婚一幕。

当张力把这个事情后来"摆"给杜鹃听的时候，气得杜鹃一拳打过来说，看着你人挺憨厚，坏心眼儿还挺多，竟然在我们小区安插了一个卧底。但是两人又重新走到一起确实不易，因此更加珍惜对方。杜鹃心里仍然有个疙瘩，一个是担心自己以后不能再生育，另一个就是之前帮张力摆脱危机的事情只能深埋在自己的心里。张力对这一切浑然不知，更是劝解杜鹃不要揪心孩子的事情。但杜鹃明白，她答应嫁给的这个男人是绝对可靠的，今生不能再辜负了他。

两个人在生活上互相照料，在工作上更是夫唱妇随，配合得相当完美。很快张力的“香香鸭餐饮集团”得到迅速扩张，但是又极好地把控了风险。后来在杜鹃的操刀下，将“香香鸭”股权转让给了一家上市公司，两人套现后基本实现了财务自由。除了杜鹃没能怀孕有些落寞之外，夫妻两个人又开创了各自的事业：杜鹃开了自己的咖啡馆，主打文化创意；张力进入餐饮业，承包企事业食堂，生意做得风生水起。

第五十四章　一切刚刚开始

“舅舅回来了！”当马忠政掏出钥匙打开门的那一瞬间，外甥女小棉花就飞奔而来，扑进了他的怀里，两只手挂在了他的脖子上。

小棉花是马忠政妹妹马晓燕的女儿，今年才刚刚三岁。前几年老妈从包头到成都来照顾马浩天，如今随着马浩天一天天长大，学习任务也越来越重，回家也很难得和奶奶一起聊天。在呼和浩特工作的妹妹生了小孩儿之后，没有人照顾，马忠政干脆让她把孩子送到成都来，让老妈一起管，这样既给老妈解闷了，同时也解决了妹妹的后顾之忧。

因此，这个外甥女小棉花就一直在马忠政这里快乐地成长，对舅舅的感情甚至比父母还要重。只不过妹妹前段时间过来说给孩子在呼和浩特找到了幼儿园，想着今年9月份开学就让小棉花过去上学。因此，马忠政心里虽然舍不得这个孩子，但是考虑孩子应该和她的父母一起生活，还是应该送回去。马忠政心里想，到时候这个小家伙肯定要闹，她又怎么舍得离开奶奶和她的哥哥呢？

小棉花亲了一下马忠政，伸手对马浩天说："我要哥哥抱！"

马浩天伸手接过妹妹，亲昵地碰了碰妹妹的额头，问妹妹肚子饿了没有，今天写算术题了没有？妹妹才不管这些，"哧溜"一声下来，拉着哥哥就跑到她的小黑板跟前，让哥哥看她画的画，用稚嫩的声音问："哥哥，你看我画的像什么啊？"

马浩天左看看右看看，半天才说："这是一团毛线啊。"

小棉花生气地说："我画的是小鸟。哼，我不跟你玩了！"她生气地头一扭，就跑进了自己的房间，然后趴到门框上跟哥哥做鬼脸。

马忠政看着外甥女调皮的样子哈哈大笑起来。马忠政的妈妈从厨房里出来，看着孙子、外孙女幸福的样子，嘀咕着说："这些孩子多久才能长大啊？"不知道说的是马忠政这个儿子呢，还是马浩天兄妹俩。

自从马忠政和李敏离婚后，他在很长一段时间里都走不出这段婚姻的阴影。一方面他心里对李敏充满歉意，毕竟是自己婚内出轨最终导致了这个家庭的破裂；另一方面工作上的不顺利，丈母娘在家里颐指气使的态度让他实在难以忍受，再加上李敏与老妈的矛盾等，对于马忠政来说，似乎离婚又是一种解脱。但是每次看到孩子稚嫩的笑脸，马忠政虽然疼在心里却也无可奈何。

后来马忠政想过复婚，但又不断动摇。毕竟已经是三十岁的人了，不像当初谈恋爱时那么单纯，去找人说和一下，道个歉，两个人就能重归于好。如今的生活是锅碗瓢盆，是油盐酱醋茶，是吃喝拉撒睡，马忠政不知道，即使复婚了，那曾经的裂缝又是否能够弥补，或许对他们两个人、对孩子将会是更大的伤害。

就在马忠政踌躇间，李敏在半年后却宣布自己结婚了，她找了单位的一个同事，而且那男人为她离了婚。一时间，马忠政不知道该说什么好，感觉自己也被背叛了，在他心里也终于放下了这段婚姻。由此，马忠政不敢再奢谈爱情，奢谈婚姻，感觉那是一种不可捉摸的痛，碰触不得。后来他还是要回了儿子的抚养权，由自己带着，儿子也一天一天地长大，真的是"家里有苗不愁长"，马忠政的内心日益丰盈和满足起来。

这期间，黄雅涵对马忠政的一切看在眼里疼在心里，她不顾一切地爱上了马忠政，甚至在学校一度引起很大的非议。但是马忠政始终不敢敞开心扉接纳她，一方面自己有过一段婚姻，内心已经逐渐封闭起来，不敢再接纳新的情感；另一方面自己有个儿子，而黄雅涵还是涉世未深的姑娘，怕对她和她的家庭带来不好的影响。马忠政想起在那个余震的夜晚，曾拥吻着黄雅涵颤抖的身体；想起在他痛苦的时候，曾获得黄雅涵一双小手的温暖和鼓励。但他还是不能接受黄雅涵的感情，虽然这有些残酷。

“你应该有更美好的未来，不应该耽误在我这里。”马忠政拍着黄雅涵的肩膀，满眼的怜惜。

“不，我愿意为你承担一切。”黄雅涵扑在马忠政的怀里痛哭起来，瘦弱的肩膀一耸一耸的。自从马忠政拒绝了黄雅涵的示爱，黄雅涵就一直陷入在痛苦之中，她感觉自己能为马忠政分担现在的一切，包括接纳他的儿子。

“我的一切对于你来说太沉重了。”马忠政用自己的额头碰了碰黄雅涵的额头，重复道，“你应该有更美好的未来。”

后来，黄雅涵主动找到她的舅舅——那位当初把她安排进学校的省里领导，帮她调出了这所学校，并且她主动去了一所中学担任团委书记。再后来，黄雅涵结婚生子，慢慢也就没有了消息。两个人共同生活在这座城市里，在熙熙攘攘的人群里，最终都会慢慢陌生，那个曾经与你擦肩而过的人，面容也会随着时间的流逝而逐渐模糊。

虽然黄雅涵为马忠政调离了团委，但团委的人事并未因此就平息下来。首先是黄雅涵的位置又引发了新一轮的争夺战，最后还是柯志明书记掌握了主动权，安排了自己的人接任。此外，团委副书记陆明也加快了外调的步子，在团委做到书记一职就算是到了天花板，况且马忠政也不会调离，他短期内肯定是没有上升的空间了。

后来，在学校主管部委的安排下，要求各直属高校选拔一批青年干部到贫困区县挂职锻炼，时间是两年。马忠政经过与柯志明书记商量，就以退为进，主动请缨下派去挂职副县长，一是避免团委矛盾的升级，二是马忠政离婚后也需要清醒一段时间。柯志明同意了他的申请，并在他出发前解决了他的副处级待遇问题。这次学校常委会没有人再反对，尤其是与陆明关系亲近的副校长，更是举双手赞成。赞成的同时，陆明正式担任书记一职，全面接管学校团委的工作，也不再有外调的想法。

经过在四川某贫困县两年的锻炼，马忠政成熟了不少。以前在学校，主要和学生打交道，工作相对要单纯得多。但在基层就不一样了，尤其是作为县里一个主管信访、文教的副县长，更是经历了一番严峻的考验。对于很多地方而言，最难的就是信访维稳工作，这不仅是烫手的山芋，而且是谁都不愿意主动接手的工作。因此，每每有下派锻炼的干部，县委县政府就将信访、维稳工作分派给年轻干部，这并不是欺负新人，主要是考虑这些下派干部反正是待两年就走了，做维稳工作不会因为得罪人而留下后遗症。

多亏了马忠政平时做学生思想工作比较多，尤其他也是农村出身，往往能够设身处地地从农民的角度出发，思考和解决问题。同时加上张力帮忙在他所在的贫困县搞了几个大型养殖基地，以公司加农户的形式，解决了很多贫困农民的就业问题。因此，马忠政的工作颇有成效，受到了县委县政府的一致肯定。

在返回学校前，学校就提前安排团委书记陆明接替了一个年龄到位的学院院长职务，马忠政又重新执掌团委，而且学校因为马忠政在基层锻炼成绩显著，又高配了正处级待遇。如今，作为二级学院院长的陆明还是很感激马忠政在关键时候给他让出了攀升之路，两人见面时反而多了一些客气。

但对马忠政来说，不管是提副处级还是正处级，早已没有了当初的那份激动。尤其在学校，做到正处级可以说是已经碰触到了从政的天花板。在学校里，除了校长是正厅级，只有几个副校长、副书记可以列入副厅级队伍，下面二十几个二级学院的院长、党总支书记，以及学校直属部门比如教务处、办公室、国际合作处、招生处、科研处、保安处、后勤处等，十几个处室的一把手都是处级干部，没有背景又怎么可能有进一步的提升？有的学校的“老处级”，已经把学校一半的学院和处室轮转完了，也没有提升到副厅级的队伍中。想明白了这一点，马忠政就安心地在团委书记的位置上慢慢地干了下去，没有陆明的从中阻挠，现在团委的工作可是轻松多了，新来的副书记和学生会专职秘书长让马忠政很是放心，马忠政在工作上和生活上也就有了一个成熟男人的从容。

如今，单身的马忠政看着儿子和外甥女日渐长大，感觉生活也顺畅了起来，房子还是马忠政当年和李敏买的那套，但周边的商业配套早已非常成熟，从大型商超到电影院到餐饮一条街，可以说满足一切需求。楼下的蓝天幼儿园确实不错，本来马忠政想让小棉花在里面上学，这样老人接送起来会非常方便。小区的体育健身设施也非常完善，马忠政有空就去游泳或者和朋友打羽毛球，因此他的啤酒肚也日渐消退。那天，马忠政路过一家房地产中介，顺便瞅了一眼，这里的房价居然飙到了 12000 元一平方米，算一算他已经赚了两倍了——当初他买房时才 4300 元一平方米。因此，他也就特有满足感，也感激黑皮当时怂恿他一定要买房，看来投资不动产才真的靠谱。

张力和杜鹃两口子现在生活上可谓阳光灿烂。自从杜鹃回到张力身边之后，虽然很长的时间里无法怀孕，为此杜鹃感到非常内疚，但是张力从来没有抱怨过一句，而且对杜鹃更是加倍的好。因此，两个人逐渐走出了阴影，开始认了秦醒做干儿子，但毕竟那是人家秦奋和于秋子的孩子，不能时刻过来陪伴他们。因此两个人想着领养一个孩子或者做试管婴儿的时候，丫丫却意外地在杜鹃的肚子里生根发芽。这样的喜讯让杜鹃简直不敢相信，两个人跑了几家医院检查才敢确信这是真的，使得他们喜极而泣。为了保胎，张力找了成都最好的一家贵族私人妇产医院，安排专家给杜鹃进行孕期的护理。

毕竟杜鹃已经是三十五六的人了，加上此前多次流产导致子宫壁膜损伤，孩子在六七个月的时候就一度出现羊水破裂的情况。好在孩子保了下来，虽然最后早产了20多天，但是孩子很健康，生出来的时候全身粉嫩粉嫩的，嗓门儿超大。另外，孩子的五官和皮肤都跟了杜鹃，让张力舒了一口气，要是跟他一样，这孩子长大了还不得丑死。杜鹃的父母看到外孙女出生，举家从重庆搬到成都，两个人带着外孙女感觉年轻了许多，让张力的父母都有意见了，嫌他们没有机会管孙女。

这天，杜鹃问张力现在黑皮怎么样了，张力说了他看到的情况，总体还是比较乐观，而且询问医生后，医生说这样已经算是一个奇迹了，要完全恢复没有一两年的锻炼是不可能的。杜鹃就颇是感慨，流着眼泪说："真让人感动，秋子姐这九年半的时间都不知道怎么熬过来的，如果是我肯定早就崩溃了。"她又泪眼婆娑地问张力，"如果我成植物人了，也像这样躺着，你会不会管我？"张力嘴里"呸呸呸"地吐着口水，说："你瞎说啥呢，这么不吉利，好好活着多好。"

杜鹃破涕为笑，拉着张力的手说："你下个月就满四十岁了，加上咱们女儿丫丫也快到三岁生日了，我今天和爸妈商量了一下，想给你做一个大生，把你的朋友们都请来热闹一下。"

张力忙摆手说："我们老家可不时兴这些，我老妈六十好几的人了，都没有做过寿，主要是我奶奶还在世。请客可以，就不要大操大办了，把你父母和我的几个朋友喊上就可以了，小范围庆祝一下。"

到了阴历的六月初七这天，杜鹃早早在一家酒楼订了一个可以坐十五六个人的大包间，又悄悄找瑞士的同学给张力海购了一块高档手表作为生日礼物。下班前又打电话问张力通知马忠政他们没有，一再确认才放心下来。

到了晚上，马忠政带着老妈和两个孩子过来了，于秋子推着坐在轮椅上的黑皮，带着儿子和婆婆也赶了过来。聪明的秦醒用自己的零用钱给干爸张力买了一条皮带，又画了一幅画，上面是爸爸秦奋躺在床上，几个叔叔阿姨在旁边看着的样子，旁边稚嫩的字体写着：谢谢干爸、干妈和叔叔阿姨。这幅画虽然画得不成样子，要根据于秋子的解说大家才明白是什么意思，但是每一个人都感动得流下了眼泪。

大家寒暄完，就提议开宴。嘴馋的小棉花早已把蛋糕打开，一个劲儿地跟舅舅说吹蜡烛，吃蛋糕。马忠政生气地说：“那是张叔叔的生日蛋糕，怎么能随便打开呢？”

张力打了一下马忠政说：“不要吓着孩子了。”然后就把丫丫和小棉花抱在怀里，让两个孩子插上蜡烛，说，“我们一起唱《生日快乐》歌吧。”

在旁边轮椅上坐着的黑皮一直似懂非懂地看着大家笑，听到要唱歌，他的嘴巴里就开始嘟囔起来：“唱歌，唱歌，嘿嘿，摇摆，我们一起摇……摇摆。”

于秋子扯过黑皮说：“唱什么摇摆啊，张力过生日，要唱《生日快乐》歌！”

张力看着黑皮的笑脸，眼里溢出了泪水，说：“我们今天就唱《一起摇摆》，也把这首歌献给我们的青春岁月。”

几位老人和孩子自然不会唱，但还是热烈地给他们鼓起了掌声。

于是，在摇曳的烛光里，马忠政和张力、于秋子、杜鹃，在黑皮破碎、断续的和声里，唱起了激情高亢的《一起摇摆》：

给我你的手和你的腰肢
让我们融化在这节奏里
不要在意昨日的忧伤片段
不要理会那些未曾兑现的承诺
让我们一起摇摆一起摇摆
忘记所有伤痛来一起摇摆
明天会发生什么谁能知道
所以此刻让我们尽情地一起摇摆
忘掉防晒霜忘掉付税单
忘掉去年夏天糟糕的爱
忘掉玫瑰金忘掉裘皮裙
忘掉那些酒醉的甜蜜谎言

让我们一起摇摆一起摇摆
忘记所有烦恼来一起摇摆
昨日的欢愉成明天的惆怅
不如此刻让我们尽情地一起摇摆
不要再期盼不会回来的人
不要再等待无法实现的事情
回想那所有的漫漫长夜
你是否领悟默默流入心底的泪水
让我们一起摇摆一起摇摆
忘记所有伤痛来一起摇摆
明天会发生什么谁能知道
所以此刻让我们尽情地一起摇摆
让我们一起摇摆一起摇摆
忘记所有烦恼来一起摇摆
昨日的欢愉成明天的惆怅
不如此刻让我们尽情地一起摇摆
一起摇摆
一起摇摆
一起摇摆
一起摇摆

（完）

后　　记

2008年“5·12”汶川大地震的时候，我刚刚过而立之年；下午两点二十八分大地震前的一个小时，我刚刚把户口从老家迁移落户到成都。

作为一个新闻工作者，我和同事们很快就奔赴各地灾区进行采访。我们用笔记录下每一个悲伤的故事，描述下每一个悲伤的脸庞和眼神，也一次次参与救援，运送物资。在大灾难的面前，第一次感觉到人的无助与弱小。最让我感到悲伤的事情就是，当你面对那些被压在废墟里的鲜活的生命时，你却无能为力，只能眼睁睁地看着一盏生命的光在你眼前逐渐熄灭。而这样的熄灭，又是多么的不舍和心有不甘啊！

这种悲伤让我在很长的时间里都无法自拔，常常在写稿子的时候，泪水便已模糊了双眼。好在那个时候大女儿然然出生还不到十个月，她无法感知这场灾难带来的悲痛，我得以在伤心的时候，看着女儿睡梦中的笑脸，才感觉到一些安慰和温暖。

虽然大地震早已过去，但是它带来的地震波却在人们的生活中长久难以平息，甚至唐山大地震至今依旧影响着当地人的社会心理，心灵的创伤难以愈合。地震后，在成都，许多人的生活开始悄然发生着变化：灾难那么大，人又那么弱小，为什么不及时享受？在每个人最无助的时候，原来亲人是那么重要，亲情才是最温暖的疗伤秘方，家才是最安全、最温暖的港湾；在灾难来临的那一刻，自己的妻子或者丈夫为什么没有在第一时间联系自己，夫妻的感情原来也是这么脆弱如此等等，不一而足。一场大地震似乎颠覆了人们的世界观和价值观，芸芸众生，都各自在心里点化着自己。

于是，我想写一本书，记录“5 · 12”大地震后的心路历程，记录身边朋友们的生活状态，记录那些因为大地震而给人的社会行为和心理带来的影响与变化，记录我们经历过的三十岁的而立之年和青春记忆。与此同时，我那时候突然想起，哎呀我已经三十岁了，怎么一天还过得稀里糊涂的，女儿已经大了，而我还不知道该如何做一个父亲，我还整天奔波在采访的路上，习惯于熬夜写稿，却如同猴子掰玉米没有任何的积累。我什么时候开始放弃我的文学梦了呢？我什么时候开始变得这么麻木不堪了呢？

文学的梦，发端于我的少年时代。

那时候才上初中，从乡村到镇上要靠走路去上学，家里拮据，多是在书包里背着我妈给我蒸的馍馍和家里腌制的咸菜，在学校里打点儿开水将就一顿。但到了夏天，因为天气热，馍馍不是变得发酸就是干裂了，到了冬天又会冻成一个冰疙瘩，丢出去都可以把人砸晕。即便如此，我依然怀揣梦想，那时候就是想着以后不用割麦子，不用在农田里戳牛屁股干活了。我唯一的梦想是到城里当个工人，就像我们那里的航空城，每天可以按时上下班，穿得干净，想吃啥吃啥，这该是多么美好的事情啊。

后来，有幸从同学那里借到了路遥的《平凡的世界》。那时路遥刚去世不久，他的书还是很难借阅得到。记得我是三天三夜没有睡觉，硬扛着看完了路遥三卷本的《平凡的世界》，从此给我打开了广阔的视野：原来文学可以如此震撼人的心灵。那个时候，我觉得自己就是苦难的孙少平，觉得自己应该像他一样自尊、自强、自立，对现实充满激情和感恩。可以说，《平凡的世界》改变了我的人生。直至今天，我已经不记得看过这本书多少遍了，家里的书柜里自然少不了路遥的全套文集。

从此阅读成为我最好的精神食粮，但那时候能够借阅到的书太少，每天都是如饥似渴，不管看到什么有文字的书都要借过来阅读一下，所以读的书也就非常杂乱，用现在的段子说就是：“上知天文地理，下知生理卫生。”

那时候，我开始学习写散文、诗歌和小说。记得村里有个小伙子因为留着像女人一样的长发，虽然现在看起来很酷，但那时却被保守的村民讥笑为小流氓。后来他因为一次偶然的救人事迹而被群众称赞，自己却将长发剃掉，整成了一个光头，原因是他抓坏人的时候被扯住头发太疼。以此为题材，我写了一篇名为《长发变光头》的小说，经由语文老师刘志强先生修改之后，在老家的报纸副刊上发表了。直到今天，我依然感激当初推荐我稿子的刘老师，虽然他已经是老家某个部门的官员，但是见面时我仍尊称他为老师。而他也常以我为傲，说我是他短暂教学生涯里教出来的最有出息的学生之一，这让我感到无比惭愧。后来，报社居然还发了 11 元钱的稿费，这对我而言无异于是一笔巨款，当时我豪放地请客，给全班每个人买了一根冰棍儿后还剩下了一两元钱。

从此一发而不可收，因为迷恋读书和写作，我常常因为耽误干农活而被父母责骂，直到他们看到我可以通过写文章挣点儿稿费补贴生活，才不再反对。后来考上大学，就一直在报社实习、工作，每天采写财经新闻，枯燥的数字和财经问题让我与文学渐行渐远，我能够写的文字也就是那些转瞬而过成为历史的新闻，并以此养家糊口。

说到写这本书，我也毫无章法可言，开始列了一个写作提纲，写着写着就偏离了提纲，许多人物的命运也就出现了偏差，本来不会交叉的人开始有了交集，本来是戏剧性的结尾却成了悲剧。原来长篇小说的写作这么难以把控，甚至人物的命运都不是作者可以提前设计的。但写作的乐趣或许就在于此，因为我在前面展开故事的时候做了那么多的铺垫，他们不过是按照我铺垫的路基，朝着各自命运的轨迹前行而已。

那时候成都的余震还是挺多的，但心里已经没有了惶恐，我得以在空闲时用了半年的时间写了这本书的大部分内容和基本框架。后来孩子的成长让我无暇顾及，偶尔想起来就修改一点儿，这一放就是八年。

时间过得真快，我已经从而立之年直奔四十不惑了。大地震已经过去九年多的时间了，在这震后的日子里我偶尔还会去灾区看看，表面上那里的重建已经基本完成，受灾群众都住进了楼房或者如同别墅的乡村小楼，或是在当地上班或是从事乡村观光旅游工作，每个人都看似过得富足而闲适。

但灾区内部的社会结构却一直在悄然发生着变化。比如说灾区单亲家庭的重组，比如失孤夫妇要重新面对生活，比如地震中的伤残人员，尤其是青年人、学生群体的心理和身体的双重恢复等。这些课题，都有待社会学家的进一步研究，“5·12”汶川大地震和唐山大地震的社会心理影响，有相同之处，但在如今的网络时代又完全不同，其裂变的速度、方式，呈现出新的路径和特征。

言归正传，历经八年之后，我终于修改完了这部长篇小说，它记录了“5·12”汶川大地震后一段刻骨铭心的记忆：有关灾难和悲伤，更是一段有关青春的记忆。三十而立，那时的我们在一次大地震的洗礼中，或迷失自我，或大彻大悟，或摇摆不定，或勇于担当……所以我谨以此书，纪念那些逝去的生命，纪念那段我们一起走过的三十岁的青春。

在此，感谢朋友们，是你们的催促和鼓励，使我完成了这本书最后的修订工作，否则它会一直埋藏在我的电脑里；感谢评论家朱晓剑先生，帮助我推荐这本书给众多的读者。

感谢我的父母，是你们用自己辛勤的劳作，让我在文学的天地里自由地畅想。

感谢我的爱人，在我最艰难的日子里，你选择和我在一起不离不弃，感谢你带给我一个美丽的小天使——小棉花；感谢十岁的然然，已经长大并学会理解和关心爸爸。能够陪着两个女儿慢慢长大，是一个男人最美好的事情。

感谢那些一直关注这本书的朋友，希望本书能够带给你们阅读的快乐！

党鹏

2017年8月

图书在版编目（CIP）数据

摇摆的青春 ：“5·12”爱情故事 / 党鹏著. 一 石家庄 ：花山文艺出版社，2018.4

ISBN 978-7-5511-3754-6

Ⅰ. ①摇… Ⅱ. ①党… Ⅲ. ①长篇小说－中国－当代 Ⅳ. ① I247.5

中国版本图书馆 CIP 数据核字（2017）第 312861 号

书　　名：摇摆的青春 ：“5·12”爱情故事
著　　者：党　鹏

责任编辑：李　爽
责任校对：温学蕾
出版发行：花山文艺出版社　（邮政编码：050061）
（河北省石家庄市友谊北大街 330 号）
销售热线：0311-88643221/29/31/32/26
传　　真：0311-88643225
印　　刷：天津旭丰源印刷有限公司
经　　销：新华书店
开　　本：787×1092　1/16
印　　张：19
字　　数：260 千字
版　　次：2018 年 4 月第 1 版
2018 年 4 月第 1 次印刷
书　　号：ISBN 978-7-5511-3754-6
定　　价：39.80 元